L'appel du lac

Carol Goodman

L'appel du lac

Traduit de l'américain par Catherine Ludet

ÉDITIONS FRANCE LOISIRS

Titre original : *The Lake of Dead Languages*
publié par Ballantine Books, New York, 2002.

Édition du Club France Loisirs,
avec l'autorisation des Éditions de l'Archipel.

Éditions France Loisirs,
123 boulevard de Grenelle, Paris
www.franceloisirs.com

ISBN : 2-7441-8184-6

À ma mère, Margaret Goodman,
et à la mémoire de mon père,
Walter Goodman
1924-1999

Remerciements

J'aimerais remercier les premiers lecteurs de ce livre, dont le soutien et les encouragements m'ont été extrêmement précieux : Laurie Bower, Gary Feinberg, Wendy Gold Rossi, Scott Silverman, Nora Slonimsky, Mindy Siegel Ohringer et Sondra Browning Witt.

À mes professeurs, Sheila Kohler et Richard Aellen, pour leurs conseils et leur clairvoyance.

Cette œuvre de fiction a soulevé nombre de questions concrètes. Merci à Ann Guenther, naturaliste de Mohonk, qui m'a expliqué comment gelait un lac et à Joan LaChance, Marion Swindon et Jim Clark qui m'ont parlé de la récolte de glace de Mohonk. À mon frère, Robert Goodman, pour avoir répondu à mes questions sur le processus physique du gel et à ma fille, Maggie, qui a inventé le « cornicula ».

Merci à Loretta Barrett, mon agent, et à son assistante, Alison Brooks, qui m'ont donné ma chance et ont orienté ce roman vers sa forme actuelle.

Pour Linda Marrow – je n'aurais su rêver meilleure éditrice.

Et surtout, merci à mon mari, Lee Slonimsky, dont l'amour et la foi inimaginable et indéfectible ont fait toute la différence. Je n'aurais pas écrit ce livre sans toi.

Le lac qui apparaît dans mes rêves est toujours gelé. Je ne vois jamais la surface lisse du plein été, sur laquelle se dessine l'ombre noire des pins, ni l'immense patchwork rouge et or de l'automne, ni même la nappe emperlée luisant sous le clair de lune printanier. Dans mes rêves, le lac ne reflète rien. Livide et austère telle une porte fermée, il est scellé par un bouchon de glace de vingt mètres d'épaisseur, qui épouse le fond de son berceau calcaire.

Au-dessus de ce gouffre rassurant, je patine sans bruit ; le crissement de mes patins est absorbé par un ciel gris et duveteux. Le sol résistant me permet de glisser comme jamais je ne l'ai fait dans la réalité. Plus de chevilles branlantes ni de muscles douloureux : j'évolue avec l'aisance et la liberté du patineur qui défie les lois de la pesanteur, sans avoir conscience du moindre effort.

Je trace des « huit » avec lenteur, arquant le dos pour aborder les boucles étroites. Dans l'air froid et sec, l'électricité statique fait naître des étincelles dans ma longue chevelure. Lorsque je saute, je m'élève au-dessus de l'étendue argentée avant de retomber avec la fermeté et la précision d'une flèche au cœur de sa cible. Chaque glissade, étirée, parfaite, croise l'empreinte de la précédente, tressant des vrilles de poussière blanche que je laisse dans mon sillage.

Puis vient le moment où j'ai peur de baisser les yeux, peur de ce que je vais voir apparaître sous la surface. Mais quand je m'y résous, les battements de mon cœur s'apaisent, car la glace est aussi épaisse et opaque qu'un drap de lin ancien. Le soulagement me rend aérienne. Je pirouette aussi légèrement qu'une feuille tournoyant dans le vent, les lames de mes patins laissant derrière elles une délicate calligraphie. Toutefois, quand j'atteins la rive et que je me retourne, je constate que j'ai gravé un motif cohérent ; un visage familier, depuis longtemps disparu et que je vois, une fois encore, s'enfoncer dans l'eau ténébreuse.

PREMIÈRE PARTIE

La promesse de glace

1

On m'a demandé d'élaborer mon cours de latin en rapport avec la vie de mes élèves ; je constate toutefois que les adolescentes de la classe de terminale aiment cette matière précisément parce qu'elle n'a aucun rapport avec leur vie. Elles n'apprécient rien tant qu'une nouvelle déclinaison, difficile à mémoriser, de préférence. Après avoir écrit les terminaisons nominales sur leur paume au stylo bille bleu, elles psalmodient « *Puella, puellae, puellam, puella...* » comme des novices égrenant leur chapelet.

Lorsqu'elles doivent passer un contrôle, elle font la queue devant les toilettes pour se laver les mains. Le dos appuyé contre le carrelage frais, je vois les lavabos se remplir d'une mousse bleu clair qui entraîne les mots archaïques dans les canalisations. Quand elles proposent de me montrer le dessous de leurs poignets afin de vérifier qu'on n'y lit plus rien, je ne sais pas quelle attitude adopter. Accepter, n'est-ce pas témoigner d'un manque de confiance ? Refuser, n'est-ce pas me montrer naïve à leurs yeux ? Leurs mains – dont l'ossature est si fine et délicate – retournées sur les miennes me font l'effet d'un oisillon posé sur moi par hasard. J'ai peur de faire le moindre mouvement.

Dans la classe, je ne vois que le dessus de leurs phalanges – le vernis à ongles noir et les bagues argentées en forme de tête de mort ; l'une d'elles arbore même un tatouage très élaboré sur le dessus de la main droite, un nœud celte, paraît-il. Pour l'instant, je regarde leur chair rose et tiède – le bout de leurs doigts est fripé à cause de l'immersion prolongée et l'odeur du savon s'en élève comme de l'encens. Trois d'entre elles se sont déjà ouvert les veines avec des épingles ou des lames de rasoir. Les cicatrices sont plus fines que leur ligne de vie. J'aimerais en suivre la trace du bout de l'index et leur demander pourquoi elles ont fait cela, mais je me contente de leur serrer brièvement la main et de leur dire d'entrer dans la salle. « *Bona fortuna*, dis-je, bonne chance pour le contrôle. »

Lorsque je suis revenue à Heart Lake, les élèves m'ont d'abord surprise, mais je me suis vite rendu compte que, depuis l'époque où j'y étudiais, l'école était devenue une sorte de derniers recours pour un certain type de jeunes filles. Cette institution, même si elle conserve l'aspect d'une pension prestigieuse, n'en est plus une. Elle est en fait un refuge pour des adolescentes ayant déjà été renvoyées de deux ou trois des meilleurs établissements, et dont les parents sont las des psychodrames, las du sang sur le sol de la salle de bains, las des visites de la police.

Athéna (elle s'appelle en réalité Ellen Craven, mais je désigne spontanément mes élèves par le surnom classique qu'elles se sont choisi en classe) est la dernière à finir de se nettoyer. Souhaitant augmenter sa moyenne et m'ayant réclamé davantage d'exercices sur les déclinaisons et les verbes, elle a de l'encre jusqu'au coude. Elle tend vers moi ses avant-bras ; je ne peux donc pas ignorer la cicatrice qui part de la base de sa paume et serpente longuement sur sa peau.

Me voyant tressaillir, elle hausse les épaules :

— J'ai été complètement idiote, déclare-t-elle. Tout ça pour un garçon qui m'a fait perdre la boule l'année dernière.

J'essaie de me rappeler ce que je ressentais quand j'attachais autant d'importance à un garçon – je vois presque un visage – mais c'est comme tenter de se remémorer les douleurs de l'enfantement ; on se souvient des symptômes – la vision brouillée, la façon dont l'esprit tourne en rond, en un cercle de plus en plus restreint vers un noyau d'une telle densité que la gravité elle-même semble s'incurver vers lui –, mais pas de la souffrance elle-même.

— C'est la raison pour laquelle ma tante m'a expédiée dans une école non mixte, poursuit-elle. Pour éviter une récidive. Ma mère va dans un endroit spécial quand elle a besoin d'être sevrée de l'alcool et des médicaments, eh bien moi, je suis ici pour être sevrée des garçons.

Je lève les yeux vers son visage pâle, dont la pâleur est accentuée par ses cheveux teints en noir corbeau. J'ai l'impression d'entendre des larmes dans sa voix, pourtant elle rit. Avant de pouvoir m'en empêcher, je ris moi aussi. Puis je me détourne et je prends quelques serviettes en papier dans le distributeur afin qu'elle puisse se sécher les mains.

Peu après le contrôle, je libère mes élèves, qui poussent des exclamations de joie et s'agglutinent pour franchir la porte. Je ne me sens pas insultée, cela fait partie du jeu que nous pratiquons. Elles apprécient que je me montre stricte, jusqu'à un certain point, et que les cours soient difficiles. Je pense qu'elles m'aiment bien. Au début, je croyais que c'était parce que je les comprenais, mais un jour j'ai ramassé un mot qui traînait par terre.

— Qu'est-ce que tu penses d'elle ? avait écrit l'une d'elles.

— Fichons-lui la paix, avait répondu sa correspondante, que j'avais identifiée ensuite comme étant Athéna.

J'ai alors compris que leur docilité ne venait pas de ce que j'avais pu dire ou faire. Elles se montraient complaisantes parce qu'elles savaient, avec l'instinct étonnant des adolescents, que j'avais vécu le même gâchis qu'elles pour finir dans cet endroit.

Aujourd'hui, secouant leur main courbatue à force d'avoir trop écrit, elles comparent leurs réponses. Vesta – mince et studieuse, c'est elle qui fait le plus d'efforts – tient le manuel ouvert pour y vérifier les déclinaisons. Certaines de ses compagnes poussent des gémissements, d'autres, de petits cris de triomphe. Octavia et Flavia, deux sœurs vietnamiennes qui comptent sur une bourse d'études classiques pour accéder à l'Université, opinent de la tête à chaque réponse avec la calme assurance des élèves travailleuses. Si j'écoutais attentivement, je n'aurais pas à corriger les copies pour y mettre des notes, mais je laisse les sons de tristesse et de jubilation se mêler en un brouhaha indistinct qui retentit dans le couloir, jusqu'à ce que Myra Todd ouvre sa porte et leur dise qu'elles dérangent ses travaux pratiques de biologie.

J'entends une autre porte s'ouvrir et l'une de mes élèves s'écrie : « Hello, madame Marshmallow ! »

Un rire nerveux et suraigu se fait entendre, que j'identifie comme étant celui de Gwendoline Marsh, le professeur d'anglais. Ce n'est pas Gwen, toutefois, qui se plaint ; c'est Myra, qui va m'incendier pour avoir libéré les filles avant la sonnerie. Je m'en moque. Cela vaut la peine, rien que pour les quelques minutes de tranquillité qui règnent dans la classe vide avant mon prochain cours.

Je tourne ma chaise face à la fenêtre. Sur la pelouse, devant le manoir, je vois mes élèves affalées en un cercle sommaire. D'ici, leurs vêtements sombres et leurs cheveux teints – le noir corbeau d'Athéna, le blond décoloré d'Aphrodite et le rouge de Vesta, qui m'évoque la chevelure de nylon d'une poupée de ma fille, la Petite Sirène – leur donnent l'aspect de fleurs hybrides élaborées dans des couleurs nouvelles, dahlias et tulipes aussi sombres que des contusions sur une peau livide.

Au-delà du petit groupe, le lac turquoise repose dans son berceau de calcaire glacial. La partie située de notre côté, éblouissante, me fait mal aux yeux. Je détourne le regard vers la partie sombre, à l'est, que les pins tachent de noir. Puis je prends la chemise de devoirs à corriger où je range les copies d'aujourd'hui que je classe avec les copies plus anciennes de chaque élève (comme d'habitude, je suis en retard d'une semaine dans les corrections). Cette tâche n'est pas difficile, car les filles utilisent différentes sortes de papier que j'ai appris à leur associer individuellement : papier à lettres bleu lavande pour Vesta, feuilles jaunes plus grandes pour Aphrodite, papier rayé qu'Athéna arrache de ses cahiers.

Quelquefois, il y a quelque chose d'écrit au verso des feuilles que me rend Athéna. Une ou deux lignes en haut de la page, qui semblent être la fin d'un paragraphe de journal intime. D'après les morceaux que j'ai déjà lus, je sais qu'elle écrit comme si elle s'adressait une lettre à elle-même ou comme si le journal lui-même était son correspondant. « N'oublie pas que tu n'as besoin de personne d'autre que toi-même » ou bien « Je promets de t'écrire plus souvent, car je n'ai que toi ». Quelquefois, elle a tracé un dessin : la moitié d'un visage de femme qui se dissout dans une vague ; un arc-en-ciel coupé en deux par une lame de rasoir pourvue d'ailes ; un cœur traversé par un poignard. Ces illustrations au symbolisme simpliste pourraient être celles que j'esquissais quand j'avais son âge.

Je reconnais le papier qu'elle utilise aux marques laissées par l'arrachage de la feuille. Si elle n'y prend pas garde, les autres pages de son cahier ne tiendront plus – je le sais, car j'utilisais autrefois exactement le même genre de gros carnets à spirale et à couverture marbrée noir et blanc. Alors que je regarde la copie, je crois avoir en main un autre morceau de son journal, mais quand je la retourne, je constate qu'il n'y a rien d'écrit. Le devoir d'Athéna se trouve sur une autre feuille, en bas de la pile et je ne sais plus si ce que je tiens vient de m'être donné ou se trouvait déjà dans la chemise. Je baisse de nouveau les yeux sur la feuille. Elle comporte, en haut, une seule ligne de caractères minuscules et serrés. L'encre est si pâle que je dois m'approcher de la fenêtre afin de pouvoir les déchiffrer.

Tu es vraiment le seul à qui je puisse en parler.

Je fixe ces mots avec une telle intensité qu'un faible halo se forme autour des lettres et qu'il me faut cligner des paupières pour le dissiper. Plus tard, je me demande ce que j'ai reconnu en premier : les mots que j'ai tracés dans mon journal il y a presque vingt ans, ou ma propre écriture.

Pendant l'heure de cours suivante, je fais réciter aux élèves les déclinaisons jusqu'à ce que les autres sons qui résonnent dans ma tête ne deviennent qu'un murmure mais, à l'heure du déjeuner, tandis que je me dirige vers le réfectoire, la phrase se réinstalle fermement dans mon esprit. *Tu es vraiment le seul à qui je puisse en parler.* Des mots que n'importe quelle adolescente pourrait écrire dans son journal. Si je n'avais pas reconnu mon écriture, il n'y aurait aucune raison de s'inquiéter ; cette phrase pourrait se rapporter à n'importe quoi. Sachant à quoi elle se réfère, je me demande comment quelqu'un a pu récupérer mon ancien journal et en glisser une page dans la chemise où je range les copies. Au début, j'ai pensé qu'il s'agissait d'Athéna, mais je me suis dit ensuite que n'importe laquelle de ses camarades aurait pu me tendre la feuille avec son devoir. En outre, j'ai laissé le dossier sur mon bureau la nuit dernière et les portes des classes ne sont pas fermées : glisser le papier à l'intérieur n'aurait posé aucune difficulté.

Cette page fait partie du dernier volume de mon journal intime, rédigé pendant mon année de terminale, et perdu au cours du deuxième semestre. Se pourrait-il qu'il soit resté ici tout ce temps – caché sous les lattes de parquet de mon ancienne chambre – et qu'Athéna, ou une de ses amies l'ait trouvé ? La pensée de ce qu'il renferme me submerge soudain. Je dois m'arrêter au pied de l'escalier et m'appuyer sur la rampe un moment avant de pouvoir commencer à monter les marches.

En jupe écossaise, le chemiser blanc dépassant du pull bleu marine qu'elles portent noué autour de la taille, les pensionnaires se pressent à mes côtés alors que je me fraye un chemin jusqu'en haut, vers la massive porte de chêne aux battants démesurés, conçue pour intimider. India Crèvecœur, qui a fait don du manoir à l'école, était également propriétaire de la fabrique de papier de Corinth, ville voisine. Elle avait organisé des thés et une « société de progrès » pour les ouvrières de la ville. J'imagine ces dernières, attendant devant la porte en troupeau serré pour se réchauffer et se soutenir moralement. Ma propre grand-mère, qui avait travaillé à la fabrique avant de devenir bonne chez les Crèvecœur, en avait peut-être fait partie.

Lorsque j'ai obtenu la bourse me permettant de venir étudier ici, je me suis demandé ce que les

Crèvecœur auraient pensé du fait que la petite-fille d'une de leurs domestiques fût admise dans leur établissement. Cela ne leur aurait probablement pas plu. Le portrait de famille qui se trouve dans la salle de musique montre des personnages austères et tristes. Leurs ancêtres, des huguenots qui ont fui la France au XVIIe siècle, ont fini par s'installer ici, dans ce coin reculé du nord de l'État de New York. Ce dut être un choc pour eux – cette contrée sauvage, ces hivers brutaux, cet isolement. L'imposte qui se trouve au-dessus de la porte d'entrée du manoir, aujourd'hui en verre transparent, était autrefois un vitrail représentant un cœur rouge coupé en deux par une dague verte au manche fleurdelisé, sous lequel figurait la devise de la famille, en lettres jaunes : *Cor te reducit* – le cœur te reconduit. J'ai toujours imaginé les Crèvecœur attendant d'être délivrés de cet endroit inhospitalier pour retourner en France, ou vers Dieu peut-être. Mais depuis que je suis revenue à Heart Lake – où je m'étais juré de ne jamais retourner – je pense que le cœur mentionné dans la devise est le lac lui-même, exerçant sa propre attraction sur ceux qui ont un jour habité ses rives et se sont baignés dans ses eaux d'un bleu de glace.

Le réfectoire du corps enseignant se trouve dans l'ancienne salle de musique. Lorsque j'étudiais ici, les élèves boursières travaillaient dans la cuisine et servaient aux professeurs leurs repas. Il y a quelques années, cette coutume fut abandonnée car elle était considérée comme désobligeante pour les élèves en question. Pourtant, elle ne m'avait jamais gênée. Nancy Ames, la cuisinière, nous offrait toujours une nourriture savoureuse. Viandes rôties et pommes de terre, poisson poché et légumes à la crème. Jamais je n'ai mangé aussi bien de toute ma vie. Elle nous gardait des petits pains, toujours fraîchement cuits, qu'elle nous donnait enveloppés dans des serviettes de coton épais brodées des armoiries de Heart Lake, qu'il fallait penser à lui rapporter. En rentrant dans le froid de la nuit tombante – cette année de terminale reste dans ma mémoire comme un interminable crépuscule hivernal –, je sentais contre mon corps leur chaleur, semblable à celle d'un petit animal réfugié au fond de ma poche.

Aujourd'hui, l'école fournit des serviettes en papier et propose un buffet aux enseignants, qui se servent eux-mêmes. Salade de thon, bâtonnets de carotte, œufs durs et pain sous plastique. Ce qui n'a pas changé, cependant, c'est la présence obligatoire de tout le personnel. India Crèvecœur, fondatrice de l'école, tenait absolument à ce que l'ensemble des professeurs forme une communauté. Dessein admirable en soi, mais aujourd'hui, je donnerais cher pour pouvoir manger mon sandwich sur un rocher au bord du lac sans autre compagnie que celle d'Ovide. En entrant dans la salle, je jette au portrait d'India un regard irrité, qu'elle me renvoie avec l'assurance dédaigneuse conférée par la présence de sa vaste famille.

Le seul siège vide se trouve à côté de Myra Todd. Je sors un petit tas de copies à corriger, espérant qu'elle s'abstiendra de tout commentaire sur la libération prématurée de mes élèves. Autour de la longue table, la moitié de mes collègues ont posé près de leur assiette une pile de copies semblables à la mienne, qu'ils griffonnent de leur stylo rouge entre deux bouchées de thon. Quand je sors les feuilles, je constate que celle qui comporte mon écriture se trouve sur le dessus. Je la plie et la glisse en hâte dans la poche de ma jupe de lainage écossais au moment même où Myra se penche vers moi pour prendre la salière.

Aussitôt, je me force à admettre qu'elle n'aurait aucune raison de penser quoi que ce soit de ces mots énigmatiques si elle les lisait. À moins qu'elle ne soit la personne qui a trouvé mon ancien journal.

Je lui jette un coup d'œil pour voir si elle prête une attention particulière à ma pile de copies, mais elle mâche son sandwich avec placidité, le regard dans le vague. Au-delà des relents de thon et de café réchauffé, je perçois son odeur particulière – un effluve de moisi, comme si elle était l'une de ses expériences scientifiques oubliée dans le placard pendant les vacances de Noël. Je me suis toujours demandé quel problème de santé ou défaut d'hygiène pouvait être à l'origine de cette odeur, mais ce n'est pas vraiment le genre de questions que l'on peut poser à une personne aussi collet monté que Myra. J'essaie d'imaginer ce qu'elle ferait si elle tombait sur mon ancien journal ; à coup sûr, elle l'apporterait tout droit chez le proviseur.

Que ferait en effet Mme Buehl d'une telle trouvaille ? Celeste Buehl était professeur de sciences lorsque j'étudiais à Heart Lake. Elle a toujours fait preuve de bonté envers moi quand j'étais son élève – et bien plus encore quand elle m'a offert ce poste – mais je ne crois pas que sa sollicitude survivrait à une lecture du journal intime de mon année de terminale.

Quand elle entre dans le réfectoire, je remarque à quel point elle a changé au cours des vingt années écoulées. Je me souviens d'une femme mince et athlétique, organisant des randonnées dans les bois et patinant sur le lac en hiver. Aujourd'hui, ses larges épaules sont voûtées et ses cheveux courts et frisés, autrefois sombres et drus, sont devenus ternes et informes. Myra Todd profite de son entrée pour mentionner la sortie impromptue de mes élèves.

— Jane, dit-elle à haute voix, vos élèves ont perturbé les travaux pratiques des terminales ce matin. Nous étions en train de pratiquer une dissection délicate ; la main de Mallory Martin a glissé et son scalpel a blessé l'élève qui travaillait avec elle.

Je connais Mallory Martin de réputation. Mes élèves l'ont surnommée Maléfice. Je ne suis pas sûre qu'il s'agisse vraiment d'un accident.

— Désolée, Myra. Je leur dirai de faire moins de bruit à l'avenir. Elles sont particulièrement excitées en période d'examens.

— Mon truc consiste à leur donner des problèmes supplémentaires pour les occuper quand elles ont terminé, ce qui calme leur ardeur.

L'auteur de ce conseil pédagogique est Simon Ross, professeur de maths qui finit de corriger ses copies à l'aide d'un feutre épais. Le bout de ses doigts est maculé d'encre rouge et je constate que la couleur a déteint sur son sandwich.

— Pour ma part, je laisse les élèves écrire dans leur journal intime, intervient Gwendoline Marsh d'une petite voix. Elles peuvent ainsi se défouler et cela compte pour leurs notes.

— Et comment faites-vous pour les noter ? s'étonne Meryl North, professeur d'histoire qui semblait déjà aussi vieille que son sujet quand j'étudiais ici. Est-ce que tu lis leurs pensées intimes ?

— Oh non ! je ne lis que les parties qu'elles veulent bien me montrer. Elles entourent les paragraphes que je ne suis pas supposée lire et inscrivent « Personnel » à côté.

Meryl North émet alors un rire étranglé qui empourpre le teint clair de Gwendoline. J'essaie de croiser le regard de celle-ci pour lui faire un signe d'encouragement – elle est, pour moi, ce qui se rapproche le plus d'une amie – mais ses yeux restent rivés sur un volume usagé d'Emily Dickinson.

— Les filles semblent particulièrement stressées, dis-je plus pour couvrir l'embarras de Gwen que pour lancer la conversation sur ce sujet.

Il y a eu deux tentatives de suicide l'année dernière. L'administration a alors institué pour le corps enseignant des séminaires hebdomadaires sur la dépression chez les adolescents, autour du thème suivant : « Comment détecter les dix signes avant-coureurs d'un comportement suicidaire. »

— Vous pensez à quelqu'un en particulier ?

La question vient du Dr Candace Lockhart. Contrairement aux professeurs, elle n'a pas de copies à corriger ni de cours à préparer. Ses doigts ne sont jamais tachés d'encre et ses tailleurs gris tourterelle, d'une coupe exquise, ne présentent aucune trace de l'affreuse poussière de craie jaune que tous les professeurs attrapent comme une lèpre. C'est la psychologue scolaire, fonction qui n'existait pas à mon époque. Sa nomination ici est entourée d'une aura de mystère. J'ai entendu certains collègues se plaindre du fait que Mme Buehl l'a engagée sans passer par les voies officielles. En d'autres termes, sans donner au corps enseignant la possibilité de potiner au sujet de ses références. Ces protestations témoignent d'une certaine jalousie dont, je l'avoue, je ne suis pas tout à fait exempte. Selon la rumeur, cette femme effectue sur le terrain des recherches relatives à la psychologie des adolescentes. Nous pensons tous qu'une fois ses travaux terminés elle nous abandonnera pour ouvrir un cabinet privé, donner une série de conférences prestigieuses avec apparitions télévisées, ou solliciter un poste avec possibilité de titularisation dans l'une des grandes universités privées du nord-est du pays – bref, pour une existence plus en rapport avec sa garde-robe. En attendant, elle réside parmi nous avec ses cheveux blonds très clairs, ses yeux bleus et sa silhouette fine, tel un spécimen siamois rarissime s'encanaillant au milieu de vulgaires chats de gouttière.

La pauvre Gwen, avec sa robe chasuble en tissu indien délavé et son chemisier blanc tarabiscoté à col haut, depuis longtemps passé de mode, semble particulièrement mal fagotée. Bien qu'elle ait environ l'âge de Candace Lockhart – à peine plus de trente ans –, l'enseignement dispensé chaque jour à cinq niveaux différents, ainsi que le parrainage d'une demi-douzaine de clubs ont laissé sur elle leurs marques. Son teint est brouillé, ses cheveux sans ressort grisonnent à la racine et ses yeux bleus, délavés, sont constamment rougis. Candace, au contraire, a visiblement le temps de se rendre chez le coiffeur (ce blond platine ne peut pas être entièrement naturel) et ses yeux, bleus eux aussi, sont aussi clairs et froids que l'eau du lac.

Je suis suffisamment énervée par ce regard d'azur pour commettre une erreur. Il est évident que je devrais dire « Non, je ne pense à personne en particulier ». Mais au lieu de cela, je donne un nom :

— Athéna... je veux dire Ellen... Craven. J'ai remarqué aujourd'hui qu'elle avait une horrible cicatrice sur l'avant-bras.

— Oui, je suis au courant, bien sûr. Ce n'est pas récent et cela n'a rien d'étonnant étant donné son histoire.

Je devrais être heureuse de cette fin de non-recevoir, mais quelque chose dans la façon dont le regard bleu du Dr Lockhart passe au-dessus de moi, contemplant déjà l'avenir glorieux que le destin lui réserve, me contrarie. Bien que je pense toujours être au-dessus de ce genre de vanités, je constate immanquablement que ce n'est pas le cas.

— Quelques-uns des dessins au dos des copies

qu'elle me rend sont... je dirais... quelque peu troublants.

— Vous laissez vos élèves rendre des devoirs avec des dessins au dos ?

Myra Todd lève de son tas de copies des yeux consternés, et ne rencontre que le regard froid et dédaigneux du Dr Lockhart. Gratifiée de voir quelqu'un d'autre réduit au silence, je poursuis. Il m'est venu à l'idée que c'est exactement ce qu'il faut que je fasse. Ma responsabilité en tant que professeur d'Athéna, professeur en qui cette élève a particulièrement confiance et auprès de qui elle s'est épanchée, exige que je cherche de l'aide pour faire face à ses problèmes émotionnels. À qui d'autre me référer sinon à la psychologue scolaire ?

— Des yeux mouillés de larmes en forme de lames de rasoir, ce genre de choses. Je suppose que ce n'est pas rare...

Je remarque que le reste de la table s'est tu et je me dis soudain que je ne devrais pas parler de mes élèves devant tout le corps enseignant de l'établissement. C'est également l'avis du Dr Lockhart.

— Vous devriez passer me voir dans mon bureau pour que nous en parlions. J'y suis à partir de 7 heures. Pourquoi ne viendriez-vous pas avant votre premier cours ? suggère-t-elle.

Je pense à mon bain matinal dans le lac. Ma réticence est sans doute perceptible, car elle ajoute en guise d'avertissement.

— Il est capital de réagir immédiatement à toute préoccupation liée à la mort ou au suicide, qui ont une fâcheuse tendance à se répandre – ce que, je n'en doute pas, votre propre expérience ici vous a déjà appris, madame Hudson. Qu'en pensez-vous, madame Buehl ?

Le proviseur soupire :

— Dieu veuille que tout cela ne se reproduise pas !

Le sang afflue à mes joues comme si je venais d'être frappée. Toute velléité de protestation contre ce rendez-vous matinal s'est évanouie. Le Dr Lockhart l'a bien compris. Sans attendre ma réponse, elle se lève et ajuste un châle bleu clair par-dessus sa veste de tailleur.

— Je voudrais surtout savoir si la légende des sœurs Crèvecœur...

Le reste de ses paroles est noyé par la sonnerie de la fin de repas et par le grincement des chaises sur le sol.

Sans copies sous le bras, la psychologue glisse hors de la salle à manger alors que nous rassemblons nos papiers et nos livres et que nous accrochons de lourds sacs à nos épaules. Gwen semble nettement pencher d'un côté à cause du poids de son fardeau. Quand je lui demande si elle veut de l'aide, elle sort du cabas une épaisse enveloppe de papier kraft qu'elle me tend.

— Oh merci, Jane ! J'étais sur le point de demander si quelqu'un pouvait taper ces poèmes d'élèves pour le magazine littéraire. Je l'aurais fait bien volontiers mais mon canal carpien fait de nouveau des siennes.

Elle lève les bras et me montre ses deux avant-bras entourés de bandages. Je lui proposais simplement de porter quelque chose pour elle, mais que puis-je dire ?

Je transfère le lourd dossier dans mon sac. Maintenant c'est moi qui suis nettement penchée d'un côté en quittant le réfectoire alors que Gwen, allégée, se précipite vers sa classe. Je traîne derrière mes collègues en réfléchissant à ce que le Dr Lockhart vient de dire à propos des tendances suicidaires et de la mort. Je pense à mes étudiantes qui portent des bijoux macabres et du khôl autour des yeux.

Les anneaux dans le nez, les bagues à tête de mort et les cheveux violets sont peut-être des modes récentes, mais l'attirance pour le suicide ne l'est pas. Comme nombre d'autres pensions de jeunes filles, Heart Lake possède à ce sujet sa propre légende. Lorsque j'y étudiais, on avait coutume de raconter, autour du feu de joie de Halloween, sur la plage du lac, que la famille Crèvecœur avait perdu ses trois filles au cours de l'épidémie de grippe de 1918. On affirmait que, une nuit, les malades, sous l'emprise du délire dû à une fièvre violente, étaient allées se baigner pour se rafraîchir et s'étaient noyées. À cet endroit du récit, quelqu'un désignait du doigt les trois rochers qui s'élevaient hors de l'eau au bord de la crique et déclamait solennellement : « Leurs corps ne furent jamais retrouvés mais, le lendemain, surgirent mystérieusement du lac trois rochers, baptisés depuis les Trois Sœurs. »

L'une des élèves de terminale nous livrait les détails manquants tandis que nous faisions nerveusement griller nos marshmallows sur le feu. India Crèvecœur, mère des trois disparues, en proie à un désespoir tel qu'elle ne pouvait envisager de rester dans sa demeure, avait transformé celle-ci en école. Mais dès la première année, il y avait eu une série de suicides mystérieux. On disait que le clapotis du lac contre les rochers (la conteuse se taisait un instant pour que nous puissions toutes écouter le battement régulier de l'eau contre la pierre) appelait les jeunes filles et les incitait à se jeter dans le lac. On racontait aussi que lorsque ce dernier était gelé on discernait les visages des mortes regardant à travers la couche translucide et que la glace produisait un son, une sorte de gémissement qui attirait les patineuses jusqu'aux fissures où les sœurs les attendaient pour les entraîner auprès d'elles. On disait enfin que chaque fois qu'une jeune fille se noyait dans le lac, deux autres la suivaient inévitablement.

Si cette légende circule toujours, ainsi que le craint le Dr Lockhart, il y a quelques petites choses que je pourrais éventuellement expliquer à mes élèves. Je leur préciserai, pour commencer, que la famille Crèvecœur a bien perdu sa plus jeune fille, Iris, mais que celle-ci ne s'est pas noyée. Ayant attrapé froid à cause d'une mésaventure au cours d'une partie en bateau avec ses deux sœurs, elle est morte dans son lit. Je leur révélerai que des dessins du XIXe siècle montrent déjà les trois rochers, que les premiers colons avaient surnommés les Trois Grâces. Toutefois, je sais que plus on essaie de détruire une légende, plus son pouvoir s'accroît. Œdipe, qui a tenté d'éviter son destin, a choisi, à la croisée des chemins, de foncer vers lui la tête la première. En outre, si je commence à parler aux filles de la légende des Trois Sœurs, elles risquent de me demander s'il y a eu des suicides à l'époque où j'étudiais ici. Je serai alors obligée de leur mentir ou de leur avouer qu'au cours de mon année de terminale, mes deux compagnes de chambre se sont noyées.

Peut-être même ne pourrai-je éviter de leur dire que depuis ces événements je n'ai cessé de penser que le lac attend toujours sa troisième victime.

2

Entre l'enseignement et le temps que je dois consacrer à mon enfant après les cours, la question posée par l'identité de la personne qui a trouvé mon journal recule au rang de bruit de fond, je l'entends chuchoter au bord de ma conscience.

Ce soir, je fais des œufs brouillés pour Olivia et moi. Après dîner, nous nettoyons les coquilles qui lui serviront lors des travaux manuels de sa classe de maternelle ; elle les tient sous l'eau courante, puis me les tend. Furtivement, j'élimine le blanc qui colle toujours au creux des fragiles enveloppes et je les pose sur un plateau. Ma fille m'explique que les œufs ne donnent pas seulement naissance à des oiseaux, mais aussi à des serpents, des alligators et des tortues. Même à des araignées.

— Charlotte a fabriqué un sac pour ses œufs et Wilbur l'a rapporté de la foire dans sa bouche !

Son institutrice, Mme Crane, leur lit *Le Petit Monde de Charlotte*. Ils étudient en même temps les araignées et les œufs, vont bientôt visiter une ferme des environs pour y voir des cochons. Vivre ici présente donc un certain nombre d'avantages.

Je mets le plateau sur le plan de travail pour laisser sécher les coquilles.

— Et puis Charlotte est morte, conclut Olivia.

— C'est un passage triste, tu ne trouves pas ?

— Mmm. Est-ce que je peux regarder la télé avant d'aller au lit ?

— Non, c'est l'heure de la douche.

Olivia proteste énergiquement contre la privation de télé ; contre la douche, incontournable car le cottage que l'école nous a attribué n'a pas de baignoire ;

et, pour faire bonne mesure, contre le fait que son père n'est pas là pour lui lire une histoire. La langue me démange de lui faire remarquer que quand nous vivions tous les trois, il ne lui en lisait pratiquement jamais et qu'il restait au travail bien au-delà de l'heure à laquelle elle se couchait mais, bien sûr, je me retiens. Je lui dis que son père lui lira des histoires quand elle ira le voir, pas le week-end qui vient, mais le suivant. Nous consultons interminablement le calendrier avant qu'elle ne comprenne ce que signifie un week-end sur deux.

Lorsque la douche est terminée, il est déjà plus de 21 heures. Bien que j'aie la gorge irritée par une journée de cours couronnée par une âpre discussion avec une enfant de quatre ans, je ne peux échapper à la séance de lecture après sa remarque au sujet de son père. Je me rends dans la chambre d'amis où j'ai empilé les cartons de livres et de papiers. Je trouve l'un de mes livres d'enfants les plus anciens, recueil de contes intitulé *Contes du Ballet*.

Olivia est intriguée par le fait que ce volume m'appartenait lorsque j'étais petite.

— Est-ce que c'est ta maman qui te l'a donné ? s'enquit-elle.

— Non.

Je me demande comment lui expliquer que ma mère n'aurait jamais dépensé de l'argent pour quelque chose d'aussi frivole qu'un livre.

— C'est l'une de mes maîtresses. Regarde, elle a écrit quelque chose pour moi.

Sur la page de garde, mon institutrice avait inscrit « À Jane, qui danse sur la glace ».

— Qu'est-ce que ça veut dire, danser sur la glace ?

— Patiner. Je patinais plutôt bien, tu sais. Sur ce lac, quand il gelait, en hiver.

— Est-ce que je pourrai patiner dessus quand il gèlera ?

— Peut-être. On verra.

Je feuillette le livre pour y choisir une histoire qu'elle connaît – « Cendrillon » ou « La Belle au bois dormant », peut-être – mais le livre s'ouvre sur une page marquée d'une feuille d'érable séchée, dont l'écarlate vibrant d'autrefois s'est mué en un roux presque délavé.

— Celle-là ! s'exclame Olivia avec l'étrange détermination des jeunes enfants.

C'est « Giselle ». Celle que je préférais, mais que je n'aurais pas choisie pour une petite fille.

— Elle fait peur à certains endroits, dis-je.

— Oui, mais j'aime les endroits qui font peur.

Je pourrai toujours sauter les morceaux vraiment impressionnants. J'explique d'abord pourquoi la mère de Giselle ne la laisse pas danser et ce que signifie avoir un cœur faible. Mon auditrice aime la partie où le prince est déguisé en paysan – « juste comme dans "La Belle au bois dormant" » – et s'attriste de la mort de l'héroïne. J'ai l'intention de laisser de côté l'épisode des Wilis – les esprits des jeunes filles déçues par l'amour qui séduisent les jeunes gens et les font danser jusqu'à la mort – mais quand je tourne la page sur l'illustration représentant les gracieuses formes spectrales en robe de mariée, Olivia est aussitôt conquise. Tout comme je l'étais à son âge. Cette image a longtemps été ma préférée.

Alors je poursuis ma lecture. Au-delà de la partie où les filles dansent avec Hilarion, le garde-chasse, pour l'attirer vers le lac où il se noie, jusqu'à l'endroit où la reine des Wilis dit à Giselle qu'elle doit persuader Albrecht, son faux amant, de danser jusqu'à sa perte.

— Est-ce qu'elle va le faire ? demande Olivia, le visage inquiet.

— Qu'en penses-tu ?

— Eh bien, il lui a fait de la peine.

— Mais elle l'aime. Voyons...

Giselle dit à Albrecht de s'agripper à la croix de sa tombe, mais il est tellement envoûté par sa danse qu'il la rejoint. Toutefois, en raison du retard occasionné par la jeune fille, il est encore en vie quand 4 heures sonnent à l'église et que les Wilis retournent dans les ténèbres.

— Tu vois, elle l'a sauvé, dis-je en refermant le livre. Je n'ai omis que les deux dernières lignes de l'histoire : « Sa vie était sauve mais il avait perdu son cœur, avec lequel Giselle s'était enfuie en dansant. »

Quand Olivia est endormie, je sors le papier de ma poche. En le dépliant, je suis certaine que je vais y voir l'écriture d'Athéna, de Vesta ou d'Aphrodite. N'importe laquelle sauf la mienne. Mais en regardant de nouveau les mots tracés, il n'y a plus moyen d'échapper à la vérité. Je reconnais non seulement mon écriture, mais l'encre, d'un bleu vif singulier, que Lucy Toller m'avait offerte avec un stylo à plume de la même couleur, pour mon quinzième anniversaire.

Tenant toujours la feuille, je retourne dans la chambre d'amis pour y retrouver le carton portant l'inscription « Heart Lake ». Après avoir déchiré le ruban adhésif, je soulève les pans si brusquement que les rebords coupants me blessent le poignet. Sans y prêter attention, je sors le paquet de cahiers noir et blanc qui se trouve à l'intérieur.

Il y en a quatre. J'ai commencé à rédiger un journal lorsque j'ai rencontré Matt et Lucy Toller. Chaque année, j'utilisais un nouveau cahier ; mais en terminale, toutefois, il m'en a fallu deux.

Je les compte soigneusement, espérant que l'absent aura miraculeusement rejoint ses compagnons, mais bien sûr, ce n'est pas le cas. Je n'ai pas revu ce cahier manquant – le quatrième, dans l'ordre chronologique – depuis le printemps de ma dernière année d'études à Heart Lake, date à laquelle il a disparu de ma chambre.

À l'époque, j'ai pensé que quelqu'un de l'administration l'avait confisqué. Je m'attendais à être appelée dans le bureau du proviseur pour être confrontée à ce que j'avais déclaré pendant l'enquête et sommée de révéler tout ce qui s'était réellement passé cette année-là. Mais je n'ai jamais été convoquée. J'ai assisté à la cérémonie de remise des diplômes et à la réception sur la pelouse surplombant le lac, me tenant à l'écart des autres filles et de leurs familles rayonnantes de fierté. Ensuite, j'ai pris un taxi jusqu'à la gare et un train qui m'emmenait vers un emploi d'été à la bibliothèque de Vassar, université pour laquelle j'avais obtenu une bourse. Je m'étais dit que le cahier avait dû glisser de mon sac, qu'il était tombé dans le lac et que l'eau avait dilué l'encre bleue jusqu'à ce que les pages fussent aussi blanches qu'au premier jour de mon année de terminale.

J'ouvre le premier cahier et lis le premier paragraphe.

« Lucy m'a offert ce stylo à plume avec cette encre superbe pour mon anniversaire et Matt m'a donné ce cahier », ai-je tracé d'une écriture pleine de fioritures qui essayait de s'élever au niveau de sophistication de mes cadeaux. Je n'ai pu toutefois éviter quelques taches, à l'endroit où la plume avait accroché le papier, car il m'avait fallu un peu de temps pour m'habituer à cet instrument. « Je n'aurai jamais d'autres amis comme eux. »

Ces mots me font presque rire. *D'autres amis*. Lesquels ? Lorsque j'ai posé les yeux sur Matt et Lucy pour la première fois, je n'en avais aucun.

Je reprends le papier plié et le lisse de la main pour le poser à côté de cette première page. L'écriture est plus ferme et sans tache, mais la magnifique nuance bleue est la même.

Alors, je sors de la maison pour voir la lune se lever sur Heart Lake. Comme cela m'est déjà arrivé, je me dis que je suis folle d'être revenue ici. Mais avais-je un autre endroit où aller ?

Quand j'ai confié à Mitch que je voulais divorcer, il s'est moqué de moi. « Pour aller où ? Et comment vivras-tu ? Bon Dieu, Jane, tu n'as qu'un diplôme de latin ! Si tu pars d'ici, il faudra que tu te débrouilles toute seule. »

La phrase d'Electre m'est alors revenue en mémoire. « Comment serons-nous les maîtres dans notre propre maison ? Nous avons été vendus et ne pouvons plus que vagabonder. » Aussitôt, j'ai su que je retournerais dans la seule patrie que j'avais jamais eue : Heart Lake.

J'ai commencé à retravailler le latin auquel je n'avais pas touché depuis des années. La nuit, j'étudiais avec mon vieux manuel, reprenant les déclinaisons et la conjugaison, jusqu'à ce que l'enchevêtrement inintelligible de mots s'organise de lui-même, les termes s'ordonnant par paires, comme des patineurs se tenant par le bras, adjectifs et noms, verbes et sujets, traçant des dessins précis sur la surface glissante de la syntaxe archaïque.

Tout au long de ce labeur, les voix que j'entendais réciter les déclinaisons et les conjugaisons étaient celles de Matt et de Lucy.

Après que j'eus étudié le manuel deux fois, je demandai un poste à Heart Lake et appris que mon ancien professeur de sciences, Celeste Buehl, était devenue proviseur. « Nous n'avons jamais pu remplacer vraiment Helen Chambers », m'avait-elle avoué. Je me souvenais que Mme Buehl avait été une amie de mon professeur de latin. Personne n'avait été plus triste qu'elle lorsqu'on avait « remercié » cette dernière. « Mais aucune ancienne n'a postulé jusqu'à ce jour. » « Ancienne » était le terme par lequel on désignait une élève de Heart Lake revenue y enseigner, comme Celeste Buehl elle-même, Meryl North, et Tacy Beade, le professeur de dessin. « Votre génération ne semble pas intéressée par l'enseignement. Aucune demande ne m'a été présentée depuis que je suis proviseur, mais personne ne me paraît plus indiquée pour ce travail que l'une des anciennes élèves d'Helen. Par chance, mon ancien cottage est libre. Il sera parfait pour vous et votre fille. Vous vous en souvenez ? C'est celui situé au-dessus de la plage. » Je ne m'en souvenais que trop bien.

Et bien que l'idée de vivre ici m'ait paru, au départ, plutôt troublante, j'ai appris à savourer la vue que m'offre la maison. Ma porte d'entrée ne se trouve qu'à quelques mètres de la Pointe, falaise qui se projette dans l'eau et donne au lac sa forme de cœur. De l'endroit où je me tiens à cet instant, je vois la courbe de la plage, blanche sous le clair de lune et les rochers que nous appelions les Trois Sœurs s'élever au-dessus de l'eau paisible aux reflets argentés.

Je rentre dans la maison pour aller voir Olivia ; elle dort. La lumière qui pénètre par la fenêtre tombe sur sa chevelure emmêlée. Après lui avoir dégagé le front, je lisse les draps entortillés pour qu'elle ait moins chaud. Elle remue et gémit doucement dans son sommeil mais ne m'appelle pas comme elle le ferait si elle était sur le point de s'éveiller, comme elle le fera peut-être au petit matin. Elle va dormir tranquillement pendant quelques heures.

Une fois dehors, je descends les hautes marches de pierre qui conduisent au rivage. Chaque nuit, je me livre à ce rituel et chaque nuit je m'étonne d'être capable de le faire. Bien sûr, je sais que je ne devrais pas laisser Olivia seule, même pendant ces quelques minutes – quinze, vingt tout au plus. Que pourrait-il arriver ? Je le sais : des cambrioleurs ; le feu ; Olivia se réveillant, soudain saisie de panique en voyant que je ne réponds pas à son appel et s'enfuyant dans le bois... Mon cœur cogne dans ma poitrine à l'idée des catastrophes que mon imagination évoque avec tant de facilité. Pourtant, je m'éloigne, sentant sous mes pieds nus les marches devenir de plus en plus humides à cause de la brume qui monte du lac, puis de plus en plus glissantes à cause de la mousse qui recouvre la pierre.

Au pied de l'escalier, le sol est constitué de boue compacte. J'entends le choc incessant des vagues sur les rochers. Pataugeant dans l'eau froide jusqu'à ce que l'eau me recouvre les chevilles, je me retrouve près de la première des Trois Sœurs, contre laquelle j'appuie l'épaule, sentant sa chaleur, telle celle d'une personne, chaleur qu'elle a accumulée au cours de cette journée exceptionnellement clémente malgré la saison. Les trois pierres sont constituées de basalte dur et luisant, qui contraste avec le calcaire tendre environnant. Lucy déclarait qu'elles étaient comme les pics rocheux du sud-ouest de l'Angleterre, des pierres étrangères transportées de très loin et érigées dans le lac, mais Mme Buehl disait qu'elles avaient sans doute été déposées par un glacier en recul, puis sculptées par l'érosion jusqu'à leur forme présente. Chacune d'elles avait été modelée différemment par l'eau et le temps, par les glaciations et fontes successives du lac. Le premier rocher, près duquel je me tiens, est un sorte de colonne qui s'élève à deux mètres au-dessus de l'eau, le deuxième, de la même forme, s'incline en direction du sud. Le troisième est un dôme dont la courbe émerge doucement au-dessus de l'eau profonde.

Si l'on regarde ces trois rochers l'un après l'autre – sous un éclairage favorable ou à travers la brume qui s'élève du lac en ce moment –, on imagine que le premier est une jeune fille pataugeant au bord de la rive, que le deuxième est la même jeune fille en train de plonger, et que le troisième est le dos de la nageuse qui a jailli de l'eau et plonge de nouveau comme un dauphin.

Le lac est d'une fraîcheur délicieuse. Pour un début d'octobre, le temps est extrêmement doux mais je sais que l'été indien ne peut plus durer très longtemps ; incessamment, un front froid va descendre du Canada, rendant la baignade impossible. Tout à coup, je me sens sale et moite ; je prends conscience de la douleur qui me tire la nuque et le dos à force de rester debout devant le tableau noir et de me pencher sur des copies. Demain matin, je ne pourrai pas me baigner. Cette pensée provoque presque, en moi, une souffrance physique. Je pourrais laisser mes vêtements sur le rocher et nager quelques minutes. L'eau me laverait de toutes les interrogations suscitées par le journal perdu et son contenu.

Au moment où je m'apprête à retirer mon chemisier, j'entends un froissement sous les arbres, derrière moi. Instinctivement, je recule dans l'ombre du deuxième rocher, comme une élève surprise errant, la nuit, hors de son dortoir. Trois formes blanches passent à côté de moi et pénètrent dans le lac. Elles se déplacent aisément dans l'eau, tels des esprits, et m'évoquent irrésistiblement les Wilis de l'histoire que j'ai lue à Olivia. Des draps blancs flottent autour d'elles comme des robes de mariées et soudain, comme des fiancées transformées en animaux se libérant de leur enveloppe dans un conte de fées, elles émergent des vagues de tissu et, entièrement nues, nagent jusqu'au rocher le plus éloigné.

Une masse blanche flotte près de moi. Je la saisis et aperçois la marque de la blanchisserie de l'institution pour jeunes filles de Heart Lake.

L'une des nageuses s'est hissée sur le dôme. Debout, elle étire les bras au-dessus de sa tête comme pour toucher la lune.

— Nous invoquons la déesse du lac et apportons nos offrandes à celle qui garde ces eaux sacrées.

Toujours dans l'eau, ses deux compagnes gloussent. L'une d'elles essaie de se soulever jusqu'au rocher et atterrit sur la poitrine avec un choc dont le son même fait mal à entendre.

— Ouille, j'ai écrasé mes nichons.

— Quels nichons ? T'en as pas !

— Merci infiniment, Melissa !

En s'esclaffant et se chamaillant, les trois esprits mystérieux sont devenus trois adolescentes empruntées : mes élèves Athéna (Ellen Craven), Vesta (Sandy James) et Aphrodite (Melissa Randall).

— Allons, dit Athéna, les mains sur ses hanches nues, vous gâchez tout. Avec vous deux, la déesse du lac ne prendra jamais nos offrandes au sérieux ! Je vous avais dit qu'on aurait dû se passer de joint !

De spectatrice innocente – voyeuse amusée – cette dernière remarque me transforme en professeur responsable. Forte de cette information nouvelle, je dois agir. Les filles ont fumé du hasch. Je m'interroge un instant sur la raison pour laquelle cette révélation me ramène à mon rôle d'enseignante alors que la vue de mes élèves se livrant à un bain de minuit ne m'a pas fait réagir. Peut-être parce que le bain de minuit et les offrandes à la déesse du lac sont des traditions de Heart Lake. À mon époque, nous faisions régulièrement des offrandes à l'esprit de ces eaux, baptisé « dame du lac » (quand nous avons étudié Tennyson), dénomination plus tard transformée en « *Domina Lacunae* », puis devenue, au cours de notre année de terminale, la « déesse blanche ». Au fil de nos études, nous lui offrions des barres chocolatées à demi entamées, des perles de colliers cassés et des mèches de cheveux. Lucy prétendait qu'en donnant quelque chose à la divinité au début du trimestre, on ne perdait aucun objet en se baignant pendant l'année. J'imagine les gourmettes brisées, barrettes ternies et créoles dépareillées luisant doucement au fond de l'eau.

Cette évocation m'effraie tout à coup. Je me souviens qu'Olivia est seule à la maison et je me demande combien de temps s'est écoulé. Je désire rentrer, mais si je révèle aux filles que je les ai vues, je vais devoir les dénoncer auprès du proviseur. Me remémorant l'expression de Mme Buehl quand le Dr Lockhart a mentionné la légende des Crèvecœur, je ne tiens vraiment pas à lui rappeler que les filles se livrent à des sacrifices sur le lac. Toutefois, j'hésite à les laisser sans surveillance. Et si l'une d'elles tombait des rochers ou avait une crampe dans l'eau ? Je me sens maintenant impliquée. J'attends donc qu'elles aient terminé leurs « rites », ce qui ne saurait tarder car elles ont la chair de poule. Je ne peux pas discerner leurs offrandes, mais j'entends leurs « prières ».

— Faites que je maintienne un B de moyenne ce trimestre, pour que ma mère me lâche les baskets, dit Vesta.

— Faites que Brian ne tombe amoureux de personne d'autre à Exeter, implore Aphrodite.

Seule Athéna prononce son invocation trop rapidement pour que je la comprenne. Tandis qu'elle chuchote, elle lève le bras gauche et incline le poignet vers le ciel nocturne, semblant offrir à la déesse sa longue cicatrice ternie par le clair de lune.

3

— Anorexie, automutilation, suicide... trois aspects du même problème. Grossesse adolescente, MST, drogue et j'en passe. Tout cela survient à la puberté. Regardez vos élèves de dix ans : elles sont vives et sûres d'elles. Regardez maintenant celles qui ont quinze et seize ans. En fait, le QI des filles chute à l'adolescence. Et la situation s'aggrave. Saviez-vous que le taux de suicide chez les filles de dix à quatorze ans a grimpé de soixante-quinze pour cent entre 1979 et 1988 ?

Le Dr Lockhart s'adosse à sa chaise pivotante et attend ma réaction. Il m'est difficile de déchiffrer son expression. Comme elle tourne le dos à la fenêtre, son corps se dessine en contre-jour sur le miroir argenté du lac. Peu après mon retour au cottage la nuit dernière, une pluie fine s'est mise à tomber ; elle a duré jusqu'au-delà de l'aube, me consolant vaguement de mon bain avorté. Maintenant, elle s'est arrêtée et, sur le ciel très couvert, couleur de tourbe brûlée, la psychologue prend une forme d'un gris moins franc et plus sombre. De son bureau situé au deuxième étage, on ne voit ni la plage ni les deux rochers les plus proches du rivage ; ils sont dissimulés par le promontoire de la Pointe. Je distingue uniquement le troisième, où se dressait Athéna la nuit dernière.

Je réponds que j'ignorais l'accroissement du taux de suicide depuis 1979. Je ne précise pas que cette année-là, j'étais emmurée à Vassar, transpirant sur mes livres de latin jusqu'à minuit, dans la bibliothèque. Mes camarades s'enivraient au bar du campus ; le dortoir empestait la marijuana ; les garçons entraient et sortaient des toilettes du couloir ; et les filles s'accompagnaient mutuellement à la clinique de Dobbs Ferry pour se faire avorter. Elles pouvaient se faire prescrire la pilule à l'infirmerie de la fac et personne n'avait entendu parler du sida. Quant à moi, j'apprenais Horace par cœur et je me battais avec mes essais latins.

— Diderot a déclaré à une jeune fille : « Vous mourez toutes à quinze ans. »

Cette affirmation me laisse sans voix, avant que je comprenne qu'elle parle au figuré. J'ai déjà entendu dire que les filles perdent une partie de leur confiance en elles à la puberté. Mes yeux parcourent distraitement les titres des ouvrages relatifs à la psychologie des adolescents qui s'alignent sur les étagères. Je pense à ma vie telle que je la concevais à quatorze ans, au sentiment que j'avais, non pas d'être morte, mais d'être tombée dans un long sommeil, telle une héroïne de conte de fées. Je considérais que mon cas était unique.

— Une élève comme Ellen est particulièrement exposée.

— Pourquoi cela ?

Mon interlocutrice fait rouler sa chaise jusqu'à une armoire métallique dont elle ouvre le tiroir du milieu pour en extraire un dossier vert. Elle y jette un coup d'œil rapide et le remet aussitôt en place.

— Parents divorcés – père pratiquement inexistant et mère alcoolique, passant la plus grande partie de son temps en cure de désintoxication.

Elle débite ces éléments à toute allure comme si elle récitait une recette de cuisine. Je me souviens d'Athéna, parlant du « sevrage » de sa mère.

— La tutrice légale est une tante qui n'a trouvé comme solution que de la trimballer d'école en école.

— Quel dommage. J'ai connu quelques filles comme ça à l'époque où je suis venue étudier ici.

— Vraiment ? enchaîna-t-elle en m'observant un moment – elle finit par sourire : peut-être les invitiez-vous à venir chez vous pendant les vacances ?

Cette idée m'amuse. Ces filles d'Albany et de Saratoga avec leurs pulls de shetland et leurs colliers de perles avaient peut-être été négligées par leurs parents fortunés, mais je devais me contenter d'imaginer ce qu'elles auraient pensé des ragoûts à base de soupe Campbell, des housses de plastique sur le seul divan potable de la maison et de la fenêtre du salon donnant sur l'usine. Je regarde le Dr Lockhart et constate qu'elle ne sourit plus.

— Non, je n'ai jamais eu l'idée de les inviter chez moi. Certaines d'entre elles devaient se sentir très seules, en effet.

— Imaginez, alors que vous êtes inscrite dans une école et que vous y avez des amis, d'avoir à tout recommencer. On doit parfois avoir envie de tout laisser tomber.

La sécheresse de sa voix a disparu. Elle s'intéresse vraiment à ces adolescentes.

— Êtes-vous allée en pension ? m'enquis-je.

— J'en ai expérimenté plusieurs. Je me doute de ce que le fait de changer constamment d'école a pu représenter pour Ellen. C'est ce sentiment d'isolement qui entraîne une adolescente vers la dépression et les tendances suicidaires. Il est indispensable de contrer ces pulsions chez nos élèves. Une fois que l'idée du suicide se déclare...

— Vous en parlez comme d'une maladie contagieuse.

— C'est une maladie contagieuse, Jane. J'ai vu comment elle se répand. Une fille joue avec l'idée du suicide ou se coupe les veines à la suite d'une douleur émotionnelle, puis une de ses compagnes l'imite et réussit à se tuer. L'aspect théâtral qui entoure inévitablement une telle tragédie exerce un attrait morbide sur ces filles. Vous avez remarqué leur fascination pour la mort – bijoux en forme de crâne, vêtements noirs, allure d'outre-tombe.

— Oui, les terminales ont l'air de surgir du Moyen Âge ; elles ont presque toutes des cicatrices sur les bras.

— Vous vous souvenez des *Sorcières de Salem* ?

— La pièce d'Arthur Miller ? Bien sûr, mais...

— Vous vous rappelez comment les accusées incriminent leurs tortionnaires de les piquer avec des épingles ? Quand les juges inspectent leur corps, ils constatent effectivement la présence d'égratignures, de morsures, de piqûres...

Me voyant ciller, elle s'interrompt.

— Je sais que ce n'est pas un sujet agréable mais il ne faut pas se voiler la face. Bien qu'une grande partie de nos ados se livrent à une forme quelconque d'automutilation, la plupart des gens ne savent pas que cela se pratique depuis très longtemps.

— Je ne m'en doutais pas. Comment...

— Mon sujet de thèse, explique-t-elle : « Automutilation et sorcellerie dans la Nouvelle-Angleterre puritaine ». Elle s'adosse à son fauteuil et contemple par la fenêtre la surface scintillante de l'eau.

Je suis son regard et revois une fois de plus Athéna debout sur le rocher, levant ses bras vers la lune comme une offrande, un sacrifice.

— Fascinant, dis-je.

— Certes. Il existe encore aujourd'hui un rapport entre les deux. Les filles qui pratiquent l'automutilation se livrent souvent à une forme quelconque de sorcellerie. Leurs tentatives visent à mieux contrôler un monde sur lequel elles n'ont aucun pouvoir. Leurs propres émotions, leur corps, même, semblent hors de contrôle. Charmes, rites, cérémonies d'initiation... sont des stratégies pour mettre un peu d'ordre dans le chaos de l'adolescence.

Je pense à mes trois élèves, nues sur les rochers, implorant de l'aide pour garder leurs petits copains ou de bonnes notes. Je pense aux friandises et aux bracelets que nous avions coutume d'offrir à la dame du lac.

— Les adolescentes ne jouent-elles pas toujours avec ce genre de choses ? Les sorts et la sorcellerie ?

— Vous voulez dire que vous pratiquiez la sorcellerie avec vos camarades de classe ?

— Mes camarades de classe ? – la question me surprend. Je suis désolée. J'ai pensé à Athéna toute la matinée. Je ne vois pas le rapport avec mes camarades de classe.

Le Dr Lockhart rapproche sa chaise du bureau, échappant ainsi à la réverbération aveuglante du soleil sur le lac. Je vois ses yeux bleus à demi fermés posés sur moi. Elle touche le bord d'un dossier posé sur son bureau, comme pour l'ouvrir, mais se contente d'étaler dessus ses doigts longs et fins.

— N'y a-t-il pas eu une éruption de suicides pendant votre année de terminale ?

— Je n'aurais pas utilisé ce terme , dis-je avec une indignation peut-être un peu trop forcée.

J'ai l'impression qu'elle vient de m'accuser d'avoir eu moi-même une éruption de boutons. J'entends la nuance de protestation de ma voix et, apparemment, c'est aussi son cas.

— Ce sujet vous met-il mal à l'aise ? demande-t-elle.

— Je ne vois simplement pas quel est le rapport avec Athéna.

— J'espérais que nous pourrions tirer parti de votre propre expérience auprès d'adolescentes perturbées et suicidaires. Ce à quoi vous avez assisté à l'époque pourrait peut-être éclairer les troubles de vos élèves actuelles.

Je réfléchis à ce qui est arrivé pendant mon année de terminale et, en fait de clarté, je ne vois que ténèbres. Les ténèbres qui m'entourent lorsque j'ouvre les yeux alors que je nage dans le lac. Mais si la psychologue avait raison ? Si le fait de parler de ce qui s'est passé à l'époque pouvait permettre de mieux comprendre Athéna, que je tiens vraiment à aider.

— Deux étudiantes se sont suicidées au cours de mon année de terminale, dis-je.

Mon interlocutrice secoue tristement la tête.

— Cela a dû être très dur pour vous. Ce qui est terrible, dans ces situations, c'est qu'un seul suicide – ou une seule tentative – en entraîne d'autres. Comme je vous l'ai déjà dit, cela devient presque une mode. Une épidémie. Ces deux filles étaient compagnes de chambre, je crois. Ne logiez-vous pas toutes trois ensemble ?

— Nous partagions un appartement, oui. Lucy Toller et moi étions dans la même chambre et Deirdre Hall dans l'autre.

— Il y a d'abord eu une tentative ratée, n'est-ce pas ?

— Oui. Lucy s'est ouvert les veines pendant les vacances de Noël. Deirdre et elle étaient restées seules sur le campus, ce qui devait être assez lugubre.

— Les notes laissées par l'infirmière scolaire à l'époque indiquent que Deirdre Hall a été particulièrement impressionnée par ce geste, d'autant plus que Mlle Toller s'était coupé les poignets sur son lit.

— Deirdre avait une chambre à elle et Lucy voulait sans doute ne pas être vue. Mais oui, je pense qu'elle a été impressionnée.

— Assez pour faire ensuite sa propre tentative. Mais elle ne s'est pas ratée.

— En effet, elle est tombée de la Pointe et s'est brisé le cou sur la glace.

Je ne peux m'empêcher de tourner les yeux vers le promontoire. Le Dr Lockhart suit mon regard. Toutes deux, nous fixons la falaise de quinze mètres de haut comme si nous espérions voir apparaître Deirdre et assister à son dernier saut de l'ange. L'espace d'un instant, une image surgit dans mon esprit : Deirdre debout sur la Pointe, le visage grimaçant de rage et de peur. Je la repousse et reporte les yeux sur la psychologue.

— Certaines personnes ont pensé que c'était un accident.

— Selon mes dossiers, son journal intime indiquait le contraire.

Elle ouvre la chemise d'un coup sec et lit en silence pendant un moment. Une brise venue du lac soulève légèrement les feuilles de papier pelure que nous utilisions à l'époque en classe de dactylographie, si différentes des feuilles lisses que l'on utilise aujourd'hui pour les imprimantes d'ordinateurs.

— Et Lucy a fait une deuxième tentative. Elle s'est noyée dans le lac ?

— Oui, elle est passée à travers la glace...

— Cela aurait-il pu également être un accident ?

— Ce n'en était pas un. J'étais présente.

— Je vois. Pourquoi ne me racontez-vous pas ce qui s'est passé ?

Je fixe l'eau sur laquelle une brume s'élève, blanchissant sa surface. Je peux presque imaginer que c'est l'hiver et que le lac est déjà gelé.

— Elle venait de se disputer violemment avec son frère, dis-je.

Les mots se bousculent avant même que j'aie le temps de me demander s'il est opportun de livrer cette information. Peut-être parce qu'il s'agit de phrases apprises et répétées si souvent.

— Et elle s'est précipitée sur la glace qui se disloquait...

— Pourquoi cette dispute ?

— Je n'ai été témoin que d'une partie et je n'ai pas tout compris.

Je suis stupéfaite de retrouver mon texte comme si les vingt années écoulées depuis que je l'ai récité la première fois étaient effacées. Je l'ai gardé en mémoire tout ce temps comme les déclinaisons latines.

— Mais cela avait un rapport avec l'un de nos professeurs.

— Helen Chambers ?

Je constate que le Dr Lockhart n'a pas besoin de consulter ses notes pour avancer ce nom.

— Oui, Helen Chambers, notre professeur de latin et de grec. C'était une enseignante remarquable. Elle nous faisait jouer des pièces antiques. Pour notre année de terminale, elle a monté une version aquatique d'*Iphigénie en Aulis* dans le lac.

— *Dans* le lac ?

— Oui, dans le lac.

— Elle devait être originale. Mais pourquoi Lucy et son frère se disputaient-ils à son sujet ?

Je secoue la tête.

— Je ne le sais pas exactement, mais Lucy idéalisait *Domina* Chambers, comme nous toutes. On disait qu'elle nourrissait à son sujet une obsession malsaine.

— *On disait ?* Et qu'en pensez-vous ?

La question sonne étrangement comme l'une de celles qu'aurait posées Helen Chambers elle-même. Si nous essayions de nous cacher derrière l'opinion de quelqu'un d'autre – empruntée à l'introduction d'une édition classique ou à des ouvrages de bachotage prédigérés – elle nous transperçait de son regard de glace et nous demandait – non, exigeait de nous – ce que nous pensions. Et si la réponse ne s'élevait pas au niveau de ce qu'elle considérait comme une pensée originale, elle levait les yeux au ciel et haussait ses élégantes épaules : « Peut-être n'y avez-vous pas réfléchi, mademoiselle Hudson. Quand ce sera fait, n'hésitez pas à revenir ! »

— Elle pouvait se montrer un peu dure, dis-je.

La psychologue sourit.

— Ne trouvez-vous pas, Jane, qu'un enseignant doit parfois se montrer un peu dur ?

— Bien sûr. Mais je suis pas très douée pour le « qui aime bien châtie bien ». Mais on disait – je pensais – qu'elle allait parfois trop loin.

— Eh bien alors vous devriez parfois penser à Helen Chambers quand vous êtes face à vos élèves. Comme vous vous en souvenez sans doute, on l'a priée de quitter Heart Lake.

Après mon entrevue avec le Dr Lockhart, je me rends au pavillon des salles de classe pour mon premier cours de la journée. La pluie s'est arrêtée et les élèves qui me dépassent en courant ont noué autour de la taille leur coupe-vent bleu marine qui flotte derrière elles comme des queues bruissantes et luisantes. Un groupe bruyant se rassemble derrière moi. Je pourrais tout aussi bien n'être qu'une pierre au milieu d'un ruisseau. Cela me remplit d'aise. Je fais partie de cet endroit.

C'est ce que j'ai toujours désiré. Faire partie de quelque chose. Je me demande si Helen Chambers éprouvait le même sentiment quand elle est revenue enseigner à Heart Lake. À mes yeux, elle est toujours apparue comme l'esprit caractéristique de ce lieu.

En me dirigeant vers ma classe, je passe devant la salle de dessin. Je m'arrête sur le seuil pour regarder Tacy Beade qui prépare son cours. La salle n'a pas changé depuis que j'étudiais ici – les filles disent que Beady leur retire des points si elles ne remettent pas le matériel en place – et le professeur non plus. Elle se déplace dans la pièce, arrangeant palettes et chevalets, comme une nonne suivant le chemin de croix. Est-ce vraiment ce que je souhaite, enseigner au même endroit pendant quarante ans ? Être l'une des anciennes ?

Mon premier cours est consacré à l'initiation au latin d'une classe de sixième. Je fais des échanges avec les professeurs d'espagnol et d'allemand. C'est une nouvelle idée de Mme Buehl. De cette façon, les enfants auront une base pour choisir la langue qu'elles veulent étudier en cinquième.

« Considérez cela comme une façon de recruter des élèves, m'a dit le proviseur. Rendez le latin amusant. Élaborez ce programme et vous aurez du travail pour toute votre vie. »

Quand j'étudiais à Heart Lake, le latin était obligatoire. L'idée d'Helen Chambers en train de recruter est absurde et choquante. Je ne puis l'imaginer s'interrogeant, ne serait-ce que trente secondes, sur la façon de rendre sa matière amusante. Et pourtant nous l'adorions toutes, et aurions fait n'importe quoi pour elle.

Je me demande ce qu'elle penserait de la façon dont j'enseigne dans cette classe. J'utilise un manuel intitulé *Ecce Romani* (*Voici les Romains*). Ce titre me fait toujours penser à une série télévisée. Ah ! ces Romains, toqués et charmants, avec leurs ravissantes villas dans le sud de l'Italie et leurs esclaves pittoresques et effrontés. Il y a même un épisode où l'un des esclaves s'enfuit. Quand il est rattrapé, il est roué de coups avec un bâton (*virga*) et marqué au front des lettres FUG, abréviation de *fugitivus*, fugitif.

Quand Mme Buehl m'a montré les nouveaux livres, ma bouche est devenue sèche. Toutes ces nuits à étudier les déclinaisons et à mémoriser Catulle ne m'avaient pas préparée à parler en latin du temps qu'il fait (*Quaenam est tempestas hodie ? Mala est*).

J'ai dû passer des heures devant le miroir en m'entraînant à la conversation comme une adolescente nerveuse se préparant pour son premier rendez-vous. *Salve ! Quid est praenomen tibi ? Quae es ?*

Maintenant, alors que j'entre dans la classe, je suis saluée par une douzaine de voix claironnantes. « *Salve Magistra ! Quid agis ?* » Et bien que je sache que *quid agis* signifie, dans son sens idiomatique, « Comment allez-vous ? », ce matin, après mon entrevue avec le Dr Lockhart, j'entends son sens littéral : « Que faites-vous ? Pourquoi ne lui avez-vous pas dit ce que vous avez vu la nuit dernière ? » Et je dois m'empêcher de répondre à mes souriantes et joyeuses *pracpubescentes* sixièmes : « *Nescio*, Je n'en sais rien. Je n'en ai pas la moindre idée. »

Un peu plus tard dans la journée, face à ma classe de terminale, bien que je m'applique à ne pas fixer les trois baigneuses de la veille, je me surprends à leur jeter des coups d'œil furtifs pendant qu'elles lisent leurs versions. Sous les yeux d'Athéna s'étalent des cernes bleus, mais je sais que les filles affectent souvent cette allure insomniaque, en ayant recours à du khôl assorti au rouge à lèvres bleu qu'elles ont toutes adopté.

Elle trébuche, néanmoins, sur sa traduction, ce qui ne lui ressemble pas.

— Comment traduisez-vous *praecipitatur*, ligne six ? dis-je.

— Elle tomba sous l'eau.

— Elle ?

— C'est la lumière, pas « elle », interrompt Vesta. Mais je ne saisis pas : la lumière projette sa tête sous l'eau ? Est-ce que *praecipito* ne signifie pas quelque chose comme tomber sur la tête ?

Aphrodite glousse :

— Je crois que tu es tombée sur la tête la nuit dernière, Vesta.

Vesta et Athéna échangent des regards féroces avec Aphrodite et je me surprends, étonnamment, à rougir, comme si c'était mon secret qui menaçait d'être révélé. Peut-être est-ce le cas ? Si elles apprenaient que j'étais là-bas la nuit dernière, qu'en serait-il de mon autorité d'enseignante ?

— *Tace*, dis-je à Aphrodite. *Praecipitare* signifie baisser la tête la première. Dans le sens courant, cela peut vouloir dire se jeter par terre la tête la première. Dans ce cas, il faut comprendre que la lumière se jette la tête la première sous l'eau ou, de façon plus idiomatique, s'élance sous les vagues.

— Ça fait beaucoup de significations pour un seul mot latin, remarque Athéna.

— Le latin est une langue économique, en particulier lorsqu'il se rapporte à la destruction.

Athéna me délivre un sourire qui me fige comme un jet d'eau glacée.

— C'est exactement pour ça que nous l'aimons, déclare-t-elle.

Après les cours, je marche jusqu'à l'école maternelle pour y chercher Olivia. Comme je suis en avance, dès que j'ai contourné le bâtiment et que j'aperçois les enfants sur le terrain de jeu, je reste dans l'ombre d'un grand sycomore afin que ma fille ne me voie pas.

Je la cherche parmi les petits groupes colorés qui jouent à deux ou trois, courant et escaladant les jeux étincelant sous le soleil. Et soudain je l'aperçois, à l'écart, dansant et chantant seule sous les pins.

Elle n'a pas l'air malheureuse, mais le fait qu'elle soit seule me tracasse. Cela fait ressurgir un vague souvenir sur lequel je n'arrive tout d'abord pas à mettre le doigt. Peut-être m'évoque-t-elle simplement l'enfant que j'étais à son âge, sans amis, jusqu'à ce que je rencontre Lucy Toller, en troisième.

La danse d'Olivia est maintenant ponctuée de petites inclinaisons vers le sol, comme si elle ramassait des fleurs. Pourtant, d'où je suis, je vois bien que ses doigts frôlent à peine les aiguilles de pin ; elle fait semblant de cueillir quelque chose. Cette activité l'absorbe tellement qu'elle s'éloigne de plus en plus du terrain de jeux, dans le bois plus dense qui entoure le bâtiment et descend en pente douce jusqu'au lac. Je retrouve tout à coup ce qu'elle me rappelle : Perséphone s'écartant de ses compagnons pour cueillir des fleurs sur la rive du lac Pergus, où elle est enlevée par Hadès.

Je sors de l'ombre pour l'appeler mais, juste au moment où j'ouvre la bouche, l'une des élèves plus âgées venues seconder les institutrices me devance. Olivia met plusieurs secondes pour réagir, mais elle s'élance enfin avec précipitation vers l'adolescente. Celle-ci se penche vers l'enfant pour lui dire quelque chose et celle-ci hoche la tête en guise de réponse. Voyant ses yeux regarder de côté, je comprends qu'elle subit une réprimande pour s'être éloignée. Parfait. Il faudra que je lui en parle également ce soir.

Je suis les enfants, qui se dirigent vers la porte de sortie. Il me faut attendre, pour récupérer ma fille, qu'ils aient exécuté leur chant d'au revoir et rassemblé leurs œuvres d'art. Je flâne près du lieu où jouait Olivia, et je comprends pourquoi elle aime cet endroit. Il y fait frais et le sol est doré par les aiguilles de pin sèches. Distraitement, je balaie celles-ci du pied et déterre soudain un objet métallique fin et cuivré.

Lorsque je me baisse pour le ramasser, je pense de nouveau à Perséphone, mais cette fois ce n'est pas une fleur que je cueille au milieu des aiguilles de pin ; c'est une épingle à cheveux ou plutôt plusieurs épingles attachées les unes aux autres. Quand je les élève vers la lumière, j'en reconnais l'assemblage. Deux épingles liées par leur extrémité courbe et une pince à cheveux placée horizontalement à mi-hauteur de celle du haut. On dirait la tête d'un animal à cornes tenant quelque chose dans sa gueule. Je frissonne, non à cause de l'ombre des pins, mais parce que je connais cet objet, que je n'ai pas revu depuis vingt ans.

4

Nous avions baptisé cet objet *cornicula*, mot qui signifiait, ainsi que Lucy l'avait lu dans un livre de latin, « toutes petites cornes ». Deirdre avait coutume de dire qu'elle avait inventé cet assemblage le jour où elle avait trouvé une épingle à cheveux d'Helen Chambers sur la causeuse du foyer du lac. J'ai cependant toujours pensé qu'il s'agissait du résultat d'une entreprise collective ou, plus exactement, tripartite.

Au cours de notre année de seconde, nous nous trouvions dans la chambre de Deirdre, révisant le latin pour le contrôle trimestriel d'automne, et buvant le thé que notre hôtesse avait préparé pour rester éveillées. Deirdre occupait seule une chambre car sa mère, psychiatre, avait prétendu que sa fille avait des problèmes de repères et de sévères migraines. Lucy trouvait que cette excuse était un peu grossière, et qu'elle aurait dû se borner à un seul motif.

Les habitudes de Deirdre, que Lucy considérait comme des affectations, pouvaient être gênantes. Ses parents travaillaient aux Affaires étrangères et elle avait passé son enfance dans divers coins retirés d'Asie. Pour se rendre à la douche, elle portait un luxueux kimono au lieu des peignoirs en éponge tachés et usagés dans lesquels nous avions coutume de traîner. Elle aimait se vêtir de tenues entièrement composées de foulards de soie qui adhéraient, de façon provocatrice, à sa silhouette plantureuse. Quand je posais les yeux sur elle en classe, j'étais anxieuse car j'avais toujours l'impression qu'une partie de son costume allait se détacher. Mais cela n'arrivait qu'à l'occasion de nos bains de minuit ; elle parsemait alors le tissu moiré au long du chemin qui mène au lac.

Sur son bureau trônaient deux grandes boîtes métalliques de thé de Chine, l'une remplie de marijuana, et l'autre – fait plus curieux encore, selon les critères de Heart Lake –, pleine de thé en vrac. Elle se montrait aussi maniaque envers les deux. Parfois, lorsqu'elle dissertait à leur sujet en évoquant de lointaines provinces ou des vertus médicinales, il était difficile de savoir de quel produit elle parlait. Je la soupçonnais de les mélanger : il m'arrivait souvent, le matin, de me sentir la tête légère ou étourdie après avoir bu une tasse de son thé fumé très foncé, et je passais régulièrement des nuits sans sommeil après avoir fumé l'un de ses joints délicatement roulés.

Cette nuit-là, le thé de Deirdre avait une nuance de menthe qui me faisait grincer des dents et donnait un léger halo aux objets environnants. Entre les lignes de Catulle, j'étais comme envoûtée par la texture des tapis de chanvre. À un moment, les danseuses de Bali représentées sur l'une des tentures accrochées au mur s'étaient mises à tournoyer autour de la pièce.

Nous traduisions le poème deux de Catulle, où l'auteur affirme qu'il est jaloux des moineaux de Lesbia. Deirdre prétendait que cette œuvre traitait, en réalité, de la jalousie de l'auteur envers l'homosexualité. Lucy, comme d'habitude, était horripilée par le fait que notre camarade réduisait presque tous les textes de latin à ces connotations sexuelles. Deirdre, dépitée, cherchait dans la pièce quelque chose qui puisse lui rendre l'approbation de Lucy. Son œil se posa sur un morceau de papier plié coincé entre les pages du Tantra Asana qu'elle gardait sur sa table de nuit.

Elle le fit glisser hors du livre et le dressa devant les yeux de Lucy ; il était plié en forme de fleur.

— Tu sais ce qu'il y a dedans ? demanda-t-elle.

— Une substance illicite quelconque, probablement. Écoute, tu seras morte à vingt ans si tu continues comme ça.

— Mieux vaut une vie courte et glorieuse qu'une vie longue et banale.

Deirdre adorait les citations se rapportant à la mort. Après le sexe, c'était son sujet préféré. Elle conservait un carnet à couverture de soie rempli d'extraits des Anciens et des Modernes, tous relatifs au trépas prématuré.

— De toute façon, ce n'est pas de la drogue.

Après qu'elle eut tiré sur un pétale, la fleur se déploya entièrement dans sa paume, révélant un autre paquet plié en forme de sauterelle. Elle adorait ce genre d'objets - des secrets renfermant d'autres secrets, des boîtes chinoises, le saint des saints - et savait que c'était également le cas de Lucy. D'un geste de son ongle long et verni, elle ouvrit la sauterelle qui révéla, dans ses plis, une simple épingle à cheveux.

Je m'esclaffai. La scène avait été jusque-là si théâtrale que la chute tombait à plat. Lucy, je le remarquai, ne riait pas.

— Où l'as-tu trouvée ? demanda-t-elle, touchant d'un doigt le fil de métal cuivré.

— Derrière les coussins de la causeuse dans le foyer du lac. Là où elle s'assied toujours.

Lucy libéra l'épingle du papier et la souleva. Un unique cheveu doré y était suspendu. Il resta collé au métal un moment avant de glisser sur le tapis de chanvre qui parut l'absorber immédiatement. Alors que nous nous penchions toutes les trois en même temps pour l'attraper, Deirdre le saisit d'un mouvement vif, aussi adroit que celui d'un enfant jouant au mikado.

Elle le tint à côté des cheveux courts de Lucy.

— Regardez, c'est la même couleur.
— Tu ne peux pas l'affirmer avec un seul cheveu, dit Lucy.

Mais je vis, avec un pincement au cœur, qu'elle était contente. Que Deirdre lui avait fait plaisir. Ressembler, même un tout petit peu, à Helen Chambers était ce que chacune d'entre nous désirait. Afin de trouver quelque affinité cachée ou de s'en fabriquer une par émulation nous l'étudiions avec plus d'attention que nous n'en manifestions envers nos déclinaisons et conjugaisons (nous les apprenions pourtant avec sérieux, ne fût-ce que pour lui plaire). Si notre professeur de latin oubliait un cardigan sur le dossier de sa chaise, l'une de nous l'inspectait dans les moindres détails. Si elle laissait sa tasse de thé dans le réfectoire après la pause de 16 heures, nous scrutions la trace de rouge à lèvres maculant le rebord du récipient et examinions le sachet utilisé pour savoir quelle saveur elle avait choisie. Ultérieurement, quand nous fûmes invitées dans son appartement situé dans le bâtiment principal, nous prîmes l'habitude de mémoriser les titres des livres alignés sur les étagères, les pochettes de disques posées près de l'électrophone et les bouteilles de parfum ornant la coiffeuse. Nous rassemblions ces informations en un portrait éclectique mais cohérent (à nos yeux) ; elle affectionnait Shalimar et lisait un roman de Dickens à chaque période de Noël. Ancienne étudiante à Vassar, elle logeait toujours au club de l'université quand elle se rendait là-bas, ce qu'elle faisait deux fois par an pour aller assister à un ballet (*Giselle* était son préféré) et acheter, chez Altman, ses robes de jersey noires magnifiquement coupées. Son roman favori était *Persuasion*, de Jane Austen, et son second prénom était Liddell – Lucy était convaincue qu'il s'agissait du nom de jeune fille de sa mère. Nous aimions penser qu'elle était apparentée au père d'Alice Liddell, qui avait servi de modèle à Lewis Carroll pour *Alice au pays des merveilles*. N'aurait-il pas été tout à fait plausible qu'elle soit liée à Alice ! Ce que nous ne savions pas, en revanche, c'était la longueur de ses cheveux, car elle les portait toujours en chignon sur la nuque.

Deirdre tendait le cheveu bien droit.

— Je l'ai déjà mesuré, dit-elle. Soixante-dix centimètres. Ils doivent lui arriver au-dessous du cul.

Je pensais que Lucy serait particulièrement intéressée par ce détail, mais elle souleva l'épingle courbe, extrémités en l'air. De chaque côté le métal présentait des ondulations.

— Ça permet de mieux retenir les mèches, expliquai-je. Regardez.

Je retirai une épingle de ma propre chevelure que je portais relevée parce que Lucy m'avait dit que cela me donnait un air intellectuel. Elle était d'une couleur plus foncée que celle d'Helen Chambers à laquelle je l'accrochai, les extrémités vers le bas. Lucy prit alors l'unique pince qui servait à retenir sa frange qu'elle laissait pousser et l'accrocha horizontalement à mi-hauteur de l'épingle de notre professeur. Elle éleva la structure obtenue en la tenant par le bout de la pince.

— On dirait un genre d'animal, dit Deirdre. Une chèvre.

— C'est un talisman, répondit Lucy. Du diable. Un...

Elle s'interrompit, semblant fixer un point devant elle, comme elle le faisait toujours avant de lire sa version de latin. On aurait dit qu'une page visible d'elle seule se déployait dans l'espace.

— Un cornicula. Un petit cornu. À partir de maintenant, ce sera notre signe.

— Notre signe ? demanda Deirdre. Et que signifiera-t-il ?

Lucy nous regarda toutes deux. Je remarquai alors que nous étions assises en tailleur en un triangle étroit, nos genoux se touchant presque, chacune d'entre nous penchée vers le centre. À l'extrémité de mon champ visuel, j'eus l'impression que les danseuses de la tenture tournoyaient de nouveau. Le regard de Lucy me priant de prêter attention et me ramenant à la réalité fit cesser l'hallucination.

— Le signe que nous serons toujours là les unes pour les autres.

Je vis sourire Deirdre. C'était ce qu'elle voulait, que Lucy s'affirme (je savais que je ne comptais pas mais qu'elle me prendrait parce que je faisais partie du lot). C'était ce que je souhaitais aussi, bien sûr, mais quelque chose dans le ton de Lucy me perturbait, qui faisait de ses paroles moins une promesse d'amitié qu'une menace de constante surveillance.

C'est ce même sentiment que j'éprouve maintenant, en soulevant le petit cornu dans la lumière oblique qui traverse les grands pins. Je jette un coup d'œil vers l'école maternelle mais tous les enfants sont rentrés prendre leurs affaires. J'entends faiblement l'air qu'ils chantent à la fin de chaque journée.

« À bientôt, à bientôt, nous nous reverrons bientôt... »

Deirdre et moi avions coutume d'attendre Lucy quand elle travaillait comme assistante à l'école maternelle. Les élèves la suivaient jusqu'à la porte, la suppliant de chanter une autre chanson ou de raconter une autre histoire. Je me souviens en particulier d'une petite fille maigre aux cheveux couleur de paille sèche qui suivait Lucy d'un air abattu jusqu'à ce que celle-ci se retourne et promette qu'elle reviendrait le lendemain.

— Tu me le jures ? criait l'enfant à l'orée du bois.

— Oui Albie, je le jure ! hurlait Lucy à son tour en prononçant « jure » comme s'il s'agissait d'un mot au pouvoir magique dont la simple prononciation assurait l'effet.

Je fais volte-face pour regarder le lac qui scintille entre les troncs d'arbres tels les éclats d'un miroir brisé. Le frémissement de l'eau m'éblouit : quand je détourne les yeux ma vision est balafrée de mouchetures noires. J'ai du mal à repérer Olivia dans la foule d'enfants aux vêtements de couleurs vives qui sortent maintenant de l'école. Pendant un moment, mon cœur cogne à l'idée qu'elle n'est peut-être pas là, que je vais m'avancer vers l'institutrice qui va me regarder sans comprendre et me dire que quelqu'un est venu la chercher... n'ai-je pas donné un mot disant que j'étais d'accord ? Cette pensée est ridicule ; je l'ai vue entrer dans l'école il y a cinq minutes.

Malgré cela, je suis saisie d'une panique telle que les visages des enfants deviennent des taches floues et que je ne distingue celui de ma fille que lorsqu'elle se précipite dans mes jambes. J'arrive à peine à comprendre ce que la maîtresse cherche à me dire, quelque chose qu'elle ne souhaite pas faire entendre à la petite, si j'en juge par ses mouvements de lèvres exagérés, typiques de ceux des adultes quand ils chuchotent des secrets devant les enfants.

— ... Une journée difficile... lasse...

Je hoche la tête et j'explique qu'Olivia n'a pas beaucoup dormi la nuit dernière et que nous ne sommes pas encore tout à fait habituées à notre nouvelle maison – excuses qui me viennent facilement mais qui, d'une certaine façon, n'en sont pas moins vraies.

— Ce n'est probablement que de la fatigue, dis-je en guise de conclusion.

— C'est pas vrai ! proteste l'intéressée, comme tous les enfants surmenés qui ne veulent pas le reconnaître.

— D'accord, ma puce, dis-je en la prenant par la main. On va rentrer à la maison et goûter. Si on faisait des cookies ?

En prononçant ces mots je me rends compte que je n'ai pas les ingrédients nécessaires. Un instant, j'ai cru revoir notre ancienne maison où des pots de céramique assortis étaient toujours remplis de farine, de flocons d'avoine et de pépites de chocolat.

— Je veux aller au rocher magique et regarder les têtards, déclare ma fille.

— Bonne idée ! Je suis ravie d'échapper à la pâtisserie. Demain j'irai acheter de la farine et de la levure.

— ... Les têtards deviennent des grenouilles, explique Olivia, et Mme Crane dit qu'on va en garder dans la classe pour les voir changer...

Elle me lâche la main et court devant moi, tout en continuant à jacasser au sujet des batraciens. Je reste seule dans le bois où j'avais l'habitude de vagabonder en compagnie de Lucy et de Deirdre. Nous empruntions ce chemin pour aller nous baigner. Il nous arrivait même de le faire la nuit et de nager jusqu'à la Sœur la plus éloignée pour y faire nos offrandes à la déesse du lac. Et une fois initiées par Deirdre, nous étions souvent sous l'effet du cannabis.

Olivia disparaît au détour d'un virage mais je peux entendre sa voix. Elle improvise une chanson.

Quand mes élèves me demandent comment était l'école à mon époque, je sais ce qu'elles souhaitent entendre : « Nous travaillions plus dur, les règles étaient plus strictes et les professeurs plus exigeants. » Tout cela était en partie vrai. Heart Lake nous préparait de façon sérieuse à entrer dans une bonne université au sein de laquelle, selon nos professeurs, le travail nous paraîtrait facile. Ils avaient raison. Par la suite, aucun examen de fac ne me parut aussi difficile que les épreuves finales de latin de *Domina* Chambers, les oraux d'histoire de Mme North ou l'analyse d'œuvres d'art de Mme Beade. Mais ce que mes élèves ne devinent pas – et que je ne peux leur avouer – c'est que, lorsque je suis entrée ici dans les années 70, les règles étaient déjà en train de changer. D'une certaine façon, la discipline se relâchait. La pilule contraceptive était devenue accessible et personne n'avait encore entendu parler du sida. La drogue n'était pas interdite car l'administration ne soupçonnait même pas que nous puissions en faire usage. Les cigarettes, considérées comme une habitude critiquable, étaient vaguement tolérées comme le fait de se ronger les ongles ou de porter des collants filés. Même l'uniforme avait cédé la place à un règlement fantaisiste où la longueur des jupes était spécifiée, mais pas l'obligation de porter un soutien-gorge.

J'arrive à un croisement où le chemin se divise en deux. À gauche, il mène à notre maison, à droite, il descend en pente raide jusqu'au lac. J'hésite, ne sachant quel côté Olivia a emprunté. Elle a parlé d'aller voir les têtards, ce qui signifie qu'elle s'est probablement dirigée vers le lac. Immobile, je tends l'oreille mais je ne perçois que le vent soulevant les aiguilles de pin qui tapissent le sol de la forêt.

Je lutte contre l'étincelle de panique qui vacille dans mon cerveau comme une petite flamme. J'entends la voix d'Helen Chambers. Elle nous explique la création du monde par le dieu Pan. Selon les

Grecs, celui-ci provoquait une peur irraisonnée chez les mortels dans les endroits sauvages.

Je me précipite en direction du lac. Le soleil s'est de nouveau caché derrière les nuages, au-dessus d'une eau plate et grise. Si elle est rentrée à la maison, elle ne risque rien pendant quelques minutes, mais si elle est allée vers le lac... Je préfère ne pas envisager cette option.

La plage est vide. Je scrute le sable pour y chercher des empreintes. J'en vois quelques-unes, trop grandes pour appartenir à une enfant de quatre ans. Ce sont d'ailleurs probablement les miennes, datant de la veille au soir. Sur le point de faire demi-tour pour aller voir si Olivia est à la maison, j'entends un bruit de chute dans l'eau. Le son semble provenir de l'endroit le plus éloigné de la Pointe et, quand je regarde dans cette direction, quelque chose de blanc brille fugitivement puis disparaît. Le reflet du soleil sur la pierre, me dis-je en faisant volte-face, mais, tout à coup, je l'aperçois : ma petite fille, debout sur la troisième Sœur. Elle me tourne le dos et se tient au bord du vide. Au moment où je m'apprête à l'appeler, j'ai peur de la faire sursauter et qu'elle tombe. Le lac, je le sais, est profond à cet endroit.

Je me déchausse en hâte et j'avance le plus doucement possible afin de ne pas l'effrayer. Tout au bord, l'eau peu profonde est tiède, mais dès qu'elle me monte à la taille je sens les courants glacés des sources souterraines. Je commence à nager, la tête levée, ne quittant pas Olivia des yeux, comme Mme Pike, notre professeur de gymnastique, nous apprenait à le faire pendant les cours de secourisme.

Il me faut aborder le rocher par le côté le moins profond pour ne pas surprendre Olivia. Trop angoissée pour la quitter des yeux ne serait-ce que le temps de trouver un endroit pour poser les pieds, je tâte la pierre des orteils. Mon pied touche quelque chose de dur et de poisseux qui se décroche quand j'essaie de m'appuyer dessus. Faisant une nouvelle tentative, je trouve une pierre plate sur laquelle j'arrive à prendre appui pour me hisser sur le rocher mais ma jambe, engourdie par le froid, glisse au moment même où je me soulève.

Je tombe lourdement sur la roche et émets un cri étouffé. Ma fille m'entend et se retourne. L'espace d'un instant, je lis la peur sur son visage, puis elle pouffe de rire.

— Maman, pourquoi tu nages tout habillée ?

Avant de répondre, je rampe vers elle et la fais s'asseoir.

— Eh bien, mademoiselle, je pourrais te poser la même question !

Je m'efforce de parler d'un ton léger, gentiment réprobateur parce qu'elle a mouillé ses vêtements, mais quand je soulève l'ourlet de sa robe je remarque que ceux-ci, tout comme ses chaussures et ses socquettes blanches, sont entièrement secs.

5

Après avoir accompagné Olivia à l'école le lendemain matin, je retourne à la plage. Il est presque trop tard dans la saison pour se baigner – les feuilles mortes flottent au bord du lac sous une légère brume, je dois les pousser du pied pour entrer dans l'eau –, mais je suis déterminée à poursuivre cette habitude tant que dure l'été indien. L'eau est froide, même en été, mais depuis que je suis revenue à Heart Lake je nage aussi souvent que je le peux. Et je dois absolument aller inspecter ces rochers pour comprendre comment Olivia a pu atteindre le plus éloigné sans se mouiller.

Quand je lui ai posé la question, elle m'a d'abord répondu qu'elle y était allée en volant. Puis elle a déclaré que c'est la reine des Wilis qui l'avait emmenée dans un bateau magique. Peut-être Mitch n'a-t-il pas tort quand il me dit que je lui lis trop de contes de fées. Lorsque j'ai exigé qu'elle me dise la vérité, elle a éclaté en sanglots et m'a crié que c'était méchant de ne pas la croire. J'ai expliqué que Maman était fatiguée et n'avait pas envie de discuter pour l'instant. (Je parle de moi à la troisième personne quand je perds patience.) Elle a réagi en renversant son bol de chocolat. Je lui ai ordonné en hurlant d'aller dans sa chambre et elle m'a répondu qu'elle ne le pouvait pas parce que sa chambre n'était pas dans cette maison. Je l'ai soulevée sous les aisselles et lui ai crié « Du balai, jeune fille ! ». Elle a croisé les bras et tapé du pied. Je l'ai poussée un petit peu vers sa chambre et elle s'est affalée sur le sol en criant que je l'avais fait tomber.

À partir de là, les choses ont empiré. Ce n'est qu'après que je me suis demandé ce qu'elle allait raconter à son père.

Quand je réfléchis à ce que quelqu'un de l'extérieur pourrait penser de nos disputes, j'ai le visage brûlant de honte. L'eau fraîche du lac me soulage, elle vide mon corps de toute sensation autre que le froid. Je dépasse les deux premiers rochers et arrive devant le troisième. J'évalue la distance entre la rive et celui-ci. Personne, et encore moins une enfant de quatre ans, ne peut faire un tel saut. Je me sens étourdie à force d'essayer de résoudre ce problème. Je fais la planche, inclinant la tête en arrière pour tremper ma tête dans l'eau, puis je me retourne et me dirige vers la zone la plus profonde.

De la plage à la rive sud, le lac fait environ huit cents mètres de diamètre. Quand Lucy et moi étions étudiantes, on nous faisait faire deux fois l'aller et retour en cours de sport. Aujourd'hui, la zone de baignade est délimitée et les élèves ne peuvent effectuer la traversée qu'accompagnées d'un canot de sauvetage.

Mes élèves pensent que cette règle est due aux Trois Sœurs qui poussent au suicide les adolescentes de Heart Lake. Elle se racontent des histoires relatives aux pensionnaires qui se sont noyées depuis l'époque des sœurs Crèvecœur et affirment que leurs esprits hantent toujours les lieux : on peut voir leurs formes fantomatiques dans le brouillard qui s'élève au-dessus de l'eau, par un matin d'automne comme celui-ci et, en hiver, leur visage transparaît à travers la glace.

Quand je lève les yeux, je constate que j'ai dévié de mon itinéraire. Je nage toujours les yeux fermés car le fait de plonger le regard dans cet abîme vert, insondable, me trouble. Même les paupières baissées, je le vois, ce vert végétal, inondé de soleil, qui donne l'impression que la lumière provient du fond du lac.

À mi-parcours, je m'arrête de nager. L'eau, à cet endroit, a plus de vingt mètres de profondeur. Le froid me fige les pieds. Quand on a sorti Deirdre du lac, elle n'était restée dans l'eau que quelques heures et son corps n'était pas abîmé. Mais quand Lucy et son frère Matt se sont noyés, il a fallu plus longtemps pour retrouver leurs corps. Cette nuit-là, la température était tombée à moins dix degrés et un blizzard venu du Canada avait ensuite coupé l'accès à l'école pendant trois jours. Quand la police a enfin commencé les recherches, il a fallu transporter un brise-glace jusqu'au lac pour pouvoir effectuer les percées permettant de le draguer. Cinq jours de plus ont été nécessaires pour les remonter à la surface. Ils étaient morts agrippés l'un à l'autre et leurs membres emmêlés avaient gelé ainsi. Leur mère m'a révélé ensuite qu'elle avait dû les faire inhumer ensemble car il aurait fallu, sinon, leur briser les os pour les séparer.

Cette partie du lac est la plus froide —Mme Buehl nous a expliqué qu'il y avait une source souterraine qui alimentait le Schwanenkill à l'extrémité sud, au-dessus de laquelle la glace était plus fine en hiver et l'eau plus froide en été ; il est presque impossible d'y rester immobile mais je le fais pourtant chaque matin comme une sorte de pénitence, pour apaiser tout génie habitant ces lieux. Je ne crois pas en la déesse du lac à laquelle nous avons offert nos friandises et nos bracelets pendant toutes ces années, mais les Romains m'ont enseigné quelque chose au sujet des *lares* et des *pénates*, des dieux du logis et des esprits de la nature auxquels il est important de donner leur dû. Au lieu de leur offrir des babioles je leur offre ma personne – mon corps fouetté par l'eau glacée.

Un point de mon épaule gauche, que je me suis luxée autrefois, commence à me faire souffrir. Je sens que je suis restée assez longtemps. La douleur me donne l'impression que des doigts gelés me tirent la peau. Je rentre en crawl, mais, soudain, je me cogne contre quelque chose de dur. Je pivote et vois devant moi un front blanc – cheveux collés en arrière, yeux pâles – hors de l'eau. Des doigts s'élèvent et m'agrippent les cheveux. Glacés, ils me frottent le crâne comme ils le font dans mes cauchemars. J'ouvre la bouche pour hurler et je bois la tasse. Me sentant couler, je saisis le bras et l'arrache de mes cheveux. Ce n'est que lorsque je vois la spirale bleue sur la main que je comprends.

— Athéna ! dis-je du ton que j'utiliserais pour faire le silence dans la classe.

— Madame Hudson !

Elle crache un peu d'eau tandis qu'elle prononce mon nom.

— Oh mon Dieu, madame Hudson ! Je ne vous avais pas vue. Il y a du brouillard et je nageais les yeux fermés !

Nous nous écartons l'une de l'autre, remuant légèrement les bras.

— Eh bien, vous ne pouviez pas imaginer tomber sur quelqu'un au milieu du lac. Ignorez-vous que vous n'êtes pas supposée vous baigner seule ?

L'espace d'un instant, alors qu'elle tourne légèrement la tête vers la rive, j'ai l'impression d'entendre et de distinguer quelqu'un d'autre dans l'eau. Mais le brouillard est maintenant si épais que je n'en suis pas sûre.

— Si, répond-elle. Je le sais. Vous ne le direz pas, n'est-ce pas ? Que je traverse le lac ?

— Vous savez bien qu'il est très dangereux de nager seule, Athéna.

J'ai l'intention de manifester encore un peu ma réprobation, juste assez pour préserver mon autorité de professeur. Depuis ma conversation avec le Dr Lockhart, je me dis qu'il faut me montrer un peu plus stricte avec mes élèves.

— Une infraction de plus et on me renvoie, précise-t-elle.

Son menton tremble. Je crains qu'elle ne se mette à pleurer mais je m'aperçois qu'elle claque des dents. Ses lèvres sont bleues. Si je sais pourquoi je me soumets à l'eau froide tous les matins, je me demande quelle autopunition conduit Athéna dans le lac. Peut-être n'est-ce qu'un pari d'adolescente ?

— C'est entendu, je ne vous dénoncerai pas.

Ses lèvres livides se joignent en ce qui peut sembler être un sourire ou une simple tentative pour empêcher ses dents de claquer. J'ai une crampe au niveau de la cheville droite et je me demande ce que je ferais si Athéna en avait une également. Serais-je capable de la ramener jusqu'à la rive ? Nous nous entraînions au secourisme chaque année avec Mme Pike mais je ne l'ai pas pratiqué depuis des années. D'ailleurs, je n'ai jamais été particulièrement douée. Une fois, alors que je « sauvais » Lucy, je l'ai frappée si fort sur la hanche qu'elle n'a pas pu faire de hockey sur gazon pendant deux semaines.

— Il vaut mieux rentrer, dis-je.

Athéna tourne la tête, non dans la direction de la plage mais vers la rive opposée. Avait-elle l'intention d'y rejoindre quelqu'un ? Je me souviens qu'à cet endroit, juste en face de la plage, se trouve la glacière du Schwanenkill où Lucy et moi avions coutume de retrouver son frère Matt. Mon élève allait-elle rencontrer là-bas un garçon de la ville ? Eh bien il lui faudra attendre. Il n'est pas question que je la laisse seule ; je me sens concernée. Si je ne parle de rien et qu'elle continue à se baigner, je suis responsable de ce qui peut lui arriver.

— Allons-y, dis-je de la voix la plus sévère qu'il m'est possible de prendre avec des dents qui claquent.

Nous repartons. Je reste quelques mètres derrière elle et je garde la tête hors de l'eau pour la surveiller. C'est une bonne nageuse mais on ne sait jamais ; il peut arriver que même les bons nageurs se noient.

Quand nous approchons de la plage, Athéna se dirige vers son extrémité ouest où, dans une caverne peu profonde, j'ai laissé mes vêtements. De dessous une pierre, elle sort un tee-shirt et un jean. Je prends mes affaires, sentant qu'elle m'observe. Pas plus qu'elle je ne suis supposée me trouver à cet endroit.

Je mets mon tee-shirt par-dessus mon maillot et, sans m'essuyer, j'enfile mon jean. Athéna passe les doigts dans ses cheveux ; la spirale bleue de sa main ondule entre les mèches humides. Ses lèvres ont retrouvé leur couleur. Je revois soudain Helen Chambers dans son appartement, en haut du manoir, dénouant ses cheveux et les démêlant devant Lucy et moi ; elle avait tendu la brosse à Lucy et lui avait demandé si elle voulait bien continuer à sa place.

Je me souviens aussi ce que le Dr Lockhart m'a dit hier, à la fin de notre entretien : « Pensez à Helen Chambers quand vous êtes face à vos élèves. »

J'ai cinq minutes de retard pour le cours de 9 heures. Je parcours le couloir du regard pour voir si quelqu'un l'a remarqué mais, par chance, Myra Todd n'a pas de cours à cette heure-ci et Gwen Marsh est également en retard – par l'entrebâillement de la porte de la classe où elle fait cours je vois ses élèves écrire ou lire. Je pénètre dans ma salle de classe et demande à mes élèves de quatrième de traduire la leçon suivante d'*Ecce Romani*. Quand elles ont terminé, je les laisse lire librement – Gwen le fait de temps en temps, je crois –, car je ne me sens pas capable de grand-chose. Spontanément, je suis le conseil du Dr Lockhart : je pense à Helen Chambers.

Plus précisément, à la façon dont elle a quitté Heart Lake.

Après que deux de ses élèves et le frère de l'une d'elles se furent noyés dans le lac, le professeur de latin fit l'objet d'une enquête. Les camarades des deux adolescentes mortes furent interrogées. Dans les effets des disparues, on retrouva le journal intime de Deirdre Hall, comportant des citations relatives à la mort prématurée et au suicide. Auteur désigné de certaines de ces citations, Helen Chambers en avait apparemment livré d'autres à son public. Lucy n'avait pas rédigé de journal mais elle avait écrit une lettre à son frère la semaine précédant leur mort. Elle y disait que *Domina* Chambers lui avait ouvert les yeux sur un secret qui avait tout changé pour elle, pour eux deux, en fait. « *Domina* Chambers m'a dit quelque chose qui change tout. J'ai alors compris pourquoi je m'étais toujours sentie différente des autres. Les règles ordinaires du monde ne peuvent s'appliquer ici. »

Le conseil d'administration demanda à Mme Chambers d'expliquer ce que la jeune fille avait voulu dire dans cette phrase énigmatique. À quel secret avait-elle été initiée ? L'enseignante refusa de répondre et déclara, en outre, qu'il s'agissait d'un sujet qui ne regardait qu'elles deux ; elle ne voulait pas en discuter.

Ses élèves et ses collègues ont été appelées à témoigner devant le conseil. Nous avons toutes été convoquées. Attendant d'être appelées, nous étions assises sur une rangée de chaises alignées contre le mur, à l'extérieur de la salle de musique. Le froid et les tempêtes, qui avaient empêché jusqu'ici le dragage du lac, ayant cessé, il faisait chaud pour la saison et le terrain de l'école était détrempé par la neige fondue. Le sol du vestibule était maculé de boue mêlée à des débris de verre (quelqu'un avait cassé l'imposte au-dessus de la porte d'entrée). Nous transpirions dans nos gros pulls de shetland. Pour éviter toute fuite sur les questions posées dans la salle de musique, il nous était interdit d'échanger la moindre parole. Chaque fois qu'une élève était libérée, elle se dirigeait vers la porte d'entrée sans nous jeter un regard. À sa sortie, une bouffée d'air humide entrait dans le vestibule, que nous reniflions comme des chiens flairant le gibier, jusqu'à ce que le battant se referme et nous isole dans l'atmosphère surchauffée du hall, sentant le renfermé, avec, en ligne de mire, l'imposte rafistolée qui semblait nous fixer comme l'œil blessé du Cyclope.

J'ai été appelée la dernière, sans doute parce que, en tant que compagne de chambre, j'étais supposée en savoir le plus. Quand mon tour est arrivé, je suis entrée dans la pièce et me suis installée sur la chaise unique placée devant la longue table du réfectoire, derrière laquelle trônaient tous les membres du conseil. Un peu à l'écart, Helen Chambers était assise devant la fenêtre, silhouette sombre se découpant sur la lumière intense renvoyée par la glace en train de fondre.

La voir ainsi était étrange. Le conseil, composé essentiellement d'« anciennes », constituait une sorte de club dont elle ne se contentait pas d'accepter les valeurs, elle en était l'incarnation. Ces femmes d'âge indéterminé, qui aimaient les vêtements à l'élégance négligée, les chignons lâches, ou les cheveux très courts avaient toutes, en sortant de Heart Lake, fait leurs études dans de bonnes universités et obtenu une maîtrise ou un diplôme artistique. Esther Macintosh, le professeur d'anglais, qui était supposée travailler à un ouvrage sur Emily Dickinson, s'inspirait de la poétesse, adoptant les chemisiers blancs à col haut et partageant ses cheveux raides et ternes d'une raie au milieu ; Tacy Beade, déjà professeur de dessin, trouvait son inspiration chez Sarah Lawrence – une diapositive, projetée uniquement dans la classe supérieure, représentait un nu expressionniste supposé être son œuvre ; Mme Gray, proviseur de l'époque, Celeste Buehl, Meryl North et même Elsa Pike, professeur de gym râblé, avaient toutes adopté la robe noire et le collier de perles. En contre-jour, elles ressemblaient à une rangée de corbeaux perchés sur une ligne téléphonique.

Je fixais, au-dessus de leur tête, le portrait d'India Crèvecœur et de sa famille mais, au lieu de regarder la fondatrice, je me suis surprise à étudier Iris, sa petite fille morte de la grippe. Trapue et brune, alors que ses sœurs étaient grandes et blondes, elle se tenait légèrement à l'écart du reste de la famille, tandis qu'une servante s'appliquait à nouer la large ceinture de sa robe. Elle paraissait aussi misérable et perdue que moi.

Et pour la première fois, j'ai compris que même si Helen Chambers était l'une d'entre elles, l'une des anciennes, elle était aussi à part. Les robes noires qu'elle affectionnait étaient mieux coupées, ses perles avaient un luisant plus doux et surtout elle était particulièrement brillante et belle. Maintenant, elles allaient lui faire payer tout cela. Avant que la première question ne me fût posée, je savais ce que croyaient les membres du conseil ; je savais ce qu'ils voulaient croire.

— Mme Chambers encourageait-elle la prise de drogue ? a demandé Mme North.

— Pas couramment, seulement au cours de célébrations sacrées, ai-je répondu.

— Mme Chambers encourageait-elle les relations sexuelles ou l'homosexualité ? a demandé Mme Beade.

— Elle disait que les mêmes règles ne s'appliquaient pas à tout le monde – comme pour Antigone.

Fièrement, je citai de mémoire : « Qui sait vers quelle épreuve encore le sort en ce moment nous pousse ? »

— Vos amies faisaient-elles une fixation malsaine sur leur professeur ? a demandé Mme Macintosh.

Je leur ai parlé du cheveu que nous avions trouvé, des sachets de thé que nous avions volés et des listes que nous établissions en réunissant tout ce que nous savions sur *Domina* Chambers.

— Mme Chambers encourageait-elle cette obsession ? a demandé Mme Pike.

Je leur ai raconté les goûters où elle nous invitait, Lucy, Deirdre et moi, que par la suite elle n'avait plus invité que Lucy et moi, puis Lucy seule. Je leur ai révélé que Lucy avait perdu le sommeil, qu'elle semblait bouleversée en sortant de ces goûters, mais ne voulait pas me dire pourquoi.

Mme Buehl a soulevé un morceau de papier bleu très fin. J'ai remarqué que sa main tremblait.

— Voici ce que Lucy a écrit à son frère la semaine précédant sa mort : « Domina Chambers m'a dit quelque chose qui change tout. J'ai alors compris pourquoi je m'étais toujours sentie différente des autres. Les règles ordinaires du monde ne peuvent s'appliquer ici. » Savez-vous ce qu'elle voulait dire ?

J'ai affirmé que non. C'était plutôt vrai. J'ignorais ce qu'elle avait voulu dire, mais je savais ce que pouvaient provoquer ces phrases.

— Était-ce le sujet de sa querelle avec son frère quand elle s'est élancée sur le lac ?

Je n'ai pas répondu tout de suite. Je ne pouvais pas leur révéler pourquoi Lucy et Matt s'étaient disputés. J'ai alors choisi la solution de facilité : j'ai saisi la perche tendue par Mme Buehl. J'ai déclaré qu'ils s'étaient disputés à cause de Mme Chambers, mais que je n'avais pas bien compris la teneur de leurs propos.

Mme Buehl et Mme North ont échangé un regard entendu. Elles ont alors conclu qu'elles n'avaient pas d'autres questions et que je devais retourner à mes révisions.

— Nous veillerons à ce que vous ayez une bourse pour Vassar, a annoncé Mme Buehl avec douceur. Vous êtes une fille intelligente ; ne laissez pas ces événements tragiques entraver vos projets futurs.

J'ai quitté la pièce sans regarder dans la direction d'Helen Chambers et je me suis appliquée à garder les yeux rivés au sol en passant devant la rangée de chaises vides du vestibule. Les débris de verre rouges, bleus et jaunes scintillaient sur le sol – minuscules fragments du vitrail qui représentaient un cœur et portaient la devise de l'école : *Cor te reducit*. « Pas moi, me dis-je. Jamais je ne reviendrai ici. »

Dehors, le vent dispersait des morceaux de glace fondante. Je n'ai plus revu mon professeur de latin. Ce soir-là, le proviseur a annoncé au dîner que toutes les élèves devaient oublier cet incident et éviter d'en parler sous peine de compromettre irrévocablement la réputation de l'école. (Bien sûr, il était déjà trop tard, des parents retiraient leurs filles de l'institution sans même attendre la fin du semestre.) Elle a également annoncé qu'on avait laissé partir Mme Chambers. Entendant cette expression, j'ai imaginé une main serrant une autre main, puis relâcher son étreinte ; j'ai eu la sensation que quelque chose s'évanouissait. Je n'ai rien appris de plus.

Athéna n'est pas venue au cours. Quand je demande à Vesta et à Aphrodite si elles savent où elle se trouve, elles haussent les épaules. Je suppose qu'elles couvrent ses exploits aquatiques du matin. Peut-être est-ce un effet de mon imagination, mais mes élèves de terminale paraissent maussades aujourd'hui. Le temps, sans doute. L'été indien touche à sa fin. Un vent intermittent fait vibrer les fenêtres, amassant des nuages de tempête à l'est du lac. Depuis hier après-midi, pas le moindre rayon de soleil ne s'est manifesté. Cette pensée fait ressurgir un vague souvenir : celui de l'éclair blanc sur la Pointe, juste avant d'apercevoir Olivia sur le rocher. J'ai pensé qu'il s'agissait d'un reflet du soleil mais je me souviens maintenant que le ciel était déjà couvert. Un canot contournant le promontoire, peut-être ? Une de mes élèves – trois de mes élèves – mettant ma fille en danger ? J'observe Vesta et Aphrodite et remarque leurs cernes sombres, qui ne semblent pas dus au khôl. Puisqu'elles se faufilent jusqu'à la troisième Sœur, le soir, ne sont-elles pas capables d'emprunter un canot pour s'y rendre ? Elles se montrent peu coopératives mais c'est aussi le cas de leurs camarades. Leur version, livrée sous forme de chuchotements, est étouffée par le sifflement des radiateurs. Il suffit que je leur demande de parler plus fort pour qu'elles fassent preuve d'anxiété et croient qu'elles se sont trompées. Elles modifient l'ordre des mots et produisent un véritable charabia. Alors que j'essaie de remettre de l'ordre dans leur syntaxe, je perçois dans ma voix une irritation dont je n'avais même pas conscience. J'abandonne et je leur permets de lire en silence jusqu'à la fin du cours. Plusieurs d'entre elles posent la tête sur leurs bras et s'endorment. Je les laisse faire, espérant que Myra Todd ne va pas passer devant la classe et jeter un coup d'œil indiscret.

À l'heure du déjeuner, je commets le péché impardonnable de manger seule. J'achète des crackers au beurre de cacahuète et un Coca dans un distributeur situé au sous-sol du pavillon, avant de descendre jusqu'à la plage. Mon regard se pose sur les Trois Sœurs, puis sur la rive sud où je devine la silhouette de la glacière. L'agent des Eaux et Forêts y rangeait autrefois sa barque. Pendant nos vacances de Noël de l'année de terminale, Lucy et moi l'avons empruntée et nous avons ramé presque jusqu'à la Pointe. J'ai relaté cet épisode entier dans mon journal. Celui que j'ai perdu.

Le vent du nord projette des vagues contre les Trois Sœurs. Je suis des yeux un vol d'oies sauvages qui se posent sur le lac et prennent de nouveau leur essor. Quand je retourne au pavillon pour le dernier cours de l'après-midi, j'ai l'impression d'avoir relativisé un peu les événements.

L'une de mes élèves a probablement trouvé mon journal et compris que j'avais été mêlée aux deux morts survenues pendant mon année de terminale – trois, en comptant Matt Toller. Il me faut accepter l'idée qu'il peut s'agir d'Athéna ; le « rite » auquel j'ai assisté sur les Trois Sœurs révèle son intérêt envers la légende liée aux rochers. Incapable d'imaginer ce qu'elle espère obtenir en me bombardant de vestiges de mon passé et en attirant ma fille sur le promontoire, je dois me contenter de supposer qu'elle a l'intention de me faire chanter ou de chercher à compromettre mon autorité d'enseignante. Autant me l'avouer, celle-ci est déjà compromise.

Le Dr Lockhart affirme qu'un professeur doit parfois faire preuve de sévérité.

Je décide d'aller la voir et de tout lui raconter. Nous irons ensuite chez Mme Buehl. J'imagine que je serai réprimandée mais je ne pense pas mériter le renvoi.

Avec, à l'esprit, un plan bien établi, je me sens déjà mieux. Toutefois, quand j'ouvre la porte de la salle de classe, ma sérénité se dissout à la vue de la psychologue assise à ma place et feuilletant des copies à corriger qui se trouvent dans une chemise.

Quand elle lève les yeux et que son regard bleu et froid se fixe sur moi, je me sens comme fouettée par un courant d'air glacé.

— Mauvaises nouvelles, laisse-t-elle tomber. Ellen Craven a essayé de se tuer. Elle a été transportée à l'hôpital de Corinth.

Alors que je suis sur le point de demander « Qui ? », je me rends compte qu'elle parle d'Athéna.

6

Athéna est enveloppée de blanc. Ses bras, qui reposent sur un drap immaculé, tiré jusqu'au menton, sont bandés du bout des doigts jusqu'au coude. Elle dort, et j'espère qu'elle est plongée dans le sommeil, et non dans le coma.

Par la fenêtre de la chambre d'hôpital, je vois qu'au-dessus de la fabrique de papier le ciel est devenu blême, lui aussi. Pendant le trajet, dans la voiture du Dr Lockhart, j'ai remarqué qu'à l'ouest l'horizon se couvrait. On dirait qu'il va neiger. Pourtant, ce matin même, Athéna et moi nagions dans le lac. Je sais pour avoir grandi ici, à la limite des Adirondacks, que de tels changements climatiques sont possibles. (La nuit où Matt et Lucy se sont noyés, aussi chaude qu'une nuit de printemps, a été suivie, dès le lendemain, de l'une des pires tempête de neige que l'on ait connues.) Malgré tout, ce brusque revirement me paraît stupéfiant ; moins stupéfiant, toutefois, que le changement survenu chez Athéna, si énergique ce matin et métamorphosée, quelques heures plus tard, en cette pâle invalide.

— Est-ce qu'elle dort ?

Je pose cette question au Dr Lockhart, qui contemple les nuages au-dessus du lac.

— Ce n'est pas un coma, répond-elle. Elle a repris conscience quelques minutes après son lavage d'estomac. Heureusement, la quantité de somnifères ingérée n'était pas fatale.

— Elle a pris des somnifères et s'est ensuite ouvert les veines ?

J'ai en mémoire la voix réprobatrice de Lucy déclarant : « Redondant, non ? »

— Oui, c'est particulièrement inquiétant. Nombre d'experts pensent que plus les moyens utilisés sont lourds, plus l'intention de heurter l'entourage est forte. « Voilà quelle est ma souffrance », semble dire la victime, « voilà à quel point je souhaite y échapper ».

— Mais elle est vivante.

J'éprouve le besoin de le dire. Comme dans un linceul, la peau aussi livide que le ciel, les lèvres teintées du rouge à lèvres bleuâtre qu'elle porte habituellement, mon élève a l'aspect d'une morte.

La psychologue écarte ma réflexion d'un geste impatient de la main :

— Uniquement parce que j'ai décidé d'aller voir ce qui se passait quand elle n'est pas apparue au petit déjeuner ce matin.

En dépit de mon inquiétude au sujet des trois adolescentes, il ne m'était pas venu à l'idée de vérifier leur présence pendant les repas.

— C'est vous qui l'avez trouvée ?

— Oui, je peux donc attester de la violence de cette tentative. Elle a utilisé un couteau de boucher qu'elle a dû voler à la cuisine en faisant son service de nettoyage hier soir et s'est coupé les deux poignets. Dieu merci, c'est arrivé avant que le temps ne se gâte vraiment.

Le Dr Lockhart désigne alors le ciel de plus en plus bas.

— Je n'ose pas imaginer ce qui se serait passé si la tempête de neige avait éclaté. J'ai entendu dire que cela s'est déjà produit une fois.

Je hoche la tête.

— Quand Lucy s'est ouvert les veines. Nous n'avons pas pu la conduire à l'hôpital. C'est Celeste Buehl qui a dû faire les points de suture.

— Je ne pensais pas qu'Ellen s'en sortirait, vu la quantité de sang qu'elle a perdue. On va devoir retirer les lattes de parquet pour éliminer toutes les taches. Je ne sais pas quoi faire avec ça.

Devant mon regard perplexe, elle écarte les pans du long manteau anthracite qu'elle portait déjà lorsqu'elle m'attendait dans ma classe, qui est restée fermée depuis. Elle porte une robe grenat, couleur qui ne lui est pas habituelle. Tout à coup, je me rends compte qu'elle est couverte de sang.

— Je n'ai pas eu un instant pour me changer, dit-elle face à mon expression horrifiée. J'ai dû appeler sa tante qui se trouve dans un centre de remise en forme, en Californie, et j'ai voulu vous parler le plus vite possible.

— À moi ?

Je voudrais qu'elle referme le manteau mais elle le laisse ouvert.

— Après la conversation que nous avons eue l'autre jour, j'ai pensé que vous pourriez m'aider à expliquer tout ceci à sa tante, explique-t-elle en désignant la silhouette endormie d'Athéna. Quand avez-vous vu Ellen pour la dernière fois ?

— Ellen ?

Le Dr Lockhart me regarde comme si j'avais perdu l'esprit, ce qui m'inspire immédiatement la dernière des choses à faire : je m'esclaffe.

— C'est simplement que j'appelle toujours les

élèves par le nom latin qu'elles ont choisi. Pour moi, c'est Athéna.

— Mmm. Ce n'est pas un nom latin.

— Je sais, mais je les laisse choisir un nom classique et, cette année, elles ont toutes préféré des noms de déesses.

— Très intéressant. Se livrent-elles au culte de leur patronne ? Parlez-vous de cela en classe ? De rites païens ? De lieux de sabbats ?

— Lieux de sabbat ? Quel rapport avec le latin ?

Elle hausse ses épaules minces, ce qui fait glisser le manteau. Je vois que la moitié de sa manche au moins est maculée de rouge. Il est difficile d'imaginer comment Athéna a pu perdre autant de sang et être encore en vie, mais je me souviens de la chambre de Deirdre, dans laquelle Lucy s'est ouvert les veines. En y pénétrant, en rentrant des vacances de Noël, j'ai tout d'abord pensé que la mère de Deirdre lui avait envoyé un dessus-de-lit écarlate en guise de cadeau.

— Vous seriez surprise d'apprendre ce que certains professeurs – mus, je n'en doute pas, par de bonnes intentions – considèrent comme du domaine de leur enseignement. Les fantaisies auxquelles ils s'adonnent...

— Je ne fais pas l'apologie du New Age et de ses pratiques, docteur Lockhart.

— Ce n'est pas ce que je dis, Jane. Je sais que vous avez un grand respect pour vos élèves, mais vous ne mesurez peut-être pas l'influence que vous avez sur elles.

— Êtes-vous en train de suggérer que j'ai pu avoir un quelconque rôle dans cet acte ?

— Pourquoi êtes-vous tellement sur la défensive ?

— Je suis bouleversée. Je n'arrive pas à croire qu'elle ait pu faire une chose pareille.

— Mais vous savez bien qu'elle a déjà tenté de se

suicider. Et, pas plus tard qu'hier, vous m'avez révélé que les devoirs qu'elle vous rend sont ornés de dessins de lames de rasoir. Ne vous êtes-vous jamais dit qu'il s'agissait peut-être d'un appel au secours ?

Je secoue la tête. Je pensais qu'elle avait fait ces dessins par étourderie, mais je me rends compte à quel point cet argument peut paraître faible en de telles circonstances.

— N'avez-vous jamais essayé de parler avec elle des cicatrices qu'elle a aux poignets ?

Je me souviens de ma conversation avec Athéna avant le dernier contrôle, quand elle a remarqué que je regardais ses avant-bras. Elle m'a dit que sa tante l'avait envoyée ici pour la « sevrer des garçons » ; j'ai ri et je me suis éloignée. Puis il y a eu le bain de ce matin. Je réalise maintenant que je suis peut-être la dernière personne à l'avoir vue avant qu'elle rentre, avale les somnifères de sa compagne de chambre et se tranche les veines avec un couteau de boucher. Avait-elle peur que je la dénonce ?

Je regarde la psychologue, et me rappelle que j'ai eu l'intention de lui dire que j'avais vu Athéna ce matin même dans le lac. Je vais le faire maintenant ; il n'est pas trop tard.

Eh bien, si. Le Dr Lockhart se penche et touche mon chemisier. Je tressaille, comme si elle était sur le point de m'étrangler mais, lorsqu'elle retire sa main, je constate qu'elle a, comme par magie, tiré un long ruban vert de mon col. Seulement, ce n'est pas un ruban, mais un morceau d'algue. Identique à celle qui pousse au fond du lac.

— Intéressant, prononce-t-elle en l'élevant dans la lumière de la fenêtre, ce qui le fait briller comme un tesson de verre.

Je remarque tout à coup que le ciel blanc s'est déchiré ; il a commencé à neiger.

— Nous avons trouvé une chose identique dans les vêtements d'Ellen. Nous avons supposé qu'elle avait d'abord tenté de se noyer dans le lac et que, pour une raison quelconque, elle n'avait pu le faire. Il est étrange qu'on puisse réussir à se couper les veines mais pas à se noyer. Peut-être quelqu'un l'en a-t-il empêchée ?

Elle me fixe, le sourcil levé. Le sang afflue à mon visage et, l'espace d'une seconde, je pense à l'effet que doit produire le rouge de ma peau et celui de sa robe dans cette pièce d'un blanc morbide. Des infirmières apparaissent sur le seuil, accompagnées de Mme Buehl et de Myra Todd. Je me sens piégée, comme si le sang de ma figure avait quelque chose à voir avec celui de la robe du Dr Lockhart, comme si la fine lame verte entre ses doigts était l'arme du crime. Confrontée à des indices aussi irréfutables, que puis-je faire ? Je leur révèle finalement que j'ai rencontré Athéna dans le lac le matin même. Je leur avoue aussi que j'ai surpris les filles sur le rocher, deux nuits auparavant. J'évite toutefois de mentionner la page de mon journal. Quel rapport pourrait-elle avoir avec la tentative de suicide d'Athéna ?

Je retourne à l'école en compagnie de Mme Buehl et passe le reste de l'après-midi dans son bureau. Tous les cours sont annulés, ce qui permet aux élèves d'assister à une « réunion de soutien » dans la salle de musique. Une fois que j'ai raconté la scène à laquelle j'ai assisté il y a deux nuits de cela, ainsi que ma rencontre avec Athéna dans le lac le matin même, le Dr Lockhart se retire pour se changer et interroger Vesta et Aphrodite – Sandy et Melissa, dois-je me forcer à dire – compagnes de chambre de la blessée. Le proviseur la remercie d'avoir « tout pris en main ».

— Si vous ne l'aviez pas trouvée..., commence-t-elle, le visage décomposé et la voix vacillante.

— C'est pour cela que vous m'avez engagée, réplique la psychologue, pour veiller sur vos élèves.

Dès qu'elle est sortie, Mme Buehl retrouve sa sécheresse officielle.

— Vous auriez dû, bien évidemment, me prévenir dès que vous avez assisté à ce bain de minuit.

Myra opinant du chef, je reçois un effluve de son odeur aigre. Quoique je transpire abondamment dans ce bureau surchauffé, cela me rappelle que mes vêtements sont humides.

— Elles étaient entièrement nues, n'est-ce pas ?

— Oui, dis-je pour la dixième ou onzième fois. Bien sûr, j'aurais dû vous mettre au courant. Je pensais le faire après la classe aujourd'hui. Je ne me doutais pas de l'urgence de cette histoire.

— Elle se livraient à un genre de sacrifice sur le rocher, intervient Myra.

À l'entendre, on a le sentiment que les filles décapitaient des poulets.

— Pour moi, reprend-elle, l'urgence d'un tel comportement s'impose d'elle-même.

— Nous faisions toutes ce genre de choses.

L'intonation geignarde de ma voix me répugne. Je ne devrais pas insister car toute tentative d'explication donne l'impression que je cherche à me justifier, ce qui n'est pas le cas ; j'accepte le blâme.

— C'est une vieille tradition à Heart Lake.

Je jette un regard éloquent à Mme Buehl, elle même ancienne élève, comme si je parlais simplement de la fête annuelle de la fondatrice.

— On jette dans le lac un objet censé porter chance. C'est comme... – je cherche une analogie bénigne –, lancer des pièces dans la fontaine de Trévise.

Myra Todd pousse une exclamation de dédain :

— Nues ? Au milieu de la nuit ?

Le proviseur secoue tristement la tête.

— C'est cette légende des Trois Sœurs qui est un fléau depuis le début. Vous particulièrement, Jane, devriez savoir à quel point cette histoire est dangereuse. Mais il y a quelque chose qui me tracasse plus encore que le fait de ne pas m'avoir rapporté ce que vous avez vu. J'espère que vous vous rendez compte maintenant que vous n'auriez jamais dû attendre...

Je hoche vigoureusement la tête tandis que Myra se tortille nerveusement sur son siège. Visiblement, elle ne me laissera pas m'en sortir aussi bien. Elle pense probablement que c'est mon statut d'ancienne élève qui me vaut cette timide réprimande. Je regrette soudain d'avoir dit que j'avais étudié ici. Mais comment aurais-je pu le taire ? Mme Buehl, Meryl North et Tacy Beade, « anciennes », elles aussi, m'ont bien sûr reconnue. Il est vrai que je leur avais appris qui j'étais.

— Ce que j'ai besoin de savoir, toutefois, continue le proviseur, c'est si vous avez raconté à vos élèves ce qui s'est passé pendant votre année de terminale ?

Je lève les yeux, essayant de ne pas trahir mon soulagement.

— Bien sûr que non ! dis-je avec conviction. En fait, quand je les ai entendues discuter de l'histoire des Trois Sœurs, j'ai pensé à le faire, pour détruire la légende. Je savais qu'une seule des sœurs Crèvecœur était morte de la grippe et non en se noyant. Mais je savais qu'en abordant ce sujet, je susciterais d'autres questions... Je me suis donc ravisée, car il me paraît malsain de leur parler des suicides qui ont eu lieu ici. Je sais que ce genre de choses peut être contagieux.

Ce petit discours me laisse à bout de souffle et

déçue de voir que mon interlocutrice ne paraît pas impressionnée. Pas du tout convaincue.

— Êtes-vous sûre que vous me dites la vérité ?

Je fais un signe affirmatif.

— Alors, pouvez-vous expliquer ceci ?

Mme Buehl tient une feuille de cahier à spirale, visiblement arrachée. Je sais que je suis supposée la prendre mais je me sens soudain rivée à ma chaise, comme si mes vêtements, totalement imbibés, voulaient m'entraîner au fond d'une eau profonde. Myra Todd se lève, saisit le papier et me le tend.

Je suis surprise de constater que bien qu'il s'agisse de la page arrachée d'un cahier, les mots qui y figurent ne sont pas manuscrits, mais dactylographiés.

« Chère *Magistra* Hudson » sont les premiers mots du texte, qui, je le comprends, est supposé être la dernière lettre d'Athéna. « Vous avez été une véritable amie. Je suis désolée de vous apprendre que allez perdre un proche, de la façon dont vous avez perdu Lucy et Deirdre. Je veux simplement que vous sachiez que je ne vous reproche rien. *Bona Fortuna. Vale,* Athéna. » Le « je » est souligné trois fois à la main et une empreinte sanglante macule le coin inférieur droit de la feuille.

— C'est elle, dis-je, c'est elle qui a mon ancien journal.

Quand je sors du bureau de Mme Buehl, Vesta et Aphrodite sont assises sur des chaises pliantes dans le vestibule, à l'extérieur de la salle de musique. J'aimerais m'arrêter pour leur parler, mais je suis déjà en retard pour aller chercher Olivia. En outre, elles sont si pâles et ont l'air si nerveuses qu'il serait cruel de leur infliger un autre interrogatoire. J'arrache un bout de page à la fin de mon carnet de notes et je le tends à Vesta.

— Inscrivez le numéro de votre chambre, lui dis-je. J'aimerais vraiment vous parler à toutes les deux un peu plus tard.

Elle hoche la tête et écrit quelque chose sur le papier qu'elle me rend plié en deux.

— Oui, on aimerait vous parler aussi, *Magistra*. Le Dr Lockhart nous a confié que vous nous aviez surprises l'autre nuit et que vous n'en avez parlé à personne.

— Oui, eh bien, j'ai sans doute eu tort.

— Nous pensons au contraire que c'est chic de votre part, déclare Aphrodite. Je pense aux mots d'Athéna : *Vous avez été une véritable amie*.

— Je dois aller chercher ma fille mais je viendrai vous voir au dortoir. Bonne chance pour votre entrevue.

Je suis sur le point de prononcer *Bona Fortuna*, mais je me ravise.

Arrivant en courant à l'école maternelle, je m'attends à trouver Olivia en pleurs, furieuse de mon retard, mais Mme Crane est seule dans sa classe, en train de trier des coquilles d'œufs. À bout de souffle, j'arrive à peine à articuler :

— Où est Olivia ?

Elle me fixe du regard, interloquée.

— Son père est venu la chercher. J'ai pensé que cela ne posait pas de problème puisque vous n'étiez pas là.

— Son père ?

La visite de Mitchell n'était pas prévue avant une semaine.

— Mais j'ai précisé sur son dossier que jamais, jamais elle ne devait être confiée à quelqu'un d'autre que moi ! Vous savez bien que je suis divorcée. Il peut l'avoir kidnappée !

L'institutrice se redresse.

— Vous n'avez pas besoin de crier, madame Hudson. Nous sommes tous bouleversés par ce qui est arrivé à cette jeune fille. Je me suis dit que vous étiez probablement à l'hôpital auprès d'elle puisque c'est l'une de vos élèves et...

Elle s'interrompt. Je me demande comment cette histoire a pu être colportée si vite.

— J'en ai conclu que vous aviez appelé le père d'Olivia pour qu'il vienne s'occuper d'elle. Je suis sûre qu'ils sont chez vous. Olivia voulait lui montrer sa collection de pierres.

— Sa collection de pierres ?

Mme Crane hausse les épaules et déverse une boîte de coquilles d'œufs sur une feuille de papier. Elle pose sur le tout une autre feuille de papier, attrape un petit maillet de caoutchouc et donne un coup sur la table. Je sursaute.

— Pour notre mosaïque, explique-t-elle.

Je crois d'abord qu'elle parle de la collection de cailloux puis je saisis qu'il s'agit des coquilles d'œufs. Je repense au soin qu'Olivia et moi avons apporté au nettoyage des coquilles. Tout à coup, je comprends de quelles pierres il est question. Ma fille voulait parler des pierres magiques. Les Trois Sœurs. Je pars sans la remercier ni lui dire au revoir et je l'entends marmonner en martelant avec frénésie.

Ils sont tous les deux sur la plage. Mitch montre à Olivia comment faire des ricochets mais elle paraît plus intéressée par la sensation des flocons de neige sur sa langue.

— Est-ce que le lac va geler ? demande-t-elle dès qu'elle m'aperçoit. Je voudrais patiner autour des Sœurs.

Quand a-t-elle commencé à les appeler ainsi ? Je

ne me souviens pas lui avoir raconté cette histoire. La tient-elle de la personne qui l'a emmenée sur le rocher ?

— Non, ma puce, le sol n'est pas assez dur et le lac ne va pas geler avant un bout de temps, dis-je.

La température chute rapidement. Je remonte la fermeture éclair de son blouson léger, puis je la serre contre moi.

— Elle devrait être mieux couverte, décrète son père en se tournant enfin vers nous.

— Il faisait vingt-deux degrés ce matin. Et j'avais prévu de la ramener directement à la maison. Je ne t'attendais pas.

— Eh bien, je venais par ici pour mon travail et j'ai pensé passer vous voir. J'aurais bien emmené Olivia à la maison, mais tu étais en retard et je n'ai pas les clés.

— Je voulais que papa voie les pierres magiques, intervient notre fille en désignant les trois rochers. La neige tombe maintenant si fort que j'aperçois à peine le plus éloigné.

On dit que c'est des sœurs, explique-t-elle. Elle se sont noyées comme Hilarant et maintenant elles sont toujours ensemble.

— Hilarant ? demande Mitch. Quel genre de contes lui lis-tu le soir, Jane ?

— Je pense qu'elle veut dire Hilarion, un personnage de Giselle. Mais je ne sais pas d'où vient cette histoire de sœurs. Elle a beaucoup d'imagination.

— C'est la reine des Wilis qui me l'a dit !

Olivia proteste avec véhémence, comme si je l'avais accusée de mentir.

— Très bien, trésor. Nous ferions mieux de rentrer. Je vais préparer une bonne soupe bien chaude.

Alors que notre fille s'élance sur le chemin, Mitch me fait signe de rester un peu en arrière.

— Je pensais l'emmener dîner, annonce-t-il.
— Bon, d'accord, mais j'aurais souhaité que tu me préviennes. Ce n'est pas le rythme de visites que nous avions prévu...
— Il y a un certain nombre de choses que nous n'avions pas prévues. Par exemple que tu laisserais Olivia seule le soir pour aller rejoindre ton petit ami au bord du lac.
— Mais qu'est-ce que tu racontes ?
— Tu tiens sans doute toujours un journal, Jane. Tu devrais prendre davantage de précautions pour le garder secret. Voici ce que j'ai reçu par fax aujourd'hui.
Il me tend un morceau de papier blanc un peu poisseux. La ligne du haut comporte le numéro de téléphone de l'expéditeur, que j'identifie comme celui du fax de l'école. Le reste est manuscrit.
« Aujourd'hui, je vais descendre jusqu'au lac pour le retrouver et tout lui dire. Je sais que je ne devrais pas y aller mais je n'arrive pas à m'en empêcher. C'est comme si le lac m'appelait. Parfois, je me demande si ce qu'on raconte à propos des Trois Sœurs est vrai. Je me sens attirée malgré moi. »
La feuille tremble dans ma main. Il me faut un moment pour comprendre que ce sont mes doigts qui la secouent, et non le vent. J'ai l'impression de sentir, dans le papier lui-même, la haine de l'auteur de cet envoi. Me forçant à admettre que cette personne n'a pas touché la copie que je tiens, je vérifie la date et l'heure de la transmission : 8 h 30 ce matin même. Le Dr Lockhart a trouvé Athéna un peu avant 9 heures. mais pourquoi mon élève aurait-elle envoyé ce message avant de retourner au dortoir, de m'écrire que j'avais été « une véritable amie » et de s'entailler les veines ? Cela n'a aucun sens.
Je lève les yeux vers Mitchell. Nous sommes arrivés

au bout du chemin et nous nous sommes immobilisés tous deux pour reprendre notre respiration. Il attend une réaction, un démenti. Mais que puis-je lui opposer ? Devrais-je lui expliquer que, oui, j'ai écrit ceci, mais il y a longtemps et que, oui, je laisse notre enfant seule pour descendre me baigner, mais certainement pas pour retrouver ce garçon qui est mort depuis près de vingt ans ?

La neige tombe sur l'étendue placide et grise du lac. Bien que je sache qu'elle fond à son contact, j'imagine les flocons dérivant comme des étoiles blanches à travers l'eau sombre. La seule chose qui me paraît claire est que la personne qui a envoyé ce fax à Mitch veut me nuire. Et il n'y a pas de meilleur moyen, pour cela, que de s'en prendre à Olivia. Quelqu'un – ni une fée, ni la reine des Wilis – l'a emmenée jusqu'au rocher le plus éloigné et l'y a laissée. Un faux pas, et elle serait tombée... J'imagine soudain ses cheveux clairs se déployer au-dessus de sa tête tandis qu'elle s'enfonce dans l'eau noire.

— Je devrais peut-être la prendre pendant un certain temps, prononce Mitchell.

Le ton agressif de sa voix me révèle qu'il bluffe. Il s'attend à ce que je lui dise non, que j'appelle mon avocat, que je lui explique que je n'ai rien fait pour justifier qu'il me l'enlève. Mais, au lieu de cela, je lui coupe tous ses effets.

— Oui, c'est une bonne idée. Garde-la un petit peu.

Car, bien que j'aie le cœur brisé de la voir partir, je commence à penser que Heart Lake n'est pas un endroit très sûr pour les petites filles.

7

Sans la présence d'Olivia, la maison est trop calme. Après le dîner (je me prépare des œufs brouillés et je jette les coquilles), je décide de me rendre au dortoir, qui se trouve près de l'endroit où je gare ma voiture, pour parler à Vesta et à Aphrodite. Elles pourront me dire ce qui plairait à Athéna, à qui je rendrai visite un peu plus tard. Cela me paraît un bon plan. D'abord le dortoir, puis l'hôpital. Un bon moyen d'occuper ma soirée.

Je longe la rive du lac ; la nuit est magnifique. La neige d'aujourd'hui n'a laissé qu'un léger vernis blanc sur le sol, qui luit sous le clair de lune. Il fait extrêmement froid. La lumière laiteuse s'étend, comme une prémonition de glace, sur l'eau qui ne gèlera pas avant plusieurs semaines. Matt Toller m'a expliqué un jour comment gelait un lac. Lorsque la surface de l'eau devient plus froide, elle se fait aussi plus dense, et donc son niveau baisse. Quand l'eau plus chaude remonte vers la surface, elle se refroidit au contact de l'air et se densifie à son tour. Ces renversements se succèdent pendant plusieurs semaines, jusqu'au moment où le lac entier est à la même température et où la surface se met à geler. Matt disait que si on se trouvait au bord de l'eau cette nuit-là, on voyait les cristaux se former. J'imagine maintenant le lac comme un mixeur géant, faisant ressurgir de vieilles choses.

Je fais une pause sur la Pointe. Il y a, de chaque côté, des saillies sculptées dans le calcaire tendre qui tapisse le fond du lac, mais sur le dessus la roche est plus dure – en granit, nous avait appris Mme Buehl. Sa surface, bombée et nue, comporte seulement des fissures et des stries laissées par le dernier glacier. Ce promontoire, si imperméable qu'il a conservé les cicatrices d'un événement vieux de dix mille ans, se trouvait autrefois sous la surface de la terre.

Regardant de l'autre côté de l'eau, j'aperçois l'endroit où le lac devient plus étroit et coule dans le Schwanenkill, avant de se mêler à l'Hudson et de rejoindre la mer. Au-dessous de moi, sur la droite, les Trois Sœurs s'avancent dans l'eau au large de la plage. À gauche, j'aperçois les lumières du manoir et du dortoir.

Les pages du journal, le cornicula, la légende des Trois Sœurs ne sont que des débris flottants d'un naufrage qui a eu lieu il y a vingt ans. Mais aujourd'hui, l'épave elle-même semble remonter à la surface. Les mêmes événements anciens se produisent de nouveau.

Au cours de notre année de terminale, Lucy Toller se tailla les deux poignets. Quelques semaines plus tard, notre camarade de chambre, Deirdre Hall, fut retrouvée dans le lac, la nuque brisée. L'enquête établit qu'elle avait sauté de la Pointe, atterri sur la glace et glissé dans l'eau. Un mois plus tard, sous mes yeux, Lucy et son frère Matt s'élancèrent sur le lac en dégel qui les engloutit.

Y a-t-il en ce lieu quelque chose qui pousse ces événements à se reproduire ? Toutes ces morts, d'Iris Crèvecœur à Deirdre, de Lucy et de Matt, sont-elles écrites sur le paysage de Heart Lake comme les stries imprimées sur la roche par le glacier ? Ou quelqu'un met-il en scène un nouveau drame d'après un scénario écrit il y a vingt ans ?

En arrivant au dortoir, devant le bureau de la surveillante, je m'aperçois que je ne sais pas dans quelle chambre se trouvent mes élèves. Plongeant la main dans ma poche, j'en ressors le bout de papier que Vesta m'a donné et que je tends à la surveillante sans le regarder. Elle m'explique que je dois monter l'escalier et me rendre jusqu'à la deuxième porte à gauche. C'est ainsi que je me retrouve devant mon ancienne chambre, celle que j'ai partagée pendant trois ans avec Deirdre et Lucy.

Je frappe. Une voix crie « C'est ouvert ! ». Vesta et Aphrodite (ou Sandy et Melissa, ainsi que je dois m'efforcer de les nommer maintenant), sont assises en tailleur sur le même lit, face à face. Malgré un courant d'air, je sens une odeur de cigarette. Le lit est situé sous la fenêtre. Si je regardais sous le store, je trouverais sans doute un cendrier, mais je ne le fais pas.

— *Magistra* Hudson, dit Vesta. *Salve !* Quelle surprise !

Ma visite fait sans doute suite à celles d'un grand nombre d'autres adultes. Il n'est pas difficile d'imaginer la façon dont elles ont été mises sur le gril dans la salle de musique et la quantité de professeurs bien intentionnés qui se sont rendus auprès d'elles.

Outre un livre de poèmes d'Emily Dickinson, posé sur le lit, je remarque une légère odeur de moisi. Gwendoline Marsh et Myra Todd m'ont probablement précédée.

— Puis-je m'asseoir ?

Aphrodite hausse les épaules mais Vesta a au moins la bonne grâce de désigner l'une des deux chaises de bureau. Je m'installe dans le fauteuil en merisier, me demandant s'il s'agit du même qu'il y a vingt ans. Le bureau semble être le même : bois tendre de couleur foncée, marqué par des générations de graffitis et d'initiales. Si je l'examinais de près, je pourrais y trouver les miennes. Au lieu de cela, je regarde par terre et entrevois une tache sombre sur le sol.

— Je trouve qu'on devrait mettre quelque chose par-dessus, mais Sandy dit que ça ne peut qu'aggraver les choses.

C'est la première fois qu'Aphrodite parle depuis que je suis entrée. Je comprends, en entendant les intonations rauques de sa voix, qu'elle a pleuré. De grands cernes noirs soulignent ses yeux.

— Je suis sûre que si vous le lui demandiez, Mme Buehl vous permettrait de changer de chambre. Personne ne s'attend à ce que vous restiez ici avec... ça.

— Oui, elle a estimé qu'on pouvait déménager et Mme Marsh insiste pour que nous le fassions au plus vite. Elle pense que si nous restions, ce serait comme de vivre avec un fantôme et qu'on ne devrait pas...

Sa voix se brise. Elle-même est aussi blanche qu'un fantôme. Je suis sûre que Gwen était bien intentionnée, mais sa comparaison n'était pas la plus inspirée.

— Le Dr Lockhart affirme qu'on doit rester et affronter nos craintes car, selon elle, enterrer le passé n'est pas bon, poursuit Vesta. Je crois qu'elle n'a pas tort, on n'a aucune raison d'avoir peur. Est-ce qu'on va décider tout à coup de se supprimer uniquement parce qu'Ellen a perdu les pédales ? Je ne pense pas.

— Ouais – Aphrodite hoche la tête avec insistance. Ce n'est pas comme si on croyait à cette légende des Trois Sœurs.

— Qui vous l'a racontée ?

Elles échangent un regard. Vesta adresse une grimace à Aphrodite comme si elle était furieuse que celle-ci ait prononcé ces dernières paroles.

— Tout le monde connaît cette histoire. C'est une des grandes traditions de Heart Lake, comme prendre le thé au foyer du lac et de faire sonner la cloche en haut du bâtiment pour ne pas mourir vierge.

Je m'esclaffe avant d'avoir pu me retenir.

— Vous faites toutes encore ça ?

Elles sourient, soulagées d'avoir réussi à me faire rire.

— Ouais, bien que ça ne soit pas indispensable dans le cas de certaines filles, précise Vesta.

Aphrodite lui donne une tape faussement indignée sur le bras en me jetant un regard pour voir comment je prends cette remarque. Je lui souris. je me souviens de sa demande à la déesse du lac : que son petit ami d'Exeter lui reste fidèle.

— Athéna a-t-elle un petit ami ? Elle m'a avoué qu'elle avait été très secouée quand son copain l'a quittée l'année dernière. Est-ce qu'il s'agit de quelque chose de ce genre cette fois-ci ?

Les filles se taisent. Je sens une appréhension de leur part.

— Comment pourrait-elle avoir un petit copain ici ? demande Vesta. Il n'y a pas de garçons.

— Il y en a en ville. Quand j'étais ici...

Voyant le brusque intérêt reflété par leur visage, je m'interromps.

— Quoi ? Que faisiez-vous quand vous étiez ici ? Avez-vous rencontré des garçons dans le bois à l'époque ? s'enquit Aphrodite. Ou sur la plage ? On ne peut pas voir la plage du manoir.

Tout à coup, je sens que j'ai trop chaud sous la lampe puissante dirigée sur mes épaules. Je pense à ce qui m'a amenée ici : le désir de savoir si Athéna détenait mon journal et, dans ce cas, si Vesta et Aphrodite en disposent encore. Je regarde autour de moi. Si je l'ai laissé dans un recoin, il y a vingt ans, elles peuvent être tombées dessus. J'aimerais pouvoir inspecter mon ancienne cachette – sous une latte de parquet, derrière ce bureau. Mais je me souviens avoir déjà vérifié. Je m'étais dit que Lucy pouvait l'avoir dissimulé avant de me suivre jusqu'au lac ; elle était très douée pour cela.

Opposant à la question d'Aphrodite le sourire que j'adopte quand mes élèves me demandent des choses trop personnelles, j'étends une jambe, veillant à ne pas toucher la tache de sang. Je remarque dans le bois un clou lissé par le temps.

— Je me demande s'ils vont remplacer ces lattes de parquet, dis-je. Elle sont vieilles et peu solides. Je vais vous dire ce que nous faisions quand j'étais ici. Nous cachions des choses en dessous.

Levant les yeux pour voir leur réaction, je me heurte à l'expression qu'elles avaient déjà quand je suis entrée. Il n'est pas rare de se montrer distant à dix-sept ans. De toute évidence, elles ne trouvent rien à répondre.

— Je parie que vous pourriez avoir retrouvé des objets placés là depuis des années, poursuis-je, décidée à adopter une voie plus directe. Cela vous est-il arrivé ?

J'ai le sentiment qu'elles évitent de se regarder.

— Non, répond Vesta d'un ton mesuré. Avez-vous perdu quelque chose ?

Je fais pivoter la chaise pour échapper à son attention et faire face au bureau. Sait-elle que j'ai occupé cette chambre ? Ayant soudain l'impression que c'est moi qui suis interrogée, je commence à transpirer. Je pousse alors la lampe et renverse une tasse.

— Il faut l'enlever, dit Aphrodite. Vous êtes la deuxième personne à qui ça arrive ce soir. Au moins, maintenant elle est vide.

Je redresse la tasse et la pose à côté d'un manuel d'histoire que j'ouvre négligemment à la première page. Je lis ce qui est imprimé à l'intérieur de la couverture : « Propriété de l'institution de jeunes filles de Heart Lake. » Sous le tampon de l'école, les élèves peuvent inscrire leur nom et l'année scolaire en cours. La liste remonte au milieu des années 70. Je l'examine pour voir si d'anciennes connaissances y figurent, mais en vain. Je n'ai pas grande mémoire de mes camarades de promotion car je ne fréquentais personne excepté Lucy et Deirdre. La dernière ligne porte le nom d'Ellen Craven.

— Est-ce le bureau d'Athéna ?

— Oui, répond l'une des filles sans que je sache laquelle.

Je cherche un cahier noir et blanc, sans savoir vraiment si je désire trouver celui d'Athéna ou le mien.

— Je vais la voir à l'hôpital. Je me demandais si elle souhaiterait avoir quelques livres.

— Ses livres de latin, vous voulez dire ?

L'intonation sarcastique de Vesta paraît malveillante mais, quand je me retourne, son expression reste neutre et innocente.

— Non, je n'attends pas d'elle qu'elle révise son latin maintenant. Je pensais à quelque chose de plus personnel. Son journal intime peut-être ? Elle en tient un, je crois ? Je me souviens avoir vu un cahier noir et blanc.

— Ouais, elle en a des tonnes, laisse tomber Aphrodite.

— Mais vous arrivez trop tard, ajoute Vesta. Le Dr Lockhart les a tous emportés.

En retournant vers le parking, je manque de tomber à deux reprises en glissant sur le chemin verglacé. Je garde les yeux au sol pour éviter les plaques dangereuses, mais le clair de lune qui traverse les branches des pins dessine des taches noires et blanches qui troublent ma vision. Ces tracés contrastés m'évoquent les couvertures marbrées de mon ancien cahier et de celui d'Athéna.

« Elle en a des tonnes », a dit Aphrodite. Si Athéna a trouvé mon ancien journal, il est possible que le Dr Lockhart le détienne à présent. Il faut que je l'interroge, mais sera-t-elle consciente ?

Quand j'arrive à l'hôpital, je suis soulagée de la voir éveillée. Toutefois, je suis déçue car elle n'est pas seule. La psychologue est assise près de la fenêtre, un livre ouvert sur les genoux. Dans la chambre sombre, luit seulement une petite lampe attachée au volume. Quand la lectrice me voit, elle ferme l'ouvrage et se lève. La lumière se déplace avec elle, projetant des ombres vacillantes à travers la pièce. Athéna tourne la tête sur l'oreiller et sourit en m'apercevant.

— *Magistra* Hudson, dit-elle d'une voix douloureusement rauque. Nous parlions justement de vous.

— Vous avez l'air d'être sur le point de vous endormir. Je peux revenir demain matin.

— Oh non ! J'ai justement dit au Dr Lockhart que je voulais vous parler.

— Oui. Ellen m'a déclaré que le latin est sa matière favorite. Je lui tenais simplement compagnie jusqu'à ce qu'elle s'endorme, mais maintenant que vous êtes ici je vais m'en aller.

Elle vient près du lit et me fait signe de m'approcher.

— Je veux juste dire un mot à Mme Hudson, Ellen. Ensuite, je vous la rends.

Athéna se met sur le côté pour nous suivre des yeux tandis que nous nous dirigeons vers le couloir. La lumière lunaire qui se déverse par la fenêtre fait ressortir les bandages de ses bras, qui me font penser aux pattes protégées des chevaux de course.

La psychologue me prend le coude pour m'éloigner de la porte.

— Je voulais vous signaler qu'elle est dans une phase de déni, chuchote-t-elle. Ne prenez pas trop au sérieux ce qu'elle va vous dire sur sa tentative de suicide. Il serait d'ailleurs préférable de ne pas trop lui poser de questions à ce sujet.

— Entendu. Il y a juste une chose que je voulais vous demander.

Mon interlocutrice fronce un sourcil et croise les bras sur sa poitrine. La petite lumière qui émane du livre éclaire son visage de façon sinistre telles les lampes de poche que nous nous placions sous le menton en racontant la légendes des Trois Sœurs, devant le feu de joie d'Halloween.

— Les compagnes de chambre d'Athéna m'ont dit que vous aviez récupéré des journaux intimes sur son bureau. Je me demandais si...

— Si certains d'entre eux étaient les vôtres ?

Je hoche la tête.

— Non, j'ai vérifié soigneusement. Si c'est elle qui a votre journal, elle l'a soigneusement caché. Peut-être est-ce quelqu'un d'autre qui l'a trouvé ?

Elle me tapote le bras pour me rassurer, faisant osciller la lampe dans le couloir mal éclairé et créant ainsi un effet visuel qui évoque le reflet de l'eau sur les parois d'une caverne souterraine. — Ne vous inquiétez pas, Jane, il n'y a sans doute rien de bien important dans vos journaux d'adolescente.

Elle fait demi-tour et s'éloigne dans le couloir, la lueur tressautant faiblement à ses côtés comme la fée Clochette de *Peter Pan*.

Les yeux d'Athéna sont fermés quand j'entre dans sa chambre, mais elle les ouvre tandis que je m'approche de son lit.

— Oh ! *Magistra* Hudson, j'ai envie de vous parler depuis ce matin. Vous êtes la seule à qui je puisse me confier !

Ces mots me paraissent familiers. Ils figurent sur la page de journal que l'on m'a fait parvenir il y a deux jours.

— Que voulez-vous me dire ? dis-je en prenant sa main et en veillant à ne pas la serrer trop fort.

— Ce n'est pas moi.

L'espace d'une seconde, j'ai l'impression qu'elle nie avoir découvert mon journal, puis je me rends compte que je ne l'ai même pas accusée.

— Que voulez-vous dire ?

— Qui me suis coupé les veines. Je n'ai pas fait de tentative de suicide. Quelqu'un a essayé de me tuer.

8

— Fantasme paranoïde provoqué par une surdose de médicaments, décrète le Dr Lockhart quand je lui rapporte la déclaration d'Athéna. C'est ce que je craignais.

Nous sommes de nouveau dans son bureau à la vue panoramique. J'ai l'impression que des mois, non des jours, se sont écoulés depuis la dernière fois où je me tenais ici, aspirant avec ferveur à un bain dans le lac. Depuis la première neige tombée hier, la température est descendue au-dessous de huit degrés.

— Le déni de suicide est courant, poursuit la psychologue. En fait, j'ai écrit un mémoire sur ce sujet pendant mon internat.

Elle fait reculer son fauteuil à roulettes pour ouvrir un tiroir de l'armoire située derrière elle. Je remarque la forme ergonomique de son siège ainsi que la couleur anthracite du velours, si bien assortie à ses vêtements. Comment a-t-elle pu arriver à faire acheter un tel accessoire à l'école alors que tous les professeurs se contentent de vieilles chaises grinçantes à dossier droit ?

Le fin paquet de feuilles qu'elle me tend constitue probablement le mémoire en question. Je suis sur le point de lui affirmer poliment que je le lirai dès que mes corrections seront à jour, lorsque je remarque qu'il ne s'agit pas d'un mémoire. C'est une lettre manuscrite, écrite sur du papier bleu pâle, écrite par Lucy et datée du 28 février 1977. Elle est adressée à son frère, qui effectuait son année de terminale dans une école militaire de la vallée de l'Hudson. Comme à son habitude, mon amie commence par une citation que j'identifie comme une phrase D'*Iphigénie en Tauride*, d'Euripide : « Un salut te parvient de quelqu'un que tu crois mort. » Elle poursuit en assurant son frère que le rapport officiel de sa tentative de suicide est faux. « Je ne peux pas te l'expliquer maintenant, Mattie, mais je te supplie de croire que je ne m'ôterais jamais la vie de mon propre gré. Tu vois, *Domina* Chambers m'a dit quelque chose qui change tout. J'ai compris pourquoi je me suis toujours sentie différente des autres. Les règles ordinaires du monde ne peuvent s'appliquer ici. » « Qui sait vers quelle épreuve encore le sort en ce moment nous pousse ? » C'est ce passage qui avait été considéré comme incriminant pour *Domina* Chambers au moment de l'enquête.

Tout en bas de la page elle parodie un vers d'un poème : « Ne péchons plus en restant ici, comme nous l'avons fait, mais, mon Matthew, allons fêter le mai nouveau. » Je me souviens du poème de Robert Herrick que nous avions étudié au cours de Mme Macintosh.

Je relis la lettre une fois et je soulève la feuille pour

voir le reste des papiers, mais le Dr Lockhart tend la main par-dessus le bureau et s'en saisit.

— Comme vous le voyez, votre amie Lucy a nié s'être taillé les veines. Pourtant, si les notes du proviseur sont exactes, le sang a traversé deux matelas.

À ces mots, ma vision s'inonde de rouge. Je revois le lit imbibé de sang, les draps écarlates entortillés.

— Et nous savons pourtant que sa tentative de suicide était réelle. Après tout, elle a fini par réussir. Elle s'est délibérément précipitée sur la glace pour se noyer. Vous en avez été témoin, non ?

Je fais un signe affirmatif mais je comprends, devant le silence insistant du Dr Lockhart, qu'elle attend un peu plus qu'un simple acquiescement.

— Oui, dis-je. Elle s'est délibérément noyée.

— Elle n'a pas essayé de s'agripper à la glace. Vous ne pouviez pas l'aider ?

— Elle a refusé mon aide et a pratiquement plongé sous l'eau. Elle voulait mourir.

— Elle ne vous a pas appelée à l'aide, au dernier moment ?

— Non, dis-je, essayant sans grand succès de dissimuler l'irritation de ma voix. Comme je viens de l'affirmer, elle a coulé aussitôt. Une fois sous l'eau, elle ne pouvait plus vraiment appeler.

— Nous pouvons donc en déduire que sa première tentative était, elle aussi, bien réelle. De toute façon, il serait trop horrible d'imaginer que votre amie n'ait pas eu l'intention de se donner la mort la première fois.

— Pourquoi ?

— Parce que c'est ce qui a précipité le suicide de votre autre camarade de chambre, Deirdre Hall.

Mon interlocutrice extrait une autre feuille du dossier posé sur son bureau. C'est la photocopie d'une page manuscrite.

« Tout ce qui va se passer maintenant est la conséquence de ce que Lucy a fait à Noël », lis-je à haute voix. Les dernières lignes proviennent d'un morceau de feuille ronéotypée découpé puis collé. Je les déchiffre en silence. « Allons, je vais partir, car nuit et jour j'entends / L'eau du lac clapoter en murmures légers sur la rive... / Arrêtée sur la route ou sur les pavés gris / Je l'entends dans le tréfonds du cœur. » Encore un des passages préférés de Mme Macintosh, extrait de « L'île au lac d'Innisfree » de Yeats.

— C'est le dernier texte écrit par Deirdre Hall dans son journal avant qu'elle ne se noie dans le lac, enchaîne le Dr Lockhart. Non, Jane, nous ne devons pas croire qu'Ellen n'a pas tenté de se tuer. Il faut que nous la surveillions très étroitement, ainsi que ses compagnes de chambre, Sandy et Melissa. Je considère que ces trois filles sont en danger.

Pendant les quelques semaines qui suivent, je ne fais pas grand-chose hormis surveiller mes élèves. Je me convaincs que je ne suis qu'à l'affût des signes de dépression et de tendances suicidaires, mais, pour être sincère, je cherche aussi à savoir si elles sont en possession de mon ancien journal. Contre toute attente, elles ne paraissent pas trop perturbées. Peut-être n'est-ce dû qu'à leur changement de garde-robe en raison du temps plus froid. Quand Athéna revient en classe, toutes les filles sont pelotonnées dans plusieurs couches de chemisiers de flanelle, de pulls et d'écharpes. Les gros tricots dissimulent les bandages d'Athéna et les cicatrices sur les poignets de ses camarades. Toutes ont un aspect moins sépulcral que d'habitude dans leurs jupes écossaises rouges vif et leurs angoras duveteux. Il est difficile d'avoir un look d'outre-tombe quand on ressemble à un bûcheron.

Les véritables chutes de neige arrivent tôt, même

pour les Adirondacks. Chaque année, à Halloween, le sol est recouvert d'une couche blanche et pour Thanksgiving le bord des chemins s'élève à hauteur de genou. Le domaine prend une atmosphère close et qui peut finir, vers le mois de janvier, par provoquer un sentiment de claustrophobie. Pour l'instant, elle représente plutôt une protection douillette.

Je téléphone chaque soir à Olivia et je lui rends visite un week-end sur deux. Tant que je ne manifeste pas le désir de la reprendre avec moi, Mitchell ne parle plus de demander la garde. Il est préférable de laisser les choses telles quelles pour l'instant.

Les vestiges du passé ont cessé de venir me hanter. Quand je contemple le lac, je sais qu'il ne va pas tarder à geler et je me rends compte que j'attends ce moment avec impatience, comme si le passé pouvait, lui aussi, être scellé sous la glace.

Chaque nuit, je descends sur la plage, espérant voir se former les premiers cristaux. Une nuit, j'y trouve Athéna, Vesta et Aphrodite. Sur le point de faire demi-tour, j'aperçois Gwendoline Marsh et Myra Todd à leurs côtés, ainsi que quelques autres pensionnaires. Le groupe est muni de couvertures et de thermos de chocolat chaud.

— *Magistra* ! s'écrient mes élèves quand elles me découvrent. Venez vous joindre à nous ! Nous attendons que le lac gèle. Mme Todd prétend que s'il y a une lune à ce moment-là, nous verrons les cristaux apparaître.

Elles se sont baptisées « Club de la première glace ».

— C'est une tradition de Heart Lake, dit Vesta en me tendant une tasse fumante.

J'opine du chef et me brûle la langue au contact du chocolat. Myra Todd expose les processus physiques qui provoquent le gel et Gwen lit le poème d'Emily

Dickinson qui commence par « Après une grande douleur naît un sentiment formel... » Je me demande ce qui a motivé son choix, jusqu'à ce qu'elle arrive à la dernière strophe : « Voici l'heure de plomb /Dont on se souvient, si l'on y survit / Comme des personnes gelées se souviennent de la neige / D'abord le froid, puis la stupeur, avant de lâcher prise. »

La description de Myra Todd du processus de gel vaut toutes celles que je connais déjà. Le poème que récite Gwen me fait penser aux derniers moments de Matt et de Lucy. « D'abord le froid, puis la stupeur, avant de lâcher prise. » Mais ils n'ont pas lâché prise ; ils ont pu s'agripper l'un à l'autre.

Quand les filles commencent à taper du pied pour se réchauffer et qu'il ne reste plus de chocolat, Gwendoline Marsh et Vesta chantent « Douce nuit » sur le chemin du retour. Réunion de club. C'est incontestablement une réunion de club.

Au cours de la deuxième semaine de décembre, je remarque un changement chez Aphrodite. Elle arrive en retard en classe sans avoir fait sa version. Peu douée pour l'improvisation, elle ne peut faire illusion, même si Vesta et Athéna essaient de la couvrir ; je vois bien qu'elles lui passent leur devoir car les similitudes sont trop nombreuses. Si je l'interromps pour lui demander de justifier tel ou tel choix de traduction ou pour lui faire reconnaître une terminaison, elle se perd en vaines digressions. Sur six questions, elle se trompe quatre fois. Son désarroi est si pénible à observer que je cesse de l'interroger. Malgré cela, un détail infime la fait éclater en sanglots : le poème de Catulle qui évoque l'infidélité de sa promise, le livre quatre de l'Énéide ou la définition du verbe *prodere*.

Après la classe, je retiens quelques instants Athéna pour lui poser une question :

— Qu'arrive-t-il à Aphrodite ?

— Elle reçoit des lettres d'une fille d'Exeter à propos de son petit ami. Il semble que Brian la trompe et raconte des insanités sur elle. Elle lui téléphone tous les soirs et il jure à chaque fois que ce n'est pas vrai.

— Visiblement, elle prend cela très à cœur.

— Eh bien, c'est normal. Ils sortent ensemble depuis la troisième. Elle croit qu'ils iront à la fac ensemble. Mais si elle continue comme ça, elle ne pourra jamais y aller.

— Vous voulez dire qu'elle pourrait se tuer ?

Athéna me fixe d'un air surpris.

— Non, je veux dire que ses notes sont lamentables. Vous ne l'avez pas remarqué ?

Je décide de parler d'Aphrodite au Dr Lockhart. Elle écoute mon récit avec calme.

— Je vais lui parler, dit-elle quand j'ai terminé, mais je doute que ce soit sérieux. Ce qui est important, c'est de ne pas mettre dans l'esprit de quelqu'un que sa tristesse puisse être suicidaire. Quoi qu'il arrive, évitez d'en parlez avec d'autres élèves.

Je me remémore ma conversation avec Athéna et la façon dont elle m'a regardée quand j'ai cru comprendre qu'elle évoquait un possible suicide de sa camarade. Je remercie la psychologue de m'avoir consacré du temps et je prends rapidement congé.

Ce soir-là, quand j'appelle Olivia, elle me parle de la nouvelle baby-sitter qui s'occupe d'elle après l'école, de sa beauté et des cookies qu'elles préparent ensemble. À peine ai-je le temps de prendre conscience de la jalousie que j'éprouve envers cette ravissante personne, qu'elle me demande quand elle peut revenir vivre avec moi.

— Bientôt, lui dis-je.

Quand j'ai raccroché, je vais dans sa chambre et je m'allonge sur son lit. Le volume des *Contes du Ballet* se trouve sur sa table de nuit. Je me souviens de ce passage où la mère de Giselle lui ordonne de ne pas danser en raison de son cœur malade. Même avec les meilleurs intentions, il est impossible de toujours protéger son enfant. Et je ne suis pas sûre que mes intentions aient toujours été les meilleures. Ai-je vraiment pris en compte le bien de ma fille quand j'ai quitté Mitchell. J'ai pensé que le fait de venir travailler à Heart Lake lui permettrait d'aller dans une bonne école. N'ai-je pas plutôt obéi à mon propre désir de revenir ici ? Je pense aux vers que j'ai lus dans le dernier paragraphe du journal de Deirdre : « Je vais me lever et y aller maintenant car toujours, jour et nuit, j'entends l'eau clapoter doucement sur la rive ; alors que je me tiens sur la route, ou sur le gris pavé, je l'entends au plus profond du cœur. » Ces dernières lignes me font penser non à un cœur humain mais au lac et à ce qui repose dans ses profondeurs.

Suis-je capable de m'occuper d'Olivia ? D'apporter quelque chose de positif à ces filles ? À ma propre fille ? Ou suis-je, comme *Domina* Chambers était accusée de l'être, une *influence corruptrice* ?

Je sors de la maison et j'écoute le lac un moment. *Car toujours, jour et nuit, je l'entends clapoter*. Le son qu'il émet ce soir est exaspérant. Quand donc va-t-il se décider à geler ?

Au lieu d'emprunter le chemin qui descend vers la plage, je me rends sur la Pointe. La glace s'est formée dans les fissures. Un faux-pas suffirait pour glisser sur la surface bombée et tomber dans l'eau. Quand

Deirdre s'est tuée de cette façon, certaines personnes, ses parents, par exemple, ont cru qu'il s'agissait d'un accident. C'est alors que l'administration a confisqué son journal. La dernière citation qu'il contenait, extraite du poème de Yeats, laissait entendre qu'elle s'était sentie attirée malgré elle, comme le suggérait la légende des Trois Sœurs.

Entendant un son sur la gauche, je me tourne un peu trop vite. Mon talon s'agrippe dans l'une des fissures gelées et, pendant un instant, je perds l'équilibre. Mais une main gantée m'agrippe le bras et me retient. C'est Athéna. Elle devait se tenir sur la saillie au-dessous de la Pointe, ce qui explique que je ne l'ai pas vue. Vesta et Aphrodite la suivent, ainsi que Gwendoline Marsh, Myra Todd et les autres élèves : le Club de la première glace au grand complet.

— *Magistra*, articule-t-elle, le souffle coupé par le froid. Que faites-vous ici, c'est dangereux !

— Ouais, renchérit Vesta. On a vu une silhouette de la plage et on croyait que c'était quelqu'un qui voulait sauter.

Athéna lève les yeux au ciel.

— Pas du tout ! Nous voulions seulement... enfin... être sûres.

Aphrodite s'est avancée d'un pas peu assuré sur le rocher glacé. Elle scrute l'obscurité.

— Est-ce qu'il n'y a pas une fille qui s'est tuée en sautant d'ici ?

Gwen Marsh pose la main sur son bras pour la tirer en arrière.

— Non, mon petit, ce n'est qu'une autre légende idiote, affirme-t-elle d'un ton rassurant.

Mais l'adolescente attend toujours une réponse de ma part, que je me montre incapable de lui fournir.

Je cherche à me convaincre que si tout se passe bien jusqu'aux vacances de Noël, il n'y aura plus rien à craindre. Athéna ira chez sa tante et il se peut même que sa mère obtienne une permission pour sortir de la clinique pendant cette période ; Vesta a l'intention de lire *Les Grandes Espérances*, de Dickens, au bord de la piscine du condominium de ses parents, à Miami ; et Aphrodite verra Brian et comprendra que toutes ces lettres n'étaient que des mensonges. Après tout, lui dis-je, il ne faut pas croire tout ce qu'on raconte.

Quant à moi, je vais passer les vacances avec Olivia. J'ai loué une chambre à l'Aquadôme de Westchester pour deux semaines complètes. Cette dépense brûlera toutes mes économies, mais je trouve qu'elle en vaut la peine. Nous nagerons dans le complexe aquatique, je l'emmènerai au Radio City Hall et nous irons voir *Casse-Noisette*. Nous irons aussi patiner au Rockefeller Center. Je lui explique que c'est beaucoup mieux que de patiner sur le lac qui, de toute manière, refuse catégoriquement de geler.

À la soirée de Noël de l'école, Gwen Marsh m'apprend que le Club de la première glace a été dissous. Elle est presque jolie ce soir. Bien qu'elle arbore son sempiternel chemisier à col haut, elle le porte avec une jupe longue de velours marron qui lui affine la taille. Au lieu de bandages, ses poignets sont ornés de larges bracelets victoriens. Elle a même libéré, de son chignon sévère, quelques anglaises qui tremblent chaque fois qu'elle hoche la tête en évoquant l'absence de coopération du lac. Myra Todd entend notre échange de propos et nous rejoint pour se lamenter.

— C'est le réchauffement de la planète qu'il faut blâmer, affirme-t-elle. Le lac a toujours gelé avant la mi-décembre.

Simon Ross, le professeur de maths, rappelle que

l'année précédente, il n'a été possible de patiner que quatre jours.

— Il se peut qu'il ne gèle pas du tout.

Je me retourne pour voir qui vient de proférer cette prédiction pessimiste et constate qu'il s'agit du Dr Lockhart. Elle est vêtue d'une robe en lamé argent que font scintiller les guirlandes lumineuses disposées autour de la salle de musique.

— Il va geler quand nous serons toutes parties en vacances, lui dis-je. À la rentrée, tout aura l'air différent. C'est toujours le cas, après un congé.

Grâce, sans doute, aux deux verres de champagne que j'ai bus, je me sens étrangement gaie.

— Eh bien, cela va nous faire du bien à toutes de partir, intervient Gwen Marsh. Imaginez ce que ce serait de rester ici pendant les vacances. J'ai entendu dire qu'autrefois on laissait les boursières le faire pour gagner un peu d'argent.

— Quel manque d'humanité ! déclare la psychologue en trempant les lèvres dans son verre. Imaginez à quel point ce devait être sinistre pour ces pauvres filles ! Cela vous est-il arrivé, Jane ?

Tout le monde me regarde. En tant qu'ancienne élève, je suis une autorité sur les coutumes de Heart Lake, mais personne jusqu'ici n'avait jamais mentionné que j'étais boursière. Je me demande comment le Dr Lockhart l'a appris, avant de me souvenir de ses dossiers.

En seconde et en première, dis-je. Ce n'était pas si terrible. Mes compagnes de chambre étant aussi boursières, nous restions toutes les trois. Notre professeur de latin, Helen Chambers, était également présente, ainsi que Mme Buehl.

Je prononce le nom de cette dernière assez fort pour que l'intéressée m'entende et vienne nous rejoindre, le sourcil perplexe.

— J'étais en train de dire que vous demeuriez toujours ici pendant les vacances de Noël. Nous vous aidions à ramasser des échantillons de glace.

Le proviseur hoche la tête.

— Certaines des élèves les plus jeunes habitaient même avec moi dans le cottage.

— Que c'était gentil de votre part ! s'écrie Gwen Marsh. Je me demande si une seule de mes élèves aurait envie de rester avec moi comme cela !

Je n'ai pas demandé à ma collègue quels étaient ses projets. Je sais qu'elle a un appartement en ville, mais j'espère qu'elle ne va pas passer Noël seule. Et si elle était coincée ici ?

— Oh ! cela ne m'a jamais gênée, explique Mme Buehl. Elles me tenaient compagnie et je les emmenais patiner. J'ai toujours voulu organiser une récolte de glace à l'ancienne, dit-elle. Comme les Crèvecœur la pratiquaient.

Tout le monde est immédiatement fasciné par cette idée. Meryl North décrit la glacière située de l'autre côté du lac, à l'embouchure du Schwanenkill, et explique que même en été les blocs de glace enveloppés de sciure de bois y restaient intacts. Tacy Beade se souvient que, lorsqu'elle étudiait ici, la glace servait de matériau pour des sculptures. Je remarque que, dès que les anciennes arrivent, Candace Lockhart s'éloigne du groupe. Je l'ai déjà vue agir ainsi mais je ne peux pas la blâmer, car leur discours à toutes les deux, interminable, devient vite soporifique. Quand Myra Todd commence à rassembler les membres d'un futur comité pour la récolte de glace (Gwen, je le constate immédiatement, se propose de faire la plus grande partie du travail), je rejoins la psychologue jusqu'au bar dressé sous le portrait familial des Crèvecœur. Elle tourne le dos à la pièce, apparemment absorbée par une photographie d'India Crèvecœur et de sa fille posant en costume de patineuses sur le lac gelé.

— On aurait pu penser qu'après la dissolution de leur Club de la première glace elles ne se montreraient pas aussi enthousiastes et naïves à la perspective d'une récolte de glace, laisse-t-elle tomber tandis que je me sers un verre de chardonnay tiède.

— Vous savez, il n'est pas facile d'assister à la formation de la glace. Nous avons toujours essayé...

— Avez-vous pu la voir ?

— J'étais au bord du lac lorsqu'elle s'est formée en première année, lui dis-je, mais, vous n'allez pas me croire, je me suis endormie !

— Alors vous l'avez manquée, dit-elle en souriant dans son verre, rempli d'une boisson transparente et gazeuse avec des glaçons. Comme vous avez manqué vos dernières vacances de Noël.

— Pardon ?

Elle secoue son verre pour faire fondre les glaçons.

— Vous avez dit que vous aviez passé vos vacances ici en seconde et en première, mais pas en terminale. Or, c'est précisément à cette période que votre compagne de chambre, Lucy Toller, a fait sa première tentative de suicide. C'est là que tout a commencé, n'est-ce pas ? Vous avez dû vous demander, à l'époque, si votre présence aurait changé quelque chose à la situation.

Se servant d'eau de Seltz, elle me tourne le dos. J'entends quelque chose craquer et je crois un moment que c'est le verre que je tiens, mais ce ne sont que les glaçons qui réagissent au contact du liquide.

— J'étais à Albany, lui dis-je. Avec ma mère qui mourait d'un cancer de l'estomac. En fait, elle est morte la veille du jour de l'an.

— Oh, Jane, s'exclame-t-elle, je ne voulais pas dire

que vous étiez responsable ! Simplement que c'était peut-être ce que vous vous étiez dit. Quel est ce vers poétique sur le remords, déjà... ?

Je la regarde sans comprendre, mais Gwen vient à ma rescousse :

— Le remords, comme le dit Emily Dickinson, est la Mémoire – éveillée.

Le lundi qui précède les vacances, Aphrodite ne vient pas en classe. Quand je demande à Athéna et à Vesta où elle se trouve, elles me répondent qu'elle est sortie tôt, ce matin, pour effectuer une promenade autour du lac et qu'elles ne l'ont pas revue depuis.

À la fin du cours, je vais directement voir Mme Buehl pour lui faire part de cette absence.

— Allons tout de suite dans sa chambre, propose le proviseur.

Je ne suis pas particulièrement ravie à l'idée de me retrouver dans mon ancienne chambre aux côtés de Mme Buehl mais je n'ai pas d'autre choix. Alors que nous nous dirigeons vers le dortoir, je regarde la Pointe qui bloque la vue de l'anse nord-est et de la plage. Je remonte mon col et me mets à trembler.

— Selon les prévisions météorologiques de ce matin, la température va tomber au-dessous de moins dix ce soir. Si nous ne l'avons pas retrouvée avant la nuit il va falloir prévenir la police et organiser des recherches.

Nous échangeons un regard. Je crois que nous pensons à la même chose : une nuit froide, il y a vingt ans, au cours de laquelle je suis apparue à la porte de son cottage. Elle rougit et détourne les yeux la première, comme si c'était elle que ce souvenir embarrassait.

Dans la chambre, nous trouvons Athéna et Vesta assises à leurs bureaux sur lesquels trônent des livres ouverts. Quelque chose me gêne dans ce tableau : leur attitude exagérément studieuse, ainsi que la façon artificielle dont les manuels sont disposés. Reniflant l'air ambiant à la recherche d'une odeur de cigarette, je détecte, à la place, un arôme de pain d'épice. Cette senteur de pâtisserie familiale me trouble : il n'y a pas de four dans les dortoirs. Je comprends tout à coup qu'il s'agit d'un parfum de désodorisant ; nous étions attendues.

Le proviseur demande aux deux pensionnaires si Melissa semblait perturbée quand elle est sortie ce matin. Les filles échangent un regard coupable.

— Eh bien, en fait, nous ne sommes même pas sûres qu'elle se trouvair ici ce matin. Quand nous nous sommes réveillées, elle n'était pas dans sa chambre. Il y a quelque chose sur son lit, mais ce n'est pas un mot, ni une lettre, c'est juste un poème idiot.

Mme Buehl et moi tournons ensemble les yeux vers la porte de la chambre individuelle, fermée. Elle me fait un signe de tête ; je l'ouvre et regarde à l'intérieur. Le lit est fait. Sur l'oreiller repose une feuille dont l'encre bleue me révèle aussitôt ce dont il s'agit. Qui utilise encore une machine à ronéotyper aujourd'hui ? Le proviseur passe devant moi et, sans toucher au papier, lit les deux premières lignes : « Allons, je vais partir, car nuit et jour j'entends / L'eau du lac clapoter en murmures légers sur la rive... » Je termine le poème à haute voix : « Arrêté sur la route ou sur les pavés gris / Je l'entends dans le tréfonds du cœur. »

9

— Comment connaissez-vous ce poème ? demande Athéna. Melissa n'arrête pas de le répéter depuis plusieurs jours. C'est vous qui le lui avez donné ?

Mme Buehl, toujours à côté du lit vide, me fixe.

— Non, dis-je, ce sont juste des vers dont je me souviens. Nous avons étudié ce poème quand j'étais élève ici.

Athéna et Vesta secouent la tête comme pour dire « Ces profs ! Qu'est-ce qu'elles peuvent trimballer comme choses inutiles dans le cerveau ! ».

— Mesdemoiselles, intervient le proviseur, filez chez la surveillante, demandez-lui un sac en plastique et revenez tout de suite. Ne parlez à personne.

Les filles se précipitent hors de la pièce, heureuses, je crois, de s'éloigner de nous. Mme Buehl s'avance comme pour s'asseoir sur le lit de Melissa, mais elle se ravise et s'appuie sur le rebord de la fenêtre. Quand elle lève les yeux vers moi, je pense qu'elle va me poser la même question qu'Athéna : « Comment connaissez-vous ce poème ? » Mais elle ne le fait pas. Peut-être suppose-t-elle que les anciennes doivent connaître Yeats à fond.

— Je vais dans mon bureau pour appeler la police, déclare-t-elle. Venez me rejoindre avec Athéna et Vesta, mais laissez-moi une demi-heure pour téléphoner. Non, une heure, plutôt. Je ne veux pas qu'elles entendent ce que je vais dire.

— Que pensez-vous qu'il lui soit arrivé ?

Elle secoue la tête :

— Je n'en sais rien... c'est tellement bizarre... ce poème, c'est le même que cette élève a laissé dans son journal il y a vingt ans... celle qui s'appelait Hall.

— Deirdre.

— Oui, Deirdre. Juste avant de sauter de la Pointe. Mon Dieu ! C'était sa chambre, n'est-ce pas ?

Elle regarde autour d'elle et, lorsque ses yeux se posent sur moi, qui me tiens toujours sur le seuil, elle semble remarquer tout à coup ma réticence à entrer dans la petite chambre.

— Bon sang, que se passe-t-il ici ?

Il n'est que 15 h 30 quand Athéna, Vesta et moi entrons dans le bureau du proviseur, mais le soleil plonge déjà derrière le manoir. Ses derniers rayons patinent sur le lac, inondant la pièce de leur chaude nuance dorée. L'officier de police, assis sur une chaise face au proviseur, met sa main en visière pour s'en protéger. Je ne vois de lui que les reflets cuivrés de sa chevelure. Quand je pousse les deux élèves devant moi, Gwen Marsh, installée sur un canapé, leur fait signe de venir s'asseoir à côté d'elle et entoure leurs épaules de ses bras enveloppés de bandages. Devant la fenêtre, le Dr Lockhart nous jette un bref regard avant de tourner de nouveau la tête vers l'extérieur.

— Voici le professeur dont je vous ai parlé, Jane Hudson, dit Mme Buehl à l'inspecteur.

Celui-ci se lève et pivote lentement vers moi.

— Oui, dit-il, nous nous connaissons déjà.

L'air semble vibrer comme si les flots de lumière que le lac réverbère se déversaient sur moi. J'éprouve de nouveau le sentiment que l'eau en train de geler fait remonter le passé, livrant ses secrets au grand jour. Car, aussi incroyable que cela paraisse, c'est Matt qui se dresse devant moi.

Mais lorsqu'il fait un pas vers moi, sortant ainsi du contre-jour, le roux de ses cheveux se mue en un châtain foncé mêlé de gris et sa peau hâlée adopte une teinte cireuse. Ce n'est pas Matt. C'est peut-être le portrait de Matt tel qu'il serait s'il avait vécu au-delà de son dix-huitième anniversaire.

— Vous êtes Roy Corey, n'est-ce pas ? dis-je en tendant la main, qu'il prend et retient un moment au lieu de la serrer.

Je suis surprise et heureuse de cette chaleur.

— Bien sûr je me souviens de vous. Vous êtes le cousin de Matt et de Lucy. Nous nous sommes vus une fois.

Il me lâche brusquement les doigts. Ce geste semble apporter une fraîcheur soudaine à l'atmosphère. Le soleil est descendu derrière le manoir et la lueur dorée s'évanouit comme si l'on venait d'éteindre une lampe. De façon inexplicable, je sens que j'ai déçu cet homme alors que je trouve plutôt remarquable d'avoir gardé quelque souvenir de lui. Après tout, notre unique rencontre remonte à vingt ans.

Quand il se rassied, Mme Buehl me désigne l'autre chaise qui fait face à son bureau.

— L'inspecteur Corey était en train de me dire que nous devrions examiner la glacière du Schwanenkill, m'explique-t-elle.

— Je crois que vos élèves ont l'habitude d'y retrouver des garçons de la ville depuis des lustres, intervient le policier.

Je me sens rougir. De toute évidence, il vient de dire cela pour m'embarrasser : il sait aussi bien que moi ce qui se passait dans la cabane.

— Cette Melissa Randall, a-t-elle un petit ami ? s'enquit-il.

Mme Buehl lui répond par l'affirmative, mais que le jeune homme se trouve à Exeter.

— Avez-vous cherché à savoir s'il était toujours là-bas ?

Mme Buehl téléphone à son homologue d'Exeter.

Celui-ci rappelle vingt minutes plus tard et passe le récepteur à Brian Worthington. Sur un signe de Corey, le haut-parleur est branché afin que nous puissions tous entendre le garçon jurer qu'il n'a pas quitté le New Hampshire depuis le congé de Thanksgiving.

— Quand avez-vous vu ou entendu Melissa pour la dernière fois ? demande Mme Buehl.

— Avant-hier soir. Je savais qu'il se passait quelque chose car elle ne m'a pas appelé hier. Elle le fait tous les soirs.

J'entends de la lassitude dans sa voix ; je ne sais pas qui je plains le plus, lui ou mon élève.

— Elle n'a pas fait de bêtise, n'est-ce pas ?

Le proviseur lui explique qu'elle a disparu et demande, si elle venait à apparaître à Exeter, qu'on le lui fasse savoir aussitôt. Elle promet elle-même de prévenir dès qu'elle aura du nouveau. Quand elle raccroche, Athéna lève la main comme si elle se trouvait en classe.

— Oui, Ellen ?

— Vers 10 heures, hier soir, Melissa nous a confié qu'elle allait dans le vestibule pour téléphoner à Brian. Nous l'avons entendue parler à quelqu'un.

— A-t-elle fait un commentaire quand elle est revenue ?

Athéna et Vesta secouent la tête.

— Elle n'a rien dit et on ne lui a rien demandé. Elle avait pleuré mais ce n'était pas inhabituel.

— Est-elle ressortie après ?

— Nous n'en savons rien, répond Vesta. Elle est allée dans sa chambre et a fermé la porte. Nous pensions qu'elle voulait être seule pour... enfin vous voyez... pour pleurer et tout ça.

— Nous nous sommes couchées vers 11 heures, reprend Athéna. Quand nous avons éteint la lumière, j'ai remarqué que la sienne était éteinte aussi. Mais je ne sais pas si elle était là ou pas. Sa chambre a une entrée séparée.

— Donc, nous ne savons pas depuis combien de temps elle a disparu, conclut Corey.

Il frappe de la paume ses accoudoirs et semble prendre son élan pour se lever, mais il reste tendu au bord de son siège. Je révise mon opinion à son sujet. Matt n'aurait pas cette allure. Il ne serait jamais devenu aussi... robuste.

— Nous allons commencer les recherches sur la rive sud du lac et nous nous séparerons en deux équipes pour couvrir les rives est et ouest, décrète-t-il.

— Bien entendu, nous allons participer aux recherches, précise Mme Buehl.

— C'est comme vous voulez. Il est évident que tous les volontaires sont bienvenus, mais j'apprécierais que vous ayez l'œil sur vos pensionnaires. Ce n'est pas le moment qu'une autre disparition survienne, dit-il en se levant. À mon avis, il serait préférable qu'elles restent au calme dans leur chambre.

— Nous sommes parfaitement capables de nous en occuper, inspecteur, répond le Dr Lockhart.

Une fois Corey parti, la psychologue soupire et regarde par la fenêtre. Il fait nuit maintenant, elle ne peut rien voir en dehors de son propre reflet dans les vitres.

— Heureusement que nous sommes en de bonnes mains, déclare-t-elle.

— Je suis sûre que la police va faire tout son possible, renchérit Gwen Marsh.

C'est la première fois qu'elle ouvre la bouche depuis mon arrivée.

Je suis d'accord avec cet aimable inspecteur, les

filles devraient rester dans leur chambre. Elles sont déjà suffisamment bouleversées.

— Ce n'est pas juste ! s'écrie Athéna. C'est notre amie, nous voulons faire quelque chose !

— Réaction tout à fait naturelle, dit le Dr Lockhart en venant s'asseoir sur le canapé. Nous ne devons en aucun cas susciter chez les pensionnaires un sentiment d'impuissance.

Elle regarde Gwen droit dans les yeux. J'ai le sentiment qu'il s'agit d'une pomme de discorde entre elles deux. Ce qui me surprend, c'est la vigueur avec laquelle les deux élèves réagissent à ces propos.

— Nous pourrions organiser des équipes et travailler par roulement, suggère Athéna.

Mme Buehl réfléchit.

— Très bien, à condition qu'il y ait un professeur dans chaque groupe.

— Bon, puisque tout le monde est d'accord, je vais tout de suite faire un planning, mais il me faut une secrétaire, annonce le professeur d'anglais en levant un bras bandé. Peut-être Sandy peut-elle m'aider ?

Vesta lance un regard désespéré au Dr Lockhart qui se contente de hausser les épaules et de retourner à la fenêtre. Gwen, qui a déjà réquisitionné un bloc-notes sur le bureau de Mme Buehl, met l'adolescente au travail.

Cette nuit-là, je suis des yeux les lampes des chercheurs qui traversent le bois au-delà du lac.

Le groupe auquel je suis assignée ne démarre pas avant 4 heures du matin. Vesta et Athéna ont demandé à faire partie de mon équipe, ce qui me touche. Je sais que je devrais dormir jusque-là, mais je sais aussi que ne pourrais pas trouver le sommeil. Les deux adolescentes ont-elles réussi à s'endormir ? J'en doute.

Elles aussi peuvent voir la rive sud de leur fenêtre. Les lumières qui se déplacent me font penser aux Wilis, cherchant vengeance pour une trahison subie au cours de leur vie terrestre.

À quatre heures moins le quart, j'enfile un caleçon, un jean, un pull, un bonnet de laine et des gants, puis je me munis d'une torche électrique. Quand je sors de la maison, il fait encore sombre. La lune s'est couchée et les bois ne sont éclairés que par les lueurs tremblotantes qui se reflètent sur la neige. Je m'arrête sur la Pointe et je regarde l'eau, si calme que sa surface a l'aspect du marbre noir. C'est l'une de ces nuits paisibles qui, au départ, semblent moins glaciales qu'elles ne le sont en raison de l'absence de vent. Mais il suffit de quelques minutes, en dépit des couches de vêtements que je porte, pour que je sente le froid me gagner. En éclairant les stries du rocher, j'imagine le glacier haut de près de deux mille mètres qui les a provoquées.

J'envisage de prendre un raccourci à travers le bois, jusqu'à la résidence des élèves, mais la neige est déjà trop haute en dehors du chemin. Bientôt, ce dernier sera bordé de deux murs compacts qui imposeront aux habitants du domaine un seul tracé entre les chambres, le pavillon et le manoir.

« Des rats dans un labyrinthe », aurait dit Lucy.

Pendant notre année de terminale elle avait commencé, dès la première chute de neige, à tracer ses propres pistes étroites qui serpentaient au hasard à travers le bois.

Athéna et Vesta m'attendent sur les marches de la résidence en soufflant dans leurs mains couvertes de moufles pour se réchauffer le visage.

— Mme Marsh était là il y a une seconde. Selon elle, nous devons inspecter la plage, au cas où Melissa aurait pris une barque pour se rendre aux rochers.

— Quand j'étais élève ici, j'avoue que je cela m'est arrivé. Je ne pense pas seulement au sort d'Aphrodite mais à cet après-midi où j'ai retrouvé Olivia sur la troisième Sœur, les vêtements secs, et à l'éclair blanc que j'ai vu disparaître derrière la courbe de la Pointe.

— Très intéressant, *Magistra*, déclare Vesta impatiemment, mais les bateaux sont tous enfermés pendant l'hiver. Si quelqu'un veut en emprunter un, il doit se rendre jusqu'à la glacière. Je crois avoir entendu Mme Todd nous affirmer un jour que l'agent des Eaux et Forêts conserve un canot là-bas pour prélever des échantillons d'eau.

Je me souviens tout à coup du jour où j'ai croisé Athéna en train de traverser le lac à la nage, et de mon impression fugitive qu'elle allait retrouver quelqu'un de l'autre côté.

— Eh bien, pourquoi n'allons-nous pas plutôt directement là-bas ?

— Vous voulez dire en ne respectant pas le planning soigneusement orchestré de Mme Marsh ? s'enquit Vesta en fronçant les sourcils.

— Oui. Faisons preuve d'initiative. Nous pouvons contourner le lac à l'ouest, inspecter la glacière et revenir par l'est jusqu'à la plage. Cela nous réchauffera. Mais souvenez-vous de ce que l'inspecteur Corey a dit : « Il faut rester groupées. Je ne peux pas me permettre de perdre l'une de vous. »

En entendant prononcer le nom du policier, les filles échangent un regard complice.

— Qu'y a-t-il ?

Je me sens tout à coup comme une adolescente parmi d'autres, celle aux dépens de qui se fait la plaisanterie.

— Oh rien ! *Magistra*, répond Athéna. Nous pensons simplement que vous et l'inspecteur Corey... allez bien ensemble. Qu'en pensez-vous ?

D'un air réprobateur, je leur fais signe de passer devant moi, car le chemin est trop étroit pour que nous marchions de front. Je tiens à les garder à l'œil. Le fait de les suivre me permet aussi de dissimuler un sourire suscité par leur instinct de marieuses. M'apparier à ce policier râblé qui ne semble pas m'apprécier est incongru mais je suis touchée qu'elles se préoccupent de ma vie personnelle.

Nous ne cessons d'appeler Melissa et, à la suggestion d'Athéna, changeons notre appel en « Aphrodite ! ».

— Elle aimait vraiment beaucoup son surnom latin, déclare Athéna. Elle nous a raconté que dans son ancienne école son professeur attribuait lui même les surnoms classiques, et qu'elle avait été baptisée Apia, parce que Melissa vient du mot grec qui signifie abeille. Et Apia veut dire...

— Abeille, dis-je à sa place.

— Mais les autres filles l'appelaient Ape[1] et elle était... je veux dire elle est... très susceptible au sujet de son poids.

— Les enfants peuvent être si cruels.

Je suis troublée qu'elle ait parlé du passé et je me demande si elles ont révélé tout ce qu'elles savaient au sujet de la disparition de leur camarade.

— Quand j'étudiais ici, l'une de mes compagnes de chambre a menacé de causer des ennuis à ma meilleure amie en révélant un secret qu'elles connaissaient toutes deux. Elle la taquinait tout le temps à ce sujet et a failli la rendre folle.

— C'est dégoûtant, décrète Athéna. Je veux dire, personne n'aime les concierges.

Concierges. Cette acception un peu désuète me fait instantanément regretter d'avoir soupçonné ces adolescentes de dissimulation. Mais Vesta insiste :

---

1. Ape : grand singe. *(N.d.T.)*

— Ouais, ça a dû drôlement énerver votre amie. Les balances sont vraiment pénibles.

— Cela a dû vraiment vous agacer d'entendre Aphrodite pleurer tout le temps, dis-je. J'ai senti que Brian, son petit ami, était à bout.

Vesta pousse un soupir :

— Nous n'avons entendu parler que de ça pendant tout le semestre. Brian par-ci, Brian par-là. Ce n'est qu'un pauvre mec boutonneux. Les filles se rendent tellement ridicules avec les garçons !

— Elle aurait dû soit lui faire confiance, soit décider qu'il n'en valait pas la peine. Aucun petit ami ne vaut qu'on se tourmente ainsi.

— Ça non ! murmure Vesta, mais vous savez ce qu'on dit : « La femme vit par le sentiment, là où l'homme vit par l'action. »

En entendant cette citation, je ne peux m'empêcher de rire.

— Eh ! regardez, on croise un autre chemin. Je me demande où il mène ! s'écrie Athéna.

— Il suit le Schwanenkill jusqu'à la ville, dis-je. La glacière doit se trouver juste derrière, de l'autre côté du ruisseau.

J'avais oublié qu'il nous faudrait passer à gué pour continuer à contourner le lac. Heureusement, le cours d'eau est presque entièrement gelé.

— Il y a un endroit plus étroit, juste à côté, dis-je aux filles. Il faut simplement pénétrer un peu dans le bois...

— Bon, de toute façon j'ai un besoin pressant annonce Vesta. Je reviens tout de suite. Puis-je emprunter votre lampe électrique, *Magistra* ?

Elle m'arrache la pile des mains avant que je puisse protester et disparaît dans l'ombre. Athéna et moi l'attendons au croisement des deux chemins. Je décide de saisir cette occasion pour parler à Athéna.

— Vesta a l'air vraiment agacée par Aphrodite, dis-je.

— C'est qu'elle ne comprend pas son attirance pour les garçons, continue Athéna, avant de se pencher vers moi et de chuchoter à mon oreille : vous comprenez, ce n'est pas son truc.

Quand elle s'écarte, je sens l'haleine chaude qu'elle a laissé sur ma joue se cristalliser dans l'air glacial. Ce n'est que lorsque j'aperçois Vesta revenir vers nous en remontant la fermeture éclair de son pantalon que je saisis le message. Athéna essaie de me faire comprendre que Vesta est lesbienne.

« Oh ! », dis-je, à personne en particulier car les deux filles sont reparties devant moi. Ce qui m'impressionne dans la déclaration d'Athéna c'est l'absence de malice ou de censure. Quand j'étudiais ici, les pensionnaires étaient taquinées et traitées de « gouines », mais ce n'était pas quelque chose dont on pouvait parler ouvertement. Malgré notre consommation de drogue et nos conversations sur la révolution sexuelle, nous restions naïves. Lors de l'enquête, la simple suggestion qu'Helen Chambers ait pu être lesbienne avait pratiquement déterminé son renvoi.

— Je vois où on peut traverser, annonce Vesta en tournant la tête vers moi.

Je les suis toutes les deux dans le bois, rivant les yeux sur le faisceau de la lampe que tient toujours Vesta, jusqu'à ce que je sois obligée de regarder où je marche. Hors de la piste, la neige nous arrive jusqu'aux chevilles ; le froid et l'humidité s'infiltrent dans mes bottes bon marché. Chaque pas nécessite effort et concentration. Sentant mes chaussures déraper, je cherche des endroits plus dégagés. Tout à coup, je m'enfonce jusqu'au genou, là où la neige s'est accumulée au pied d'un arbre et, l'espace d'un instant, je n'arrive pas à me dégager. Mes mains cherchent fébrilement à la surface du sol un point où m'agripper, mais je n'en trouve pas. Je m'imagine comme je dois avoir l'air ridicule, m'agitant ainsi en vain. Je lève les yeux, m'attendant à voir les filles écroulées de rire, mais je ne découvre que la neige et les pins s'étendant tout autour de moi.

Pendant quelques secondes, je ne fais rien d'autre qu'écouter le silence. Puis la panique me saisit. Je sais que le fait d'y céder peut représenter un danger véritable. Mme Pike expliqua un jour que pour sauver une personne qui se noie et qui panique, la seule chose à faire est de lui mettre un coup de poing sur la figure et de la ramener inconsciente jusqu'au rivage. « Ne risquez jamais votre vie, affirmait-elle. C'est la première règle du secourisme. »

Quand mes mouvements désordonnés n'ont rien fait d'autre que d'aggraver la situation, je me calme et j'écoute, une fois de plus, le silence. La nuit est d'un calme si étrange qu'aucune brise ne siffle à travers les pins. Soudain j'entends, derrière moi, un piétinement.

J'essaie de me retourner, mais cela ne fait que m'enfoncer davantage.

Les pas se font plus distincts. Des pas dans la neige profonde, venant vers moi. Je ne peux rien faire qu'attendre. Je m'imagine déjà assommée, tombant et étouffant, la bouche et les poumons remplis de glace.

C'est alors que j'aperçois les lumières. Vacillant devant moi, elles sautillent parmi les arbres. Les Wilis, qui viennent me faire danser jusqu'à ce que je me noie dans le lac, comme Hilarant. Cette pensée, la dernière qui me vient avant de perdre conscience, me rend heureuse. Me fait bien rire, en tout cas.

10

— Qu'est-ce qui est hilarant ? me demande quelqu'un. Bon sang, qu'est-ce qui est hilarant ?

Tout, ai-je envie de répondre, mais ma bouche est pleine de glace.

Ouvrant les yeux, je comprends pourquoi j'ai si froid. Je suis dans la glacière. Un visage se penche sur moi et m'explique pourquoi je suis si heureuse : je suis dans la glacière avec Matt Toller.

— *Magistra !* prononce une autre voix. Nous sommes vraiment désolées de vous avoir laissée seule.

Ce doit être Lucy, me dis-je. mais pourquoi m'appelle-t-elle *Magistra* ? Je suis satisfaite, toutefois, qu'elle ait fini par s'excuser au bout de toutes ces années. Comment ont-ils pu partir et me laisser seule ? Tout va bien maintenant. Nous sommes de nouveau réunis.

— Madame Hudson, je vous en prie, essayez de boire un peu.

Un bras solide me relève les épaules et pose contre mes lèvres le gobelet d'une bouteille thermos. Matt pensait toujours à apporter du chocolat chaud quand nous venions patiner.

J'avale une gorgée. Le café noir et amer me brûle la langue. Quand je regarde l'homme qui tient le gobelet, la vague de tristesse qui m'inonde est si violente que tout mon corps se met à trembler. Quand j'ai donné naissance à Olivia, il s'est produit le même phénomène. « Votre corps a perdu une masse énorme, m'a expliqué la sage-femme, et cela a fait chuter votre température. » Je me souviens avoir pensé que, quand quelqu'un vous manque, c'est comme si une partie de votre chair vous avait été arrachée. En regardant maintenant l'homme qui n'est pas Matt Toller mais seulement son cousin, je ressens de nouveau cette chute vertigineuse.

Je me laisse aller sur le bras de Roy Corey qui le retire aussitôt comme s'il venait juste de remarquer qu'il me soutenait. Non, me dis-je, les filles se trompent. Il ne supporte même pas de me toucher.

Après avoir bu une autre gorgée de café amer je regarde Vesta et Athéna.

— Vos élèves m'ont conduit vers vous, explique l'inspecteur. Nous sommes arrivés ensemble. Elles étaient surprises de voir que vous ne les suiviez pas de près.

— Ma jambe est restée enfoncée dans la neige.

— Vous vous êtes évanouie. J'avais peur que vous soyez en hypothermie mais ce n'était sans doute que la peur. Comment vous sentez-vous ?

— Bien, dis-je en regardant autour de moi. Mais que faites-vous ici ? Je pensais que vous deviez examiner cet endroit dès hier soir ?

— Je l'ai fait, mais ce que je cherchais alors était une élève. Je n'ai pas prêté attention à l'absence d'un élément capital.

Je balance les jambes hors de la planche sur laquelle j'étais allongée. Je me trouve sur l'une des larges étagères sur lesquelles étaient autrefois entreposés les blocs de glace récoltés sur le lac.

— La barque, dis-je. Il n'y a pas de barque.

Corey hoche la tête et tord la bouche comme un homme qui a fait une grosse erreur qu'il a peine à admettre. Ses lèvres sont pleines, comme celles de Matt.

— J'aurais dû y penser tout de suite, admet-il, mais j'avais oublié que l'agent des Eaux et Forêts utilisait cette cabane pour y ranger son canot.

— Vous pensez qu'Aphrodite... Melissa l'a pris ?

Au lieu de répondre, le policier se tourne vers les filles.

— Nous l'avons trouvé au début de l'année et nous l'avons utilisé une fois ou deux, avoue Athéna. Je pense que Melissa a pu le prendre.

— Aurait-elle réussi à le mettre à l'eau toute seule ? demandé-je.

En guise de réponse, Corey ouvre les deux battants de la porte située à l'extrémité de la glacière. Tout d'abord, je ne vois que l'obscurité, puis je comprends que ce que je regarde est la vaste étendue du lac – si paisible qu'elle pourrait n'être constituée que d'air, et non d'eau –, qui s'étend juste au pied du bâtiment.

Comme j'assure à l'inspecteur et aux filles que je me sens parfaitement bien, nous décidons de remonter la rive est jusqu'à la plage.

Nous marchons deux par deux sur le chemin, les adolescentes devant nous. Mon voisin ralentit un peu le pas et me fait signe d'en faire autant. Je comprends qu'il veut me parler sans être entendu des élèves.

— Nous avons trouvé une barque qui dérivait au large de la plage, coincée entre deux des rochers, annonce-t-il d'une voix si basse que je dois m'approcher pour l'entendre. Je me demandais d'où elle venait, dans la mesure où le hangar à bateaux de l'école est fermé à clé. C'est alors que je me suis souvenu du canot dans la glacière.

— Mais ne devriez-vous pas chercher Melissa dans l'eau ?

Roy fait un signe de la main pour que je parle plus bas. Je ne me suis pas aperçue que j'employais un ton affolé en évoquant cette image.

— Nous avons appelé les hommes-grenouilles

mais ils ne peuvent pas commencer les recherches avant le lever du soleil. Les parents arrivent en avion de Californie. J'aimerais que ces jeunes filles soient de retour dans leur chambre avant tout cela ; il vaut mieux qu'elles n'y assistent pas.

— Je comprends. Mais j'aimerais revenir ensuite, si vous n'y voyez pas d'inconvénient.

Il me regarde.

— Vous étiez là quand ils ont sorti Matt et Lucy du lac, n'est-ce pas ?

— Oui. Quelquefois je me dis que j'aurais préféré être ailleurs.

— Vraiment ? Je regrette depuis toutes ces années de ne pas avoir été présent. Vous savez, mon cousin était chez nous le week-end où il est parti pour venir ici en auto-stop.

Je hoche la tête, me souvenant que l'école militaire où le frère de Lucy effectuait sa terminale se trouvait près de la maison de son oncle et de sa tante.

— Il m'a dit qu'il devait voir sa sœur, poursuit-il. C'est la dernière fois que je l'ai vu vivant.

Ainsi quelqu'un d'autre porte le fardeau de la mort de Matt depuis toutes ces années. Cette idée m'enlève un poids. Voilà pourquoi Roy Corey se montre si réservé avec moi ; il me blâme pour ce qui est arrivé.

— Vous n'avez aucune raison de vous en vouloir, dis-je, signifiant par là : « Je vous en prie, ne me blâmez pas. Vous n'étiez qu'un enfant. »

— Ce n'est pas une excuse, déclare-t-il. J'y ai très souvent pensé depuis. Vous ne pouvez pas esquiver vos responsabilités parce que vous êtes jeune. Vous devez répondre de vos erreurs.

— Est-ce pour cela que vous êtes devenu policier ? Pour que les gens répondent de leurs erreurs ? Pour démasquer les coupables ?

Il s'immobilise et me regarde comme si je l'avais giflé. Je n'avais pas l'intention d'aller aussi loin, mais j'en ai assez d'être condamnée sans appel.

— Écoutez, dis-je en posant ma main sur son bras.

Je veux lui expliquer ce que j'éprouve, mais il s'écarte de moi et s'élance si vite sur le chemin que j'ai du mal à le suivre.

Après que j'ai accompagné Athéna et Vesta au dortoir, je retourne à la plage. Le soleil n'est pas encore levé mais une lueur annonciatrice monte dans le ciel, au-delà du lac. Après ma conversation avec l'inspecteur, je me suis sentie perturbée, mais, une fois digéré le fait qu'il me tient visiblement responsable de ce qui s'est passé autrefois, je me rends compte que j'ai de la chance qu'il soit là à présent.

Il a vu Matt juste avant qu'il ne vienne à Heart Lake pour la dernière fois. Peut-être son cousin lui a-t-il parlé de moi et, s'il l'a fait, je saurai ce qu'il pensait à mon sujet. Au cours des vingt années qui viennent de s'écouler, j'ai vécu avec le sentiment qu'en plein milieu de la conversation la plus importante de ma vie, la ligne avait été brusquement coupée. Qui sait si Roy Corey ne détient pas certains des éléments manquants ?

Quand j'ai contourné la Pointe et que je vois les voitures de police et l'ambulance garées sur la route au-dessus de la plage, je me sens honteuse de me préoccuper, dans un tel moment, de l'opinion que Matt pouvait avoir de moi. Vesta a raison, nous les filles nous nous rendons tellement ridicules avec les garçons !

Je peux imaginer ce qui est arrivé à Aphrodite. Rendue folle par l'infidélité supposée de Brian et se sentant totalement impuissante à des centaines de kilomètres de lui, elle a voulu avoir recours à la magie. Que disait le Dr Lockhart à ce sujet ? Qu'il s'agissait d'une tentative pour maîtriser un monde sur lequel les adolescentes n'avaient aucun pouvoir. Elle avait l'intention de se rendre sur la Sœur la plus éloignée pour y faire une offrande à la déesse du lac. Comme il faisait trop froid pour nager, elle s'est servi de la barque de la glacière. C'est probablement quand elle a voulu monter sur le rocher qu'elle a glissé dans l'eau. Elle a été figée par le froid... ou s'est cogné la tête...

D'après ce que Vesta et Athéna ont déclaré, leurs exploits précédents ont pu donner à leur camarade l'idée de prendre le canot. Mais quelque chose d'autre me tracasse. Dans mon ancien journal, j'ai relaté un épisode au cours duquel Lucy et moi avions un jour emprunté cette embarcation. Aphrodite aurait-elle pu s'inspirer de ce récit ? Une pensée horrible me vient à l'esprit : dans ce cas, peut-être avait-elle mon journal avec elle quand elle est tombée dans le lac, et peut-être alors mon vieux rêve de voir l'eau blanchir ces pages s'est-il réalisé ? Cette évocation est horrible car, l'espace d'un instant, je m'en suis réjouie.

Je descend les marches jusqu'à la plage et je m'immobilise à mi-chemin. Roy Corey est là, ainsi que Mme Buehl et un couple d'âge moyen ; les parents de Melissa, sans aucun doute. Je n'ai nulle envie de les rejoindre. À mi-hauteur de l'escalier, je m'assieds sur la pierre froide et m'entoure les genoux de mes bras, essayant de me tasser sur moi-même pour lutter contre le froid impitoyable.

Trois hommes en combinaison de caoutchouc luisante parlent avec l'inspecteur. Tous regardent vers la rive est où le soleil apparaît à travers les pins. Je peux imaginer ce qu'ils disent. Qu'il est probablement préférable d'attendre que les rayons plongent dans l'eau. Lorsqu'ils tournent la tête vers les parents, les premières lueurs du matin frappent le visage de la femme qui se déchire comme sous l'impact d'une lame tranchante. J'imagine qu'elle faisait dix ans de moins il y a douze heures à peine.

Les plongeurs pénètrent dans le lac. Quand ils y sont enfoncés jusqu'à la poitrine, ils étendent les bras et plongent. Il n'y a rien d'autre à faire qu'attendre. Tout le monde se tait.

Le soleil levant frôle la cime des pins, baignant de lumière la plus éloignée des Trois Sœurs ; pour la première fois, je remarque que les rochers sont parfaitement alignés selon son inclinaison. Au fur et à mesure que l'astre monte dans le ciel, il touche les rochers l'un après l'autre comme un enfant sautant de pierre en pierre, vernissant la plage et la marche sur laquelle je suis assise, sans dégager la moindre chaleur. J'ai même l'impression que toutes les autres personnes présentes sont scellées dans la glace. Le lac est si paisible qu'il semble impensable que des hommes-grenouilles en inspectent les profondeurs. Soudain, je vois une tête noire surgir au milieu de l'anse et une main s'élever au-dessus de l'eau. Roy Corey, qui regarde le plongeur à travers des jumelles, lui fait un signe.

Mme Randall se tourne vers le policier, comme pour poser une question, puis elle se penche vers son mari, tel un arbre incliné par le vent.

La tête a disparu. La surface de l'eau s'est apaisée.

Ayant tous le regard fixé sur la crique, nous ne voyons pas le plongeur qui fait surface et marche vers nous, à gauche de la plage. Ses bras semblent tirés vers le bas tandis qu'il avance lentement.

Il tient Melissa.

Dès qu'il la pose sur le sable, les médecins se précipitent et essaient de ressusciter ce que, de la distance où je me trouve, j'identifie moi-même comme un cadavre. Le groupe se serre comme un poing autour de la petite noyée. Je suis probablement la seule à voir le deuxième plongeur surgir un peu à gauche des Trois Sœurs ; lui aussi porte quelque chose, quelque chose de plus petit et de plus léger.

Quand Roy Corey l'aperçoit, il se sépare des autres, rejoint l'homme au bord de l'eau et tend la main vers la boîte de métal rouillée. Je m'élance rapidement vers eux sans avoir la moindre idée de ce que je pourrais faire. L'inspecteur remue la main sur la surface convexe de la boîte, un peu plus grande qu'une boîte à chaussures, qu'une ceinture tissée maintient fermée. Je le vois défaire la boucle de cuivre et laisser tomber la sangle, effritée, sur le sol. Il essuie la couche de mousse verte qui recouvre le métal, révélant un paysage inattendu de montagnes dorées qui luisent dans le soleil matinal, puis il soulève un petit fermoir et fait basculer le couvercle.

À l'intérieur, se trouve une lourde serviette blanche brodée d'un cœur et de mots que je n'arrive pas à lire d'où je suis. Mais je n'ai pas besoin de le faire, je les connais par cœur. *Cor te reducit*. Le cœur te reconduit. Le policier soulève le tissu, délicatement, avec un peu de préciosité même, comme un magicien préparant son tour final. Mais on n'assiste à aucun battement d'ailes blanches ; au lieu de cela, nichés dans un cercle de cailloux gris-vert, reposent les os parfaitement préservés d'un minuscule être humain.

Je détourne les yeux du petit squelette pour les poser sur le lac et je remarque qu'il se passe quelque chose. Il me revient de nouveau qu'après un accouchement, la température du corps de la mère chute brusquement. C'est comme si, maintenant que le lac a rejeté ces deux corps, il avait atteint un équilibre de froid ; comme si cette manipulation de linge blanc participait, tout de même, d'un tour de magie car, dans toutes les directions, scintillant sous le soleil du matin, des cristaux explosent sur la surface paisible de l'eau. Voici ce que nous attendions tous : la première glace.

DEUXIÈME PARTIE

La première glace

11

Lorsque je vis Matthew et Lucy Toller pour la première fois, je crus qu'ils étaient jumeaux. Leurs traits n'étaient pourtant pas identiques. Il avait les cheveux blond vénitien, la mâchoire carrée et l'allure posée, tandis qu'elle était blond clair, souple et fine comme les nymphes aquatiques figurant dans mon volume des *Contes de ballets*. C'était dans leurs gestes et dans la façon dont ils bougeaient leur corps – ont eût dit une seule personne dotée de deux séries de membres – qu'ils se ressemblaient profondément.

Je les remarquai pour la première fois au cours de l'été qui précéda mon entrée en troisième. Ma mère, ayant décidé que je devais rencontrer quelques enfants des quartiers huppés de Corinth avant d'être propulsée avec eux dans cette classe importante, avait trouvé pour moi un travail de monitrice au club de natation. Comment avait-elle imaginé que le fait de passer l'été les pieds trempés jusqu'aux chevilles dans l'eau tiède et chlorée de la pataugeoire me permettrait de pénétrer le monde des enfants de docteurs et d'avocats ? Je n'en ai pas la moindre idée. Mais cette initiative me permit de voir, à travers une haie de buis à l'odeur amère, le grand bassin surmonté d'un haut plongeoir où Matt et Lucy pratiquaient leurs sauts et faisaient des courses de vitesse – elles tenaient plutôt de la nage synchronisée car aucun des deux ne semblait jamais gagner. Ils nageaient, épaule contre épaule, leurs corps pivotant ensemble pour respirer comme deux planètes attirées par la même lune, leurs coudes blancs faisant jaillir une pluie de gouttes, telles les ailes d'un énorme cygne.

À mon entrée au lycée, je découvris deux choses à propos des Toller. Tout d'abord, ils n'étaient pas jumeaux, Matt avait treize mois de moins que sa sœur. On lui avait permis d'entrer à l'école maternelle plus tôt car, ainsi que me le raconta Lucy ensuite, il avait piqué une telle crise quand sa sœur avait commencé à y aller que Hannah Toller s'était rendue chez le directeur. Soit elle allait devoir garder sa fille chez elle, soit il fallait inscrire son fils plus tôt. C'est ainsi que le petit garçon avait intégré la maternelle six mois avant son troisième anniversaire.

La seconde chose que je découvris, c'est que bien que vivant sur la rive ouest du fleuve (à Corinth, c'est le fleuve et non les voies de chemin de fer qui séparent les nantis des nécessiteux), ils ne s'intégraient pas mieux que moi aux enfants de riches. Leur père, Clive, représentant en papier, occupait un poste à peine plus élevé que celui de contremaître de mon père. Pourtant, les Toller semblaient vivre un peu mieux que les familles d'autres représentants. Ils possédaient une maison petite mais pittoresque sur River Street, qui abritait des médecins et des avocats. Ils faisaient partie du club de natation et leurs enfants prenaient des leçons de piano avec le professeur de musique de Heart Lake. Ma mère, convaincue que Clive Toller touchait des commissions importantes, reprochait durement à mon père de ne pas être assez habile pour décrocher un poste commercial. Elle se montra ravie lorsque Lucy m'accorda son amitié, le premier jour de notre entrée en troisième. Peut-être pas autant qu'elle l'eût été si un enfant de médecin ou d'avocat m'avait invitée dans sa grande demeure de River Street, mais c'était un bon début.

Quant à moi, je me sentis si soulagée au moment où Lucy me proposa de venir m'asseoir à leur table au moment du déjeuner que je dus refouler des larmes avant de pouvoir dire oui. Je me tenais au bout de la file d'attente, soutenant un plateau lourd d'un hamburger, de fruits en conserve et de deux petites briques de lait (« Le menu en prévoit deux, mon petit, avait claironné la dame de la cafétéria, alors profites-en. »). L'odeur douceâtre de la viande vaguement orangée me faisait tourner la tête alors que les élèves passaient avec hâte de chaque côté de la file, s'élançant aussi sûrement vers l'endroit où ils allaient s'installer que l'eau coulant vers l'océan. Ma place était toute désignée : une table occupée par les enfants des quartiers ouvriers, garçons en chemise de flanelle et jean aux ourlets rallongés au fil des années ; filles en jupe écossaise un peu trop courte et chemisier au col reprisé. Je les connaissais et je savais qu'ils m'accueilleraient – sans les étreintes et les sourires enthousiastes avec lesquels les enfants fortunés se retrouvaient après les vacances d'été, qui les avaient éparpillés dans des camps de loisirs où ils pratiquaient le tennis, mais avec le mouvement résigné des gamins de familles nombreuses se poussant pour faire place à un nouvel arrivant.

Alors que les après-midi passés au club de natation s'évanouissaient comme un mirage, je sentis une main fraîche se glisser sous mon coude et me pousser hors du courant.

— Est-ce que nous ne nous sommes pas vues à la piscine ? dit une petite voix flûtée que je dus me pencher pour entendre.

Je hochai la tête, craignant de me mettre à pleurer

si je parlais. Alors que le blond de ses cheveux avait un reflet vert dû au contact régulier de l'eau chlorée, ses cils et sourcils étaient décolorés par le soleil.

— Est-ce que tu veux venir t'asseoir avec nous ? Je crois que nous sommes ensemble au prochain cours. Tu fais aussi du latin ? Nous ne sommes que onze inscrites et les autres ne le prendront qu'en option pour s'orienter vers le droit.

Je pouvais à peine comprendre les mots prononcés avec précipitation.

Je la suivis jusqu'à une table située dans un coin, sous l'unique fenêtre de la cafétéria. Son frère se leva à moitié pour me saluer. Ils avaient apporté leur déjeuner – sacs en papier identiques contenant du fromage, des pommes et un thermos de chocolat chaud.

— Tu avais raison, dit Lucy en polissant sa pomme sur la manche de son pull, elle est en latin.

Je ne me souvenais pas le lui avoir dit mais, bien sûr, elle le savait depuis le début.

Matt me jeta un long regard appréciateur.

— Pourquoi t'es-tu inscrite ? demanda-t-il.

C'était comme s'il m'avait demandé pourquoi je rejoignais la légion étrangère. En réalité, mon inscription en latin et non en français ou en espagnol, était due, comme pratiquement tout ce que je faisais, à ma mère. Elle avait entendu dire que les enfants de médecins et d'avocats faisaient du latin pour valoriser leur dossier scolaire.

— Tout le monde fait du français et de l'espagnol, avait-elle déclaré. Tu rencontreras des enfants plus intéressants en latin.

Les ambitions qu'elle nourrissait pour moi étaient une énigme car elles ne semblaient pas issues d'une foi indéfectible en mes capacités. J'avais souvent le sentiment d'être un pion qu'elle déplaçait sur un damier. Quand j'avais atteint un but qu'elle m'avait fixé – les meilleurs notes de lecture en sixième, ou un rôle dans la pièce de fin d'année – elle semblait douter de ma réussite.

— Il faut que tu comprennes qu'elle veut pour toi tout ce qui lui a été refusé, m'avait un jour expliqué mon père. Elle aurait pu obtenir une bourse pour Heart Lake, mais sa mère l'a forcée à abandonner cette idée. Je déteste critiquer ta grand-mère, Janie, surtout que tu portes son nom, mais c'était une femme extrêmement froide. Elle détestait les Crèvecœur après qu'ils l'eurent renvoyée. Ta mère se montre exigeante avec toi, mais quand tu arrives au but, je pense qu'elle entend la voix de la vieille Jane Poole lui répétant que ça ne donnera rien de bon.

Évidemment, je ne pouvais rien dire de tout cela à Matt et Lucy.

Je cherchai dans ma mémoire quelque chose que j'aurais pu savoir au sujet du latin. On le parlait à l'église, mais nous étions presbytériens, et non catholiques. Il y avait bien ces films avec des courses de chars et des combats de gladiateurs où les mots que les acteurs prononçaient ne correspondaient pas tout à fait aux mouvements de leurs lèvres... Mon intuition me disait que le frère et la sœur ne passaient pas leurs après-midi à manger des barres chocolatées devant la télé. Ils partaient sans doute en randonnées ou lisaient des ouvrages joliment reliés de cuir plutôt que des livres de poche éculés et rafistolés avec du papier collant jauni, comme ceux que j'empruntais à la bibliothèque municipale.

Je me souvins alors que l'un des volumes que j'avais lus cet été était un recueil de mythes grecs et romains. Je ne l'avais pas trouvé aussi bien que mon *Contes de ballets* adoré, mais j'avais apprécié certaines histoires.

— J'aime la mythologie, les dieux et toutes ces histoires de gens qui se transforment en autre chose... comme celle de la fille qui devient araignée..., dis-je à tort et à travers, triturant mon hamburger de ma fourchette et transformant la viande et le pain en une mixture encore moins appétissante.

— Arachné, prononça Matt.

— Ovide, poursuivit Lucy, encore plus mystérieusement.

— *Les Métamorphoses*, lancèrent-ils en même temps.

— C'est bien.

Matt tendit sa pomme à bout de bras dans ma direction et ferma un œil comme si j'étais un objet éloigné qu'il étudiait en perspective.

— Nous n'en serons pas là en première année.

— Oh non ! nous allons transpirer sur les déclinaisons et les conjugaisons, mais *Domina* Chambers dit que si nous travaillons bien, elle nous laissera lire d'autres extraits. Je veux étudier Catulle et Matt a un faible pour César – c'est bien une idée de garçon ! Elle nous aidera aussi à préparer la bourse Iris pour entrer à Heart Lake.

Bien qu'il n'y ait que des filles là-bas, elle dit que ça ne lui fera pas de mal d'étudier avec moi et que cela ne pourra que m'aider.

— Est-ce que tu veux te joindre à nous ?

Ces propos représentaient pour moi une langue étrangère encore plus mystérieuse que le grec et le latin. N'ayant pas compris la moitié de ce qu'elle avait dit – je n'avais jamais entendu parler d'Ovide, de Catulle ni de *Domina* Chambers –, j'avais l'impression d'entendre des airs d'opéra sur une station de radio populaire. Je ne comprenais pas vraiment l'histoire qui m'était racontée, mais j'aimais les émotions qu'elle suscitait en moi, ainsi que la façon dont le timide soleil, entrant par la fenêtre sale de la cafétéria sale, allumait des reflets flamboyants sur la chevelure châtain de Matt et faisait luire la chevelure blonde aux reflets verts de Lucy comme de l'or patiné. Je me sentais bien avec eux.

S'ils m'avaient demandé d'entrer dans la légion étrangère en leur compagnie au lieu de simplement m'inviter à étudier le latin, je les aurais suivis sans hésiter dans le désert.

12

La bourse Iris, baptisée ainsi en hommage à la fille d'India Crèvecœur morte au cours de l'épidémie de grippe de 1918, était attribuée à la jeune fille de Corinth qui avait la meilleure note de latin à son examen d'entrée en seconde. Lorsque je rentrai à la maison au soir de cette première journée, ma mère déclara que cette générosité représentait une piètre mesure d'apaisement que l'école privée avait imaginée pour atténuer le ressentiment de la petite ville à son égard. Au début des années 70, lorsque le conseil d'administration du lycée public avait menacé de supprimer le latin en raison du peu d'amateurs et de la raréfaction des professeurs diplômés, Helen Chambers, ancienne élève de Heart Lake revenue enseigner les lettres classiques dans cette institution, avait proposé de venir nous prodiguer ses cours.

Le jour de la rentrée, elle nous apprit que nous étions sa première classe d'école publique et que nous serions donc responsables de l'impression qu'elle aurait en sortant de cette expérience. Comme elle ne la renouvela pas, il est probable que son appréciation fut défavorable.

Helen Chambers ne ressemblait à aucun des professeurs que j'avais connus auparavant. Les enseignants de Corinth, depuis l'école maternelle, se répartissaient à peu près en deux catégories : d'une part, les femmes d'âge mûr grassouillettes, plutôt maternelles, vêtues de robes en tissu synthétique et de cardigans brodés, qui se montraient de ferventes adeptes du rétroprojecteur et dessinaient des visages réjouis sur nos bonnes copies ; d'autre part, les vieilles filles sévères – lainages de couleur terne et bas de contention plissant au niveau de maigres chevilles –, qui déversaient leurs cours d'une voix monocorde et nous envoyaient en retenue si nous nous endormions en classe. Occasionnellement, quelque jeune femme fraîchement diplômée venait enseigner dans notre ville pendant quelques années. C'était le cas de Mme Venezia, mon institutrice de maternelle, qui ressemblait à Blanche Neige et m'avait offert les *Contes de ballets*. Mais les bons enseignants se faisaient rapidement muter dans des établissements plus prestigieux d'Albany ou de Rochester.

Helen Chambers n'était ni très jeune ni âgée. Grande et blonde, de ce blond qui vire à l'argent plutôt qu'au gris, elle relevait ses cheveux en un élégant chignon torsadé et était invariablement vêtue de noir, couleur mal adaptée à la craie qu'elle n'utilisait d'ailleurs jamais.

Elle organisait ses cours, je le compris plus tard, comme des séminaires d'université. Le premier jour, elle nous fit disposer nos tables en un cercle au sein duquel elle intégra la sienne, nous donna à chacun un livre relié de toile grise et nous demanda de l'ouvrir au premier chapitre pour découvrir et apprendre la première déclinaison. Telle une infirmière, elle surveillait l'heure grâce à une montre épinglée, comme une broche, sur sa poitrine. Quand cinq minutes se furent écoulées, elle nous demanda de fermer nos manuels et de réciter, l'un après l'autre, la déclinaison de *puella, puellae*. À chaque erreur, elle nous supprimait des points qu'elle notait dans un petit carnet de cuir noir. Lucy et Matt furent les seuls à réciter sans faute.

Ensuite, elle nous lut un poème de Catulle sur une jeune fille qui garde un moineau dans son giron, ce qui rend son fiancé jaloux. Ward Castle fit un geste obscène à Lucy et s'entendit dire qu'il pouvait aller dans le couloir pour le reste du cours. Puis elle nous demanda d'apprendre par cœur la première déclinaison ainsi que l'indicatif présent actif de *laudo, laudare* pour le lendemain, et nous libéra en prononçant « *Vale discipuli* [1] ».

Lucy et Matt lancèrent à la cantonade « *Vale, Domina* » et nous murmurâmes quelque chose d'approximatif sans avoir la moindre idée de ce que nous disions.

Notre effectif qui, le lendemain, ne comportait plus que neuf élèves, tomba à sept à la fin de la semaine. Hormis Matt, Lucy et moi, seuls restaient les enfants de médecins et d'avocats auxquels leurs parents avaient expliqué qu'il leur fallait étudier le latin pour faire des études de médecine ou de droit.

Au bout de deux semaines, j'avais mémorisé la première déclinaison sans avoir la moindre idée de son utilité. J'étais pourtant heureuse d'ânonner les mots avec Matt et Lucy le long de River Street, en sortant de l'école.

Pour être tout à fait sincère, j'étais surtout heureuse de marcher dans la direction opposée à celle de ma propre maison. Cela m'évitait de passer devant l'usine, surmontée d'un nuage de fumée jaune, et de

1. Portez-vous bien, les élèves. *(N.d.T.)*

respirer l'odeur écœurante du bois fraîchement coupé. Habitant au pied de la colline sur laquelle la fabrique s'étalait, je m'étais éveillée, chaque jour de ma vie, au cœur de ces effluves doucereux et de la fumée qui maculait le ciel. Les camions de bois passaient en grondant devant chez nous, faisant vibrer les vitres et trembler les vases remplis de fleurs artificielles trônant sur la table basse. Ma mère menait une guerre incessante contre la sciure que mon père rapportait collée à la semelle de ses bottes ou à son bleu de travail. Elle l'obligeait à se déshabiller dans la buanderie et à se laver la tête au tuyau d'arrosage même lorsqu'il faisait froid au point que l'eau gelait sur ses cheveux et sa barbe. Les fins débris de bois s'insinuaient tout de même à l'intérieur de la maison, s'amoncelant dans les coins, mouchetant le bric-à-brac de porcelaine et irritant la gorge. La nuit, j'entendais mon père, qui respirait cette poussière toute la journée, tousser si fort que le lit dans lequel il dormait, relégué dans l'atelier de couture, faisait un bruit de ferraille. Quand je rentrais à la maison l'après-midi, je trouvais immanquablement ma mère en train d'épousseter et de vitupérer contre la sciure, la boue, le salaire de mon père et le froid.

« Je n'aurais jamais pensé me retrouver ici », ne cessait-elle de répéter. Dans la mesure où elle y avait toujours vécu, je ne saisissais pas le sens de cette inapaisable rancœur.

Le vendredi qui suivit la rentrée, quand je lui dis que j'irais chez Lucy Toller en sortant du lycée, je la vis enregistrer ce nom et le retourner dans son esprit, soupesant sa valeur comme s'il s'agissait d'une livre de sucre.

— C'est une bâtarde, tu sais.

Jamais je n'avais entendu ma mère, qui bannissait

toujours les écarts de langage, employer un mot tel que celui-ci.

— Je veux dire qu'elle est illégitime, expliqua-t-elle, voyant que je ne comprenais pas. Cliff Toller n'est pas son père. J'ai connu sa mère, Hannah Corey, à l'école. Une fille intelligente – peut-être était-ce pour cela qu'elle ne l'aimait pas. Elle est même allée dans l'une de ces grandes universités pour filles mais elle est revenue au bout d'un an avec un bébé et a refusé de donner l'identité du père. Cliff l'a tout de même épousée et lui a offert une jolie petite maison sur River Street. Je n'aurais pas choisi sa fille comme amie, mais tu pourras te faire d'autres connaissances chez elle.

Je ne dis pas à ma mère que Matt et Lucy ne semblaient pas avoir d'autres amis.

— Elle va probablement obtenir la bourse cette année ; comme ça tu connaîtras quelqu'un de Heart Lake.

— Lucy m'encourage à tenter l'Iris. Elle propose qu'on étudie ensemble.

Ma mère me lança un regard appuyé qui me transforma également en livre de sucre. Trouvait-elle cette idée incongrue ou avait-elle, au contraire, toujours pensé que je passerais le concours ? Après tout, j'étais une bonne élève, bien que mes résultats fussent davantage dus à un désir servile de plaire à mes professeurs plutôt qu'à un réel talent.

— La bourse Iris, articula-t-elle.

Comme toutes les visées qu'elle avait pour moi, elle considérait celle-ci avec un espoir mêlé de doute.

— Eh bien, ce serait quelque chose. Mais à ta place, je n'y compterais pas trop.

Pourtant, dès le départ, c'est exactement ce que je fis : compter sur la bourse Iris. Je n'avais jamais vu Heart Lake bien que j'eusse grandi à deux kilomètres à peine de son portail. J'avais entraperçu, toutefois, les élèves de l'institution venir au drugstore, en ville, pour y acheter des magazines et essayer du rouge à lèvres. Elles comparaient cinq ou six teintes et s'essuyaient soigneusement la bouche avant de repartir. Je pensais que le règlement devait interdire le maquillage mais je remarquai ensuite qu'elles s'habillaient de façon résolument terne. Même quand l'école avait renoncé à l'uniforme, elles semblaient encore en porter un : jupes écossaises, pulls pastels, parkas en hiver, tels des bûcherons, et chaussures éculées aux talons râpés. Ma mère disait toujours qu'on reconnaissait une dame aux talons de ses chaussures. Ces filles avaient quelque chose – leurs dents parfaitement régulières, le brillant de leur chevelure, un discret reflet d'or sur le lobe de l'oreille ou le cou, et surtout, un mélange de désinvolture et de confiance en soi – qui me révélait qu'en dépit de leurs semelles usées elles avaient de la classe.

Le fossé entre ma pauvreté et leur négligence feinte ne paraissait pas infranchissable.

— La bourse, c'est du tout cuit pour toi, me déclara Matt alors que nous rentrions chez les Toller ce soir-là. La seule autre élève financièrement éligible est Lucy.

— Alors, elle l'aura.

— Elle est paresseuse, lança-t-il suffisamment fort pour que sa sœur, qui marchait devant nous, pût entendre.

Je pensais qu'elle serait furieuse mais, au contraire, elle arracha une feuille d'érable écarlate d'une branche proche et, jetant un coup d'œil faussement timide par-dessus son épaule, mordit la tige comme une danseuse de flamenco tenant une rose entre les dents. Son frère bondit vers elle et, adoptant une attitude de danseur de tango, la fit tournoyer autour de la pelouse d'une grande demeure. Ils valsèrent sur les tas bien nets de feuilles mortes ratissées par le jardinier, provoquant des tourbillons rouge et doré, jusqu'à ce que Matt la tînt suspendue au-dessus d'un lit de feuilles jaunes et la laissât tomber, en une gracieuse pâmoison.

— Tu vois, dit-il en se tournant vers moi, qui étais restée sur le bord du trottoir, immobile sous la cascade de feuilles, elle a besoin de se mesurer à quelqu'un d'autre.

Puis il m'attrapa, un bras m'enlaçant fermement la taille, l'autre tendant nos mains droit devant nous, sa joue, fraîche dans l'air mordant de l'automne, contre ma joue. Alors qu'il me faisait danser, les feuilles rouges et jaunes devinrent floues, comme les ailes de l'oiseau de feu dans mes *Contes de ballets*. Son souffle, sur ma peau, avait une odeur de pomme.

— Maintenant, répète après moi, dit-il en suivant le rythme de nos pas, *Puella, puellae, puellae*...

J'obéis consciencieusement, hurlant la déclinaison alors que nous virevoltions sur la pelouse. Quand nous nous immobilisâmes, Lucy s'était relevée, des feuilles piquées dans les cheveux comme une guirlande d'or frappé. Tout semblait tournoyer encore, sauf sa petite silhouette figée.

— Tu vois, dit-elle, tu l'as mémorisée.

— Mais je ne sais pas à quoi ça sert.

Lucy et Matt échangèrent un regard. Il cueillit une feuille dans les cheveux de sa sœur et, avec un mouvement de bras élaboré, me la présenta.

— *Puer puellae rosam dat*, énonça Lucy.

— Pardon ?

— Le garçon donne une rose à la fille, traduisit Matt.

— Le garçon – *puer* – est au nominatif, c'est donc un sujet, c'est celui qui donne, intervint Lucy.

— La fille – *puellae* – est au datif, c'est elle le complément d'attribution du verbe, celle à qui est destinée l'action du verbe. La rose... – Matt tordit la feuille entre l'extrémité de ses doigts, ce qui me donna un instant l'illusion que je regardais une fleur –, *rosam* est à l'accusatif, c'est le complément d'objet direct du verbe – la chose que l'on donne.

— Tu vois, tu peux tout mélanger, précisa Lucy.

Son frère sauta derrière moi et se plaça à ma droite écartant son bras à l'extrême. Ma nouvelle amie pointa la feuille de l'index.

— *Puellae rosam puer dat* ? demanda-t-elle.

— Le garçon offre une rose à la fille, répondis-je.

Matt tint la feuille au-dessus de sa tête.

— Tu as saisi ?

Je hochai la tête. Pour la première fois, j'avais vraiment compris.

Il s'inclina devant moi et me tendit la feuille d'érable, que je glissai soigneusement dans ma poche.

— C'est bien, dit-il. Maintenant, rentrons à la maison. La nuit tombe.

Il me prirent chacun par un bras et nous remontâmes ainsi River Street en scandant la première déclinaison dans l'air bleu et frais du soir.

13

La maison située à l'extrémité de River Street n'était pas une demeure bourgeoise, mais plutôt une sorte de cottage dans lequel on aurait pu imaginer les sept nains. C'était à l'origine le pavillon de gardien du manoir des Crèvecœur. Quand le domaine avait été transformé en école pour jeunes filles, ce bâtiment avait été vendu séparément à la première directrice. Je ne sus jamais comment il était passé dans la famille Toller.

Les pièces du rez-de-chaussée me déçurent. Elles étaient meublées dans le style colonial, chargé et trop verni, de ma propre maison. Mais, alors que ma mère considérait chaque chaise et table basse comme une possession précieuse, il y avait comme une atmosphère d'indifférence voire de négligence dans la décoration d'Hannah Toller. On eût dit que les meubles avaient été choisis sans véritable respect de ce que ma mère appelait « la coordination des couleurs ». De laides couvertures écossaises aux tons marron cohabitaient avec des tissus fleuris bleu et rouge ; les rideaux étaient d'une teinte moutarde particulièrement affreuse. Bien que propre et net, cet endroit paraissait mal aimé.

À partir de ce premier jour, nous passâmes en bas aussi peu de temps que possible. Je fus présentée aux parents et autorisée à échanger quelques propos contraints avec eux pendant le temps nécessaire à Matt pour dénicher des cookies dans le placard et à Lucy pour faire chauffer du chocolat. Je vis immédiatement pourquoi personne ne pouvait oublier que celle-ci n'était pas la fille de Cliff Toller – en fait, il était même difficile d'imaginer que Hannah fût sa mère. Le père de Matt était un grand roux bien charpenté, dont les mains me paraissaient énormes. Son épouse, petite, comme sa fille, avait un aspect si terne, avec ses cheveux châtains et ses traits si peu mémorables qu'on ne pouvait penser à elle que comme à un corps génétique neutre qui aurait subi une visitation divine pour enfanter Lucy. Je me souvenais qu'elle avait conçu son aînée au cours de sa première année à Vassar et j'imaginais quelque fils de famille blond rencontré au cours d'une soirée interuniversités.

Quand Lucy et Matt me présentèrent, le regard éteint de Mme Toller s'illumina un instant.

— Jane Hudson, prononça-t-elle lentement, tout comme ma mère avait prononcé le nom de Lucy. La fille de Margaret Poole ?

Je hochai la tête.

— Je suis allée à l'école avec ta mère. Tout le monde pensait que ce serait elle qui décrocherait la bourse Iris, mais le jour de l'examen, elle ne s'est pas présentée.

— Elle était peut-être malade, dis-je avec un haussement d'épaules, sachant pertinemment que ce n'était pas le cas.

Mon père m'avait confié que ma grand-mère s'opposait à ce qu'elle aille à Heart Lake, mais j'ignorais qu'elle avait dû rester à la maison le jour du concours. J'essayai d'imaginer ce qu'elle avait pu ressentir ce jour-là, tenue à l'écart de ce qui avait dû représenter pour elle la seule chance d'échapper à Corinth et à une vie de travail à l'usine.

— Que penses-tu de *Domina* Chambers ? Ton professeur ? me demanda mon interlocutrice.

— Oh, elle a l'air formidable, m'écriai-je. Si élégante et... – je m'efforçai de trouver le mot juste –... raffinée.

— Raffinée ? Oui, je pense que ce qualificatif lui convient.

Elle se remit à remuer le ragoût très odorant qui mijotait sur la cuisinière.

— Maman est allée à l'école avec Helen Chambers, expliqua Lucy alors que nous gravissions l'escalier. D'abord à Heart Lake, puis pendant un an à Vassar.

— Oh ?

Je ne trouvai rien à dire. Heureusement, mes amis, qui montaient devant moi, ne me voyaient pas rougir ; ils auraient pu deviner que je connaissais toute l'histoire au sujet de la naissance de Lucy.

— Ouais, elle a obtenu la bourse Iris quand elle avait notre âge, déclara Matt.

— C'est sans doute pour ça qu'elle veut que Lucy l'obtienne, décrétai-je.

Je vis le frère et la sœur se tourner l'un vers l'autre en haut des marches. Il chuchota quelque chose et elle secoua la tête comme si elle était furieuse de ce qu'il venait de dire. Je détournai la conversation en m'exclamant devant leurs chambres.

— Qu'est-ce que vous avez comme chance ! m'écriai-je un peu trop fort. C'est votre refuge secret ! Comme le grenier dans *Petite Princesse* [1].

— Ouais, Lucy est la princesse et je suis la petite servante à qui elle permet de nettoyer derrière elle.

L'accusée ramassa un tas de linge sale qui attendait sur le palier et le lui lança.

— Comme s'il t'arrivait de nettoyer !

Les chambres étaient vraiment en désordre. Celle de Lucy, minuscule et située à droite sur le palier, pouvait à peine contenir un petit lit et un bureau étroit. C'était la raison, clamait-elle, pour laquelle elle empiétait sur la chambre de son frère, de l'autre côté

1. Célèbre roman pour enfants de Frances Burnett.

de l'escalier. On eût cru, en voyant l'éparpillement de vêtements, de livres, de lunettes de plongée, de patins à glace, de papiers, de tasses vides et de pommes à moitié mangées, qu'ils partageaient les lieux.

Elle avait même poussé son bureau jusque chez Matt pour qu'ils pussent travailler ensemble. Ils se faisaient face de chaque côté de la fenêtre.

— Ainsi nous profitons tous les deux de la vue, m'expliqua-t-elle. Nous nous sommes terriblement bagarrés à ce sujet.

Ce jour-là, ils trouvèrent pour moi une vieille table qu'ils placèrent à l'extrémité des leurs.

— Elle va se laisser distraire par l'extérieur, décréta Lucy.

— Mais non, contredit Matt. Qu'en penses-tu, Jane ?

Ils se tournèrent tous les deux vers moi. Je regardai le fleuve, coulant entre de grands bouleaux blancs dont le feuillage jaune retenait les dernières lueurs du jour ; ont eût dit un rang de pierres précieuses serties dans de l'or.

Mon regard revint à leurs visages impatients.

— Non, répondis-je sincèrement, je ne me laisserai pas distraire.

J'étudiai avec eux chaque soir après l'école, et même parfois le samedi, jusqu'aux vacances de Noël. Je craignais que, sans l'excuse du travail, Matt et Lucy ne disparaissent pendant ces congés. Mon soulagement, lorsqu'ils m'invitèrent à venir patiner avec eux, ne fut tempéré que par mon obligation à leur avouer que je n'avais pas de patins. Je me contentais toujours d'en louer à la patinoire municipale.

— Tu peux prendre ceux que j'utilisais avant, me dit Lucy. Tes pieds sont plus petits que les miens.

Bizarrement, elle avait raison. Bien que très menue,

elle avait des pieds plutôt grands. J'essayai ses patins et constatai qu'avec une paire de chaussettes supplémentaire ils m'iraient parfaitement.

— Est-ce que tu crois qu'elle sera assez épaisse ? demanda Lucy à son frère tandis que nous suivions un petit ruisseau appelé le Schwanenkill qui traversait le bois vers l'ouest, nos patins sur l'épaule.

Bien qu'il n'eût pas beaucoup neigé jusque-là, la température se situait au-dessous de zéro depuis Halloween. Le cours d'eau était gelé à l'exception d'un petit filet au milieu, festonnant la glace qui le bordait de chaque côté. Le sol me paraissait dur, tandis que je m'efforçais de les suivre, mais à deux reprises la fine couche craquante céda sous mon poids et je sentis l'eau froide s'infiltrer à travers la fine semelle de mes baskets.

Mes amis étaient chaussés de bottes à semelle de caoutchouc de bonne qualité qu'ils avaient reçues pour Noël, ce qui leur permettait de marcher sur la glace et dans l'eau sans être mouillés. S'ils avaient constaté que j'étais mal chaussée, ils ne m'auraient pas fait traverser le bois, mais ils ne remarquaient pas souvent ce genre de choses. Lucy ne faisait pas attention à ce qu'elle enfilait, et se retrouvait souvent vêtue d'une chemise de velours appartenant à son frère avec son jean délavé. Cela n'avait d'ailleurs aucune importance, car tout lui allait.

Après avoir marché sur une distance d'environ cinq cents mètres, nous arrivâmes devant une petite cabane de bois située à l'extrémité sud de Heart Lake. Quand je compris où nous nous trouvions, je devins nerveuse.

— Est-ce que ce n'est pas une propriété privée ? m'enquis-je.

Lucy ouvrit la porte pendant que Matt descendait

précautionneusement la rive abrupte pour tester la glace.

Sans doute, répondit-elle avec un bâillement.

Je la suivis à l'intérieur. Il y faisait si sombre qu'on ne voyait pas grand-chose, mais elle ouvrit une porte à double battant, à l'autre extrémité de la pièce. Aussitôt, l'espace exigu s'emplit de la lumière réfléchie par la surface gelée du lac qui s'étendait au pied de la cabane. Le soleil rasait la ligne des collines situées à l'ouest, derrière le manoir des Crèvecœur. Il ferait bientôt nuit. De chaque côté de la cabane, les murs étaient munis de très larges étagères. Lucy s'étendit sur l'une d'elles comme si elle était venue simplement faire une sieste.

— Mais personne ne nous a jamais surpris, déclara-t-elle. Et c'est le meilleur endroit pour patiner. Nous avons même notre propre cabine.

Elle fit tourbillonner ses doigts dans l'air poussiéreux, indiquant l'endroit où nous nous trouvions.

— Qu'est-ce que c'est que cette bicoque ? demandai-je.

— C'est l'ancienne glacière du Schwanenkill, expliqua Matt, lançant ses patins au bout de l'étagère sur laquelle était allongée sa sœur. Les Crèvecœur l'utilisaient pour entreposer les blocs récoltés sur le lac.

Il ramassa une poignée de sciure de bois qu'il laissa glisser entre ses doigts gantés.

— Ils emballaient la glace dans de la sciure ce qui permettait de la conserver jusqu'à l'été.

Il désigna un pan incliné de bois pourri qui montait du lac vers la grande porte.

— Ils utilisaient cette rampe pour hisser les blocs. Notre père participait à la récolte.

— Tu es un puits de sciences, Mattie. Comment est la glace aujourd'hui ? demanda Lucy sans ouvrir les yeux.

— Un peu inégale à l'embouchure du ruisseau qui doit être alimenté à cet endroit par une source. Il suffit de contourner cette zone.

Il retirait déjà ses bottes et sa sœur, bien que toujours étendue, releva une jambe et entreprit de dénouer paresseusement ses lacets.

Je regardai la surface du lac qui prenait une teinte cuivrée dans le soleil couchant. Il était difficile de bien la voir, en raison de la réverbération, mais j'eus l'impression de distinguer des taches plus foncées, comme sur une pomme tavelée, qui pouvaient être soit des endroits moins solides, soit tout simplement des ombres.

— J'ai entendu dire que le lac est très profond, laissai-je tomber négligemment.

Je m'étais débarrassée de mes baskets mais je tortillais encore les lacets des patins autour de mes doigts.

— Vingt-deux mètres au milieu, répondit Matt fièrement, comme s'il était l'architecte du site. Mais beaucoup moins sur le côté, près de la rive. Reste derrière moi, Jane : s'il y a un endroit moins solide, je te le ferai savoir en y tombant le premier.

Il me sourit avec l'assurance naturelle d'un garçon de quatorze ans.

— Tu me tirerais de là, n'est-ce pas ?

Je hochai la tête avec conviction, ne sachant pas s'il plaisantait ou non.

— Bon, parce que je ne suis pas très sûr de celle-là, poursuivit-il en me désignant Lucy par-dessus son épaule. Ça serait probablement trop de souci pour elle, qui a toujours peur de se mouiller les pieds.

Lucy visa la cheville de Matt avec la lame de son patin. Il sauta de l'étagère et s'élança hors de la cabane, sa sœur sur les talons. Dès qu'ils furent sur la glace, leurs mouvements saccadés devinrent aussitôt plus souples et amples. Rattrapant son frère, elle attrapa sa capuche de parka si brusquement que je crus qu'ils allaient tomber ensemble. Au lieu de cela, il fit volte-face, lui saisit les mains et la fit tourner en une gracieuse pirouette.

Je fus tentée de rester dans la cabane. Même si je n'avais pas été inquiète de la solidité de la glace, je n'aurais jamais été capable de les suivre. Tout à coup, le sourire confiant de Matt me revint. Tu me tirerais de là, n'est-ce pas ? Évidemment, il plaisantait, mais je me rendis compte à cet instant, en serrant les lacets jusqu'à la douleur, que si mes amis étaient en danger il était tout à fait inutile pour moi de rester à l'écart, en sécurité.

Lorsqu'on patine, il y a toujours ce premier pas, de la terre ferme à la glace, qui paraît tout simplement impossible à franchir. On croit impossible de tenir sur deux fines lames de métal, impossible que l'eau nous supporte, uniquement parce que ses molécules ont commencé à danser un peu plus lentement. Je ne trouvai aucun appui pour m'aider à franchir cette étape du solide au liquide, ce passage imperceptible de la gravité terrestre à la chute libre.

Je fis quelques pas timides sur le sol gelé, puis je me souvins que Matt avait conseillé qu'il fallait rester à l'écart du Schwanenkill. Je cherchai mes amis du regard et constatai qu'il patinaient le long de la rive, en direction de l'anse située au nord-est, probablement pour éviter d'être vus du manoir situé à l'opposé. Je souhaitais contempler de plus près l'édifice, que je n'avais jamais vu auparavant, mais en raison du soleil qui descendait derrière lui je ne distinguais qu'une masse sombre et ramassée, juchée sur une hauteur. Quand je détournai les yeux, des taches sombres brouillèrent ma vision. Il me fallut un moment pour localiser Lucy et son frère sous un pin qui étendait sa ramure au-dessus du lac. Au moment où elle agitait la main vers moi, Matt, debout derrière elle, tendit le bras vers une branche située au-dessus de la tête de sa sœur et la tira à lui, faisant tomber la neige dans son cou. Elle poussa un cri strident et pivota sur elle-même pour l'agripper, mais il s'était déjà enfui, longeant le bord du lac avec l'aisance d'un joueur de hockey.

Lucy s'agenouilla et rassembla de la neige en une boule avant de constater qu'elle ne pourrait pas rattraper le fuyard. Il avait déjà atteint la partie ouest de l'anse où trois rochers jaillissaient au-dessus de la glace. Elle décida de traverser la crique.

En plein milieu de son trajet, l'une des parties plus foncées que j'avais remarquées s'assombrit soudain et s'ouvrit sous son poids. Matt, de l'autre côté du lac, lui tournait le dos. Je ne me souviens pas avoir décidé de bouger, mais je me retrouvai à quelques mètres du trou.

Elle était dans l'eau jusqu'à la taille, les coudes appuyés sur le rebord de glace pour se maintenir à flot. Quand je fis glisser un lourd patin dans sa direction, une fissure, tel un éclair, zébra le sol entre nous. Loin derrière elle, Matt se retourna. Voyant ce qui se passait, il s'élança en choisissant le chemin le plus long, celui de la rive.

Je me mis à genoux, m'étendis sur la glace et me mis à ramper. J'avançais lentement mais, à chaque mouvement, le sol dur heurtait ma poitrine et me coupait le souffle. Quand j'eus l'impression de m'être suffisamment approchée, j'allongeai le bras ; trente centimètres nous séparaient encore. Elle secoua la tête et, brusquement, l'un de ses coudes dérapa, faisant glisser son épaule gauche dans l'eau. Elle émit un cri semblable à celui d'un oiseau blessé, dont je crus entendre l'écho avant de comprendre que son frère, qui se trouvait maintenant derrière moi, avait poussé le même. Je glissai vers l'avant, me râpant le menton sur la surface rugueuse et attrapai sa main droite. Elle m'agrippa le poignet avec une force que je n'aurais pas soupçonnée dans des doigts aussi minuscules.

J'entendis le murmure rauque de Matt qui me disait – lui disait ? nous disait ? – de tenir bon et je sentis mes pieds tirés en arrière. Elle put relever son bras gauche, que je saisis aussitôt ; il me parut si froid et fragile que je craignais qu'il ne se brise, mais je le serrai très fort, même quand elle fut entièrement hors de l'eau.

Il nous tira ainsi toutes deux jusqu'à la rive. Lorsque nous fûmes tous sur la terre ferme, il me dit que je pouvais lâcher prise, mais il dut écarter mes doigts et ceux de sa sœur qui refusaient tout mouvement. Je constatai alors que je n'avais plus aucune sensation dans le bras gauche. Je ne pouvais même pas soutenir mon amie sur le chemin du retour. Matt dut la soulever et la porter sur une distance de quatre cents mètres.

Ce ne fut qu'après que le Dr Bard (qui vivait deux maisons plus bas que les Toller) eut examiné Lucy et lui eut fait une piqûre de pénicilline pour prévenir une pneumonie qu'il remarqua la position de mon bras. Il me retira ma veste et constata que je m'étais démis l'épaule – l'os avait glissé hors de sa cavité.

14

Une fois remise en place, mon épaule se consolida rapidement. Bien qu'elle me fît encore souffrir, ma mère ne voyait aucune raison de me faire manquer l'école. Elle déclara que l'occasion se présentait pour moi d'apprendre à écrire de la main droite, puisque je me servais toujours de la gauche. Je lui promis que j'essayerais mais, une fois en classe, je ne changeai rien à mon habitude, bien que le simple fait de tracer les lettres me provoquât des douleurs aiguës dans le bras.

L'état de Lucy était pire. En dépit de la piqûre de pénicilline, elle avait attrapé une pneumonie et fut absente du lycée pendant tout le mois de janvier et une partie de février. Matt, lui aussi, manqua les cours très souvent, bien qu'il ne fût probablement pas malade. Je pense qu'il ne supportait pas de laisser sa sœur seule toute la semaine.

Chaque soir après la classe, je pris l'habitude de me rendre chez les Toller pour transmettre à Lucy ses devoirs, jusqu'au jour où *Domina* Chambers me dit qu'elle les porterait elle-même en rentrant à Heart Lake. Je me sentis alors gênée de leur rendre visite, bien que Matt et Lucy se fussent toujours montrés heureux de me voir. Au bout d'un certain temps, je pensai qu'ils m'avaient complètement oubliée quand, à l'occasion de mon quinzième anniversaire, notre professeur de latin me donna un paquet enveloppé de papier kraft. Pendant l'intercours, je me faufilai dans un couloir peu fréquenté où je pouvais parfois m'isoler, à condition d'accepter de me brûler les fesses sur un radiateur bouillant ou de me geler les bras contre les vitres glacées.

Il y avait à l'intérieur deux autres paquets, dont l'un contenait un beau stylo à plume et une bouteille d'encre bleu roi, présents de Lucy. Je les mis de côté et dépliai le second paquet. C'était un cahier à couverture noir et blanc du type de ceux qu'on pouvait acheter au drugstore pour un prix modique. Je l'ouvris et lus les mots tracés à l'intérieur de la couverture, sur une grille prévue pour inscrire l'emploi du temps : « Pour Jane. Il ne faut pas se fier à l'eau qui dort. De la part de Matt. » Il m'avait déjà dit cela quand je lui avais révélé que j'aimerais devenir écrivain, mais que je m'inquiétais de ne pas avoir assez de choses à transmettre. « Tu es calme, mais très observatrice, avait-il décrété. Il ne faut pas se fier à l'eau qui dort. »

Je remplis le stylo d'encre et j'écrivis sur la première page : « Lucy m'a offert ce stylo et cette encre magnifique... » Cet effort rendait mon bras douloureux. Le bec de la plume accrocha le papier, faisant jaillir l'encre jusque sur mon chemisier. Je me demandai si Lucy savait qu'il me serait si difficile d'utiliser son cadeau.

« ... et Matt m'a offert ce cahier. » Je regardai la page et tentai de trouver quelque chose de poétique à exprimer. C'était un cahier bon marché, d'une marque vendue par la ville parce qu'il était fabriqué par la compagnie qui possédait l'usine. Les dessins noir et blanc de la couverture, censés imiter le marbre, évoquaient, pour moi, la glace sur le fleuve au printemps, quand elle commençait à se rompre et que ses débris étaient emportés par le courant. En été, le cours d'eau était étouffé par les troncs d'arbres qui flottaient jusqu'à la scierie pour être transformés en papier – peut-être en ce papier sur lequel j'écrivais maintenant. Tenir ce cahier, c'était presque comme tenir un morceau du fleuve, des forêts qui s'étendaient vers le nord, et de la glace des hauts sommets.

Par la fenêtre, je regardai la cour lugubre. Elle était remplie d'objets que les élèves jetaient par les fenêtres de leur classe, vieilles feuilles ronéotypées et feutres épais dont la pointe fendue se recroquevillait comme un petit animal mort.

« Je n'aurai jamais d'autres amis comme eux », inscrivis-je. J'attendis que l'encre fût sèche et fis courir mon index sur toute la page. C'est alors que je remarquai le bord déchiré le long de la reliure. Une page avait été arrachée. Je me demandai ce que Matt avait pu écrire et choisir ensuite de supprimer.

Je décidai ce jour-là d'aller voir Matt et Lucy pour les remercier de leurs cadeaux. Lorsque j'arrivai, je trouvai *Domina* Chambers en train de prendre le thé dans la cuisine avec Hannah Toller. Il n'y avait rien de surprenant à la voir dans cette maison ; je savais qu'elle apportait les devoirs à Lucy, mais je l'avais imaginée déposant une enveloppe sur le perron et se hâtant de remonter Lake Drive jusqu'à l'école. Je ne me l'étais pas représentée s'attardant auprès de la mère de mes amis. Elles offraient un spectacle curieux : le professeur de latin, sorte de reine nordique, et Mme Toller, dans son tablier ordinaire, telle une fruste paysanne. Pourtant elles étaient là, partageant non seulement une tasse de thé mais aussi une conversation intime. Penchées sur un gros album de photographies, leurs têtes se touchaient presque.

— Ah ! Clémentia, nous parlions justement de vous. Venez vous asseoir avec nous.

Le fait d'entendre prononcer mon prénom latin, que je détestais, me fit sourciller. Dans la classe de *Domina* Chambers, nous n'avions pas le droit de choisir nos surnoms, qui nous étaient attribués selon un système rigide. Le professeur nous donnait la signification de nos vrais prénoms (jamais je ne la vis consulter un ouvrage spécialisé ; elle semblait connaître la signification de tous) et nous baptisait du mot latin équivalent.

Pour Lucy, elle n'avait pas eu de mal, car ce nom signifiait la même chose que Helen, son propre prénom : lumière. Ainsi, mon amie se vit attribuer le surnom que le professeur avait elle-même porté pendant ses études, Lucia.

Jane, m'avait-elle appris, venait d'un mot hébreu qui signifiait « miséricordieux » – Clémentia en latin. Floyd Miller et Ward Castle avaient passé le reste de l'année à m'appeler Clémentine.

Je m'assis à côté de Mme Toller et posai les yeux sur la table. Le livre ouvert entre elles était un annuaire d'université contenant la photographie de deux jeunes filles se tenant par la taille. Elles étaient vêtues de robes du soir et de petites étoles de fourrure. Sur le côté, un peu à l'écart, un jeune homme en smoking leur souriait. Je constatai avec surprise que ce personnage blond et séduisant ressemblait énormément à Lucy.

— Notre réunion de première année de faculté, dit *Domina* Chambers en refermant le lourd volume.

Je vis la date, 1963, imprimée sur la couverture.

— Vous saviez que Hannah et moi étions ensemble à Vassar, n'est-ce pas ?

Elle alluma une cigarette et se laissa aller contre le dossier de sa chaise.

— Mais tu ne t'y plaisais vraiment pas, n'est-ce pas ma chère ?

— L'Université ne convient pas à tout le monde, déclara sa compagne avec calme.

— C'est évident. Qu'en pensez-vous, Clementia ? L'Université vous conviendrait-elle ? Je devrais plutôt dire : conviendriez-vous à l'Université ? L'école normale de New Palz, peut-être ? Vous feriez une enseignante très compétente et nous avons toujours besoin de bons professeurs de latin.

Je hochai la tête. Cette suggestion, qui correspondait à mon ambition professionnelle, devenait tout à coup, sur ses lèvres, un projet ordinaire et ennuyeux.

— Mais pour notre Lucy, c'est autre chose... je la vois à Vassar, puis travailler à New York dans le domaine de l'art – l'édition, par exemple, vu sa rigueur et ses dons pour l'écriture. Si nous pouvions la faire entrer à Heart Lake, sa voie serait toute tracée.

— Vassar est trop loin, intervint Mme Toller.

— Pas du tout ! Trois heures de train. Elle pourra rentrer le week-end – quand elle ne sera pas accaparée par les recherches, les compétitions sportives, les réceptions à Yale ou les visites des musées. En histoire de l'art, nous étions toujours encouragées à visiter les musées.

— Mattie dépérirait sans elle, coupa son interlocutrice avec une sécheresse que je n'avais pas décelée dans sa voix auparavant. Y as-tu pensé, Helen ?

— Eh bien, il va pourtant falloir qu'il s'habitue. Il va s'entraîner quand elle sera à Heart Lake l'année prochaine. Ce qui compte pour l'instant, c'est de la préparer au concours. Vous êtes venue étudier avec elle, n'est-ce pas, Jane ?

J'opinai du chef et souris, heureuse d'être appelée par mon prénom.

— Oh oui ! puisque je vais aussi me présenter au concours.

Domina Chambers tendit le bras au-dessus de la table et me tapota la main.

— Bien sûr, mon petit, et je suis sûre que vous vous en sortirez très honorablement.

Je m'en sortis effectivement avec les honneurs : je fus reçue première. Rétrospectivement, je pense que je pris cette résolution – gagner le concours – ce jour-là, lorsque j'étais assise à la table de la cuisine des Toller, près d'Helen Chambers, rien que pour prouver à cette dernière que j'étais meilleure qu'elle ne le pensait – meilleure que quelqu'un qui s'en sort honorablement et va à l'école normale. Ce soir-là, j'écrivis dans mon journal : « L'école normale, c'est bien, mais ce que j'aimerais vraiment, c'est aller dans un endroit comme Vassar. Et pour y parvenir, je dois obtenir la bourse pour Heart Lake. Je ne crois pas que cela ennuierait Lucy – elle a toujours cru en moi. »

J'établis alors un emploi du temps. Je me donnai six semaines pour mémoriser tout le manuel de latin. Quand mes parents étaient couchés, je me levais et m'asseyais près de la fenêtre pour étudier à la lueur d'une lampe électrique. J'avais froid, car ma mère baissait le chauffage pour la nuit. Sur les vitres noires, s'étaient formés des cristaux de glace qui m'empêchaient de distinguer l'usine et qui s'étalaient comme des fleurs en train de s'ouvrir lorsque les camions de bois passaient devant la maison, faisant vibrer le verre. Parfois, quand je levais les yeux de mon livre et que je voyais le givre sur les carreaux, j'évoquais en esprit la photographie que j'avais vue dans l'annuaire mais, au lieu d'Helen Chambers et de Hannah Toller, j'y voyais Lucy et moi, nous tenant par la taille et souriant à l'appareil. Sur le côté, un peu à l'écart, superbe dans son costume, Matt nous contemplait. Bien sûr, il reviendrait le week-end, quelle que fût l'université où il se trouverait – Yale, ou peut-être Dartmouth, car il aimait l'idée de fréquenter une faculté créée par un Indien et avait entendu dire qu'il y avait là-bas un grand festival d'hiver.

Chaque nuit, je notais les déclinaisons, conjugaisons et *sententiae antiquae*[1] que j'avais mémorisées dans mon cahier blanc et noir. Mes doigts, qui se teintaient d'encre bleue, devenaient de la même couleur que les cernes qui s'étendaient sous mes yeux.

J'avais pensé que j'aurais un trac immense le jour du concours mais, au contraire, calme et détachée, j'éprouvai le sentiment étrange de me souvenir de quelque chose que j'avais fait longtemps auparavant.

Toutefois, lorsque les résultats furent proclamés, je fus effrayée à l'idée de la réaction de Lucy. Entendant, en présence de toute l'école, Helen Chambers prononcer mon nom et les applaudissements retentir, je baissai les yeux, comme par modestie, mais en réalité parce que j'avais peur de regarder mes amis, assis de chaque côté de moi. Je sentis alors une petite main se glisser dans la mienne et la serrer. Je levai les yeux vers Lucy et vis qu'elle me souriait avec une expression de pure euphorie. Elle était sincèrement ravie pour moi.

C'est alors que je me mis à pleurer non pas, comme tout le monde le pensait, parce que j'étais heureuse d'avoir obtenu la bourse, mais parce que je savais à quel point mon amie était meilleure que moi. Examen ou non, c'était elle qui méritait d'aller à Heart Lake et à Vassar. J'allais leur dire à tous que cette bourse lui revenait, que j'avais triché. N'était-ce d'ailleurs pas le cas, non à l'examen, bien sûr, mais au moins envers Lucy ?

Helen Chambers leva la main pour demander le silence.

— Depuis le jour où India Crèvecœur a accueilli les ouvriers de la fabrique dans sa demeure pour des séminaires éducatifs, Heart Lake a toujours essayé

1. Citations antiques. *(N.d.T.)*

de préserver des relations amicales entre la ville et l'institution.

Il y eut quelques applaudissements polis dont j'attendis impatiemment la fin. Je me demandais si j'aurais le courage de renoncer à la bourse devant toute l'assemblée ou si je le ferais discrètement après la cérémonie.

— Mais jamais leur générosité ne m'a bouleversée autant qu'aujourd'hui.

Un silence se fit dans l'assistance tandis que nous nous demandions tous ce qu'elle voulait dire. — J'ai été informée par le conseil d'administration qu'en raison de la réussite remarquable d'une autre élève, cette année, la bourse Iris sera attribuée, par la première fois depuis sa création, à deux personnes : Mlle Jane Hudson et Mlle Lucy Toller.

Je me tournai vers mon amie et l'entourai de mes bras. À la joie profonde que j'éprouvais à l'idée que nous serions ensemble à Heart Lake, se mêlait un veule soulagement. Je n'avais pas besoin de renoncer à la bourse. J'étais tirée d'affaire. Pressant ma joue contre la sienne, je sentis qu'elle aussi s'était mise à pleurer.

15

Lucy et moi fûmes installées dans un appartement pour trois personnes, baptisé « triplette » par les élèves de Heart Lake. Toutes les unités de la résidence étaient ainsi. Ma mère m'avait toujours conseillé d'éviter les trios : « Il y en a toujours une qui est mise à l'écart », affirmait-elle de façon à me faire comprendre que cette « une » serait sans doute moi. La fondatrice de l'école n'était pas de cet avis. Elle avait pensé que loger les pensionnaires par deux encourageait « les amitiés exclusives non susceptibles de conduire à l'esprit de communauté et de coopération souhaité ».

— Elles ont peur qu'on devienne gouines, affirmait Deirdre Hall, notre nouvelle camarade de chambre. Apparemment, India Crèvecœur n'a jamais entendu parler d'un ménage à trois.

Deirdre était surprenante à mes yeux. Elle ne ressemblait pas du tout aux filles que j'avais vues essayer du rouge à lèvres au drugstore de Corinth. Je l'avais vue arriver vêtue d'un jean pattes d'éléphant et d'un haut de mousseline qui laissait voir ses mamelons.

— Ils ont mis les boursières ensemble, m'expliqua Lucy. Je me demande comment elle a obtenu sa bourse – sinon en ayant recours au charme.

— En jetant des sorts, tu veux dire ?

— Non, en couchant avec l'examinateur. Tu ne vois pas que c'est une fille facile ?

La plupart des propos de notre camarade avaient trait au sexe. Elle avait sorti de son sac militaire une véritable bibliothèque aux titres évocateurs : *La Femme sensuelle*, *La Joie du sexe* et *Ma vie secrète*. Même un exemplaire éculé du rapport Kinsey jaillit comme Mary Poppins du paquetage inépuisable. Elle avait décoré les murs et le plafond de sa chambre individuelle avec des tentures de Bali qui représentaient des hommes aux attributs énormes engagés dans un coït acrobatique avec des femmes aux seins pointus, couvertes de bijoux. Sa collection de boîtes de thé orientales, apparemment innocente, se révéla, elle aussi, d'inspiration sexuelle.

— Ce thé est un aphrodisiaque, apprit-elle à Lucy,

horrifiée. Bien sûr, le véritable principe actif est là-dedans.

Elle ouvrit une grande boîte en forme de coffre décorée d'un paysage de montagnes dorées qui contenait une herbe brunâtre de forte odeur.

— Est-ce que ça vous excite aussi ? nous demanda-t-elle.

Lucy n'était pas la seule à être offensée par les allusions de notre camarade. Celle-ci perturbait également Helen Chambers avec les associations d'idées très orientées que suscitaient chez elle une foule de mots latins.

— *Domina* ? s'écria-t-elle dès le premier jour de classe. Comme dans les relations sadomasos ?

Quand elle apprit que *atque* était une conjonction copulative, elle s'étrangla de rire.

Le professeur, j'en suis sûre, regrettait que le programme de deuxième année accorde une aussi large place à la poésie de Catulle.

— Le nom de sa petite amie était Lesbia ? s'enquit Deirdre avec incrédulité. Comme dans...

— Non, comme dans l'île de Lesbos, où vivait la poétesse Sappho. Catulle reconnaissait la dette littéraire qu'il avait envers les poètes lyriques grecs.

— Ouais, mais Sappho n'était pas aussi une gouine célèbre ?

— Elle a écrit quelques magnifiques poèmes pour les femmes. Nous ne savons pas si ses sentiments avaient une expression... euh... physique.

Je n'avais jamais vu l'enseignante aussi décontenancée.

— Je parie que c'en est une, nous dit Deirdre alors que nous faisions ensemble notre version de latin ce soir-là.

— Une quoi ? demanda Lucy.

— Une gouine.

Deirdre leva la main et l'agita comme s'il s'agissait d'un poisson. Elle portait un kimono de soie peint à la main que ses parents lui avaient envoyé de Kyoto, orné de vagues aux différentes nuances de turquoise au milieu desquelles nageaient de magnifiques carpes rouge et or. Par la fente de ses vastes manches, ses seins nus paraissaient deux animaux marins échappés du décor.

— *Domina* Chambers n'est pas lesbienne, répondit Lucy froidement en détournant les yeux de l'indécente poitrine. Ma mère, qui est allée à l'école avec elle, m'a dit que c'était l'une des filles les plus courtisées de Vassar. Elle passait presque tous les week-ends à Yale.

— Alors pourquoi n'a-t-elle épousé aucun de ses prétendants ?

Lucy avait stimulé son intérêt. Nous pouvions toutes trois imaginer notre professeur en twin-set et rang de perles, prendre le train vers New Haven. Un garçon en veste de tweed, ou portant un pull de l'université, l'attendait à la gare.

— Elle s'est consacrée aux études, répondit Lucy. Aux études classiques.

— Alors pourquoi n'enseigne-t-elle pas à l'Université ? Ou ne participe-t-elle pas à des fouilles sur des sites étrusques ? Professeur de latin dans un lycée, ce n'est pas une carrière très palpitante !

Je voyais bien que Lucy était troublée par cette question. Il y avait quelque chose qui ne collait pas vraiment chez Helen Chambers. Même si elle faisait partie du groupe des anciennes élèves revenues enseigner à Heart Lake, elle se distinguait de ses collègues. Nous savions, par Hannah Toller, qu'après Vassar elle était allée à Oxford et avait ensuite vécu plusieurs années à Rome, à l'académie américaine située sur la colline de Janiculum, où elle avait publié des articles dans des journaux philologiques érudits sur les vases étrusques et les lacunes des textes anciens. Puis elle était revenue à New York pour terminer son doctorat à Barnard. Alors qu'elle s'acheminait vers une carrière illustre et paraissait se libérer de l'attrait que Heart Lake semblait exercer sur ses élèves, elle avait abandonné son doctorat pour revenir enseigner à l'école.

— Elle était peut-être à sec, suggéra Deirdre.

— Non, dit Lucy en secouant la tête et plissant le nez.

Imaginer la vie de Helen Chambers déterminée par des considérations financières lui répugnait. — Je pense que ça avait quelque chose à voir avec un échec sentimental. Elle était amoureuse d'un homme marié et a dû quitter la ville pour rompre avec lui.

Je me souvenais de l'annuaire posé sur la table de la cuisine. De la photographie du blond séduisant qui souriait à Helen Chambers et à Hannah Toller et qui ressemblait à Lucy. Il me vint à l'esprit que l'histoire racontée par mon amie pouvait être celle de sa mère. Peut-être était-ce cette dernière qui avait quitté son amant marié, pour revenir, près de Heart Lake, vivre sa grossesse dans le secret et la honte.

Je voyais que Deirdre aimait bien cette histoire ; elle commençait à se laisser gagner par le charisme de notre professeur :

— Peut-être qu'il se retrouvent quand elle va en ville. Elle ne peut pas passer tout son temps à faire les magasins et à aller voir des ballets.

Lucy réfléchit.

— Peut-être qu'ils se rencontrent juste une fois par an pour boire des cocktails au Lotus Club ?

— En souvenir du bon vieux temps, poursuivit Deirdre.

Mon amie lui sourit. Je m'alarmai à l'idée que

Deirdre Hall, après avoir passé des semaines à choquer Lucy, pût se montrer capable de la charmer. Mais, comme à son habitude, notre camarade en fit un peu trop (« Redondant ! », aurait dit Lucy) :

— Ouais, et en souvenir du bon vieux temps, ils prennent une chambre pour tirer un coup.

Pendant le premier semestre de cette année de seconde, Lucy et Deirdre s'affrontèrent comme des danseurs de tango engagés dans des figures élaborées. Tout en semblant se détester, elles ne pouvaient se passer l'une de l'autre. Je comprenais comment notre nouvelle compagne pouvait se laisser charmer par Lucy. C'était le cas de tout le monde. À l'école primaire, où elle travaillait comme assistante, toutes les petites filles l'adoraient. Quand nous allions la chercher là-bas après la classe, les enfants la suivaient dehors en la suppliant de raconter une autre histoire, chanter une autre chanson, faire un autre câlin. Une petite fille, créature d'aspect pathétique aux traits crispés et aux cheveux décolorés comme de la paille sèche, dotée du nom tristement adéquat de Albie, avait l'habitude de nous suivre jusqu'à la résidence. La façon dont elle se matérialisait dans les bois était déroutante. Deirdre lui criait dessus et tapait du pied comme elle l'aurait fait pour chasser un chien errant, sans que cela produisît le moindre effet. Ce n'était que lorsque Lucy se dirigeait vers elle et lui chuchotait quelque chose à l'oreille qu'elle acceptait de partir, s'évanouissant derrière les pins aussi vite et silencieusement qu'un chat.

— Pauvre gosse, dis-je un jour, plus parce que Lucy avait été gentille avec elle que parce que je la plaignais vraiment. Quel nom affreux !

— Merci ! répliqua mon amie en riant. C'est moi qui l'ai baptisée ainsi. Je lui ai dit que ce serait son surnom quand elle commencerait le latin, et maintenant elle insiste pour que tout le monde l'appelle comme ça. Elle a simplement besoin d'un peu d'attention. Son père est mort quand elle était petite et, selon elle, sa mère est instable, ce qui veut sans doute dire qu'elle fait des séjours à l'hôpital psychiatrique. Chaque fois qu'Albie a de mauvaises notes, sa maman pense que c'est de la faute de l'école et la transfère dans un autre établissement. Bien qu'elle n'ait que dix ans, la petite en a connu quatre.

— Assez, je vais hurler, décréta Deirdre en allumant une cigarette. Cette gamine me fout les jetons et nous enquiquine. On dirait qu'elle nous espionne tout le temps.

Ce qui ne laissait pas de nous préoccuper, car nous avions commencé à vagabonder dans les bois alors que nous étions supposées nous trouver en salle d'étude. Deirdre avait eu l'idée de nos premières sorties clandestines. Elle voulait trouver un endroit pour fumer, d'abord des cigarettes, puis des joints. J'étais surprise que Lucy participe à ces expéditions – elle refusait d'essayer le tabac comme le cannabis –,mais je compris rapidement qu'elle se sentait enfermée en raison de la discipline rigoureuse de Heart Lake. Elle avait grandi en parcourant la forêt avec Matt, mangeant quand elle le souhaitait, dormant tard et manquant l'école à volonté. Détestant être entourée de monde en permanence, elle répugnait à se voir conduire « vers la communauté et la coopération ».

Deirdre, en vétérante confirmée des pensions, se révélait experte en détournement et esquive des règles. « Signe le bulletin de présence à l'étude et demande à sortir. On se retrouve aux toilettes à côté de la salle de musique et on file par la porte de derrière. Elles ne s'apercevront de rien. »

Il me semblait que nous aurions pu faire tout cela

sans elle, mais quand nous étions prises sur le fait, elle inventait toujours avec maestria une excuse plausible.

« Jane vient juste d'avoir ses règles, madame Pike, expliqua-t-elle un soir au professeur de gymnastique qui venait de nous surprendre dans les bois derrière la résidence. Nous rentrions au dortoir pour chercher une serviette hygiénique. »

« Nous voulions trouver des têtards, madame Buehl, déclara-t-elle au professeur de sciences naturelles qui nous trouva en train de nous faufiler jusqu'à la plage. Votre leçon sur la métamorphose était absolument passionnante ! »

Elle avait un instinct pour ce qui était théâtral. Après que nous eûmes entendu l'histoire des Trois Sœurs lors du feu de camp trimestriel, elle décréta immédiatement que nous devions aller jusqu'au rocher le plus éloigné à minuit, une nuit de pleine lune, pour dire une prière à la déesse du lac afin que la malédiction des Crèvecœur nous épargne.

— Comment faire ? demandai-je. On ne peut pas sauter de rocher en rocher. Pourquoi ne pas faire le sacrifice sur le premier ?

— Il faut absolument que ce soit le troisième, insista-t-elle.

Lucy renchérit :

— *Domina* Chambers prétend que le chiffre trois est enchanté. Et que le héros doit toujours franchir une série d'épreuves, comme les travaux d'Hercule, pour faire ses preuves.

— Nous irons à la nage, déclara Deirdre. Nous le faisons tout le temps en classe de natation.

— En pleine nuit ? Nous n'avons même pas de maillots.

On nous fournissait, pour la classe, des costumes

de bain qui se gonflaient dans l'eau et faisait paraître hideuse la fille la plus mince.

Lucy s'esclaffa.

— Qui en a besoin ? Nom d'un chien, Jane, ce que tu peux être conventionnelle parfois !

Voyant Deirdre sourire, je me souvins de ce que disait ma mère : « Il y en a toujours une qui est mise à l'écart. »

— Si tu as peur, tu n'as qu'à rester dans la chambre, poursuivit-t-elle.

J'avais peur, mais il n'était pas question de rester. Pour cette expédition, nous avions besoin de plus de temps que ne nous en offraient les heures d'étude. Deirdre organisa tout. Une fois les lumières éteintes, nous descendrions, l'une après l'autre, en chemise de nuit, sous le prétexte d'aller aux toilettes et sortirions pas la fenêtre, qui donnait sur l'arrière du bâtiment. Nous couperions par les bois derrière l'école élémentaire et gravirions la Pointe pour éviter d'être vues par Mme Buehl, qui vivait dans le cottage situé en haut de l'escalier menant à la rive.

— Mais comment allons-nous descendre jusqu'à la plage ? m'enquis-je. L'accès aux marches se trouve juste en face de sa porte d'entrée.

— On peut y accéder de la Pointe, répliqua Lucy. Matt et moi l'avons fait il y a deux ans ; nous nous sommes introduits sur le terrain de l'école pour aller nager.

— Pourquoi ne vient-il jamais nous retrouver ? demanda Deirdre. Il a l'air de tellement te manquer !

— Ce n'est pas une mauvaise idée. On organisera ça une autre fois.

La première nuit où nous nous rendîmes jusqu'au rocher était exceptionnellement chaude et calme pour la mi-octobre. Étant sûre que nous aurions froid tout de même, j'avais enfilé ma chemise de nuit la plus épaisse. Deirdre arborait le kimono peint à la main qui miroitait comme la surface de l'eau sous le clair de lune et dont les carpes rouge et or semblaient nager sous les grands pins. Lucy avait revêtu un T-shirt blanc ordinaire qui lui descendait sous les genoux et avait sans doute, à l'origine, appartenu à Matt. Mes deux compagnes, que je voyais marcher devant moi sur le chemin, ressemblaient à des personnages ornant un vase. Je me sentais absurde dans ma chemise de flanelle raide imprimée de nounours et de petits cœurs.

Nous fîmes une pause dans les bois, où Deirdre alluma un joint. Elle le tendit à Lucy qui, à ma grande surprise, en tira une longue bouffée, me le tendit et, retenant la fumée, dit d'une voix étranglée « Tu te rappelles de ce qu'à dit Helen Chambers sur l'oracle de Delphes ? ». Je me souvenais de la leçon sur l'utilisation, dans le monde antique, des plantes hallucinogènes. « Vous condamnez donc l'utilisation de la drogue, *Domina* ? » avait demandé Deirdre. Notre professeur avait répondu : « Les Anciens utilisaient ces herbes dans un but sacré, non pour se distraire. »

Je pris le joint et l'appliquai gauchement sur mes lèvres, me demandant si je pourrais simplement faire semblant de le fumer, mais mes deux compagnes attendaient d'en voir rougir l'extrémité. J'aspirai la fumée et la retins dans mes poumons, selon les indications de notre spécialiste qui affirmait que la plupart des gens ne « planaient » pas la première fois.

Nous nous passâmes ce joint jusqu'à ce qu'il devînt un mégot minuscule que Deirdre tenait délicatement entre ses ongles démesurés et qu'elle retourna pour en introduire le bout incandescent à l'intérieur de sa bouche, faisant signe à Lucy de s'approcher. Celle-ci élevant son visage si près de celui de notre camarade qu'elles auraient pu s'embrasser, ouvrit ses lèvres entre lesquelles fut soufflé un long jet de fumée. Je fus stupéfaite de voir l'aisance avec laquelle elles s'y prenaient. Et je compris tout à coup qu'elles ne faisaient pas cela pour la première fois.

Je ne pensais pas « planer », mais le reste de notre trajet me parut baigner dans une lumière différente. Couvert d'aiguilles de pin, le sol de la forêt dégageait une lueur dorée et semblait onduler sous mes pieds nus. Les troncs blancs des bouleaux défilaient de chaque côté de nous comme les pales d'un ventilateur tranchant les ombres, déversant une pluie d'éclairs blancs dans l'obscurité. J'eus l'impression qu'une silhouette blanche voletait entre les arbres mais, lorsque je m'immobilisai pour l'observer, je ne distinguai que les bois obscurs et silencieux.

Lorsque nous arrivâmes à la Pointe, la pierre en forme de dôme luisait comme si elle était constellée de diamants. J'eus le sentiment de me perdre dans sa texture rugueuse et cristalline tandis que nous nous laissions glisser sur une saillie calcaire, d'où nous accédâmes à la plage. Je préférais cela au fait de regarder d'en haut la paroi à pic qui s'enfonçait dans le lac.

Il me fallut plus longtemps qu'aux autres pour effectuer la descente ; quand j'atteignis la plage, elles étaient déjà dans l'eau. Le kimono pâle était drapé autour d'un rocher et le T-shirt de Lucy traînait, roulé en boule. Je fis passer ma chemise de nuit pardessus ma tête et restai un moment à frissonner, immobile.

Je les voyais, un peu plus loin, telles les carpes magnifiques du kimono. Elles avaient atteint le troisième rocher, qui était le seul assez plat pour que l'on pût y grimper. Deirdre se hissa au sommet et atterrit maladroitement sur le dessus. Lucy se tourna vers le rivage, pataugeant comme un chien. Quand elle m'aperçut, elle leva le bras pour me faire signe ; je la vis s'enfoncer un peu, ses lèvres rasant la surface noire du liquide. Un vers de poésie que Mme Macintosh nous avait lu me revint en mémoire : *Ils ne font pas signe, ils se noient*. Quelque chose en moi me poussait à rester où j'étais et à regarder combien de temps Lucy allait agiter ses doigts ; jusqu'où elle allait s'enfoncer.

Mais je me secouai et, sortant de ma transe, je me jetai littéralement à l'eau et me mis à nager vite pour me réchauffer. J'étais une bonne nageuse, l'une des meilleures de la classe, selon Mme Pike, qui ajoutait immanquablement que je gagnerais à m'entraîner.

Je dépassai les rochers, pour frimer un peu, mais lorsque je m'approchai de la paroi extérieure de la troisième Sœur, je constatai qu'elle était abrupte et que je n'avais pas pied. Mes deux compagnes durent me tendre chacune une main pour me tirer près d'elles.

— Chapeau, Jane, s'exclama Lucy.

— Ouais, tu es plus courageuse que je le croyais, ajouta Deirdre.

Nous restâmes assises quelques minutes à contempler le lac paisible éclairé par la lune. Je n'avais plus froid mais ce qui me surprit surtout, c'est que je n'avais plus peur. La troisième Sœur étant située au-delà de la Pointe, nous aurions pu être aperçues du manoir, mais je me dis que si Helen Chambers, par exemple, qui avait un appartement au dernier étage, regardait par la fenêtre et voyait trois filles nues sur un rocher au milieu du lac, elle croirait avoir une vision. Nous ressemblions aux trois grâces du tableau de Botticelli que Mme Beade nous avait montré.

Comme en réponse à un signal, nous nous levâmes toutes les trois. Deirdre et Lucy glissèrent chacune un bras autour de mon cou. Alors que je levais les miens pour en faire autant, je continuai à les lever – ils semblaient échapper à la pesanteur, comme attirés par la lune – jusqu'à ce que mes mains fussent suspendues au-dessus de leur tête. Nous n'avions pas parlé de la forme que prendrait notre « prière » à la déesse du lac. « Nous laisserons l'esprit du moment nous guider », avait dit Lucy. J'avais imaginé que l'une de mes compagnes prendrait l'initiative ; elles étaient douées pour ce genre de choses. Mais maintenant, forte de leur présence à mes côtés, je me sentis plus sûre de moi que je ne l'avais jamais été. Ma mère avait tort. Trois était un chiffre enchanté.

— Esprit du lac, déclamai-je. Nous venons ici dans un esprit d'amitié. Nous ne demandons pas de protection particulière.

Je vis Lucy hocher la tête. C'était ce que nous disait toujours *Domina* Chambers. Les Anciens pensaient qu'il fallait s'abaisser devant les dieux. Le péché le plus grand était celui d'orgueil.

Je savais maintenant quelle forme devait prendre notre prière.

— Tout ce que nous demandons, déclarai-je d'une voix claire et sonnante qui semblait rebondir sur la paroi de la Pointe, dressée au-dessus de nous, c'est que tout ce qui arrive à l'une d'entre nous nous arrive à toutes trois.

16

— Il nous faut un roi-cerf.

Deirdre, qui tenait entre ses doigts la figurine faite d'épingles à cheveux que nous avions récemment baptisée cornicula, la tortilla devant la lumière de la fenêtre. Une minute auparavant, elle dansait autour de la pièce au son de « Staying Alive » des Bee Gees diffusée à la radio, mais, entendant ensuite les premières mesures d'un air qu'elle n'aimait pas, elle avait éteint le transistor.

Lucy leva les yeux de son livre et hocha la tête.

— Comme Cernunnos, dit-elle, le cornu.

— Comme Actéon.

— Actéon a été massacré par sa propre meute, intervins-je.

Nous étions en première. Deirdre avait lu un article relatif aux cultures matriarcales et au culte des déesses. Elle passait la plus grande partie des cours de latin à harceler *Domina* Chambers à propos du « canon patriarcal » auquel elle adhérait. « Ce serait la moindre des choses d'étudier *L'Art d'aimer* d'Ovide plutôt que de se raser avec *Les Métamorphoses* », disait-elle à notre professeur.

Je lus à haute voix un extrait de ma version pour la classe du lendemain :

— « Maintenant, ils sont tous autour de lui, arrachant la chair de leur maître. » Ses chiens l'ont dévoré vivant.

Deirdre haussa les épaules.

— *Domina* Chambers affirme qu'il n'a eu que ce qu'il méritait pour avoir épié Diane dans son bain.

— Mais c'était un accident, dis-je. Regarde, même Ovide l'affirme : « La faute, ce jour-là, fut celle de la fortune et non la culpabilité, car quelle culpabilité peut-il y avoir à perdre son chemin. »

Lucy soupira.

— Ne sois pas si littérale, Jane. Nous n'allons pas chasser un pauvre garçon et le manger.

Deirdre gloussa mais reçut un regard qui la fit taire.

— C'est un rite symbolique de renouveau, poursuivit mon amie. La déesse s'unit au cerf, assurant ainsi à la communauté fertilité et prospérité.

— Ouais, la déesse et le cerf tirent un coup.

— Devons-nous prendre cela au pied de la lettre ?

— J'espère bien !

— Alors, qui sera la déesse ? m'enquis-je.

Secouant les épingles à cheveux qui scintillèrent dans le soleil, Deirdre roula des hanches comme l'une des danseuses balinaises de la tenture qui ornait sa chambre.

— Qui, à votre avis ? Qui, ici, ressemble à une déesse de la fertilité ?

— La déesse, c'est le lac, laissa tomber Lucy avec réprobation. Le cerf va nager dans le lac, comme lors d'un baptême et cela apaisera la déesse.

— Oh !

Notre compagne de chambre avait l'air déçu. Elle tapota l'épingle inférieure qui se balança furieusement.

— Notre cerf sera-t-il aussi purement symbolique ou aurons-nous au moins un vrai garçon ?

Lucy réfléchit. Nous savions toutes deux quel garçon Deirdre avait en tête. Bien que mes deux compagnes de chambre eussent été plus ou moins amies jusqu'à la nuit où nous avions nagé toutes trois dans le lac, Lucy n'avait encore jamais laissé Deirdre seule avec Matt. Ils s'étaient rencontrés à deux reprises, lors d'un goûter et à l'anniversaire de la fondation de l'école. Elle s'était même arrangée pour qu'ils ne passent pas trop de temps ensemble.

— Il est adorable, m'avait confié Deirdre. Je comprends pourquoi tu l'aimes bien. Est-ce que tu as déjà... tu vois ce que je veux dire... fait quelque chose avec lui ?

— C'est juste un ami et le frère de ma meilleure amie, avais-je répondu. Je ne le vois pas comme ça.

Deirdre m'avait regardée avec scepticisme. Tout comme elle avait l'art de trouver une orientation sexuelle à chaque phrase latine, elle interprétait de façon tendancieuse les relations les plus innocentes. Pendant l'année et demie que nous avions passée ensemble, elle avait supputé des liaisons illicites entre le gardien et Mme Buehl, Mme Buehl et Mme Pike, Mme Macintosh et Mme Pike, Mme Beade et trois des élèves de terminale, ainsi qu'entre la présidente de la classe et le capitaine de l'équipe de natation. Depuis le début, il était évident pour elle que j'avais un faible pour Matt.

Je suppose qu'elle avait raison. Entre les pages de mes *Contes de ballets* se trouvait toujours la feuille d'érable rouge qu'il m'avait offerte la première fois que nous étions rentrés ensemble de l'école ; ce n'était pas une rose, mais il avait fait comme si c'en était une au moment où il me l'avait tendue. J'avais conservé d'autres objets : les cailloux qu'il m'avait donnés quand il m'avait appris à les faire ricocher sur le lac ; les mots qu'il m'avait écrits en classe de latin quand nous étions encore à Corinth ; et une breloque cassée de porte-clé qu'il avait fait tomber dans la glacière et croyait perdue. Je gardais tout cela avec mes journaux intimes, sous une latte de parquet au-dessous de mon bureau. Même Lucy ignorait tout de ma cachette et de ce que j'écrivais au sujet de Matt.

« Je crois qu'il manque à Lucy », avais-je écrit. Le

premier cahier qu'il m'avait donné ayant été rempli, j'en avais acheté un autre identique. Après être restée longtemps le stylo en l'air, j'avais ajouté : « Il me manque aussi. »

Depuis que nous étions à Heart Lake, nous le voyions beaucoup moins. Je savais que sa sœur s'ennuyait terriblement de lui. Tout au long de la première année, elle avait dormi dans l'un de ses vieux uniformes de hockey et parfois, la nuit, pensant que je dormais, elle se laissait aller à pleurer. Si elle n'avait pas craint que Deirdre ne coure après lui, je pense qu'elle aurait trouvé le moyen de le voir plus souvent. Après tout, il ne vivait qu'à six cents mètres de l'école – à quatre cents mètres de l'extrémité du lac – et connaissait le moindre centimètre carré du bois qui nous entourait.

— Je parie que Matt serait intéressé par la légende de Cernunnos, déclarai-je.

Elles me regardèrent comme si elles n'avaient jamais entendu parler d'un garçon nommé ainsi. Je m'attendis à voir Deirdre s'écrier « Qui est-ce ? ».

Lucy soupira de nouveau.

— Matt est plus intéressé par la physique et la chimie en ce moment.

Après que Lucy et moi eûmes obtenu la bourse Iris, Helen Chambers avait abandonné son expérience dans l'enseignement public. Le collège de Corinth avait, à son tour, laissé tomber l'enseignement du latin. Matt avait semblé perdu, jusqu'à ce qu'il découvre la physique.

— Il ne parle plus que de la relation entre la température et la densité de l'eau ainsi que de la structure moléculaire de la glace. Il a très envie d'assister à la formation des premiers cristaux.

— Eh bien, intervint Deirdre, on peut y assister en ressuscitant le rite du dieu cornu. Hé, est-ce que vous pensez que c'est de là que vient l'expression « porter des cornes » ?

— On ne va pas obliger Matt à se baigner dans le lac, dit Lucy. Il fait déjà trop froid.

— Ils le font bien en Russie. Mais c'est vrai, il fait trop froid maintenant, même pour rester dehors. Si seulement nous avions un abri quelconque ! La cabine de la plage serait parfaite, mais elle est fermée pendant l'hiver.

— Il y a la glacière, suggérai-je. On pourrait s'y retrouver.

La tête de Lucy se releva brusquement. Trop tard, je me souvins que le frère et la sœur m'avaient fait promettre de ne dire à personne qu'ils utilisaient cette bicoque.

— Quelle glacière ? demanda Deirdre. Ce n'est pas très tentant.

— En effet, articula Lucy d'un ton égal. C'est juste une petite cabane de l'autre coté du lac où les Crèvecœur entreposaient la glace qu'ils récoltaient. Elle est au moins à vingt minutes de marche.

— Il y a quelque chose dedans ?

Je secouai la tête tandis que Lucy hochait la sienne.

— L'agent des Eaux et Forêts y range son canot mais il ne vient qu'une fois par semaine, le mardi, pour prélever des échantillons d'eau.

— Un bateau ? s'écria Deirdre. Cool ! Nous pourrions célébrer notre rite du cerf sur l'eau. Quand ton frère pourrait-il nous y rejoindre ?

Je ne savais pas ce que Lucy avait raconté exactement à Matt au sujet du dieu cornu, mais il était tout excité à l'idée de ce qu'il appelait le Club de la première glace. Nous nous retrouvâmes à la glacière au cours du dernier week-end de novembre.

Il avait apporté un thermos de chocolat chaud,

Deirdre, un joint et Lucy, des couvertures. Nous nous allongeâmes dans le canot en utilisant les gilets de sauvetage en guise d'oreillers car nous avions décidé qu'il était trop dangereux de naviguer ; quelqu'un pourrait nous voir. Matt insista pour que nous ouvrions les portes à l'extrémité de la cabine afin de pouvoir admirer la vue, même si cela laissait entrer le froid. C'était magnifique. Étendus dans le bateau, nous avions l'impression d'être sur l'eau. De l'autre côté du lac, nous voyions la paroi à pic de la Pointe projetée vers nous, telle la proue d'un gigantesque transatlantique. Après avoir tiré quelques bouffées, j'eus l'impression que nous avancions vers elle.

— Le processus de gel du lac a commencé, nous expliqua Matt. La première étape est le renversement. Au fur et à mesure que l'eau devient plus froide, elle devient aussi plus dense : elle coule vers le fond et l'eau plus chaude remonte à la surface.

Matt traça des cercles dans l'air avec ses mains et reprit :

— Mais – et c'est ce qui est le plus surprenant – si l'eau continuait à devenir plus dense en gelant le lac gèlerait à partir du fond.

— Et ce n'est pas le cas ? demanda Deirdre.

Lucy lui jeta un regard méprisant, mais son frère poursuivit calmement son explication.

— Si ça l'était, tous les poissons et autres créatures mourraient. Ce qui se passe, c'est qu'à partir de quatre degrés Celsius, l'eau devient moins dense, ce qui signifie que la glace est en réalité moins dense que l'eau.

— C'est moi qui suis peut-être trop dense pour comprendre, déclara Deirdre en passant le joint à Matt. La science, ça n'a jamais été mon truc.

Je fus surprise de la voir se dévaloriser ainsi devant lui. Je pensais qu'elle souhaitait l'impressionner.

C'était d'autant plus étrange qu'elle saisissait plutôt facilement ce genre de raisonnement et se montrait douée dans les matières scientifiques. Si elle n'avait pas passé la plus grande partie de son temps à fumer du cannabis et à penser aux garçons, elle n'aurait obtenu que des notes brillantes. En travaillant à peine, elle avait un niveau déjà bien au-dessus de la moyenne.

Matt tira une bouffée et passa le joint à Lucy, puis il se pencha au-dessus de moi et saisit les mains de Deirdre dans les siennes.

— Ça se passe comme ça.

Il retourna la main droite de Deirdre et la fit reposer sur la paume de la main gauche. Je la vis grimacer mais elle ne dit rien. Visiblement, il n'avait pas remarqué qu'il lui faisait mal.

— Voilà l'aspect d'une molécule d'eau au-dessus de quatre degrés Celsius. Les deux atomes d'hydrogène s'adaptent l'un à l'autre comme deux cuillères posées l'une sur l'autre. On dirait deux personnes couchées sur le même côté.

Je m'imaginai étendue à côté de Matt. Qu'éprouverais-je, allongée contre son dos, contre ses larges épaules de nageur ? Je pliai les genoux pour qu'ils s'imbriquent aux siens. Deirdre était-elle en train de penser à la même chose ? Pourquoi n'avait-il pas pris mes mains pour sa démonstration ? Pourquoi n'avais-je pas dit que j'étais dense ?

— L'atome d'oxygène repose le long des deux atomes d'hydrogène, ajouta-t-il, fermant le poing contre la paume de la main droite de Deirdre. Mais à quatre degrés Celsius, les atomes d'hydrogène se retournent.

Matt retourna la paume droite de Deirdre vers la paume gauche, en une attitude de prière et continua :

— Tu vois cet espace entre tes mains – il chatouilla

l'endroit qu'il indiquait, ce qui la fit glousser. Maintenant, il y a une petite poche entre les atomes. C'est pourquoi la glace est plus légère que l'eau.

— Je ne comprends toujours pas, dis-je.

Il lâcha les mains de Deirdre. J'espérais qu'il prendrait les miennes mais, au lieu de cela, il tendit deux doigts de chaque main en signe de paix. Les gardant ainsi, il baissa les mains au centre du cercle que nous formions dans la barque.

— Vous pouvez aussi voir les choses comme ça : chaque molécule d'eau est constituée de trois atomes – deux d'hydrogène, un d'oxygène – c'est donc comme un triangle. Quand l'eau est liquide, les molécules reposent simplement l'une sur l'autre de cette façon – il posa l'un des signes de paix par-dessus l'autre. Mais à quatre degrés Celsius, elles se retournent parce qu'elles veulent se coucher.

— Ooooh, susurra Deirdre, des molécules gouines !

— Bon sang, Deir, implora Lucy, il n'y a que toi qui peut voir du sexe dans l'association d'atomes d'hydrogène.

— Eh bien, il y a de ça, admit Matt. C'est lié à l'attraction. Dans une molécule d'eau, les noyaux à charge positive de ces trois atomes sont maintenus ensemble par les électrons à charge négative. Mais l'atome d'oxygène est tellement avide d'attention de la part des électrons qu'il prive les deux atomes d'hydrogène de leur charge négative. Ceux-ci sont donc attirés par d'autres électrons tels que ceux de l'atome d'oxygène d'une autre molécule d'eau. C'est pourquoi l'eau est liquide. Quand elle gèle, les liens de l'hydrogène maintiennent chaque molécule bien séparée.

Tendant ses bras de chaque côté, il prit ma main et celle de sa sœur.

— Prenons-nous tous par la main, dit-il.

Je vis Lucy prendre avec réticence la main de Deirdre, qui prit la mienne.

— Maintenant, tendez les bras.

Il fallut que nous nous écartions pour lui obéir. La barque oscillait sur le plancher de bois de la glacière ; j'étais heureuse que nous ne soyons pas sur l'eau.

— Vous voyez que nous occupons plus d'espace, dit Matt. Nous sommes de la glace.

— Mon cul est en effet de la glace, laissa tomber Deirdre.

Elle lâcha la main de Lucy et la mienne, puis se leva. Le rebord de la barque, qui s'était incliné vers elle, s'en éloigna dès qu'elle eut quitté la coque. Lucy et moi tombâmes contre Matt, qui nous entoura toutes deux de ses bras.

— Eh, tu as détruit le lien moléculaire ! protesta-t-il.

— J'ai toujours été une brise-glace exceptionnelle ! rétorqua notre compagne de chambre en tortillant ses hanches et ses épaules.

Même sous sa parka et son pull on voyait ses seins se balancer ; elle n'avait pas de soutien-gorge. Je jetai un coup d'œil à Matt et constatai que son regard s'attardait sur elle à hauteur de la poitrine.

— Je pense que cela conclut la partie scientifique de la soirée, reprit-elle. Et maintenant, passons à la cérémonie du dieu cornu. Tu as ta ramure, Matt ?

Il leva de nouveau ses doigts en V, mais cette fois il les dressa au-dessus de la tête de Lucy.

— J'ai toujours pensé que Lucy ferait un bon cerf, décréta-t-il. Elle est aussi brave que cet animal.

Sa sœur se dégagea et descendit de la barque à son tour. S'immobilisant devant l'ouverture de la cabane, elle dressa les bras vers le ciel, sa parka bleu clair luisant contre le noir de l'eau. Élancée, les membres minces, elle ressemblait à une biche. Je me souvins d'un vers du livre quatrième de l'Énéide. Didon comprend qu'Énée ne l'aime plus et qu'il va la quitter.

« *Qualis coniecta cerva sagitta* », récitai-je, impressionnée moi-même de m'être souvenue de ces mots.

Nous tournant le dos, Lucy poursuivit la citation en l'adressant au lac. Tandis qu'elle déclamait, Deirdre avança à côté d'elle et leva les bras à son tour. Je restai dans le canot avec Matt. Il avait remis son bras autour de mes épaules.

— « *Quam procul incautam nemora inter Cresia fixit pastor agens telis liquitque volatile ferrum nescius : illa fuga silvas saltusque peragrat Dictaeos ; haeret lateri letalis harundo.* »

— Oh là là ! m'exclamai-je. Comment fais-tu pour te rappeler tout ça ?

Elle haussa les épaules.

— C'est mon passage préféré.

— Est-il permis à un humble mortel de réclamer une traduction ? s'enquit mon voisin.

— « Au moment où une biche, percée d'une flèche par un berger qui a laissé en elle à son insu, le fer volant, erre dans les bois et dans les clairières montagneuses avec l'arme mortelle toujours fichée dans sa chair », dis-je – j'avais laissé quelques mots de côté mais le sens y était. Tu comprends, bien qu'elle s'enfuie, elle emporte avec elle la chose qui va la tuer. Elle ne peut pas échapper à son destin.

Je fus surprise d'entendre ma voix trembler. La situation de Didon, destinée à se tuer dès le moment où elle aurait posé les yeux sur Énée, m'avait toujours émue.

Matt me serra l'épaule et je sentis ses lèvres effleurer ma joue.

— Tu es un amour, Jane, chuchota-t-il dans mon

oreille, mais je pense que ces deux-là vont me déchiqueter, je ferais mieux de me carapater.

Avant d'avoir eu le temps de m'en rendre compte, il était parti ; seule l'oscillation de la barque vide et un point humide à l'endroit où sa bouche s'était à peine posée me confirmaient qu'il était là une minute auparavant. Deirdre et Lucy s'élancèrent derrière lui. Je les entendais rire et crier à travers le bois. J'aurais pu les suivre, mais je restai allongée dans la barque à contempler la lune qui sortait de derrière un nuage. La proue rocheuse de la Pointe, comme éveillée par la cascade de lumière blanche, semblait glisser vers moi, tel un iceberg silencieux sur une mer calme et ténébreuse.

17

La veille des vacances de Noël, alors que je rentrais dans la chambre, après dîner, je trouvai un corniculum punaisé sur la porte. Je fus surprise, car il faisait un froid intense, mais Lucy affirmait qu'il ne fallait pas rater le solstice car c'était un moment propice à la formation de la glace. En l'absence de vent, la lune pleine paraissait exceptionnellement proche et brillante.

— Ce soir, la température va tomber au-dessous de zéro, annonça Deirdre. On va avoir les mains gelées. En plus, je ne me sens vraiment pas bien.

Elle éternua et se moucha. Ce jour-là, elle était allée voir l'infirmière, qui l'avait dispensée de son dernier contrôle et lui avait conseillé de rester au lit jusqu'au moment où elle prendrait le train.

— Tu n'es pas obligée de venir, si tu ne le veux pas, déclara Lucy. Et toi, Jane, est-ce que le froid te fait peur ?

Pour être sincère, l'idée de sortir par ce temps ne me disait rien. D'une part, j'avais l'impression d'avoir attrapé les microbes de Deirdre ; d'autre part, nous avions veillé toute la semaine pour réviser. Au cours de ces soirées, Deirdre avait fait apparaître une poudre blanche qui, selon elle, était une amphétamine, le crystal. Elle nous avait montré comment la priser avec une paille et j'étais sortie de cette expérience, qui m'avait brûlé les narines, frileuse et fébrile.

— Je ne voudrais pas décevoir Matt, dis-je. Je vais y aller mais je vais enfiler un caleçon long.

Lucy se tourna vers Deirdre, qui faisait chauffer de l'eau sur sa plaque électrique. Quand l'eau se mit à bouillir, elle en versa un peu dans une théière ornée de saules qu'elle secoua et vida sur le rebord de la fenêtre, comme à son habitude. De petites structures de glace originales s'étaient formées au fil des jours.

— Bon, on ne va pas décevoir Mattie – Deirdre savait que Lucy détestait qu'elle appelle son frère « Mattie ». Mais je propose que nous buvions un peu de thé avant de partir.

Elle ouvrit quelques-unes de ses boîtes et préleva, dans chacune d'entre elles une pincée de feuilles qu'elle versa dans la théière.

— Un de ces jours, elle va nous empoisonner, lança Lucy.

— Ou s'empoisonner elle-même, suggérai-je.

Deirdre sourit et remplit la théière d'eau fumante.

— Seulement si je le veux, décréta-t-elle – et elle tapota le couvercle d'une petite boîte laquée rouge. J'ai ici quelque chose qui pourrait plonger quelqu'un dans une sieste hivernale prolongée.

Elle versa le thé dans trois tasses de porcelaine, puis m'en tendit une, ainsi qu'à Lucy.

— Mais je ne voudrais jamais vous faire ça, les filles. Vous êtes les meilleures amies que j'aie jamais eues. Une pour toutes et toutes pour unes, hein ? *E pluribus unum*.

Elle leva sa tasse fumante et nous trinquâmes.

Grâce au thé, je me sentais effectivement mieux. Il me réchauffait les veines comme les courants que l'on rencontrait parfois en nageant dans le lac. Je pouvais l'imaginer se diffusant dans mon sang. Cette nuit-là, nous attendîmes le dernier passage de la surveillante pour enfiler un jean et un pull sur notre caleçon. L'étape la plus difficile consista à s'agripper à la gouttière après être passées par la fenêtre des toilettes. Il me fallut retirer mes moufles pour bien me cramponner et mes mains moites restèrent presque collées au métal glacé. Même lorsque je remis mes gants, ma peau semblait à vif. Et pas seulement ma peau. Le feu que le thé de Deirdre avait allumé dans mes veines s'était transformé en un filet gelé. Mon corps entier paraissait fouetté par le froid.

Nous suivîmes le chemin qui longeait la rive ouest du lac, bordé de deux hauts murs de neige. Quelques flocons étant tombés ce soir-là, j'avais l'impression de pouvoir distinguer chaque cristal. Nous ne pouvions marcher toutes trois de front. Parfois, je suivais Lucy et Deirdre et, parfois, cette dernière s'élançait devant nous, ce qui me permettait d'avancer à côté de mon amie. Je me disais que ma mère avait tort à propos des trios, que l'équilibre qui s'établissait entre nous était variable et non comme figé dans le roc. Quelquefois pourtant je regrettais un autre trio, celui composé de Lucy, Matt et moi.

Juste avant d'atteindre l'extrémité du lac, j'entendis un mouvement dans le bois. Je m'immobilisai pour scruter le labyrinthe de troncs dont les ombres allongées s'étendaient sur le sol blanc. Une branche se balançait, en l'absence de tout souffle de vent. Elle se détacha soudain des ombres et s'éloigna de moi, voletant sur la neige immaculée.

Je repris ma route pour rejoindre Deirdre et Lucy mais elles avaient continué d'avancer. Sans doute avaient-elles contourné l'extrémité du lac car je ne les voyais nulle part sur le chemin. Lorsque je me retournai vers le bois, rien ne me parut anormal. Un daim, peut-être ? Rien d'autre n'aurait pu se mouvoir aussi rapidement et silencieusement.

Ou bien Deirdre avait vraiment ajouté quelque chose au thé, et j'étais en proie à des hallucinations.

Cette pensée me terrifiait. M'avait-elle drogué et s'était-elle arrangée avec Lucy pour m'abandonner dans le bois ? Qu'allais-je voir apparaître d'autre ? Je fis volte-face et discernai un mouvement parmi les arbres – des lucioles voletant au milieu des aiguilles de pin. Mais nous étions au début de l'hiver ; il n'y avait plus de lucioles.

Lorsque j'eus contourné l'extrémité du lac, je pensai que je ne m'étais pas trompée – j'avais bien des hallucinations – car, debout sur le chemin, près de mes deux compagnes, se dressaient trois personnes, la tête recouverte d'une capuche.

Deirdre se détacha du groupe et vint vers moi en sautillant. Elle me saisit la main et me tira vers l'une des silhouettes, me bredouillant à l'oreille quelque chose que j'avais peine à comprendre. Il y avait là trop de détails qui clochaient et que je devais tirer au clair : trop de gens. Et c'était Lucy qui aurait dû me prendre la main pour m'inclure dans la réunion.

L'un des garçons – ce n'étaient que des garçons, je le distinguais maintenant, tous vêtus de pulls à capuche sous leur parka – me salua brièvement de la tête. Je me rendis compte que je n'avais pas entendu son nom. Je remarquai, toutefois, qu'il avait, outre la mâchoire carrée et le teint de roux de Matt, la même taille et la même stature. Ce devait être le cousin dont j'avais toujours entendu parler. Je compris alors pourquoi Deirdre paraissait si anxieuse de m'apparier à lui. Il ne pouvait pas aller avec sa cousine.

Je me tournai vers les trois autres : Lucy, Matt et Ward Castle. Bon sang, qu'est-ce qui avait pris à Matt d'amener ce dernier ? Lucy avait difficilement supporté ses insultes pendant nos cours de latin de troisième. Il l'avait baptisée « la scie tolère » et elle lui attribuait en retour des surnoms variés.

— Hé, hé, hé, ma petite Clémentine, roucoula-t-il à mon intention, ça boume.

Derrière lui je vis Matt grimacer.

— Tu te souviens de Ward Castle, me dit-il. C'est mon partenaire de labo cette année. Il voulait voir le lac geler.

— Oui, je suis ici pour la leçon de chimie, commenta l'intéressé.

Matt avait-il vraiment cru que son camarade s'intéressait à la glace ? Pour la première fois, il me vint à l'esprit qu'il était peut-être trop crédule.

— Oh, nous allons faire des expériences on ne peut plus chimiques !

Deirdre s'était arrangée, en contournant le cousin et Ward, pour se repositionner près de Matt. Elle alluma un joint, qu'elle lui passa.

— Commençons par un peu de cannabis avant le début des rites sacrés.

— Rites sacrés ? demanda Ward. Tu veux dire sacrifier une vierge ?

Il passa le bras autour des épaules de Lucy et l'attira contre lui. La nuit était si calme que je pus entendre le frottement de leurs deux parkas. La tête de mon amie atteignait à peine ses aisselles. Elle lui sourit avec douceur.

— Oui, répondit-elle, nous allons sacrifier un victime vierge. Un garçon. Qui est volontaire ?

Je vis Ward devenir blanc comme neige.

— Hé, il fait un peu froid pour ça, affirma-t-il. Je croyais que vous aviez un endroit abrité ?

Matt désigna le chemin du menton :

— Ouais, c'est là-bas. Il faut simplement traverser le ruisseau.

Il se mit en route et nous le suivîmes.

Nous marchions maintenant par deux. Matt et Deirdre ; Lucy et Ward ; le cousin sans nom, qui paraissait muet, et moi. Il était probablement mortifié de se retrouver en ma compagnie car, sans nul doute, il avait eu des vues sur Deirdre avant de me voir apparaître. Voilà pourquoi elle nous avait associés. Si elle avait été coincée avec le cousin, je me serais retrouvée avec Matt. Et je savais que c'était la dernière chose qu'elle souhaitait.

Le Schwanenkill était presque gelé mais, lorsque je posai le pied au milieu, il traversa la glace ; je serais tombée si mon voisin ne m'avait pas retenue par le coude. Péniblement, nous atteignîmes le bord opposé, sur lequel mon compagnon s'élança avec plus de grâce que je n'en aurais attendu de la part d'un garçon d'une telle carrure.

En gravissant la rive glissante, je me dis qu'il était probablement terrifié à l'idée de rester seul avec moi. J'avais retiré mes moufles, ce qui me permettait de m'agripper aux branches d'arbre pour me hisser, mais mes mains étaient encore douloureuses d'avoir dérapé sur la gouttière et je n'arrivais pas à serrer les doigts. J'avais la gorge irritée, mais je ne savais pas si c'était à cause du froid ou de l'envie de pleurer que je m'efforçais de refouler. Je levai les yeux, m'attendant à voir le cousin loin devant moi en direction de la glacière, mais il se dressait en haut de la berge, les pieds en travers de la pente pour ne pas glisser et la main tendue. Je la pris et fus surprise de sentir la tiédeur de sa peau ; il avait ôté ses gants pour mieux m'aider.

— Merci, dis-je quand il me tira près de lui.

Il haussa les épaules en marmonnant quelque chose. Bon sang, il était encore plus gauche et timide que moi ! Avant qu'il lâche ma main, je sentis son pouce épais me caresser l'intérieur du poignet et ce mouvement déclencha un courant électrique tout au fond de mon corps, faisant renaître la chaleur que le thé de Deirdre avait déclenché.

Nous atteignîmes la glacière. Constatant que la porte était fermée, je tendis la main vers la poignée mais il m'arrêta.

— Euh, peut-être veulent-ils un peu d'intimité, déclara-t-il.

— Tous les quatre ? m'écriai-je avec incrédulité.

Il tourna la tête en direction du chemin et je vis deux silhouettes disparaître derrière une butte. De la disparité de leur taille, je déduisis qu'il s'agissait de Lucy et de Ward. Ce qui laissait Deirdre et Matt dans la glacière. Et le cousin et moi ici, dans le froid.

— Où vont-ils, d'après toi ? demandai-je.

— Lucy a parlé tout à l'heure de rentrer en catimini au dortoir. Tu partages la chambre avec elle ?

Je hochai la tête. J'avais du mal à imaginer mon amie avec ce rustaud, mais il s'était passé cette nuit un tas de choses difficiles à concevoir. Le cousin se frotta les mains et souffla dans ses paumes pour se réchauffer la figure.

— Tu aimerais sans doute t'abriter, dis-je. Il y a une réserve sur le terrain de jeux de l'école élémentaire...

— Tu sais, j'aimerais voir si Mattie a raison au sujet de la glace. J'ai vécu toute ma vie à côté d'étangs gelés mais je n'ai jamais assisté à la formation des cristaux.

Je regardai le lac. Sombre et calme, il n'était, selon ce que j'en apercevais, pas encore gelé.

— Nous pourrions aller jusqu'à la plage, proposai-je. Le hangar à bateaux est fermé mais il y a un endroit dans les rochers qui ressemble à une petite caverne. Au moins, nous serions abrités pour assister à tout le processus.

— Ce serait bien.

Nous parcourûmes le reste du trajet dans un silence presque complice. À un moment, croyant voir quelque chose bouger dans les bois, je fus soulagée de n'être pas seule. Je fus également rassurée, lorsque nous arrivâmes au sommet des marches de la plage, de n'avoir pas à lui demander d'éviter de faire du bruit afin de ne pas risquer d'être entendus de Mme Buehl. Il me suivit en bas de l'escalier et je lui montrai le creux dans la paroi rocheuse, derrière la deuxième Sœur. Bien qu'une partie de la caverne fût dans l'eau, une saillie permettait de pénétrer à l'intérieur et d'accéder à une pierre plate, au-dessus du niveau de l'eau, où deux personnes pouvaient s'asseoir. Nous nous trouvions à l'abri du vent, mais dès que nous fûmes assis, je me mis à trembler.

— Tu crois que nous pourrions faire un peu de feu sans attirer l'attention ? s'enquit-il.

— On ne peut pas nous voir de l'école ni du dortoir. Et Mme Buehl dort sans doute à poings fermés.

Nous ramassâmes sur la plage quelques branches et pommes de pin que nous rassemblâmes contre la paroi. Il sortit une allumette et l'alluma en frottant l'extrémité sulfurée contre son ongle. Nous nous installâmes, le dos contre la falaise, et contemplâmes le lac. Quand il vit que je tremblais toujours, il mit son bras autour de moi. Je posai la tête contre sa poitrine en fermant les yeux.

Je dus m'endormir car, lorsque je rouvris les paupières, le feu était éteint. Je regardai le garçon assis près de moi ; dans l'ombre du rocher, ç'aurait pu être Matt. Je glissai une main hors de la moufle et, du dos des doigts, caressai la ligne de sa mâchoire, juste au-dessous de l'oreille. Il remua légèrement et se déplaça vers les timides rayons qui éclairaient la caverne de biais. Dans la lueur faible et grise de l'aube, je vis que ce n'était pas Matt ; que ce ne pourrait jamais être lui.

Prenant tout à coup conscience de l'engourdissement de mes jambes, je me levai pour faire circuler le sang. À l'est, où le soleil se levait, un vol d'oies sauvages avançait dans le ciel. Alors que je regardais les oiseaux descendre vers le lac, ils se posèrent dessus au lieu de plonger dans l'eau. Je m'avançai vers l'ouverture de la caverne et constatai qu'une fine couche de glace s'était formée. Je remuai les épaules, à la fois pour en chasser le froid et écarter de moi l'impression que j'avais raté quelque chose.

18

Après les vacances de Noël, le cousin de Matt et Lucy repartit chez lui. Le jour de l'an, ils étaient venus me chercher tous les trois pour patiner sur le lac, mais ma mère les avait renvoyés aussitôt, disant que j'avais des tâches ménagères à accomplir, ce qui fit que je ne le revis pas. Au début, je fus déçue de ne pas avoir eu l'occasion de lui dire au revoir mais, quand je me rappelai le moment où j'avais touché son visage, je me sentis soulagée. Bien qu'il eût été endormi, je savais que je serais embarrassée chaque fois que je me retrouverais en sa présence.

À la reprise des cours, la couche de glace qui recouvrait le lac était épaisse d'au moins huit centimètres. En toute logique, il eût fallu dissoudre le club de la première glace, mais nous ne le fîmes pas. Matt suggéra qu'il fût transformé en club de patinage, ce qui n'emporta pas l'enthousiasme de Deirdre car elle ne savait pas patiner.

— Tu n'es pas obligée de venir, lui dis-je en affûtant mes lames.

J'avais toujours les patins que Lucy m'avait donnés. Simplement, j'avais troqué mes chaussettes épaisses contre une paire plus fine pour pouvoir les enfiler. J'espérais que mes pieds avaient cessé de grandir.

— Oh, vraiment, Clémentine ? Tu aimerais ça, je n'en doute pas !

J'avais remarqué qu'elle était un peu sur les nerfs depuis les vacances qu'elle avait passées chez une tante de Philadelphie, ses parents n'ayant pas pu s'éloigner de leur nouveau poste à Kuala Lumpur. Outre cette déception, sa tante lui avait annoncé qu'elle devrait passer les vacances de printemps à Heart Lake et l'été dans une pension du Massachusetts. Le sentiment d'être ballottée entre de multiples institutions et quelques membres apathiques de sa famille commençait sans doute à lui peser. Curieusement, la seule personne qui semblait la trouver sympathique à cette période était Albie, qui persistait à nous suivre à la trace partout où nous allions et que Deirdre avait surnommée « la petite ombre de Lucy ».

— Je croyais qu'elle te donnait la chair de poule, murmurai-je un jour que je rentrai au dortoir et que je la surpris en train d'aider la fillette à faire ses devoirs de latin. Je ne pensais pas que l'enfant pût m'entendre – elle se trouvait dans la chambre de Deirdre qui était venue dans la nôtre pour emprunter un dictionnaire –, mais elle leva les yeux vers nous, comprenant de toute évidence que nous parlions d'elle.

— Hé, Albie ! appelai-je. Alors tu apprends le latin maintenant. *Salve* !

Elle me regarda un long moment et, sans répondre, baissa les yeux sur son livre. Quelque chose dans son apparence me parut étrange, plus étrange que d'habitude et je compris tout à coup ce qu'il y avait d'inhabituel : elle était habillée tout de blanc – chemisier et jupe plissée.

« Pourquoi est-elle habillée en blanc ? », écrivis-je sur une page de mon journal à l'intention de Deirdre. « C'est l'influence de Mme Macintosh, griffonna ma camarade en guise de réponse. Elle a dit à ses élèves que Emily Dickinson ne portait que du blanc. »

« Tu ne trouves pas ça bizarre ? » renchéris-je.

Deirdre haussa les épaules et retourna vers Albie, fermant la porte derrière elle. Plus tard, elle se plaignit auprès de Lucy, affirmant que j'avais mis la petite mal à l'aise.

— Mal à l'aise ? Quel effet crois-tu qu'elle me fait ? On dirait un fantôme et elle ne m'adresse même pas la parole !

— J'aimerais bien que vous arrêtiez de râler tout le temps, aboya Lucy.

Nous la regardâmes, surprises par le choix des mots plus que par le ton qu'elle avait employé.

— Mon chou, roucoula Deirdre, qu'est-ce ce que

tu as attrapé au contact de Ward Castle ? Rien de contagieux, j'espère ?

Lucy lança rageusement sur le sol son patin dont la pointe crantée entailla profondément le bois.

— Tout le monde ne couche pas la première fois, Deir !

Elle empoigna son anorak et sortit de la pièce comme un ouragan. J'empoignai le mien et je la suivis, sans jeter un regard à notre compagne.

Je la rejoignis devant la résidence, plantée au carrefour de trois chemins : l'un menait à l'école élémentaire ; un autre conduisait au manoir et le dernier aboutissait au lac. Ils s'étaient rétrécis d'au moins trente centimètres avec la neige depuis les vacances ; nous ne pouvions plus y marcher à deux de front.

Lucy donna un coup de pied dans le mur de neige qui nous arrivait aux cuisses. Je posai la main sur son bras mais elle se dégagea et, soudain, comme un daim bondissant hors de son abri, elle sauta sur le sol poudreux pour se diriger vers le bois. Bien que la moitié de sa jambe se fût enfoncée, elle poursuivit sa route, amplifiant chaque pas comme un nageur aux gestes démesurés.

Je gravis péniblement le monticule de neige, essayant de la rattraper, posant mes pas dans les siens. Je n'arrivais pas à maintenir l'allure nécessaire. Lorsque, suivant sa trace, j'arrivai au lac, elle avait disparu – de quel côté, il m'eût été impossible de le dire. Parcourant la surface blanche des yeux et ne voyant aucun trou inquiétant, je tendis l'oreille. La glace nouvelle produit un bruit de ricochet, une sorte de piétinement étouffé évoquant une armée de souris trottinant sous la croûte épaisse. Ce son me rendit nerveuse. J'avais l'impression que quelque chose me grimpait le long des jambes. Soudain, je fis volte-face et j'aperçus fugitivement Albie qui se cachait derrière un arbre.

— Hé, appelai-je, tu as vu Lucy par là-bas ?

La moitié d'un visage apparut derrière le tronc. Un regard bleu et froid me fixait.

Lentement, je fis un pas vers elle, comme on s'approche d'un animal sauvage.

— Hé, répétai-je – c'était de cette façon qu'il fallait s'y prendre avec un animal effrayé. Tu me connais ; je suis la camarade de chambre de Lucy. Je la cherche.

La fillette ne bougea pas mais je sentis confusément qu'elle s'échapperait si j'avançais d'un centimètre de plus.

— Tu aimes bien Lucy, n'est-ce pas ? poursuivis-je. Eh bien moi aussi. J'essaye simplement de l'aider.

Les yeux bleus se fermèrent à moitié, comme ceux d'un chat prêt à bondir sur sa proie.

— C'est pas vrai, dit-elle – sa voix résonnait de façon particulièrement claire et stridente dans l'air froid. T'aimes son frère, c'est tout !

— Tu me confonds avec notre autre compagne de chambre.

Albie sourit :

— Oui, elle l'aime aussi.

— Tu es plutôt observatrice.

Je pensais à ce que Deirdre nous avait raconté à propos de la fillette : qu'elle avait grandi dans diverses pensions et n'avait pas vraiment de famille. Moi qui en avais une, j'avais parfois l'impression d'être orpheline. Depuis que j'étais entrée à Heart Lake, mes parents se comportaient comme de lointains étrangers. Mon père paraissait intimidé par les vêtements que je portais et les manières que j'avais acquises ; ma mère, qui eût dû se montrer heureuse de me voir grimper sur l'échelle sociale, semblait déçue que je n'eusse pas d'autres amies que Lucy et

Deirdre. Je pensai soudain qu'Albie et moi avions quelque chose en commun. C'était le genre d'enfant à qui je devais tendre la main, comme Lucy m'avait tendu la sienne en troisième.

— Je parie que tu sais un tas de choses sur les élèves, dis-je.

Je voulais seulement prolonger un peu la conversation, mais je vis tout de suite qu'elle se méprenait sur ma remarque.

— Oui, répliqua-t-elle, mais à toi, je ne dirai rien.

Elle cracha presque le mot « toi ».

— Attends ! criai-je en faisant un pas en avant. Je ne voulais pas dire...

J'entendis un craquement derrière moi et pivotai sur mes talons. L'espace d'un instant, je crus voir un trou dans la glace mais, quand les nuages se déplacèrent, je constatai que ce n'était qu'une ombre. Quand je me retournai de nouveau, Albie était partie. Elle avait disparu aussi vite que l'ombre aperçue la nuit du solstice, ce qui me fit penser qu'il avait pu s'agir d'elle ce jour-là. Mais elle n'avait que onze ou douze ans. Il était peu probable qu'elle se promenât seule la nuit.

Je revins vers la résidence, veillant cette fois à rester sur le chemin. Lorsque je rentrai dans la chambre, je trouvai mes deux compagnes buvant du thé et essayant des patins.

— Jane, dit Lucy en me voyant entrer, tu te rends compte, mes patins vont aussi à Deirdre.

Au fur et à mesure que la glace épaississait, les sons qu'elle émettait évoluaient d'un tapotement léger à un gémissement sourd que je pouvais entendre de mon lit. Je l'écoutais, seule, les soirs où Deirdre, Matt, Lucy et Ward patinaient sur le lac. J'avais l'impression d'entendre une mélopée funèbre qui me faisait penser à India Crèvecœur et à l'enfant qu'elle avait perdu. Je savais déjà, à ce moment-là, qu'elle avait perdu une seule fille – Iris, qui avait donné son nom à la bourse que j'avais obtenue – au cours d'une épidémie de grippe, mais les lamentations du lac m'évoquaient la détresse d'une légion de mères pleurant une légion de filles.

Deirdre n'utilisait les patins que le soir, ce qui me permettait de les utiliser au cours de la journée. J'étais un peu dégoûtée lorsque j'y glissais les pieds, comme lorsque j'enfilais des chaussures de bowling ou le maillot de bain fourni par l'école. Que Lucy les eût portés avant ne m'avait jamais gênée. Maintenant, toutefois, je remarquai que les chevilles épaisses de Deirdre avait élargi le bord de cuir et que celui-ci avait foncé au contact de sa transpiration. Je devais de nouveau porter des chaussettes très épaisses et tirer tellement fort sur les lacets que j'en déchirai deux paires qu'il me fallut rafistoler. Une fois la classe terminée, pratiquement toute l'école se rendait l'après-midi sur le lac où nous n'étions autorisées à patiner que dans l'anse peu profonde, en contrebas de la pelouse du manoir. Mme Pike avait délimité la zone de sécurité à l'aide de plots coniques orange. Chaussée de lourds patins de hockey, elle se mouvait sur la glace comme un ours polaire. Certaines des enseignantes, telles que Mme Macintosh et Mme North, longeaient quelques minutes, en chancelant, la ligne de démarcation et s'asseyaient rapidement sur des bancs de rondins, près du chaudron de jus de pomme installé sur un petit feu. D'autres se montraient étonnamment gracieuses. Mme Buehl, par exemple, exécutait d'audacieuses pirouettes et traçait des huit autour des plots, les mains derrière le dos. Ses cheveux courts et bruns crépitaient dans l'air sec. Une fois, alors qu'elle passait près de moi, je vis une traînée de cristaux la suivre comme la queue d'une comète alors qu'une poussière de glace me frappait le visage.

Domina Chambers avait un style plus modeste mais tout aussi efficace. C'était indéniablement la plus élégante des patineuses. Vêtue d'un pull nordique bleu ciel qui mettait ses yeux en valeur et d'un fuseau noir de belle coupe, elle arborait des patins blancs immaculés ornés d'edelweiss brodés dans le cuir. Jamais je n'avais vu de tels patins. J'entendis un jour leur propriétaire avouer à Mme Buehl qu'elle avait donné, à Genève, des cours particuliers au fils d'une famille huppée qui les lui avait offerts. Le professeur de sciences et elle patinaient souvent ensemble, en se tenant par le bras. Tour à tour, elles apprenaient aux plus jeunes élèves à se tenir sur la glace ce qui me permit de constater que Mme Chambers faisait un effort particulier avec Albie. Au début, je trouvai cette situation étrange, mais j'appris que les leçons de Lucy et de Deirdre avaient porté leurs fruits.

— Voici notre championne de latin, dit un jour *Domina* Chambers à Mme Buehl, en aidant la fillette à se relever après l'une de ses nombreuses chutes.

Chaque fois qu'elle se remettait debout, la pauvre gamine vacillait de façon pathétique, les chevilles dangereusement inclinées vers l'intérieur, mais, à la fin de l'hiver, elle put faire le tour de la patinoire d'un pas irrégulier qui compensait son manque de grâce par sa vitesse.

Le professeur de latin me demandait, presque chaque jour, pourquoi Lucy ne patinait pas avec moi, et je lui donnais invariablement la même réponse.

— Elle dort après les cours parce qu'elle étudie tard le soir.

Ce n'était pas difficile à croire. L'enseignante avait

sans doute remarqué les cernes noirs sous les yeux de mon amie ainsi que sa tendance à piquer du nez en classe.

— Elle est tellement sérieuse ! lança Mme Chambers en claquant la langue avec désapprobation. Dites-lui qu'elle ne doit pas travailler aussi dur.

Ces mots furent prononcés d'un ton qui semblait sous-entendre que c'était de ma faute. Soudain, je remarquai Albie qui écoutait près de nous.

— Oh ! vous connaissez Lucy, dis-je, elle veut faire de son mieux. Comme toutes vos élèves, *Domina*.

Je pouvais voir un petit sourire sur le visage de la fillette. Savait-elle, comme moi, que Lucy passait ses nuits dans le bois ou sur le lac ?

— Mais elle n'est pas comme vous, Jane. Reconnaissons-le, vous êtes obligée de suer sang et eau pour arriver à un dixième de ce dont elle est capable.

Après cette remarque, elle tourna sur elle-même et s'élança sur la glace, faisant scintiller une traînée de poussière blanche dans l'air paisible.

Albie levait les yeux vers moi, une petit sourire félin errant sur ses traits habituellement ternes.

— Tu ferais mieux de rentrer, Jane, dit-elle – c'était la première fois que je l'entendais prononcer mon prénom. Tu as pris un coup de soleil. Tu es toute rouge.

Un soir de février, alors que je rentrais dans notre chambre après mon service au réfectoire, je trouvai un cornicula punaisé à la porte. Je savais que Lucy signalait ainsi à Deirdre que les garçons les retrouveraient au lac et je comprenais également que ce signal ne m'était pas destiné. Je décidai pourtant de faire comme s'il l'était et de suivre mes compagnes. Pour cela, je fis semblant de m'endormir avant qu'elles n'eussent quitté la chambre. J'attendis le dernier passage de la surveillante et enfilai un caleçon long, mon jean le plus épais – le seul qui n'était pas troué aux genoux – et deux pulls – un vieux col roulé et un cardigan de shetland bleu que *Domina* Chambers avait offert à Lucy pour Noël.

Afin de ne pas les croiser, je contournai le lac par l'ouest. Je devais donc grimper sur les rochers de la Pointe pour éviter la maison de Mme Buehl. La glace remplissait les fissures de la pierre et rendait le parcours glissant. Il ne serait pas difficile, pensai-je, de tomber et de se tuer de cette façon.

Une fois redescendue jusqu'à la plage, je regardai de l'autre côté du lac, vers l'endroit où devait se trouver la glacière. J'eus l'impression de distinguer une faible lueur. Peut-être avaient-ils fait un feu ? J'imaginai Deirdre, Lucy, Matt et Ward faisant fondre des marshmallows et buvant du chocolat chaud. Même si je rectifiais le tableau en y insérant de la bière et des joints, la scène restait dans mon esprit agréable et accueillante. Pourquoi ne pouvais-je pas en faire partie ? Si je traversais le lac, je pouvais y être en quelques minutes. Mais ce pouvait être dangereux.

Je choisis de longer la rive est. Au fur et à mesure que j'avançais, je commençai à avoir trop chaud sous mes deux pulls et mon anorak. Je retirai le cardigan et l'attachai autour de ma taille, mais j'eus rapidement l'impression d'avoir plus chaud encore. Je décidai de laisser le lainage sur le bord du chemin et de le reprendre au retour. Alors que je jetais un coup d'œil vers le lac, je constatai qu'une brume blanche se répandait au-dessus de la glace : la température remontait. J'étais heureuse de ne pas avoir essayé de traverser.

Lorsque j'atteignis enfin la glacière, le brouillard s'était infiltré dans le bois, m'empêchant de distinguer le chemin devant moi. À deux reprises, je marchai droit dans une branche et m'éraflai le visage. La seconde fois, quelque chose de métallique effleura ma joue. Je levai la main et attrapai des épingles à cheveux entremêlées – un cornicula. Sur ma paume, la silhouette cornue semblait me lorgner. Je m'immobilisai pour me repérer et pour tenter d'entendre les voix de mes amis.

Je perçus en effet, en provenance du lac, les voix d'un garçon et d'une fille, mais je ne savais pas s'il s'agissait de Deirdre et de Matt ou de Ward et de Lucy. Je distinguais le raclement de patins, ponctué d'un rire. Je sortis du chemin pour me rapprocher de la rive, marchant sur la neige épaisse qui cédait mollement sous mes pas et trempait mon pantalon. En raison du brouillard, je ne m'aperçus pas du moment où je commençai à poser les pieds sur la glace ; tout à coup, mon pied glissa et je dévalai vers la surface gelée.

Essayant de me relever, je glissai de nouveau. Le sol paraissait gras sous mes gants. Je m'accroupis et regardai autour de moi.

Le brouillard était devenu si épais que je ne distinguais même pas la rive, qui ne se trouvait forcément qu'à quelques mètres de moi. Mais dans quelle direction ? J'avais perdu mes repères en tombant et ne savais plus où me diriger. Une chose toutefois me paraissait évidente : la glace était en train de fondre.

Je tendis de nouveau l'oreille mais, au lieu des voix des patineurs, j'entendis un long gémissement. Sous mes vêtements, la sueur devint glacée. Le son semblait surgir de partout à la fois mais surtout d'au-dessous de moi. De sous la glace. Je pensai aux histoires que racontaient les terminales autour du feu de camp, affirmant que les visages des sœurs Crèvecœur nous fixaient à travers la couche translucide.

Je baissai les yeux, m'attendant presque à voir

apparaître le visage d'une jeune fille morte depuis longtemps, mais je ne distinguai qu'un précipice de brouillard. Cependant, un nouveau gémissement s'éleva, accompagné par un martèlement régulier qui semblait résonner dans mon corps entier. Cette fois, j'étais presque sûre que le son venait d'un point situé droit devant.

Je rampai dans cette direction. Tandis que j'avançais à quatre pattes dans le brouillard, j'imaginai ce qui se passait là-bas. Des formes spectrales émergeaient de la glace pour m'attirer vers le fond – jeunes filles aux cheveux emmêlés de stalactites et au regard noyé. J'entendis quelque chose derrière moi et lorsque je me retournai je vis une forme, un épaississement du brouillard blanc comme un grumeau dans une crème, qui s'éloignait. Quand elle disparut, j'eus l'impression que les sons provenaient maintenant de la direction opposée. En me redressant, je butai dans un objet en bois.

C'était la porte de la glacière, à moitié ouverte. J'étais revenue sur la rive. Les gémissements m'avaient ramenée sur la terre ferme.

Péniblement, je me relevai, m'agrippant à la porte pour ne pas tomber, et je regardai dans la cabane.

Une unique source de lumière, émise par une bougie posée sur l'une des étagères, maintenait dans l'ombre la coque de la barque qui se balançait comme poussée par un courant invisible.

Je ne pus identifier la fille couchée dans le bateau. Le garçon qui se mouvait au-dessus d'elle se dessinait nettement sur le mur sombre, mais je ne voyais pas non plus de qui il s'agissait car il portait quelque chose sur la tête et les épaules, une sorte de cagoule ou de masque qui retombait en plis désordonnés. Toutefois, les formes qui jaillissaient de sa tête étaient bien distinctes ; c'étaient des bois, rigides et ramifiés comme ceux d'un cerf.

19

« Il faut organiser quelque chose pour le 1er mai », décréta Deirdre.

Assise sur le rebord de la fenêtre ouverte, elle envoyait des ronds de fumée vers la pluie battante. Chaque fois que le vent soufflait, il projetait à travers la pièce des gouttes qui passaient au-dessus de Lucy – allongée sur le sol et plongée dans un livre – puis parvenaient jusqu'au bureau devant lequel j'étais assise. Les pages de mon journal étaient couvertes de taches humides. « Avril est le mois le plus cruel », écrivis-je, observant l'encre bleue transpercer le papier et tacher le bois éraflé. Sous l'effet de l'humidité qui avait dissous la colle de la reliure du manuel de latin, les pages s'étaient détachées.

Après la nuit où je m'étais rendue jusqu'au lac, les pluies de printemps avaient commencé, piquetant la glace et transformant les chemins en ruisseaux de neige fondue. La saison de patinage avait pris fin.

Nous étions en avril, mais le seul signe de l'arrivée du printemps était la boue, qui s'infiltrait partout.

Lucy roula sur le dos et tendit les jambes en l'air, pliant et allongeant ses orteils nus. « Il y a le pique-nique de la fondatrice, dit-elle en bâillant paresseusement. Et la danse du mât fleuri ».

L'anniversaire d'India Crèvecœur tombait le 4 mai, mais on le fêtait le 1er du mois. Cette année-là, elle devait honorer de sa présence la cérémonie en l'honneur de ses quatre-vingt-dix ans et des cinquante ans de l'école. Une danse traditionnelle autour du mât avait été prévue. Dans la salle de musique, près du portrait de famille des Crèvecœur, était accrochée la photographie aux tons sépia de fillettes, vêtues de robes blanches amidonnées à col montant, rangées en deux cercles concentriques autour d'un mât. Celles du cercle extérieur étaient tournées dans un sens, celles du cercle intérieur, dans le sens opposé, mais chacune d'entre elles tenait l'extrémité d'un ruban attaché au sommet du poteau. Dans le coin droit du cliché, le bas de la jupe de l'une des participantes était flou, comme si elle se balançait, impatiente de danser. Cette élève mise à part, il était difficile d'imaginer ces figures guindées gambadant autour du mât ; la photo évoquait plutôt un défilé militaire.

— Ils vont aseptiser tout le tintouin, déclara Deirdre en lançant négligemment sa cigarette par la fenêtre.

— Hé, quelqu'un pourrait te voir ! protestai-je.

Elle leva les yeux au ciel et sauta sur le sol de la chambre.

— Il y a trente centimètres de boue sous la fenêtre, Janie. Il faudrait être archéologue pour déterrer ce mégot.

— Qu'est-ce que tu entends par « aseptiser » ? demanda Lucy, le front plissé.

— Nous devrions exécuter la danse du 1er mai à l'aube. Nues. Ou à la rigueur dans des chemises de nuit vaporeuses et transparentes. C'est un rite de fertilité païen.

— Pour toi, tout est rite de fertilité païen ..., commençai-je, mais Lucy me fit taire.

J'écrivis aussitôt dans mon journal : « Deirdre est vraiment une salope. »

— Nous devrions sortir à l'aube dans des robes blanches et les pieds nus, répéta Deirdre, puis laver nos visages dans la rosée. Il paraît que si on lave son visage dans la rosée au 1er mai, on se voit attribuer la beauté éternelle. Penses-y, Jane, c'est moins cher que la crème anti-acnéique.

Je sentis l'épiderme me démanger là où des croûtes s'étaient formées à la place d'anciens boutons. Dans l'air fétide du printemps, ma peau était en éruption.

— On dit aussi que si une fille sort le 1er mai, à l'aube, pour cueillir des fleurs, le premier garçon qu'elle rencontrera en rentrant au village sera l'amour de sa vie.

J'étais sur le point de demander qui était le « on », mais je me tus. J'aimais cette histoire, qui comportait un appréciable élément de chance. Qui pouvait affirmer que je ne rencontrerais pas Matt en premier ?

— Il nous faudrait un mât fleuri, laissa tomber Lucy.

— Il y en a un dans le cagibi de la classe de théâtre, intervint Deirdre. On l'a utilisé l'année dernière.

— Et une reine de mai.

— Je pense que ce devrait être Lucy, déclarai-je, anxieuse d'être incluse dans ce projet.

— Évidemment, il va nous falloir un roi-cerf, susurra Deirdre, poussant la jambe de Lucy de son pied. Il fait partie du rite.

— On laissera les garçons le choisir. Il sera masqué, comme ça personne ne pourra le reconnaître, affirma mon amie – elle se tourna vers moi. Ils seront trois car notre cousin sera chez nous ce week-end-là.

Les trois garçons furent d'accord pour porter un masque de roi-cerf. Deirdre fabriqua ceux qui manquaient en classe d'arts plastiques. Lorsque

Mme Beade la complimenta pour son travail soigneux (notre compagne était douée pour les choses demandant de la précision, telles que la couture et la confection des joints), elle répondit que les masques devaient lui rapporter des points en classe de latin. C'est ainsi que *Domina* Chambers eut vent de nos projets.

Elle nous invita à boire le thé dans son appartement du manoir. Nous étions déjà allées chez elle, mais avec d'autres filles de la classe ; c'était la première fois que nous y allions toutes les trois. Nous passâmes un bon bout de temps à débattre des vêtements que nous allions porter. Lucy insista sur le fait que Deirdre mît un soutien-gorge et me demanda de relever mes cheveux. Elle même portait une vieille jupe écossaise qui avait, je crois, appartenu à sa mère, et un pull de cachemire jaune que je n'avais jamais vu auparavant.

Lorsque nous arrivâmes, je fus heureuse que nous eûmes un peu soigné notre apparence. Le professeur avait sorti son service à thé de porcelaine ancienne (Deirdre retourna les tasses dès que notre hôte eut tourné le dos), et Mme Ames, la cuisinière, avait préparé un plateau de petits sandwichs et de scones sortant du four. Quand nous étions venues avec les autres, nous avions eu droit à des biscuits industriels sur des assiettes en carton.

— J'ai pris l'habitude de boire du thé l'après-midi à Oxford, commença *Domina* Chambers quand nous fûmes toutes servies. Les habitudes que nous prenons étant jeunes peuvent durer toute la vie. L'étude du latin est un bon début, car l'apprentissage d'une forme de discipline sert dans d'autres domaines. Celui de l'alimentation, par exemple... – elle regarda Deirdre qui étalait de la crème sur son deuxième scone. Et le respect de la vérité.

Lucy but une gorgée de thé et reposa sa tasse sur la soucoupe, en équilibre sur son genou.

Mme Beade vous a parlé des masques, dit-elle.

— Oui. J'ai été assez surprise d'entendre parler de points en plus, dans la mesure où je n'apprécie pas ce système de notation.

Deirdre ouvrit la bouche pour parler, mais comme *Domina* Chambers fixait Lucy, nous comprîmes qu'elle souhaitait que la réponse vînt d'elle. Désolée pour mon amie, j'étais néanmoins stupéfaite du calme qu'elle affichait.

— Nous avons décidé de nous livrer au rite du 1er mai, admit Lucy. À l'aube. Comme nous ne sommes évidemment pas autorisées à sortir à cette heure-là, il nous a fallu garder le secret.

— Le rite du 1er mai ? s'étonna notre hôtesse – elle but un peu de thé et sourit : c'est charmant. Nous faisions la même chose à mon époque. En fait, ta mère et moi avions coutume de nous glisser hors du dortoir en chemise de nuit et de traverser le lac à la nage.

— Vous deviez avoir le cul gelé...

Je donnai à Deirdre un coup de pied si fort qu'elle renversa du thé sur sa blouse. Heureusement, elle avait écouté Lucy et mis un soutien-gorge.

— Certes, c'était une épreuve de force, avoua *Domina* Chambers en s'adressant toujours à Lucy comme si elles étaient seules dans la pièce. Avez-vous un mât ?

— Oui. Nous... l'avons emprunté à la classe de théâtre.

— Cet accessoire branlant ? Une pousse de saule fraîchement coupée conviendrait mieux, mais je suppose que ça ira.

La voyant soupirer, je crus un moment qu'elle prévoyait de se joindre à nous pour les festivités. Je me demandais ce qu'elle penserait de notre roi-cerf.

— Ah, être jeune de nouveau ! dit-elle. Je comprends pourquoi vous avez inventé un prétexte devant Mme Beade. Elle ne pourrait pas comprendre.

— Alors vous n'allez pas nous dénoncer ? demanda Deirdre.

Domina Chambers se retourna vers elle, apparemment surprise qu'elle soit encore là.

— C'est contre le règlement, insista notre compagne.

— Ne vous souvenez-vous pas d'Antigone, mademoiselle Hall ? Les mêmes règles ne s'appliquent pas à tout le monde. Quand elle s'est livrée aux rites funéraires pour son frère, désobéissant ainsi au décret de Créon, avait-elle tort ?

— Non, intervint Lucy. Parce qu'elle devait cela à son frère.

— Exactement. Qui sait vers quelle épreuve encore, le sort en ce moment nous pousse ? La véritable héroïne tragique est au-dessus des lois du vulgaire.

— J'ai toujours pensé qu'Antigone n'avait pas la moindre chance, déclara Deirdre.

Je voyais qu'elle était anxieuse de montrer à *Domina* Chambers qu'elle avait retenu quelque chose de la pièce.

— Je veux dire qu'avec sa mère qui était aussi sa grand-mère et son père qui était son demi-frère...

Notre hôtesse secoua la main impatiemment :

— On attache beaucoup trop d'attention de nos jours au thème de l'inceste dans la pièce. Les Grecs étaient beaucoup moins pointilleux que nous à ce sujet. Après tout, Antigone est fiancée à son cousin germain, Hémon, et personne n'en parle.

— Ouais, mais Œdipe s'est arraché les yeux quand

il s'est rendu compte qu'il avait épousé sa propre mère.

— Et il a tué son propre père. Les Grecs portaient beaucoup d'importance à la dette des enfants envers les parents. Mais l'inceste... Zeus et Héra sont frère et sœur. Dans les pays où les lignées royales se transmettaient par les femmes, le prince épousait fréquemment sa sœur pour garder la couronne dans la famille. Bien sûr, quand un inceste réprouvé survenait, il fallait parfois faire un sacrifice à Diane.

— Pourquoi Diane ? s'enquit Lucy.

— Parce que l'inceste est censé provoquer la disette... la sécheresse et la famine... ce qui explique qu'il faille implorer la déesse de la fertilité.

— Mais je croyais que Diane était vierge ? interrompit Deirdre. Comment une vierge peut-elle être la déesse de la fertilité ?

Domina Chambers agita de nouveau la main comme si son élève n'était qu'un insecte ennuyeux :

— Vous persistez à penser en terme de noir et de blanc, mademoiselle Hall. C'est une façon très simpliste de voir les choses. Diane est une déesse de la nature, et donc de la fertilité. On pensait qu'elle partageait le bosquet de Nemi avec Virbius, le roi de la Forêt. Leurs noces sacrées furent célébrées chaque année pour promouvoir la fécondité de la terre. Et votre rite du 1er mai ? Ce n'est pas qu'une danse idiote autour d'un mât doré !

— Et ce roi de la Forêt ? s'enquit Deirdre, est-ce que c'est un genre de cerf. Il portait des bois ?

— Oui. Diane Némésis est associée au cerf. Il est probable que les mimes rituels du 1er mai, au Moyen Âge, découlaient de cette tradition.

Je vis mes deux compagnes échanger un regard éloquent. *Domina* Chambers venait de renforcer leur décision. Je me demandais ce qu'elle penserait si elle se doutait à quel point ses élèves appliquaient ses leçons. Pour ma part, je ne savais plus vraiment si ce que Deirdre, Matt, Lucy et Ward faisaient dans la glacière, ou avaient prévu de faire dans les bois à l'aube du 1er mai était susceptible de choquer notre enseignante. J'avais une idée assez précise de ce qu'elle désapprouvait : nos versions latines peu rigoureuses, le thé en sachet, les tissus synthétiques. Mais le sexe avec un étranger masqué dans les bois ? Je n'en étais pas sûre.

Nous terminâmes notre collation. *Domina* Chambers nous fit écouter *Le Sacre du printemps* de Stravinsky, pour nous mettre dans l'atmosphère de notre célébration. Elle promit qu'elle ne toucherait mot de nos projets à quiconque.

— Mais si vous vous faites prendre, nous dit-elle sur le seuil, vous ne me mêlerez à rien. Il vous faut assumer vos responsabilités, mesdemoiselles.

Nous nous esclaffâmes et déclarâmes que telle était bien notre intention.

Il ne faisait que treize degrés à l'aube du 1er mai (selon le thermomètre cloué à un tronc d'arbre près du cottage de Mme Buehl), mais au moins la pluie avait cessé. Toutefois, le sol était toujours boueux et les bois restaient humides et brumeux. Nous décidâmes que la plage était le meilleur endroit pour planter notre mât.

— Sinon ça ressemblera plus à un match de catch dans la boue qu'à une danse rituelle, décréta Deirdre. Non que je sois contre le fait de me vautrer dans la fange.

— N'hésite pas, répliqua Lucy. Il va falloir nous séparer après la danse.

Nous avions prévu de transporter toutes trois le poteau jusqu'à son emplacement et de nous livrer, autour de lui, à la danse de cérémonie qui serait interrompue par les trois garçons déguisés en rois-cerfs, venus nous « surprendre ». Nous nous enfuirions alors en veillant à partir dans des directions différentes. Puisque nos partenaires seraient masqués, nous avions décidé de nous déguiser également : Deirdre avait ajouté des capuches aux simples tuniques blanches toutes droites qu'elle avait cousues pour nous.

— Il sera on ne peut plus facile de reconnaître Lucy, dit-elle en dressant une tunique devant elle. Elle est si petite. Ward va l'identifier en une seconde, ce qui est très bien. On ne voudrait pas qu'elle se retrouve avec son cousin.

— C'est un rite symbolique, Deir. Nous ne sommes pas obligées de passer à l'acte. Tu effraies Jane.

Deirdre me sourit.

— Oh ! je ne crois pas que Jane ait peur. Dans la mesure où elle et moi sommes de la même taille, elle va peut-être se retrouver avec Matt et je récupérerai le cousin...

— Il a un nom. Roy.

— Roy, répéta Deirdre. Roi. Roi de Troie.

— De Cold Spring, rectifia Lucy. Notre tante Doris vit à Cold Spring.

— Bon, passons. Il a l'air plutôt mignon, du peu que j'en ai vu, mais peut-être Jane a-t-elle des vues sur lui depuis qu'ils ont passé une nuit ensemble...

— Je t'ai dit qu'on était restés assis sur la plage à regarder le soleil se lever. Ou plutôt j'ai regardé le soleil se lever. Il dormait.

— Tu l'avais épuisé, hein, Janie ?

Je m'empourprai, non à cause des taquineries de Deirdre, auxquelles j'étais maintenant bien habituée, mais parce que je me souvenais avoir caressé la joue de mon compagnon... en imaginant volontairement qu'il s'agissait Matt.

Descendre avec le mât les marches qui menaient à la plage fut malaisé. Deirdre avançait en premier, suivie de Lucy, et je soutenais l'extrémité ornée de fleurs. Il s'agissait de fleurs en plastique bon marché, recouvertes, à la bombe, de peinture argentée ou dorée par les élèves de la classe de théâtre ; outre qu'elles éraflaient mes bras nus, elles m'empêchaient de voir où je mettais les pieds.

— Doucement ! siffla Deirdre au-dessous de moi. Tu vas me transpercer avec ce fichu pieu et ce n'est pas dans mes projets pour ce matin.

Il était difficile de croire qu'il ferait bientôt jour. Nous avions quitté le dortoir à 4 h 30 ; il devait donc être à peu près 5 heures, mais le ciel était encore d'un noir d'encre. En-bas, j'entendais l'eau lécher les rochers mais le lac restait totalement invisible.

Deirdre avait consulté le calendrier qui prévoyait une nuit de pleine lune. « Je crois que c'est censé porter malheur, avait-elle déclaré. Passons. »

Je sus que j'avais atteint la plage quand le sable humide succéda à la pierre couverte de mousse, mais mes pieds nus étaient si engourdis que je sentis tout juste la différence.

— Oh hisse ! cria Deirdre. Levez la poutre maîtresse, charpentiers !

J'entendis la petite voix de Lucy demander d'où venait cette expression, tandis que je redressais le mât qui s'enfonça dans le sol. Deirdre l'enfonça davantage et Lucy s'agenouilla pour le consolider en entourant le pied de sable.

— Il ne faudrait pas qu'il tombe, dit-elle.

— Non, un pôle qui s'affaisse serait de mauvais

augure, décréta Deirdre. La peste et la famine ne tarderaient pas à suivre.

— Pourquoi voulons nous absolument la fertilité ? demandai-je. Je ne crois pas que nous ayons envie d'être enceintes ?

— Je prends la pilule, ça ne risque pas de me tomber dessus.

— C'est vrai ?

Je me demandai comment elle avait pu obtenir une ordonnance pour une pilule contraceptive.

— Elle oublie de la prendre la moitié du temps, intervint Lucy, et perturbe donc son équilibre hormonal pour rien.

D'ordinaire, le fait d'apprendre que mes deux compagnes se faisaient de telles confidences m'aurait perturbée davantage. Mais la contraception me préoccupait depuis quelque temps.

— C'est rare de tomber enceinte la première fois...

— Bon sang, Janie ! Je ne crois pas que tu aies à t'inquiéter pour ça. Regarde-toi, tu trembles comme une feuille. Tiens, prends une goulée de ça.

Deirdre avait apporté une outre en peau de chèvre qu'elle avait achetée dans un surplus de l'armée à Corinth.

— Qu'est-ce qu'il y a dedans ? demandai-je, fixant le cuir gris d'un œil méfiant.

— J'ai piqué un peu de sherry à Mme Ames et j'y ai ajouté quelques herbes.

Je portai la bouche au goulot de métal et sentis un goût mélangé de cuivre, de vin d'amande douce et de quelque chose d'amer qui raclait la gorge.

— Comme le dit Horace, *Nunc est bibendum*, récita Deirdre en passant la gourde à Lucy. Le moment est venu de boire.

Lucy inclina la tête vers l'arrière et avala une longue gorgée. Sa capuche avait glissé. Dans la faible lumière, je pouvais seulement distinguer son front, sur lequel apparaissait une sorte de dessin que je n'eus pas le temps d'identifier, car elle releva la tête et la capuche se remit en place.

— *Nunc pede libero pulsanda tellus,* énonça-t-elle d'une voix rauque, que je reconnus à peine. Le moment est venu de battre la terre d'un pied libre.

— En d'autres termes, voici venu le temps de danser, renchérit Deirdre.

Elle déroula les rubans de papier crépon enroulés autour du mât qui pendirent mollement dans l'air calme et humide. Bien que le soleil ne fût pas encore apparu derrière le lac, l'obscurité s'était muée en une lueur gris perle. Je ne discernais pas encore la limite entre l'air et l'eau.

Deirdre souleva un ruban et frappa le sol du pied.

—*Nunc pede libero pulsanda tellus !* ordonna-t-elle.

Lucy, l'imitant, se mit à psalmodier. Nous n'avions pas répété ce que nous dirions en dansant. Je cherchai des mots latins appropriés et ne trouvai que la première déclinaison.

— *Puella, puellae, puellae,* hurlai-je.

Je pensais que Lucy et Deirdre se moqueraient de mon choix, mais elles entonnèrent avec moi : — *Puellam, puella, puella.*

Curieusement, cela sonnait bien. « Fille, fille, fille », chantions-nous en sautillant et virevoltant autour du mât. « Fille », sous toutes ses formes grammaticales.

Soudain, Deirdre s'immobilisa, projetant du sable sur mes jambes. Elle leva la main pour réclamer le silence. Je tendis l'oreille et perçus, au-dessus des battements de mon cœur et du clapotis de l'eau, des pas sur de la pierre. Je pensais qu'ils venaient des marches mais lorsque je scrutai la brume grisâtre j'entendis un autre son derrière moi, de nouveau des pas sur les rochers, en provenance du lac, cette fois. Quelqu'un se trouvait sur l'une des Sœurs.

L'outre passa de nouveau de main en main et nous bûmes une lampée. Cette fois, je sentis d'abord l'amertume, puis le goût sucré, puis le métal.

Deirdre jeta l'outre dans l'obscurité.

— *Puer, pueri, puero*, murmura-t-elle.

— *Puerum, puero, puer*, chanta Lucy.

« Garçon, garçon, garçon. »

Nous nous remîmes à danser, mais dans le sens inverse, afin que les rubans qui s'étaient enroulés autour du mât se déroulent. Le papier crépon humide collait à mes bras et me frottait le visage, aussi moite et froid que des algues. Des morceaux se détachaient et adhéraient à ma tunique. Je sentais les bandes mouillées pendre entre mes jambes. Alors que j'essayais de les pousser du pied pour les détacher, je perdis l'équilibre et je m'étalai sur le sable.

Lorsque je me remis à quatre pattes, je regardai vers le lac. À travers la brume plus claire se dessinait, en équilibre sur le deuxième rocher, une silhouette surmontée d'une tête de cerf. Je pris une profonde inspiration et me dis que ce n'était qu'un garçon déguisé, mais l'apparition prit son élan et, d'un seul bond, atterrit dans l'eau peu profonde, révélant, à la place du masque de feutre brun que Deirdre avait fabriqué en classe, le crâne blanchi d'un dix-cors.

Je hurlai et réussis à me remettre debout.

Mes deux compagnes poussaient des cris stridents d'où toute frayeur était absente.

« Aiaiai ! » Deirdre poussait des glapissements aigus, quelque part sur la gauche. À ma droite, Lucy émettait un son joyeux, celui d'un oiseau appelant son mâle. J'étais sûre qu'elles n'avaient pas vu le garçon avec le crâne de dix-cors. Oui, ce n'était que cela. Un garçon avec un crâne. Je gravis en courant les marches pour m'éloigner de lui et ne me retournai qu'au sommet pour voir s'il me suivait toujours.

Il se trouvait quatre marches derrière moi, la tête inclinée, veillant à ne pas déraper sur la pierre glissante. Sous le crâne blanc il portait un masque de feutre, mais, dans le creux de sa nuque, je pus distinguer ses cheveux châtain clair, dans lesquels le soleil, qui apparaissait à l'est, allumait un reflet roux ; je remarquai également sa chemise, ornée de l'inscription « Corinth Lions », nom de l'équipe de hockey dans laquelle jouait Matt. Sur la plage, je vis Deirdre courir en direction des bois, pourchassée par un garçon masqué. Lucy faisait face à son partenaire, masqué lui aussi, puis elle se retourna, marcha dans l'eau et commença à nager. Je ne restai pas pour observer si Ward allait la suivre dans le lac. Il était difficile de l'imaginer en train de braver l'eau froide, mais c'était peut-être ce qu'elle escomptait en lui lançant ce défi.

Je fis volte-face et m'élançai dans le bois, contournant l'école élémentaire et la résidence, puis me dirigeai vers l'ouest. Je savais qu'une fois la route traversée nous nous trouverions dans un vieux bosquet de sapins géants dont Matt m'avait appris qu'il s'agissait de l'un des rares sites de forêt vierge de la région. Il savait où je me dirigeais et il comprenait pourquoi. Nous serions sûrs d'être seuls en ce lieu qui, je ne l'ignorais pas, était l'un de ses favoris. Je voulais qu'il sache que je l'avais reconnu.

Derrière moi, le soleil transperçait la brume matinale. Je vis apparaître les premiers sapins. Tandis que j'avançais, les arbres, espacés régulièrement en une gigantesque colonnade, devenaient plus hauts et le sous-bois se raréfiait. Je courais le long d'un large chemin, piétinant les ombres qui s'étendaient devant moi comme des dessins noirs. En écho au bruit de mes pas et aux battements de mon cœur résonnaient les pas de mon poursuivant et son souffle haché.

J'arrivai dans une clairière et glissai sur les aiguilles de sapin. Je restai sur le ventre, haletante. Une main se posa sur mon épaule pour me retourner.

Nous étions tous deux à bout de souffle et ne pouvions prononcer un mot. Le crâne avait disparu mais il portait toujours le masque de feutre. Ma capuche avait glissé en arrière.

Il me caressa le bras et me prit la main, comme pour me relever, mais je l'attirai vers moi. Il tomba à moitié, pliant une jambe entre les miennes pour ne pas peser de tout son poids. Je me faufilai sous son corps, sentant la chaleur de sa peau à travers ses vêtements et, du dos de mes doigts, je frôlai une zone de peau nue au-dessus de la taille de son jean. Il gémit et se baissa sur moi tandis que je me déplaçais un peu pour relever le dos de ma tunique, au niveau de mes reins. Quand il me pénétra, le dos inondé de soleil, je sentis les petites aiguilles plates s'incruster dans ma peau.

Au moment où nous nous séparâmes, le soleil, au-dessus de son épaule, m'aveugla. J'enfouis mon visage dans son cou et sentis le feutre humide de son masque frotter contre ma joue. Je voyais le fil vert que Deirdre avait utilisé et le petit cœur de même couleur qu'elle avait brodé au bord du tissu – elle avait employé une teinte différente à chaque fois, afin que nous puissions reconnaître « l'amour de notre vie ». J'étais sur le point de demander à mon compagnon d'ôter son déguisement, lorsque des voix retentirent. Je sentis qu'il se raidissait. Il se mit à genoux et referma son pantalon pendant que je baissais ma tunique. Puis je me dressai sur les coudes, pour mieux écouter.

« Ainsi que vous pouvez le constater, le sous-bois

devient de moins en moins épais. C'est parce que les aiguilles constituent un paillis consistant et acide dans lequel les graines de la plupart des plantes ne peuvent pas germer. »

— Mme Buehl, chuchotai-je. Il faut que tu partes – il se releva et tendit la main vers moi, mais je lui fis signe de déguerpir. Dépêche-toi ! sifflai-je. Je vais détourner leur attention !

L'espace d'un instant, il parut hésiter sur la direction à prendre. Les voix provenaient du nord. Je montrai le sud du doigt et chuchotai :

— Tu peux retourner à la glacière par là. Veille à sortir du domaine avant qu'ils ne te rattrapent !

De nouveau, il sembla hésiter. Il me vint à l'esprit qu'il ne voulait pas m'abandonner aussi brusquement après ce que nous venions de faire.

— Tout va bien, Matt, murmurai-je. Nous nous parlerons plus tard.

Apparemment rassuré, il fit volte-face et s'enfuit aussitôt. Je le regardai courir à travers les arbres et le perdis de vue derrière un tronc au moment même où un groupe de jeunes élèves jaillissait dans la clairière. Dès qu'elles m'aperçurent, les fillettes se mirent à hurler. Mme Buehl se précipita vers moi et s'agenouilla à mes côtés.

— Mon Dieu, qui vous a blessée ? Vous avez été agressée !

Je fus d'abord effrayée. Ce que j'avais fait avec Matt avait été douloureux et je savais que j'avais pu saigner, mais lorsque je baissai les yeux vers ma tunique, je fus choquée de voir qu'elle était rouge vif et que mes mains et mes bras étaient maculés de taches écarlates, avivées par le soleil matinal. Alors que la tête me tournait et que j'allais perdre connaissance, j'entendis une voix familière.

— De la teinture !

Je levai les yeux et vis Albie penchée sur moi. Elle tenait un long ruban crépon rouge qu'elle frotta entre le pouce et l'index.

— Regardez, poursuivit-elle en levant ses doigts cramoisis dans la lumière, ce n'est que ce papier qui a déteint.

20

Matt fut attrapé juste à l'extérieur de la glacière par l'agent des Eaux et Forêts qui venait chercher sa barque. Ainsi, m'expliqua Lucy, ce n'était pas vraiment ma faute, car, selon toute probabilité, même si Mme Buehl n'avait pas surgi dans la sapinière, il aurait quand même été appréhendé en quittant le domaine.

J'appréciai son effort pour me déculpabiliser, mais nous savions toutes deux qu'elle mentait. Parmi les élèves qui m'avaient surprise dans ma tunique déchirée et « sanglante », s'était répandu un vent de panique qui n'avait pas été facile à apaiser, même quand elles comprirent que le « sang » n'était en fait que de la teinture rouge de papier crépon. Trois d'entre elles avaient été si traumatisées qu'il avait fallu les renvoyer à la maison. Ce n'était pas le cas d'Albie, toutefois, qui n'avait nulle part où se réfugier. Avec détermination, elle raconta toute l'histoire à quiconque se montra prêt à l'écouter. Il est vrai qu'elle terminait honnêtement son récit en précisant que je n'étais pas blessée, mais elle présentait les choses de telle façon que les taches écarlates prenaient insidieusement une signification encore plus sinistre.

Un autre élément aggrava également la situation : Mme Pike trouva sur la plage l'outre de Deirdre dont elle identifia le contenu comme un mélange de sherry et d'opium.

Le scandale serait resté minime si ces événements ne s'étaient pas produits le matin de l'anniversaire de la fondatrice. J'imagine que le proviseur et le corps enseignant débattirent longuement de l'éventualité d'annuler la célébration. Le seul problème était qu'India Crèvecœur avait été invitée à assister à la danse du mât. Comment expliquer à cette auguste dame de quatre-vingt-dix ans que parce qu'un garçon avait été surpris sur le terrain de l'école, portant un masque de cerf et une chemise sanglante (encore la teinture rouge), et que plusieurs élèves avaient été découvertes à moitié nues, empestant l'alcool et l'opium, la fête traditionnelle de Heart Lake risquait tout à coup de prendre des allures de rite païen ? Dès midi, ce jour-là, on parlait déjà en ville d'un culte étrange, au sein de l'institution, attirant d'innocents jeunes gens dans des orgies de sexe et de drogue.

Deirdre s'esclaffa quand cette rumeur lui parvint :

— Oh, comme s'ils avaient besoin d'être attirés !

Nous étions assises à l'extérieur de la salle de musique, attendant d'être appelées par le proviseur. Avec précipitation, nous nous étions mises d'accord pour dire que le frère de Lucy était venu (Ward et Roy n'avaient pas été vus) parce que nous lui avions demandé de jouer un rôle dans un spectacle que nous avions eu l'intention d'exécuter plus tard dans la journée.

— Et la gourde ? chuchota Deirdre tandis que Mme North sortait de la salle et lui demandait d'y entrer seule.

— Dis simplement que tu l'as achetée d'occasion et que l'opium devait déjà être dedans, suggéra Lucy.

Tu ne peux pas avoir trop d'ennuis pour avoir seulement volé un peu de sherry aux cuisines.

Elle secoua la tête en suivant des yeux notre compagne qui entrait dans la salle de musique.

— Dieu sait ce qu'elle va raconter !

Quelques minutes plus tard, la porte s'ouvrit et Albie apparut. Elle devait avoir été convoquée pour rapporter ce qu'elle savait. La voyant se diriger vers nous, je pensais qu'elle allait s'excuser pour avoir causé autant de raffut. Au lieu de cela, elle s'adressa à Lucy.

— Tu ne vas pas être renvoyée, n'est-ce pas ?

— Mais non, je ne crois pas. De toute façon, j'habite juste au bout de la rue. Même si je suis renvoyée, je pourrai venir te voir.

La fillette secoua la tête.

— Tu ne le ferais pas. Les filles disent toujours qu'elles se reverront quand elles changent d'école, mais elles ne le font jamais.

— Oui, mais cette école-ci est différente. C'est dans notre devise.

Albie parut perplexe. Ne saisissant rien non plus aux paroles de Lucy, je crus qu'elle était peut-être encore sous l'effet de l'opium ; pourtant, elle se leva sans tituber et emmena l'enfant jusqu'à la porte d'entrée. Elle désigna du doigt le vitrail de l'imposte, illuminé par le soleil. Les mots de la devise, que l'on pouvait lire à l'envers, luisaient comme de l'or fondu.

— Tu sais ce que cela signifie ? demanda-t-elle – son interlocutrice secoua la tête. *Cor te reducit*, « le cœur te reconduit ». Où que tu ailles en quittant cet endroit, ton cœur t'y ramènera toujours. Il y aura toujours une place pour toi ici. Et je serai toujours là pour toi – comme Deirdre, *Domina* Chambers, Jane...

Je vis Albie froncer les sourcils et regarder par-dessus son épaule en entendant mon nom. J'essayai de lui adresser un sourire encourageant. Pour être sincère, ces paroles m'avaient également touchée.

— Vas-y maintenant, dit Lucy en tirant la lourde porte et en la tenant ouverte pour la fillette. Retourne dans ta chambre et ne te fais pas de souci. N'oublie jamais ce que je t'ai dit.

Albie hocha la tête et s'éloigna. Lucy revint jusqu'au banc où elle s'affala à côté de moi, épuisée, les cheveux encore humides depuis sa baignade du matin. Nous avions été autorisées à nous changer sans avoir le temps de nous doucher. Mon amie m'avait conseillé de mettre ma tenue la plus correcte et, voyant ce que j'avais choisi, m'avait prêté des vêtements qui lui appartenaient. Je ne cessais de tirer sur la jupe écossaise, un peu trop courte, pour couvrir un peu plus mes jambes nues, encore maculées de traînées rouges. Dans son pull à col roulé et sa robe-chasuble bleu marine, Lucy avait l'air sérieux, comme toujours. Apercevant un brin d'herbe mouillée accroché à sa chevelure, je tirai dessus et vis qu'elle avait une fine couche de sciure sur la nuque.

Lorsque la porte d'entrée s'ouvrit, je humai la bouffée d'air printanier qui pénétrait dans le vestibule comme une prisonnière qui n'a plus devant elle que quelques heures de soleil. Ce que je sentis, toutefois, fut une odeur mêlée de talc et de naphtaline typique des vieilles dames. Se dessinant sur la lueur brillante du lac, une petite silhouette penchée se tenait sur le seuil, et émettait de petits claquements de langue. Elle fit quelques pas et tandis qu'elle avançait, ses yeux bleu clair errèrent sur les photographies qui ornaient le mur au-dessus de nos têtes, puis se posèrent sur nous. Si vieille qu'elle fût, son regard avait quelque chose de très décidé. Malgré l'appréhension suscitée par le fait d'être interrogée par le proviseur, je souhaitai tout à coup être appelée sur-le-champ.

Brusquement, la porte d'entrée s'ouvrit de nouveau et Mme Macintosh et Mme Beade s'engouffrèrent dans le vestibule – je ne les avais jamais vues se déplacer aussi vite. Des mèches de la première s'étaient échappés de son chignon et le visage de la seconde était cramoisi.

— Madame Crèvecœur ! s'exclamèrent-elles. Nous pensions que vous nous attendiez pour aller boire le thé.

— J'ai vécu ici pendant quarante ans. Qu'est-ce qui vous fait croire que j'ai besoin d'être escortée ? rétorqua la vieille femme sans se retourner vers ses interlocutrices. Qui sont ces élèves et pourquoi ne participent-elles pas à la danse du mât ? – elle secoua sa canne vers nous en s'approchant : vous avez fait des bêtises, hein ?

Lucy et moi échangeâmes un regard et levâmes les yeux vers nos professeurs qui papillonnaient autour de la visiteuse.

— En réalité, intervint Mme Macintosh qui vint se placer à côté de Lucy, ces deux jeunes filles sont nos deux boursières. Elles ont exprimé le désir de vous rencontrer et hum...

Je voyais que la belle assurance du professeur faiblissait. Heureusement, ma camarade, qui gardait toujours son sang-froid dans de telles circonstances, vint à sa rescousse.

— Pour vous remercier du grand privilège d'avoir pu venir étudier à Heart Lake, déclara-t-elle en se levant.

L'espace d'une seconde, je crus qu'elle allait effectuer la révérence, mais elle se contenta de tendre ses doigts fins que Mme Crèvecœur, après avoir transféré sa canne dans son autre main, saisit brièvement et relâcha aussitôt.

— Voici Lucy Toller, expliqua Mme Beade. L'une

de nos meilleures élèves. Mme Chambers pense qu'elle est l'élève de latin la plus brillante qu'elle ait jamais eue.

— Toller, hein ? Votre mère est Hannah Corey, c'est bien ça ?

Mon amie hocha la tête.

— Les Corey sont des cousins des Crèvecœur si l'on remonte assez loin. Vous avez les mêmes yeux que mes filles Rose et Lily.

Je ne voyais pas l'expression de Lucy mais j'imaginais qu'elle souriait avec modestie. J'espérais que personne ne remarquerait la sciure collée à l'arrière de ses mollets nus. Trop occupée à fixer ses jambes, je ne m'aperçus pas que l'attention de Mme Crèvecœur s'était portée sur moi.

— Et qui est cette élève qui se tapit dans l'ombre ? Est-ce que personne ne vous a appris à vous lever en présence de vos aînés, mademoiselle ?

Rougissante, je me levai et me glissai entre Mme Macintosh et Mme Beade pour tendre la main à la vieille dame, qui écarquilla soudain les yeux. L'espace d'un instant, je crus qu'il manquait un bouton à mon chemisier ou qu'elle avait remarqué les traînées rouges sur mes jambes. Elle m'inspecta d'un regard scrutateur.

— Qui êtes-vous ?

— L'autre boursière, madame Crèvecœur, expliqua patiemment Mme Macintosh. Vous vous souvenez qu'il y en a eu deux l'année dernière...

— Je ne suis pas sénile, aboya la visiteuse. Comment vous appelez-vous, ma fille ?

— Jane Hudson.

Ses paupières se baissèrent à moitié sur ses yeux délavés.

— Qui est votre mère ?

— Margaret Hudson.

— Son nom de jeune fille, mon petit, précisa-t-elle avec impatience.

— Oh ! Poole.

Ses yeux se ravivèrent, retrouvant quelques secondes leur couleur ancienne.

— Votre grand-mère a travaillé pour moi, comme bonne. Je n'aurais jamais imaginé voir un jour sa petite-fille à Heart Lake.

— Ah !

Je ne savais pas quoi dire d'autre. J'avais l'impression d'être une servante surprise en train d'essayer un châle précieux de sa maîtresse. Je pouvais imaginer que, pour cette vieille dame, voir la petite-fille d'une ancienne bonne fréquenter son école pouvait susciter un étonnement. Mais le but de la bourse Iris n'était-il pas de nous donner une chance, à nous autres, pauvres petites filles de la ville ? Je regardai Mme Crèvecœur, prête à offrir une explication, à m'excuser, même, mais son regard s'était déplacé vers un point situé au-dessus de ma tête que, sans nul doute, elle avait été habituée à fixer en parlant à des domestiques tels que ma grand-mère.

Je devais être harassée, car ma réponse ne fut pas très polie.

— Eh bien, j'y suis pourtant. Mieux vaut tard que jamais.

Cette remarque ramena ses yeux vers les miens. Elle m'adressa un bref salut et un sourire crispé.
— Oui, acquiesça-t-elle.

Tandis que Mme Macintosh et Mme Beade se saisissaient chacune d'un bras maigre pour la diriger vers le foyer, elle parut tout à coup fragile et épuisée. Je l'entendis murmurer pour elle-même en sortant « Mieux vaut tard que jamais, ha ! ».

La porte de la salle de musique s'ouvrit. Deirdre en sortit et, sans nous jeter le moindre coup d'œil, se dirigea précipitamment vers la porte. Mme North prévint Lucy que c'était à son tour d'entrer. Laissée à moi-même, je me levai et fis les cent pas dans le vestibule. J'essayai de me distraire en regardant les vieilles photographies qui ornaient le mur, mais je trouvai peu de choses sur les visages austères des ancêtres Crèvecœur dignes de retenir mon attention. Tout au moins jusqu'à ce que je parvienne devant le cliché juste situé au-dessus des chaises. C'était une copie réduite du portrait de famille qui ornait la salle de musique. Oui, je retrouvais bien India Crèvecœur : mâchoire carrée et menton hautain. Ses deux filles aînées lui ressemblaient, mais pas la plus jeune, Iris, furtivement réfugiée dans l'ombre. Je m'approchai, regardai la bonne penchée vers la fillette pour redresser le nœud de sa robe et la reconnus pour la première fois. C'était ma grand-mère, Jane Poole. C'était elle qu'avait regardée la fondatrice au-dessus de ma tête un instant auparavant. Sa vieille servante, qui avait, de façon inattendue, engendré une intruse au sein de sa précieuse école. « Eh bien, pensai-je en me rasseyant pour attendre. Je n'y suis peut-être plus pour longtemps. »

Aucune d'entre nous ne fut renvoyée. La punition la plus sévère suite à l'affaire du 1er mai, ainsi que nous l'appelâmes ensuite, fut infligée à Matt. En essayant de convaincre Deirdre d'assumer la responsabilité de l'outre, Lucy avait oublié la longue suite de renvois que notre camarade avait déjà subis. Heart Lake était sa troisième pension en six ans et chaque nouvelle école avait été moins prestigieuse que la précédente. Bien que notre institution bénéficiât toujours d'une réputation satisfaisante, la coupable savait qu'en avouant avoir acheté la gourde, elle serait expulsée. Elle n'avait pas envie de se demander dans quelle sorte de pension lointaine elle risquait d'être envoyée. Peut-être se retrouverait-elle à la frontière canadienne, à St-Eustace, baptisée « école du dernier recours », où l'on vous expédiait quand aucun autre établissement ne voulait plus de vous ?

Elle dit au proviseur que l'outre appartenait à Matt Toller.

« Après tout, expliqua-t-elle ensuite à Lucy, folle de rage, il ne vient jamais ici. Que veux-tu qu'ils lui fassent ? »

Heart Lake, bien sûr, ne pouvait rien contre Matt, mais *Domina* Chambers, vieille amie de sa mère, avait les moyens d'agir. Fidèle à sa parole, le professeur nous avait laissées subir les conséquences de nos actes sans intervenir. Mais quand elle apprit que le frère de Lucy avait introduit de la drogue sur le domaine, elle changea d'attitude. Elle se rendit chez Hannah Toller et lui déclara, sans mâcher ses mots, qu'elle ne devait pas permettre à son fils de compromettre l'avenir de sa sœur ; que, de toute évidence, le domaine ne se trouvait pas assez éloigné pour que Lucy fût à l'abri de la mauvaise influence de ce dévoyé ; et qu'il n'était pas question d'envoyer son élève ailleurs. Il n'y avait qu'une solution : Matt devait quitter les lieux.

Lorsque Lucy me rapporta ce qu'elle avait entendu dire chez elle, je la rassurai en affirmant qu'il ne pouvait rien se passer dans l'immédiat. Après tout, il ne restait que six semaines avant la fin de l'année scolaire. Son frère ne serait expédié nulle part avant l'automne. Et, d'ici-là, l'incident perdrait de son importance : les Toller pourraient revenir sur leur décision.

Mais *Domina* Chambers fut inflexible. Le 4 mai, Matt prit le train qui longeait l'Hudson jusqu'à Cold

Spring où il devait entrer à l'académie militaire. Je n'eus même pas l'occasion de le voir avant son départ.

Le fait qu'il fût éloigné de Corinth, s'il me rendit misérable, laissa Lucy inconsolable. Depuis le 1er mai, elle semblait physiquement malade car elle avait perdu l'appétit et maigrissait considérablement. Mme Ames, déterminée à « mettre un peu de viande sur ces petits os », bourrait son sac de biscuits sortant du four dont mon amie se débarrassait promptement dans le lac.

— Offrande à la déesse ? lui demandai-je un après-midi alors que je la trouvais sur la Pointe, en train de lancer les friandises dans l'eau d'un geste lent.

Elle se tourna vers moi. Je remarquai qu'en plus de sa maigreur extrême de grands cernes s'étalaient sous ses yeux éteints. Ses cheveux, autrefois vifs et brillants, pendaient mollement de chaque côté de son visage.

— Tu ne crois pas que nous sommes un peu vieilles pour tout ça, Jane ? prononça-t-elle.

Puis elle se détourna pour se diriger vers le bois.

Bien qu'elle prétendît ne plus croire à la déesse du lac, je l'entendais prier la nuit. La première fois que cela se produisit, je crus que je rêvais. Réveillée par un murmure ininterrompu, j'ouvris les yeux et vis une silhouette accroupie au pied du lit de mon amie. Elle était si petite et ramassée que j'imaginai l'espace d'une seconde qu'il s'agissait d'une succube, tel le démon du *Cauchemar* de Füssli, que Mme Beade nous avait montré en classe. « Pas étonnant, me dis-je, à demi consciente, qu'elle ait l'air tellement épuisée : cette créature lui suce le sang. »

Cette créature était en réalité Lucy. Les genoux pliés sous le menton, le vieux maillot de hockey de Matt l'enveloppant jusqu'aux chevilles, elle se balançait d'avant en arrière, murmurant des paroles que je n'arrivais pas à distinguer.

Je faillis aller vers elle, mais il y avait quelque chose de si profondément intime, de si dépouillé dans son chagrin que je craignis de l'importuner.

Je ne savais pas vers qui me tourner.

Mes deux compagnes de chambre ne s'adressaient plus la parole depuis le malentendu de l'outre. Deirdre ne semblait pas le moins du monde perturbée par ce qui s'était passé le 1er mai. Elle mangeait de bon appétit et avait grossi au cours des dernières semaines. Avec frénésie, elle se jetait dans le travail scolaire, désireuse de se racheter après avoir craint d'être renvoyée. Quand j'essayai de lui parler de Lucy, elle me répliqua avec brusquerie :

— Ça lui passera quand elle en aura assez de jouer les divas. Elle n'arrive pas à digérer que je lui aie piqué son petit ami le 1er mai.

— Qu'est-ce que tu veux dire ?

— Tu n'étais pas au courant ? J'étais avec Ward, ce qui veut dire qu'elle s'est retrouvée avec Roy. Je vais te dire une bonne chose : Ward ne regrettait rien. Il m'a avoué que la reine des neiges – c'est comme ça qu'il l'appelle – ne le laissait pas la toucher quand on passait du temps dans la glacière à tour de rôle.

Je pensai à la scène à laquelle j'avais assisté dans la cabane. J'avais toujours espéré que le garçon fût Ward. Au fond, cela n'avait aucune importance ; ce qui comptait, c'était que Matt et moi ayons pu être ensemble.

Quand je rentrai à la maison pour le week-end du *Memorial Day* [1], j'essayai même de parler de Lucy à ma mère

— Si j'étais toi, j'arrêterais de me faire du souci à

1. *Memorial Day* : Fête des morts au champ d'honneur. *(N.d.T.)*

propos de la fille Toller, déclara-t-elle. Elle retombera sur ses pieds. Tu devrais plutôt réfléchir au moyen de te rendre utile ici. Charité bien ordonnée commence par soi-même.

Je pensais que le sermon allait se poursuivre, mais il fut brusquement interrompu par une quinte de toux. Tout en parlant, ma mère passait le balai mécanique sur le tapis élimé du salon dont elle remit le bord en place d'un coup de pied, murmurant entre deux spasmes : « Maudite sciure ! »

Sur le tapis, je ne vis pas trace de sciure mais les doigts de ma mère, sur le manche du balai, étaient jaunâtres. Je levai les yeux sur elle et remarquai pour la première fois son teint cireux et ses traits tirés, comme si, après une vie passée dans l'ombre de l'usine, la sciure s'était infiltrée sous sa peau.

— Est-ce que tu te sens bien, m'man ?

Posant une main sur le bas de son dos, elle s'étira en arrière.

— Un peu d'aide me serait utile.

Elle m'avait toujours dit ce que je devais faire, mais c'était la première fois que je l'entendais demander de l'aide.

— L'école se termine dans deux semaines, prononçai-je. Je pourrai te donner un coup de main.

J'attendis de voir si elle me parlerait d'un travail d'été. Les trois années précédentes, elle m'avait trouvé un emploi de baby-sitter dans une famille de West Corinth.

— Tu soulageras ton père pour les travaux ménagers, déclara-t-elle avant de se remettre à chercher la sciure invisible.

Finalement, j'allai voir la seule personne qui, j'en étais sûre, allait partager mon inquiétude pour Lucy : *Domina* Chambers.

Je l'attendis après sa dernière heure de cours et l'accompagnai jusqu'au manoir.

— Oui, j'ai remarqué qu'elle avait perdu l'appétit à cause du départ de Matthew. C'est une nature sensible, un peu comme moi. Je ne peux rien avaler dans les moments de tristesse. Ce n'est pas comme votre autre compagne de chambre, hein ? Rien ne semble interférer avec l'appétit de Mlle Hall.

Je souris nerveusement, me demandant comment j'étais supposée réagir au commentaire – un peu déplacé à mes yeux – d'un professeur sur les habitudes alimentaires d'une camarade. Je dirigeai de nouveau la conversation sur Lucy.

— Elle ne dort pas non plus. Je m'inquiète pour elle.

— Oui, moi aussi. J'ai un plan. Ne vous inquiétez pas, Clementia, je vais m'en occuper.

Nous étions arrivées devant les marches du perron sur lesquelles, serrant des livres contre sa poitrine, était assise Albie.

— Ah, Alba ! J'avais oublié que c'était votre jour de leçon particulière.

La fillette me fusilla du regard comme si l'oubli de *Domina* Chambers était ma faute. L'enseignante se tourna vers moi.

— Y a-t-il autre chose que vous vouliez me dire à propos de Mlle Toller ?

Voyant une moue de dédain se former sur les lèvres d'Albie, je me rendis compte du malentendu que ces paroles pouvaient susciter. Je rougis, non seulement parce que j'avais l'air d'une moucharde, mais parce qu'une image me venait à l'esprit, celle d'une silhouette portant un masque de cerf dans la glacière.

Pourquoi pensais-je à cela ? Tout à coup je compris ce qui avait fait surgir ce souvenir : le pull d'Albie, un cardigan de shetland beaucoup trop grand pour elle, était exactement le même que celui que j'avais emprunté à Lucy ; celui que j'avais ensuite accroché à une branche au bord du chemin.

— Mademoiselle Hudson ? Ai-je répondu à toutes vos questions ?

J'essayai de penser à une réponse qui montrerait clairement à Albie que je me préoccupais de notre amie.

— Eh bien, l'école est presque finie et Matt va revenir à la maison pour l'été, dis-je. Je suis sûre qu'elle va aller beaucoup mieux.

— Oh non ! s'exclama le professeur en secouant la tête si fort que quelques mèches de cheveux argentés se détachèrent de son chignon. L'académie militaire a un effet si positif sur Matthew que ses parents l'ont inscrit au programme d'été. Quant à Lucy, j'ai d'autres plans pour elle.

Domina Chambers avait, en fait, prévu d'emmener Lucy avec elle pendant toutes les vacances qu'elle allait passer en Italie. Une bourse lui avait été accordée lui permettant d'étudier à l'académie américaine de Rome. Sa protégée aurait ainsi l'occasion d'admirer à loisir l'art et l'architecture de l'Antiquité.

— Elle pense que ça sera excellent pour mes études classiques à l'Université — parce que, bien sûr, je dois m'inscrire en études classiques. Il paraît que je dois aussi apprendre l'italien. Le week-end, nous irons à Florence et je suis supposée mémoriser tous les tableaux du musée des Offices.

Lucy préparait sa valise. J'étais assise sur son lit, le regard fixé sur le lac. Nous avions commencé l'entraînement de natation au cours des dernières semaines et j'avais eu l'intention de venir me baigner ici pendant l'été, mais je me demandais maintenant si j'aurais envie de le faire seule, sans elle ni Matt.

— Es-tu obligée d'y aller ? m'enquis-je. Je veux dire, est-ce que tes parents ne te laisseraient pas rester ici si tu le leur demandais ?

Elle haussa les épaules.

— Ça ne ferait aucune différence. De toute façon, Matt ne viendra pas.

Mais moi, je suis là, pensai-je sans rien dire. Lucy comprit qu'elle pouvait m'avoir blessée.

— Et tu es toujours très occupée pendant les vacances, Jane. Ta mère n'a-t-elle pas loué tes services quelque part comme apprentie domestique ?

Je secouai la tête.

— Non, apparemment, elle veut que je reste à la maison.

— Ouh la la ! Quel changement ! Eh bien, dis-toi qu'au moins on ne t'expédie pas dans une autre pension comme Deirdre ou Albie. Ton été ne pourra pas être pire que le leur.

Elle se trompait. Quand je rentrai chez moi après le dernier jour d'école, j'y trouvai mon père qui avait quitté son travail en plein milieu de la journée. Il me fit asseoir dans le salon et m'apprit que ma mère avait un cancer de l'estomac et qu'il lui restait environ six mois à vivre.

21

Pendant l'été, je vis ma mère perdre quinze kilos et la plus grande partie de ses forces. Au mois d'août, elle était à peine capable de se lever pour aller aux toilettes. Jaune, inerte, elle restait allongée, attendant que je lui apporte des repas qu'elle ne pouvait manger et récriminant contre la façon dont je les avais préparés ou le temps qu'il m'avait fallu pour les servir. Jamais elle ne se plaignait du cancer ni de la douleur. Celle-ci, pourtant bien réelle, se traduisait parfois par des rictus fugitifs. Mais si j'avais espéré que cette maladie mettrait fin aux jérémiades incessantes qu'elle avait coutume de m'adresser, je fus amèrement déçue.

Elle critiquait mes vêtements et ma coiffure. « Tu as l'air d'une vieille fille dérangée », me dit-elle un jour. Je tirais mes cheveux en un chignon lâche – imitant autant que je le pouvais celui de *Domina* Chambers. Je portais une minijupe écossaise et une chemise saumon que Matt avait donnée à Lucy et qu'elle m'avait offerte par la suite. « Est-ce que je t'ai envoyée dans cette école privée pour que tu ressembles à un épouvantail ? »

J'aurais pu lui faire remarquer qu'elle ne m'avait envoyée nulle part ; j'avais décroché la bourse toute seule. Mais je l'avais regardée. La chimiothérapie avait fait tomber tous ses cheveux et ses bras étaient devenus si maigres qu'ils disparaissaient totalement sous les couvertures, de sorte qu'elle avait l'air d'avoir subi une double amputation. En revanche, au niveau de ses jambes, qui avaient doublé de volume, le dessus de lit replié semblait dissimuler un appendice boursouflé. Une queue de sirène. Voilà à quoi elle ressemblait : à une sirène chauve, jaune et sans bras. Et c'était elle qui me qualifiait de monstre.

Je lui dis que c'était de cette façon que s'habillaient les filles à Heart Lake et à l'Université et j'essayai de la distraire en lui lisant mes dissertations. Je lui montrai mes notes et lui expliquai à quel point elles étaient élevées, précisant que selon Mme Buehl, j'avais toutes les chances d'obtenir une bourse pour Vassar.

« Une autre bourse, articula-t-elle en me fixant de ses yeux jaunis. C'est tout ce que tu es pour eux : un produit de la charité. Ça ne fera jamais aucune différence. Tu seras toujours la petite-fille d'une domestique, de petites gens. C'est ce que ma mère essayait de m'expliquer mais je ne l'écoutais pas. Et maintenant, regarde-moi, je ne peux même pas mourir sans le son de cette usine infernale dans les oreilles. »

La transformation des rondins en planches et en papier produisait une sorte de fond sonore permanent, un vrombissement que j'avais depuis longtemps cessé d'entendre. J'essayais de fermer les fenêtres pour qu'il ne lui parvienne plus mais, outre la chaleur intolérable qui en résultait, le bruit semblait résonner à travers les vitres. Chaque fois qu'un camion de bois passait devant notre maison, il faisait trembler le lit de fer et je la voyais alors grimacer de douleur. Il m'arrivait, en entendant un moteur au pied de la colline, de maintenir la tête du lit pour l'empêcher de vibrer, mais elle m'accusait alors de la secouer.

Mon père me trouva un jour assise par terre, à l'extérieur de la chambre.

« Essaye de ne pas faire attention à ce qu'elle dit, murmura-t-il. C'est le cancer qui parle, pas elle. »

En dépit de ce conseil, j'avais, à la fin de l'été, le

sentiment que tout ce qui constituait mon univers avait peu à peu disparu.

Je m'étais si bien habituée à la vue de la maladie que je reçus un choc en revoyant Lucy le premier jour d'école. Apparemment, *Domina* Chambers avait eu raison quant aux effets salutaires de l'Italie. Mon amie s'était épanouie pendant l'été. Elle avait repris du poids, en particulier au niveau des hanches et de la poitrine ; son teint était hâlé et ses cheveux, tirés en une torsade élégante, brillaient comme le soleil méditerranéen.

— C'est à cause de toutes ces pâtes et de l'huile d'olive, dit-elle en déballant des chemisiers de soie de chez Bellagio, des pulls de chez Harrod's (elles avaient passé deux semaines en Angleterre sur le chemin du retour) et de magnifiques chaussures de cuir.

— Bon sang, t'as des nichons ! s'écria Deirdre. Pourquoi est-ce que tout ce que je mange se retrouve sur mon cul ?

Je m'attendais à ce que Lucy fasse un commentaire sarcastique – notre camarade avait encore grossi –, mais, au lieu de cela, elle répondit avec un sourire bienveillant :

— Helen prétend que si nous mangions tous comme les Méditerranéens, nous serions en bien meilleure santé. Elle va mettre en route un club de cuisine de cette région. Tu veux t'y inscrire avec moi, Deirdre ?

Ainsi, en guise d'autre surprise, elle avait pardonné à sa camarade et voulait de nouveau être son amie.

— Matt se débrouille bien à l'académie militaire, nous apprit-t-elle. Il passe les week-ends chez tante Doris. Il dit que Roy lui demande de tes nouvelles, Jane.

— Ah ? dis-je d'un ton faussement indifférent.

J'eusse été plus heureuse d'entendre que Matt lui-même demandait de mes nouvelles, mais peut-être avait-il choisi cette façon indirecte de communiquer avec moi.

— Il revient pour les vacances de Noël, reprit-elle.

Et ce fut tout. Comme si le fait de voir son frère deux fois par an lui convenait parfaitement.

— Oh ! et il dit qu'il est désolé de ce qui arrive à ta mère. Nous le sommes aussi.

— Ouais, déclara Deirdre, faisant chorus, rudes vacances !

Elles se remirent aussitôt à discuter de leurs projets pour l'année scolaire : leçons de cuisine, club de ski de fond – « Helen dit que c'est plus chic que le ski alpin » – et une pièce de théâtre.

« Helen m'a raconté que, quand elle étudiait ici, sa classe avait monté *Les Grenouilles*, d'Aristophane, dans le lac, nous apprit Lucy.

— Dans le lac ? gloussa Deirdre. C'est tordant ! Il faut le faire !

Se livrant à leurs activités extrascolaires avec frénésie, elles furent toutes deux très occupées pendant l'automne. La plupart du temps, je ne pouvais pas me joindre à elle car j'étais supposée passer les après-midi et les week-ends à la maison. J'étais extrêmement déçue de ne pas participer à la pièce. Au lieu des *Grenouilles*, elles avaient décidé de monter leurs propre version d'*Iphigénie* – basée sur les deux pièces d'Euripide, *Iphigénie à Aulis* et *Iphigénie en Tauride* –, qu'elles avaient déjà baptisée *Iphigénie à la plage*.

Cette idée vit le jour pendant un cours de tragédie grecque, que *Domina* Chambers et Mme Macintosh assuraient ensemble. Lorsque *Iphigénie à Aulis* fut étudiée, Deirdre se montra furieuse que l'héroïne pérît à la fin.

— C'est débile, s'écria-t-elle. C'est si... si patriarcal. Ils tuent cette innocente pour que les hommes puissent continuer à mener leur guerre stupide, et tout ça parce qu'un imbécile impuissant n'est pas arrivé à satisfaire sa femme !

— Eh bien vous serez heureuse d'apprendre, mademoiselle Hall, qu'Euripide était apparemment d'accord avec vous, bien que je doute qu'il ait exprimé son opinion dans les mêmes termes.

La classe s'esclaffa et je vis Mme Macintosh noter fébrilement des remarques dans son cahier de textes. Quelqu'un demanda à haute voix quel était le mot grec pour « débile ». Je remarquai que *Domina* Chambers elle-même semblait plus tolérante envers Deirdre depuis que Lucy s'était réconciliée avec elle.

— Comment savons-nous que telle était l'opinion d'Euripide, madame Chambers ? demanda Mme Macintosh. Je remarquai qu'elle évitait le surnom *Domina*.

— Euripide a écrit une deuxième pièce, *Iphigénie en Tauride*, dans laquelle Iphigénie réapparaît et nous apprend qu'elle a échappé au sacrifice. Juste avant que le prêtre n'ait pu lui trancher la gorge elle a été envoyée par enchantement sur l'île de Tauride par Artémis et un daim a été sacrifié à sa place.

— Cool ! fit Deirdre.

— Pourquoi ne lirions-nous pas la deuxième pièce après celle-ci ? s'enquit Lucy.

Je vis Mme Macintosh tapoter impatiemment des doigts sur son programme soigneusement préparé (nous devions, je crois, étudier *Médée*), mais *Domina* Chambers répondit sans jeter un regard dans sa direction.

— Excellente idée, mademoiselle Toller. Nous allons le faire.

Ainsi nous étudiâmes *Iphigénie en Tauride*. Deirdre fut déçue que l'œuvre ne fût pas consacrée à l'échange des états d'âme de l'héroïne et de la déesse.

Il lui déplut de voir Iphigénie, jeune prêtresse d'Artémis, obligée de sacrifier tous les marins assez malchanceux pour faire naufrage non loin du rivage. Mais Lucy adora la pièce. Quand Oreste et son ami Pylade arrivent sur l'île, Iphigénie, qui ne reconnaît pas son frère, se prépare à le sacrifier sur l'autel d'Artémis. Mon amie aimait surtout la scène où Iphigénie et Oreste parlent de la façon dont ils ont perdu, respectivement, un frère et une sœur sans savoir qu'ils se sont déjà retrouvés.

— Quel exemple parfait d'ironie dramatique, n'est-ce pas, Esther ? demanda *Domina* Chambers à Mme Macintosh qui acquiesça d'un air morose. Depuis que son programme avait été bouleversé elle s'était retirée dans une réprobation muette au fond de la salle de classe où elle prenait de nombreuses notes. En outre, elle désapprouvait notoirement que sa collègue, outrepassant le protocole de l'école, s'adressât à elle par son prénom en présence des élèves.

— Je sais que c'est idiot, déclara Lucy, mais ça me donne la chair de poule de penser qu'elle manque de tuer son propre frère.

L'identité des personnages n'est révélée que lorsque Iphigénie lit une lettre qu'elle confie à Pylade pour qu'il la livre en Grèce. « Voici ce que te fait dire celle qu'on sacrifia dans Aulis, Iphigénie, qui est bien vivante, mais que ceux de là-bas ne croient plus vivante. » Lucy supplia *Domina* Chambers de laisser la classe monter la pièce.

— Nous pourrions la jouer sur la plage, ajouta-t-elle. L'un des rochers pourrait représenter l'autel à Aulis et Artémis peut apparaître sur une barque pour l'emmener en Tauride. Un autre rocher serait la Tauride...

Je vis Mme Macintosh redresser la tête et lever la main pour exprimer une objection.

— C'est impossible. Cela poserait un problème d'assurance. Si des élèves tombaient dans l'eau...

Tandis qu'elle parlait, j'imaginais la scène : des filles en stolas s'emmêlant dans le tissu et sombrant au fond du lac. Toutefois, *Domina* Chambers n'était pas du genre à se laisser intimider par d'aussi basses considérations. Comme pour éloigner un insecte gênant, elle secoua les doigts en direction de Mme Macintosh dont les joues s'empourprèrent, reconnaissant toutefois que ces pièces ne faisaient pas partie de ses préférées et que l'ajout d'une fin heureuse pour Iphigénie était digne d'un roman feuilleton. Elle insista ensuite sur le fait que les textes pouvaient se prêter à une réinterprétation.

— Nous devons nous rappeler, expliqua-t-elle, que les dramaturges grecs se sentaient libres d'adapter les mythes pour servir leur propos, tout comme l'a fait Shakespeare... – elle jeta un regard éloquent à sa collègue. Alors pourquoi ne pourrions-nous pas le faire ?

Bien entendu, Lucy fut choisie pour incarner Iphigénie. Deirdre fut désignée pour jouer le rôle d'Oreste – tous les rôles parlants étaient tenus par des terminales. Toutes deux me voulaient pour Pylade, mais comme je ne pouvais pas répéter suffisamment, elles prirent quelqu'un d'autre. L'équipe de natation composait le chœur dont les membres se tenaient debout sur un canot de sauvetage, conduits par Mme Pike, enveloppée dans un magnifique drapé. Le professeur de gymnastique insistait pour tenir une bouée au cas où l'une des élèves tomberait à l'eau, mais elle le faisait avec une telle élégance que l'on pouvait croire qu'il s'agissait d'un objet sacré.

Nous voulions toute que *Domina* Chambers jouât

Artémis. Elle commença par décliner cette proposition, recommandant Mme Macintosh pour apaiser, je pense, la contrariété de cette dernière, mais lorsque sa collègue refusa catégoriquement, elle s'inclina.

Bien qu'il ne me fût pas possible de figurer dans la pièce, j'aidai Deirdre à confectionner les costumes. Nous fabriquâmes un casque doré orné d'une chouette pour Mme North, qui avait accepté de jouer Athéna, et un casque argenté avec une lune et un cerf gravés dans du papier d'étain pour le professeur de latin. Nous disposions déjà d'un masque de cerf pour l'animal qui prend la place d'Iphigénie sur l'autel – l'un de ceux qui avaient servi au 1er mai ; celui, justement, sur lequel était brodé un cœur vert.

Le problème, ainsi qu'en discutaient quotidiennement mes deux compagnes de chambre, consistait à effectuer la substitution entre le cerf et Iphigénie de façon spectaculaire. Deirdre suggéra que le prêtre lançât un drap sur Lucy, qui pourrait ainsi monter sans être vue dans le bateau de *Domina* Chambers.

— Mais tout le monde me verra patauger jusqu'à la barque. Ça va tout gâcher. Et où sera le cerf avant d'être glissé sous le drap ? Il n'y a pas de coulisses.

— Hé, c'est toi qui a insisté pour jouer la pièce sur la plage !

Je devais avouer que j'étais presque contente de les entendre se chamailler. C'est alors que Deirdre proposa une brillante solution.

— Si nous utilisons la deuxième pierre pour autel, le cerf peut attendre dans la caverne au-dessous. Quand je lancerai le drap, tu pourras te glisser dans le lac et nager sous l'eau jusqu'au bateau. Le cerf, lui, nagera sous l'eau jusqu'au rocher et se glissera sous le drap.

Cette suggestion plut à Lucy. Le seul problème

consistait à trouver quelqu'un de suffisamment mince et agile pour jouer le cerf. Quelqu'un qui savait bien nager et qui accepterait de rester dans la caverne toute la durée du spectacle.

— Je sais qui serait parfaite, s'écria Deirdre qui n'hésita pas à nous réveiller au milieu de la nuit. Albie. Elle est petite et se déplace sans faire de bruit. Et elle ferait n'importe quoi pour Lucy.

Le jour de la représentation, mon père accepta de rentrer plus tôt à la maison pour s'occuper de ma mère. Il avait été prévu que la représentation se terminerait au coucher du soleil. Aussi, assise au chevet de la malade, j'observais anxieusement l'astre du jour qui déclinait derrière les bâtiments de l'usine.

— Tu penses qu'en ne le quittant pas des yeux tu vas l'empêcher de se déplacer dans le ciel ! dit la voix de ma mère derrière moi. J'avais pensé qu'elle était endormie.

— Elles jouent une pièce sur la plage, expliquai-je.

— Sur la plage ? Quelle idiotie ! Je regrette que tu aies décroché cette bourse. Tu devrais apprendre des choses pratiques et non perdre ton temps avec des filles de riches. Tu ne seras jamais autre chose qu'une domestique à leurs yeux.

— Lucy n'est pas riche.

J'avais réussi à interrompre la tirade uniquement parce que ma mère était à bout de souffle. Impatiente de me répondre, elle ne réussissait qu'à émettre une respiration sifflante. Je l'aidai à s'asseoir et la fis boire avec une paille.

— Attends, dit-elle lorsqu'elle eut retrouvé son souffle. Lucy va toucher une fortune un jour et tu verras alors ce que tu vaux pour elle.

J'allais lui demander d'où proviendrait l'argent de Lucy, mais l'arrivée de mon père détourna mon attention. D'après l'inclinaison du soleil, je savais que j'avais raté la plus grande partie de la pièce. Je courus jusqu'à River Street, coupai derrière la maison des Toller et suivis le cours du Schwanenkill jusqu'à l'extrémité sud du lac. Lorsque j'arrivai à la glacière, je vis que la représentation n'était pas achevée. Je commençai à longer la rive est tout en me disant que tout serait terminé au moment où j'atteindrais la plage quand, tout à coup, je songeai à un rocher, situé non loin de l'endroit où je me trouvais, qui me permettrait de m'asseoir et de regarder la fin du spectacle.

En fait, j'avais une excellente vue sur la scène. Je remarquai, en m'installant, que la deuxième Sœur était recouverte d'un drap blanc qui prenait une nuance rouge vif dans la lumière du soleil couchant. Il avait tout à fait l'aspect de l'autel sanglant qu'il était supposé représenter.

De mon poste d'observation, je voyais des détails que le public n'était pas censé voir. Toutefois, l'effet ne fut nullement gâché lorsqu'une main sortit de la caverne et tira le drap, révélant, telle une figure de proue, une jeune fille nue attachée à un rocher. Je perçus, au-dessus de l'eau immobile, le cri étouffé de l'assistance, stupéfaite.

« Bon sang, pensai-je, *Domina* Chambers n'a vraiment pas froid aux yeux ! » Mais je compris rapidement, ainsi que le reste du public, que Lucy portait un maillot de bain couleur chair qui collait aux courbes nouvelles de son corps comme une seconde peau.

Le canot du chœur tangua dangereusement tandis qu'un personnage en robe revêtu d'un masque doré en descendait puis, dans l'eau jusqu'aux cuisses, pataugeait vers le rocher. Les acteurs avaient de la chance que le beau temps durât aussi longtemps, mais je n'enviais pas l'actrice jouant la prêtresse, qui devait rester dans le lac. Je m'étendis pour plonger la main dans l'eau : elle était glacée.

La silhouette en robe leva un poignard et le tint levé au-dessus de la gorge tendue de Lucy. Juste comme la lame allait plonger, la prêtresse leva le bras gauche et sa longue manche flottante cacha la victime aux yeux des spectateurs. Alors qu'un cri rebondissait sur la paroi de la Pointe et ricochait sur l'eau paisible, un jet de sang jaillit sur le tissu. Du rocher où je me trouvais, l'impression de réalité était telle que je me levai, essayant de voir Lucy se faufiler dans la caverne, mais le soleil couchant m'éblouissait, teintant l'eau d'un rouge si vif que l'on pouvait facilement imaginer une flaque de sang s'étalant à la surface. Il s'écoula à peine une minute, qui parut une éternité. Regardant vers la plage, je vis qu'une grande partie de l'assistance s'était levée tendant la tête pour distinguer ce qui se trouvait derrière la robe de la prêtresse. Quand celle-ci écarta le bras nous vîmes, à la place de Lucy, un cerf sacrifié, dont le cou tordu laissait échapper un flot écarlate. Presque au même moment, une petite embarcation contourna la Pointe, portant, à sa proue, Lucy, enveloppée d'écharpes aux couleurs de feu, derrière laquelle se dressait Artémis, tenant une guirlande dorée au-dessus de sa tête. Mme Buehl, vêtue d'une courte toge, faisait avancer le bateau à la rame.

Soudain retentit un énorme craquement. J'étais tellement absorbée par le spectacle que l'espace d'un instant, je crus qu'il s'agissait un effet sonore. Cependant, en regardant derrière moi, je vis, à l'est, un éclair déchirer le ciel. Sur le lac, la figure masquée d'Artémis leva les bras et, d'une voix formidable qui traversa le lac jusqu'à mon rocher, proclama : « Ainsi parle Zeus ! Au lieu d'emmener cette jeune fille jusqu'en Tauride, je vais la conduire jusqu'à l'Olympe où elle vivra parmi les dieux ! »

Sur un signe de tête de la déesse, Mme Buehl fit pivoter le canot qui revint vers la Pointe. Je m'émerveillais de l'improvisation remarquable de *Domina* Chambers quand je remarquai que le reste des comédiens ne se sortait pas si bien de cette conclusion imprévue. La pluie se déversait comme un rideau se fermant sur le dernier acte. Le public s'enfuit en criant vers les marches de la plage tandis que le chœur tirait le canot sur le sable et cherchait refuge dans le hangar. Seule la prêtresse restait dans l'eau près du cerf sacrifié. Sous sa robe détrempée, je voyais la courbe d'une poitrine familière. C'était Deirdre, qui se mit à patauger vers la plage.

Elle se trouvait à mi-chemin, tournant le dos au rocher, lorsque la silhouette en costume de cerf s'assit et se débattit au milieu des cordes qui la retenaient à la pierre. L'actrice avait la bouche ouverte, mais ses cris se dissolvaient dans le rugissement de l'averse. À travers le rideau de pluie, je la vis tourner les yeux vers moi et lever le bras, comme pour me faire signe, ce qui lui fit perdre l'équilibre. La partie haute de son corps glissa du rocher et plongea dans l'eau. J'hésitai à peine quelques secondes. Sachant que le moyen le plus rapide de la rejoindre était de nager jusqu'à elle, je me souvenais néanmoins de la température de l'eau. Je me précipitai vers les bois et courus vers la plage, ce qui me prit plus de temps que je ne l'avais pensé à cause de la boue. J'étais persuadée que je n'arriverais pas à temps pour la sauver.

Dévalant l'escalier si vite que je glissai et manquai les cinq ou six dernières marches, j'atterris à plat ventre. Lorsque je me relevai, je vis Lucy et Deirdre traîner une silhouette brune ruisselante hors de l'eau.

Dès qu'elles la lâchèrent près de moi, je tendis la main et ôtai le masque.

— Toi, cracha Albie, tu t'es précipitée vers le bois pour me laisser me noyer !

Mes deux compagnes nous regardèrent. Je voulus expliquer ce qui s'était passé mais j'avais la bouche pleine de sable.

Lucy entoura la fillette de son bras.

— Jane ne s'enfuirait jamais au lieu de venir secourir quelqu'un, dit-elle en l'aidant à se relever. J'étais reconnaissante de ce témoignage de confiance, mais, tandis que la fillette s'affalait contre mon amie et se laissait emmener, elle me jeta, par-dessus son épaule, un regard signifiant qu'elle n'en croyait pas un mot.

22

La tempête qui avait mis le point final au dernier acte d'*Iphigénie à la plage* mit également un terme au beau temps. La bonne humeur de Lucy s'enfuit avec l'arrivée des fronts froids canadiens et des premières neiges. Tout d'abord, elle cessa de porter les magnifiques vêtements que *Domina* Chambers lui avait achetés en Europe. À la place, elle avait adopté un pull trop grand pour elle que Matt lui avait envoyé de l'école militaire.

— Il me tient bien chaud, expliqua-t-elle.

Autre manifestation étrange de sa part, dès que la neige devint abondante, en novembre, elle refusa de marcher sur les chemins.

— J'ai l'impression d'être un rat dans un labyrinthe, se lamentait-t-elle. Je vais tracer mes propres pistes.

Et elle sautait sur les monticules de neige tassée, nous abandonnant derrière elle.

— Ce qu'il nous faut, déclara Deirdre une nuit tandis que nous travaillions sur notre traduction de Tacite, c'est des skis de fond. Nous pourrions alors aller n'importe où.

Lucy leva les yeux de son manuel. Le visage de Deirdre s'éclaira à la perspective d'avoir retrouvé l'attention de sa compagne. « Elle est encore plus avide de son amitié que moi, écrivis-je dans mon journal. Elle me fait pitié. »

— Oui, mais où allons-nous les trouver ? m'enquis-je.

— Nous allons faire une vente de gâteaux et rassembler de l'argent pour la création d'un club de ski de fond.

La vente de gâteaux fut un succès financier mais elle ne réussit pas à raviver l'énergie de Lucy. Alors que celle-ci avait précédemment coutume, en période de déprime, de se détourner de la nourriture et du sommeil, elle ne faisait plus maintenant que manger et dormir.

Quand les skis de fond furent livrés, elle manifesta un regain d'intérêt, mais au lieu de prendre part aux sorties du club, elle se promenait toute seule dans le bois.

— Qu'est-ce qui ne va pas, à ton avis ? demandai-je un jour à Deirdre, au début de décembre. Nous étions en train de skier dans la forêt du côté ouest du lac, Mme Buehl et *Domina* Chambers avançant en tête du groupe. Dès que les professeurs furent hors de vue, Lucy se dirigea vers le sud sans nous avertir. Nous nous étions postées toutes deux sur une hauteur pour la regarder s'éloigner.

— Tu n'étais pas au courant ? Matt ne revient pas à la maison pour Noël.

— Tu veux dire que ses parents ne le laissent même pas rentrer pour les fêtes ?

Deirdre secoua la tête avec impatience.

— Il va faire une randonnée à ski avec son cousin. Je crois que Lucy est vraiment blessée qu'il n'ait pas choisi de revenir à la maison. C'est comme s'il l'évitait.

Ou s'il m'évitait moi, pensai-je. N'était-ce pas plus probable ? Je levai les yeux pour voir le ciel, blanc et lourd de neige, à travers un entrelacement vert de branches. Nous skiions dans une partie du bois plutôt dégagée ; la sapinière où Matt m'avait poursuivie le 1er mai. Je regardai devant moi et vis que les traces des skieuses qui nous avaient précédées conduisaient à la clairière où nous avions fait l'amour. Fait l'amour ? Pouvait-on vraiment dire cela ? Il ne s'était donné la peine ni de me téléphoner ni de m'écrire un seul mot depuis ce jour. Il ne se demandait même pas si je n'étais pas tombée enceinte.

— Elle est tellement contrariée qu'elle va passer les vacances à l'école.

— Toute seule ?

— Je lui ai promis que je resterais avec elle.

— Oh ! – je ne savais pas quoi dire d'autre. J'ai froid aux pieds.

Elle ne prononça pas un mot pendant que j'effectuais un demi-tour. Quand j'eus replacé mes skis dans mes propres traces, je m'élançai légèrement sur la pente de la colline.

J'étais blessée que Lucy ne m'ait pas demandé de rester avec elle à l'école – les deux années précédentes, nous y avions passé ensemble les congés de Noël pour gagner un peu d'argent, en aidant

Mme Ames à nettoyer les dortoirs. Cette fois, elle ne m'avait pas parlé de ses intentions. De toute manière, je n'aurais pas pu rester. La veille des vacances, ma mère fut transportée à l'hôpital d'Albany et mon père vint me chercher après mon dernier contrôle trimestriel pour m'emmener auprès d'elle. Il était déjà allé à la résidence où il avait pris ma valise.

— Ton amie m'a dit qu'elle te souhaitait un joyeux Noël. Si tu veux, je peux t'attendre pendant que tu lui dis au revoir.

Je secouai négativement la tête et ne demandai même pas de quelle amie il s'agissait.

Il neigeait abondamment sur l'autoroute et mon père répondait aux questions que je posais sur la malade par monosyllabes. Je renonçai rapidement à l'interroger pour le laisser se concentrer sur sa conduite. Quand nous arrivâmes chez sa sœur, dans la banlieue d'Albany, il se tourna vers moi. Je pensais qu'il allait me dire combien de temps – combien peu de temps – il restait à ma mère, mais au lieu de cela il déclara :

— Ne fais pas attention à ce qu'elle te dit, c'est le cancer qui parle.

Je savais que ces mots visaient à me réconforter, mais je ne pouvais tout simplement plus le croire.

— Elle m'a toujours parlé ainsi, protestai-je, honteuse de l'intonation geignarde de ma voix. Pourquoi me déteste-t-elle autant ?

Mon père détourna les yeux.

— Si elle t'a toujours traitée à la dure, c'est parce qu'elle désirait que tu t'en sortes. Elle ne voulait pas que tu finisses comme elle – piégée.

— Alors pourquoi n'est-elle jamais partie ?

— Elle a essayé. Elle a essayé toute sa vie. Quand elle était au collège, elle a travaillé pour décrocher la bourse que tu as obtenue, mais de toute façon, sa mère était opposée à cette initiative.

— Pourquoi ?

Mon père soupira.

— Quand ils ont transformé la résidence des Crèvecœur en pension, Jane Poole, ta grand-mère a perdu son poste de domestique. Elle a dû se séparer de ses patrons en mauvais termes parce qu'elle n'a plus jamais parlé d'eux, ni de l'école. Ta mère a quand même réussi à obtenir une bourse pour l'école normale, mais ta grand-mère est tombée malade et elle a dû rester pour la soigner. Puis elle m'a rencontré... et tu es née...

Alors que la voix de mon père se brisait, je compris pour la première fois que j'étais la raison pour laquelle ma mère s'était trouvée piégée dans la petite ville industrielle qu'elle détestait tant.

— Je sais que la façon dont elle te parle est très pénible pour toi, Janie. Mais tu dois essayer de ne pas la prendre trop à cœur. Sa mère lui parlait comme ça. Essaye de ne pas écouter. Je veux dire, écoute avec tes oreilles, mais ne laisse pas les mots pénétrer ici – il se tapa la poitrine de son index court et raide. Et rappelle-toi que, tout au fond, elle a toujours voulu ce qui était le mieux pour toi, elle ne sait tout simplement pas comment s'y prendre pour te le donner.

Les jours suivants, assise sur une chaise au chevet de la malade, bercée jusqu'à l'assoupissement par le gargouillement de la pompe qui drainait ses poumons, j'essayai de ressentir envers elle un vague sentiment de gratitude. Mais tout ce que je pouvais penser était que j'aurais tout échangé – Matt, Lucy, Heart Lake, Vassar et tout rêve chimérique de futur que j'avais pu imaginer – pour un seul mot gentil de sa part. « Cher Seigneur Dieu, écrivis-je dans mon journal, je donnerais tout pour un minuscule témoignage d'affection. Je laisserai tomber Heart Lake pour retourner au lycée de Corinth. Je m'inscrirai dans un cours de secrétariat. Je trouverai un travail à l'usine et peut-être alors, avec un peu de chance, épouserai-je quelqu'un comme Ward Castle. » Je relus ce que je venais d'exprimer, barrai « quelqu'un comme » et promis à Dieu que j'épouserais Ward Castle lui-même.

Mais bien que ma mère fût restée lucide et consciente jusqu'au bout, elle ne me dit pas un mot. Finalement, la veille du jour de l'an, elle poussa son dernier soupir et ferma les yeux sur moi pour toujours.

Le sol étant gelé, il fut décidé que sa dépouille serait conservée jusqu'au printemps. Un court service funèbre fut organisé le 1er janvier à l'église presbytérienne fréquentée par ma tante. Nous allâmes ensuite chez cette dernière et je saluai poliment des parents que je ne reconnaissais pas, à qui mon père ne cessait de répéter combien ma mère avait été fière de moi.

Plus tard, ce soir-là, il me prit à part et m'apprit qu'il allait rester chez sa sœur quelque temps. Il allait même peut-être chercher un emploi dans l'usine de fabrication de gants dans laquelle travaillait mon oncle. Si cela ne m'ennuyait pas. Je pourrais toujours venir à Albany le week-end si j'en avais envie.

— Pour être sincère, Janie, j'en ai plus que marre de cette sciure. Je me dis que les gants risquent d'être plus agréables.

Je répondis qu'à mon avis c'était une excellente idée, et qu'il ne devait pas s'inquiéter pour moi pendant les week-ends. Je serais très occupée par mes révisions et par les concours d'entrée aux universités. En fait, j'avais hâte de retourner à Heart Lake.

— Je te comprends, dit-il avec un soulagement tellement visible que je dus me souvenir qu'il était tout simplement heureux que quelque chose détourne mes pensées de la disparition de ma mère ; ce n'était pas comme s'il essayait de se débarrasser de moi. Tu peux repartir demain, si tu n'as pas peur de prendre le train toute seule.

Je compris soudain qu'à cause du stress qu'il subissait depuis des mois, il ne se souvenait probablement pas que c'étaient les vacances de Noël et que les cours ne recommenceraient pas avant la deuxième semaine de janvier. Il ne m'eût pas laissée retourner aussi facilement dans une école déserte.

Sans le contredire, je pris le billet de cinquante dollars qu'il sortit de la poche de son seul costume habillé et déclarai que je n'avais pas peur du tout. Après tout, ce train était celui que je prendrais pour aller à l'université l'année prochaine.

Je pensai à tout cela le lendemain, dans le train qui se dirigeait vers le nord, en longeant le cours sombre de l'Hudson bordé d'une glace vert pâle sous le ciel nacré. Parce que nous portions le même nom, j'avais toujours considéré le fleuve comme un parent proche. Il me paraissait logique que mon avenir se déroule le long de ses berges. L'école de Matt ne se trouvait qu'à une heure environ de distance. Dans quelques mois, je suivrais le cours d'eau jusqu'à Vassar et de là, qui sait, j'irais peut-être encore plus loin vers le sud, jusqu'à New York. Au-delà de cette étape, mon imagination atteignait ses limites. Mais en regardant les morceaux de glace flotter dans le courant, j'imaginai un palais de conte de fées dont j'avais un jour lu la description : murs de neige amoncelée, fenêtres et portes découpées par le vent, corridors où le vent glacé soufflait sans relâche : le palais de la reines des neiges avec un lac gelé en son centre. Et tout en me déplaçant dans le sens inverse, j'avais l'impression de voyager vers mon futur.

Lorsque j'arrivai à Corinth, je pris un taxi jusqu'à Heart Lake. Le chauffeur me dit qu'on annonçait un vent de nord-est qui allait déposer plus d'un mètre de neige sur la partie sud des Adirondacks. Le doigt pointé vers le pare-brise, il désigna une masse de nuages menaçants s'accumulant dans le ciel glauque. Dès que nous fûmes arrivés à l'école, il m'aida à porter mes valises dans le vestibule de la résidence mais ne me demanda pas s'il pouvait m'aider à les porter jusqu'en haut de l'escalier. Néanmoins, il manifesta quelques scrupules à m'abandonner ainsi.

— Vous êtes sûre que tout ira bien ? me demanda-t-il en voyant que le bureau de la surveillante était vide. Est-ce qu'il y a quelqu'un ici ?

— Oh ! mes amies sont là. Elles vont m'aider à porter mes valises quand elles sauront que je suis de retour.

J'avais eu l'intention de monter les deux étages avec mes valises mais, soudain, je me rendis compte que j'étais beaucoup trop anxieuse pour cela. Un sentiment d'impatience incontrôlable s'était emparé de moi. Peut-être était-ce simplement le temps : la chute de pression de l'air, ces étranges nuages verts, cette sensation d'attente due à la neige à venir. Je laissai mes bagages dans le vestibule et m'élançai en courant dans l'escalier.

Sur le palier du deuxième, je m'arrêtai et tendis l'oreille. J'avais cru entendre quelqu'un pleurer. Maintenant que j'écoutais attentivement, je ne percevais plus que le sifflement des radiateurs. Je me souvins alors que l'équipe de l'entretien mettait toujours le chauffage à fond pendant les vacances pour empêcher les tuyaux de geler. L'année précédente, Deirdre avait laissé dans sa chambre trois grosses bougies qu'elle avait retrouvées fondues. Étrangement, la cire de chacune d'elles avait réagi de façon différente : la rouge s'était affaissée sur elle-même ; la violette s'était inclinée comme la tour de Pise ; et la bleue, qui avait paru intacte, au premier abord, s'était en fait vidée de l'intérieur, coulant sur le sol où elle avait déposé une petite flaque de cire et laissant, sur la table, un fût vide.

Tout en parcourant le couloir je retirai mon manteau et mon écharpe. Comment Deirdre et Lucy avaient-elles pu supporter ça ? C'était un vrai sauna. Quand je mis la main sur la poignée de la porte, je constatai qu'elle était chaude.

Alors que j'entrais dans la pièce, je distinguai de nouveau un bruit de pleurs. Sur le lit situé sous la fenêtre – celui de Lucy – quelqu'un était étendu sous les couvertures, tournant le dos à l'entrée. Convaincue qu'il s'agissait de mon amie, en train de gémir, je traversai la chambre quand soudain, au son de sanglots, je discernai un frottement métallique. Regardant vers la porte, qui s'ouvrit à ce moment précis, je vis se dessiner dans l'encadrement non Deirdre, ainsi que je m'y attendais, mais Lucy.

Elle était vêtue d'une chemise de flanelle rouge – celle de Matt, sans doute – si ample que lorsqu'elle leva les deux bras pour poser une main sur chaque montant, le vêtement couvrit presque entièrement l'ouverture. Si elle n'avait pas été aussi petite, elle m'eût complètement coupé la vue de l'autre chambre. Bien que ma tête fût plus haute que la sienne, je ne saisissais pas ce qu'elle essayait de me cacher. Nous fîmes simultanément un pas en avant et rentrâmes presque l'une dans l'autre.

— Jane ! dit-elle, qu'est-ce que tu fais ici ?

— Ma mère est morte, répondis-je, comme si cela expliquait tout.

Je gardais les yeux fixés sur la chambre de Deirdre, essayant de deviner ce qui avait pu changer, mais la seule chose nouvelle que j'aperçus était un dessus-de-lit rouge. Je ne remarquai même pas que Lucy ne prononçait pas les mots auxquels j'aurais pu m'attendre : « Je suis vraiment désolée » ou « Quelle catastrophe ! » Je fis un pas de plus qui me mena à l'entrée de la pièce, et je compris que ce que je voyais n'était pas un nouveau dessus-de-lit rouge. C'était un drap imbibé de sang.

Je regardai Lucy, puis le corps sur son lit.

— Elle dort, murmura mon amie qui me prit la main et me conduisit à l'intérieur de la chambre. Elle tirait très fort car je ne voulais pas y aller – j'avais oublié qu'elle était vigoureuse à ce point.

Elle referma la porte derrière nous.

Je restai debout près du lit et remarquai que le sang avait pénétré jusqu'au matelas.

— Elle a essayé de se tuer ? demandai-je.

Lucy leva les yeux vers moi un moment, puis secoua la tête.

— C'est bien le sang de Deirdre, mais elle n'a pas essayé de se tuer. Elle était enceinte. Elle a eu un bébé.

— Deirdre, enceinte ? Comment est-ce possible ?

— Tu te souviens, l'année dernière, des nuits que nous avons passées au lac, et du 1er mai ? Je crois que ça remonte au 1er mai parce qu'elle n'était pas venue les semaines où il pleuvait et le bébé était prématuré ; il était si petit...

Je lui attrapai le bras, si maigre, sous la grande chemise, et le secouai :

— Elle a eu son bébé ici ? m'exclamai-je, comprenant enfin ce qu'elle me disait. Toute seule ?

Lucy parut offensée.

— J'étais là. Je suis restée avec elle toute la nuit.

— Pourquoi n'êtes-vous pas allées à l'infirmerie ?

— Elle m'a suppliée de ne pas le faire. Elle m'a dit

que cette fois elle serait définitivement renvoyée et qu'ils la mettraient en maison de correction. Que pouvais-je faire, Jane ? Et puis ça s'est passé si vite. Sans doute parce qu'il était si petit...

C'était la deuxième fois qu'elle mentionnait la taille du bébé, mais petit ou non, il n'était certainement pas invisible.

— Où... ?

Lucy tourna les yeux vers le bureau. Je suivis son regard jusqu'à la grande boîte de métal décorée de montagnes dorées où Deirdre conservait son cannabis.

— Il ne respirait pas, expliqua-t-elle. Il est mort-né.

Soudain, je sentis mes jambes me lâcher comme si mes muscles s'étaient tout à coup volatilisés. Je me frottai la joue puis écartai ma main, dont la paume était trempée. La seule fenêtre de la pièce était opacifiée par la condensation de l'humidité. Je me dirigeai vers elle, l'ouvris en grand, me penchai par-dessus le rebord et vomis.

Lucy me rejoignit et posa une main froide sur mon front. Elle repoussa mes cheveux en arrière, jusqu'à ce que j'eusse fini de vomir, puis me fit asseoir et me tint les épaules en attendant de voir cesser mes tremblements.

— Putain de merde, Lucy, il faut en parler à quelqu'un !

Elle secoua la tête.

— On va la renvoyer, c'est sûr. Qu'est-ce que ça va nous apporter de plus ?

— Et si elle continue à saigner ?

Je regardai le lit de Deirdre. Pouvait-on perdre autant de sang et continuer à bien se porter ?

— Je lui ai donné une serviette hygiénique et il

semble qu'elle se soit arrêtée de saigner il y a une heure. Je crois que ça va.

— Mais qu'est-ce qu'on va faire de ça ? dis-je en désignant la boîte. On ne peut pas le laisser là !

— Bien sûr que non, dit Lucy patiemment. J'y ai pensé toute la matinée. Le sol est trop gelé pour qu'on l'enterre...

Je pensai tout à coup au corps de ma mère qui reposait dans l'un des congélateurs funéraires d'Albany en attendant la fonte des neiges. Sentant la bile me remonter dans la gorge, j'aurais vomi de nouveau si Lucy n'avait pas posé ses deux mains froides de chaque côté de mon visage. Devant son regard bleu je me sentis soudain plus calme.

— Tu comprends pourquoi il faut que nous nous occupions de cela, Jane ? Ce n'est pas que pour Deirdre, mais aussi pour Matt.

— Mais il n'était pas avec elle le 1er mai.

— Il est le seul à avoir été attrapé ce jour-là et elle affirmera que c'était lui. Tu te souviens comme elle s'est dégonflée au sujet de l'outre. Ça ruinera définitivement la vie de mon frère.

— Mais si le sol est gelé...

— Le lac ne l'est pas. On va faire couler la boîte au fond de l'eau.

23

— Il va falloir prendre la barque, dit Lucy en sortant de la résidence. C'est le seul moyen pour qu'il coule en profondeur.

« Il », telle était la façon dont elle désignait la chose dans la boîte de métal. Elle avait placé cette dernière dans son sac de gym, qu'elle portait non par les poignées, mais en le soutenant des deux mains, comme on porterait un gâteau dans un carton.

Avant de quitter la pièce, je jetai un coup d'œil sur Deirdre. Dormant profondément, les lèvres humides et entrouvertes, les joues rougies par la chaleur de la pièce surchauffée, elle avait l'air, non de se vider de son sang, mais d'être sous l'effet de sédatifs.

— Ça va aller, je lui ai donné un peu de cette infusion qui la fait bien dormir, déclara Lucy.

Je remarquai la boîte laquée rouge ouverte près du lit ; elle était vide.

Quand nous sortîmes du bâtiment, je voulus emprunter le chemin, mais mon amie me fit bifurquer vers le bois.

— On ne peut pas prendre le risque de rencontrer qui que ce soit.

Le domaine avait l'air désert. Je savais que quelques personnes étaient restés pendant les vacances. Mme Buehl, par exemple, qui faisait des expériences dans son laboratoire et répertoriait les traces d'animaux dans la forêt enneigée, le gardien et Mme Ames. Les gens venant de la ville, comme mon chauffeur de taxi, étaient déjà rentrés chez eux plutôt que de risquer d'être surpris par la tempête.

Lucy suivait une piste si étroite que nous dûmes marcher l'une derrière l'autre. Au début, je ne quittai pas des yeux le dos de sa parka bleu ciel, mais mon regard glissait de plus en plus souvent vers le sac bleu marine qu'elle avait coincé sur sa hanche droite. Bien que la boîte de métal fût invisible, je pouvais la visualiser nettement : les montagnes dorées sous un ciel d'azur, un lac vert au premier plan.

J'examinai le sentier. Piétiné régulièrement, il avait gelé sous la forme d'une crevasse à hauteur de genou – représentation miniature de celles figurant sur les diapositives de Mme Buehl. Je pensai aux semaines qu'il avait fallu à Lucy pour tracer ce chemin et me demandai s'il serait comblé par la tempête qui approchait.

Nous sortîmes du bois au niveau de l'extrémité sud du lac, non loin du Schwanenkill. Lorsque je levai les yeux, je notai pour la première fois que l'eau était recouverte d'une fine couche de glace.

— Merde, il a dû geler la nuit dernière, marmonna Lucy, plus pour elle-même qu'à mon intention.

Transférant le sac de gym sur son autre hanche, elle se laissa entraîner par la pente jusqu'à la rive. En la voyant vaciller dans la haute neige vierge, je pensai lui proposer de prendre le sac, mais je ne le fis pas.

Elle étendit une jambe vers la glace qu'elle tapota du bout de sa botte, provoquant un craquement qui retentit sur toute la surface du lac.

— C'est épais ?

Ma voix avait émis un son creux. Je levai les yeux vers le ciel et constatai que les nuages bas et menaçants étaient suspendus au-dessus de l'eau comme un dôme aplati. Lucy et moi paraissions comprimées entre le ciel et le sol enneigé, comme des feuilles d'automne repassées entre deux couches de papier de soie.

— Pas trop, répondit Lucy en remontant vers moi. Ça l'est sans doute encore moins là où sort le Schwanenkill. Je crois qu'on peut briser la glace avec les rames.

Nous dûmes d'abord traverser le ruisseau qui n'était qu'en partie gelé. Lucy, dont le pied était habituellement si sûr, semblait déstabilisée par le poids qu'elle portait sur sa hanche. Je l'imaginai tombant et lâchant le sac dont le contenu s'ouvrirait brusquement.

— Tiens, dis-je en passant devant elle, prends ma main.

Je plantai un pied au milieu du cours d'eau et sentis l'eau glacée s'infiltrer dans ma botte. En serrant les doigts de mon amie, je remarquai qu'elle tremblait.

Lorsque nous arrivâmes enfin à la glacière, nous constatâmes que la porte était verrouillée.

— L'agent des Eaux et Forêts a dû la fermer depuis qu'elle a surpris Matt le 1er mai, dit Lucy – nous n'avions pas utilisé ce lieu pendant l'hiver. Mais je doute qu'elle ait fait de même avec les portes qui donnent sur le lac, car on ne peut pas les repousser complètement. Il faut faire le tour.

Je levai les yeux vers elle et remarquai à quel point elle était pâle ; sa peau avait une nuance verdâtre, comme celle du ciel chargé de neige. Après tout, elle avait assisté Deirdre toute la nuit et le choc de cet événement – de l'accouchement d'un fœtus mort-né, pour l'appeler par son nom – commençait à se lire sur ses traits. J'éprouvai soudain une bouffée de haine envers Deirdre. Pourquoi était-ce à nous de réparer les dégâts qu'elle avait causés ? La réponse me revint aussitôt. Nous le faisions pour Matt.

— J'y vais, annonçai-je. Tu restes ici et tu te reposes.

Elle hocha la tête, s'assit sur un grand rocher plat en serrant le sac contre sa poitrine et ferma les yeux.

Je descendis jusqu'au lac et étudiai la bande étroite de boue et de glace qui refluait de l'arrière de la cabane. L'une des portes était maintenue entrouverte par une cale, exactement comme elle l'était la nuit où j'étais venue seule.

Revenant sur mes pas, j'appelai mon amie :

— Cette porte est ouverte – et j'entendis l'écho de ce dernier mot résonner sur le lac. Mais celle de devant est probablement verrouillée ; il va falloir que je sorte la barque et que je l'amène jusqu'à la rive.

Je m'attendais à entendre Lucy protester – je n'étais pas vraiment sûre d'être capable de sortir le bateau toute seule –, mais elle se contenta de hocher la tête et de s'allonger sur le rocher, une main posée sur le sac.

En m'appuyant sur le mur de la cabane, je m'acheminai le long du rivage glacé. Lorsque j'atteignis la porte ouverte et que je me hissai à l'intérieur, mes deux pieds étaient trempés. Je fus soulagée de voir que le canot était toujours là, ses deux rames rangées dans la coque peu profonde, la proue orientée vers l'ouverture.

J'ouvris les deux battants, me dirigeai vers l'arrière de l'embarcation, pris une profonde inspiration et poussai. Au début, rien ne se produisit, puis un raclement se fit entendre alors que la barque avançait de quelques centimètres sur le sol de bois. Je m'accroupis, appuyai mon épaule sur la poupe et poussai de nouveau. Le raclement se transforma en un craquement qui retentit si bruyamment dans le silence que je craignis d'avoir été entendue par quelqu'un de l'école. Je regardai la paroi à pic de la Pointe et, l'espace d'un instant, j'eus l'impression de voir une silhouette qui se dressait sur le promontoire. Aussitôt, je pensai à Mme Buehl, dont le cottage se trouvait juste derrière, mais la silhouette s'évanouit me laissant dans l'idée que j'avais été victime de mon imagination.

Je baissai les yeux et constatai que le canot dérivait vers le lac.

Aussitôt, je m'élançai, le rattrapai et le tirai jusqu'à la rive. Mon jean étant maintenant trempé jusqu'aux genoux, je me dis que je pouvais aussi bien entrer dans l'eau pour guider le bateau. À mi-parcours, je ne sentais déjà plus mes orteils. Je gravis péniblement la rive, écoutant le bruit de succion quelque peu familier de mes bottes qui m'évoqua soudain la chambre d'hôpital de ma mère et le gargouillis mouillé de la pompe qui aspirait le liquide de ses poumons. De façon tout à fait inattendue, je me sentis incommensurablement somnolente. Si j'avais été seule, je me serais couchée sur la neige molle pour faire un somme sous l'édredon gris des nuages.

Mais d'où je me trouvais, je voyais Lucy étendue sur le rocher, le sac bleu marine posé près d'elle. Je me secouai et m'approchai. Elle ne bougea pas bien que le crissement de mes bottes sur la neige me parût effroyable. Lorsque je baissai les yeux sur elle, je vis qu'elle s'était endormie et fus de nouveau frappée par sa pâleur extrême. Elle avait les paupières et les lèvres bleuies par le froid. Je lui secouai le bras et ses yeux s'ouvrirent brusquement.

— J'ai le canot, dis-je.

Elle me regarda comme si elle ne comprenait pas de quoi je parlais, puis elle vit le sac de gym et hocha la tête. Lentement elle se leva en titubant et se rassit sur le rocher.

— Il nous faut quelques cailloux, déclara-t-elle – ce fut mon tour de la regarder sans comprendre. Pour l'alourdir, expliqua-t-elle en désignant le sac.

Je regardai autour de nous mais, bien sûr, toutes

les pierres se trouvaient maintenant sous cinquante centimètres de neige.

— Dans le ruisseau. Il y en a toujours au fond du Schwanenkill.

Je me dirigeai vers le cours d'eau, espérant qu'elle me suivrait, mais elle resta assise sur le rocher. Je m'agenouillai dans la neige, retirai mes gants, plongeai la main dans le ruisseau jusqu'au coude et raclai la boue gelée sur laquelle je sentis quelque chose de dur et arrondi. Mes doigts agrippèrent un caillou rond et lisse de la taille de mon poing, que je posai près de moi. Je rassemblai ainsi une dizaine de pierres semblables, que je glissai dans ma poche avant de retourner auprès de Lucy.

Quand je les posai une à une sur le rocher, elle hocha la tête.

— Ça ira.

Elle sortit la boîte de métal du sac et en fit basculer le couvercle.

À l'intérieur se trouvait un minuscule bébé de la taille d'un petit chat dont la peau, presque translucide, avait les reflets luisants bleus et roses d'une opale. Le léger duvet de son crâne était blond vénitien, ainsi que ses cils. Lucy prit un caillou qu'elle frotta sur son jean pour en éliminer la boue et qui révéla, une fois propre et sec, sa magnifique couleur gris-vert – celle que prennent parfois les yeux noisette. Elle arrangea les pierres autour du bébé comme si elle enveloppait des coquilles d'œufs dans du papier, puis sortit de sa poche un linge blanc, qu'elle secoua et posa sur le petit corps en le lissant. C'était l'une des serviettes de lin de la salle à manger, brodée d'un cœur et de la devise de l'école : *Cor te reducit*. Le cœur te reconduit. Requiem plutôt adéquat pour le pauvre petit être qui allait reposer dans les profondeurs du lac. Elle rabattit le couvercle et bloqua le fermoir.

— Nous devrions entourer la boîte de quelque chose pour être sûres qu'elle ne s'ouvrira pas. Est-ce que tu as de la ficelle ?

Je secouai la tête. De la ficelle ? Qu'est-ce qui lui prenait ? Elle ouvrit sa parka et tâta le haut de son jean.

— Je n'ai pas de ceinture. Et toi ? continua-t-elle.

Ouvrant mon manteau, je fis glisser des passants de mon pantalon la ceinture que j'avais achetée en ville dans un surplus militaire. Elle était constituée de coton tissé et d'une boucle réglable en cuivre.

— Parfait, dit Lucy en la resserrant autour de la boîte. Ça devrait tenir. Allons-y.

Je dus l'aider à monter dans la barque car elle tenait la boîte des deux mains. Cette fois, je lui proposai de la prendre, mais elle secoua la tête et l'agrippa plus fermement.

Je poussai le canot dans l'eau, sautai dedans et attrapai les rames. Lentement, je le fis pivoter pour orienter la proue vers le lac, puis je m'assis face à la poupe pour ramer. Lucy s'était installée derrière moi. Lorsque l'embarcation rencontra une couche de glace plus épaisse, elle me guida.

— Il y a une zone plus fine qui traverse le lac, me dit-elle. Elle correspond sans doute au trajet de la source souterraine.

Je me souvins du jour où nous avions patiné à cet endroit et où elle était passée à travers la glace. Probablement au-dessus de la source.

À deux reprises, nous fûmes bloquées. Je lui passai l'une des rames pour briser la glace, craignant à chaque fois qu'elle ne la laissât échapper dans le lac, nous condamnant à rester coincées.

— Ici, ce doit être assez profond, dis-je lorsque nous fûmes bloquées pour la troisième fois.

Mais elle secoua la tête et continua à cogner la glace. Les coups rebondissaient sur la lourde chape de nuages et sur la paroi rocheuse de la Pointe, qui paraissait toute proche. Légèrement à l'est, je pouvais distinguer l'une des Trois Sœurs émergeant de l'eau gelée, témoin silencieux de nos efforts.

— Nous avons parcouru plus de la moitié du lac, insistai-je. Nous nous rapprochons trop de l'autre côté.

Lucy s'interrompit et regarda derrière elle. La sueur qui imprégnait ses cheveux avait gelé en paquets. Lorsqu'elle retourna brusquement la tête vers moi, j'entendis le frottement de ces amas solidifiés sur la parka de nylon.

— D'accord, dit-elle. Ici.

Nos yeux se baissèrent vers la boîte de thé qui reposait au fond du bateau, dont le bleu surmontant les montagnes dorées produisait l'effet d'un rêve d'été en plein hiver. Je levai alors les yeux vers la voûte basse et plombée, suspendue au-dessus de nous, qui éloignait jusqu'au souvenir des ciels d'azur. Lucy s'agenouilla au fond du bateau et souleva l'objet, qu'elle s'efforça de tenir d'une main pour pouvoir se redresser en s'agrippant au rebord du canot. Celui-ci s'inclina d'un côté, puis de l'autre, nous aspergeant d'eau glacée.

— Bon sang, m'écriai-je, donne-moi ça et finissons-en !

La boîte me parut moins lourde que je ne l'avais imaginé ; je me demandai si elle allait vraiment couler jusqu'au fond.

Je la posai en équilibre sur le rebord de l'embarcation et regardai mon amie, qui hocha la tête.

Lentement, je me penchai au-dessus d'un trou que

Lucy avait fait dans la glace, veillant à tenir la boîte parallèlement à la surface du lac – je n'aimais pas l'idée qu'elle pût basculer et sombrer à l'envers. Quand elle fut juste au-dessus de l'eau, je la lâchai et la regardai s'enfoncer : le ciel bleu et les montagnes dorées devinrent vertes, puis disparurent dans le noir des profondeurs. Un moment, je fixai l'eau ténébreuse qui se mouchetait de cristaux blancs de plus en plus nombreux, pensant que le lac était en train de geler à nouveau sous mes yeux et craignant de voir se refermer le chemin que nous avions tracé dans la glace. Mais le chemin ne se refermait pas. C'était le ciel qui s'était ouvert pour déverser son fardeau de neige, avec une force telle qu'il semblait s'écrouler sur nous.

TROISIÈME PARTIE

La récolte de glace

24

Sous le dôme gelé, l'air tiède se teinte d'une nuance vert citron, la couleur même de l'eau trouble dans laquelle nous pataugeons toute la journée. Quand Olivia se baigne seule, je reste allongée dans une chaise longue de plastique, fixant la voûte opaque. Nous jouons au croquet sur un gazon de plastique hérissé et prenons nos repas dans un restaurant qui jouxte la piscine, dont les aliments paraissent avoir un léger goût de chlore. L'unique fenêtre de notre chambre donnant à l'intérieur du complexe aquatique, nous avons, dès le troisième jour, perdu la notion du jour et de la nuit ; c'est comme si nous étions ici depuis des années. Lorsque j'éteins la lumière, le soir, la lumière verte filtre à travers les fentes des rideaux. Olivia a un sommeil agité ; elle passe la nuit agrippée à moi dans le lit trop grand. Je me réveille parfois, emmêlée dans ses cheveux humides, respirant leur odeur réconfortante d'eau de javel et de sel.

Je pensais que le fait de séjourner dans un hôtel muni d'une piscine intérieure était une bonne idée. Je nous ai donc offert, avec ce qui restait de mes économies, deux semaines à l'Aquadôme de Westchester. Quand j'ai donné le numéro de téléphone de cet endroit à Mme Buehl, et qu'elle m'a demandé combien de temps je comptais y rester, j'ai compris que j'étais peut-être en train de perdre mon poste. Je lui ai répondu que je n'en savais rien. Elle a insisté pour que je l'appelle deux semaines plus tard, afin d'en discuter.

« Prenez le temps de réfléchir à ce que vous voulez vraiment faire, Jane. » Ces mots m'ont paru familiers. Je me suis tout à coup souvenue qu'elle m'avait dit la même chose le jour de la remise des diplômes à Heart Lake. Elle s'était rendue à la gare pour accompagner les plus jeunes élèves, comme elle le faisait chaque année. Habituellement, elle se montrait joyeuse, criant avec enthousiasme « À l'année prochaine ! » et agitant son mouchoir quand le train démarrait. Mais elle savait, ce jour-là, que beaucoup d'élèves ne reviendraient pas à la rentrée suivante. Deux des pensionnaires et un garçon de la ville s'étaient noyés dans le lac et une enseignante avait été renvoyée parce qu'elle avait, d'une certaine façon, été impliquée dans ces événements. Les parents avaient réagi en retirant leurs enfants et leur argent. J'avais vu, de l'autre côté des voies, le professeur de sciences s'agiter avec fébrilité auprès d'Albie pour essayer, en vain, de serrer ses mèches blond clair dans un gros nœud à l'arrière de sa tête. Quand elle m'avait aperçue, elle s'était précipitée vers la passerelle, abandonnant la fillette qui paraissait complètement perdue devant un monceau de valises ornées du même monogramme.

— Je voulais vous souhaiter bonne chance pour Vassar, Jane. Vous ne vous doutez pas de la chance que vous avez de quitter l'école maintenant.

— Y a-t-il eu beaucoup de désistements ?

— La moitié à peu près. Bien sûr, il y aura d'autres élèves, mais pas du même genre.

— Albie a-t-elle été retirée ? avais-je demandé en baissant la voix.

— J'ai bien peur qu'elle ait été renvoyée, avait répondu Mme Buehl dans un murmure tremblant en approchant sa tête de la mienne – m'apercevant que son haleine sentait l'alcool, j'avais remarqué pour la première fois son allure défaite. Nous avons découvert que c'est elle qui a brisé l'imposte au-dessus de la porte d'entrée avec au moins six pierres.

— Albie ? Elle a fait ça ?

J'avais du mal à imaginer la frêle petite fille lançant avec force ne fût-ce qu'une seule pierre à cette hauteur.

— Oui. J'ai essayé de plaider sa cause, mais il y avait d'autres infractions, sortie après le couvre-feu, comportement imprévisible...

— Où va-t-elle ?

Je m'étais retenue de jeter un coup d'œil de l'autre côté des voies, sûre que l'enfant nous observait et avait compris que nous parlions d'elle.

— À St-Eustace.

— Oh !

St-Eustace. L'école dans laquelle Deirdre avait eu si peur d'atterrir. Cette fois, j'avais regardé Albie, dont les traits crispés avaient adopté une expression d'indifférence, comme si elle se rendait non au bagne des pensions de jeunes filles mais à un déjeuner ennuyeux. Le train en direction du nord était alors entré en gare et l'avait dissimulée à mes yeux.

— Vous voyez donc à quel point vous avez de la chance, Jane, avait poursuivi mon interlocutrice. Vous pouvez tourner le dos à tout cela et prendre le temps de réfléchir à ce que vous voulez vraiment faire. Vous avez toute la vie devant vous.

Elle avait prononcé ces mots comme si elle m'enviait presque. Comme si elle avait voulu tourner le dos, elle aussi. Mais peut-être avais-je imaginé tout cela ? Heart Lake était toute sa vie.

Cette fois, elle ne m'a pas dit que j'avais toute la vie devant moi. Nous savons toutes les deux que mes options sont limitées, qu'elles sont réduites à... quoi, au fait ? Ai-je même le choix ?

« Peut-être n'est-il pas trop tard pour essayer d'arranger les choses avec votre mari », a-t-elle ajouté à la place.

Sans doute se sentirait-elle plus à l'aise pour me renvoyer si elle savait que j'ai un endroit où aller.

L'idée d'arranger les choses avec Mitch était la dernière chose à laquelle je pensais en venant ici, mais il s'est montré étonnamment compréhensif.

Il nous rejoint pour dîner presque tous les soirs et a même proposé de payer une partie de ma note d'hôtel. Le premier jour, alors que nous regardions Olivia nager dans la piscine, je lui ai raconté ce que la police avait trouvé dans le lac, avec le corps d'Aphrodite. Il a cru, au début, que le bébé dans la boîte était celui de mon élève. J'ai dû expliquer – pour ce qui m'a paru être la centième fois depuis que l'homme-grenouille a réapparu à la surface —, que c'était celui de mon ancienne compagne de chambre, Deirdre Hall, et j'ai précisé, comme je l'avais fait devant la police et Mme Buehl, que Lucy et moi avions aidé notre camarade en faisant disparaître la boîte dans le lac.

— Est-ce que tu risques quelque chose au regard de la loi ?

— Pas à ma connaissance.

— Tant mieux, dit-il. Tu étais mineure et tu l'as seulement aidée à se débarrasser du corps. Le fœtus était mort-né, de toute façon ?

Je hochai la tête.

— D'après Lucy, oui.

Il s'interrompit un moment, troublé, sans doute, par mon manque d'assurance. Je me prenais peu à peu à douter de ce que je venais de lui affirmer. Peut-être était-ce dû à cet endroit, à cette touffeur et à la façon dont les voix résonnaient sous le dôme. Depuis mon arrivée ici, je me revoyais debout dans le dortoir surchauffé et moite, percevant un faible vagissement.

— Eh bien, si ce n'est pas le cas, c'est Lucy qui est responsable de ce mensonge. Tu ne risques rien. J'appellerai Herb Stanley demain matin.

Herb Stanley est l'avocat de Mitch. Il s'est occupé de notre séparation de corps.

— Ne dis pas un mot sans le consulter, poursuivit-il. Tu m'as dit que tu connaissais ce policier depuis tes années d'école ?

— C'est le cousin de Matt et Lucy. Je l'ai vu une fois ou deux.

Mitchell sourit.

— Un ancien petit copain ?

À ma grande surprise, je décelai dans son intonation une pointe de jalousie.

Je haussai les épaules.

— Pas exactement.

— Tu n'en es pas si sûre. Peut-être qu'il t'apprécie toujours ?

Je pensai à la façon dont l'inspecteur avait réagi quand j'avais posé ma main sur son bras. Non, je ne croyais pas qu'il m'appréciait, mais je n'étais pas obligée de le dire.

— Tu es en beauté. Apparemment, l'air du nord te réussit, reprit Mitch.

Voyant son regard me détailler de haut en bas, je me sentis tout à coup mal à l'aise d'être en maillot de bain. J'avais perdu du poids au cours du dernier semestre, me libérant enfin des kilos que j'avais pris au moment de ma grossesse. À l'époque, Mitch s'était montré irrité de voir mon corps transformé par la naissance d'Olivia, et cela m'avait contrariée à mon tour.

— Je suis sûre que Roy Corey a fort à faire en ce moment. On va probablement conclure que la mort d'Aphrodite, de Melissa je veux dire, est un suicide. Mais maintenant il se retrouve avec cet autre cadavre...

Je me tus, consternée d'entendre le mot « cadavre » résonner dans l'air humide. Je baissai la voix : — ils vont exhumer le corps de Deirdre Hall – elle a été enterrée à Philadelphie – et celui de Matt Toller.

De nouveau je m'interrompis, me remémorant le jour où Matt et Lucy avaient été retrouvés. La nuit où j'étais allée rejoindre Matt dans la glacière, il faisait presque un temps de printemps, en raison de l'une de ces fontes prématurées que l'on connaît en février dans la région des Adirondacks. Mais, dès le lendemain, la température avait chuté et le lac avait gelé de nouveau. Les hommes-grenouilles avaient pu scier quelques trous, car l'agent des Eaux et Forêts avait rassemblé tout le matériel nécessaire pour effectuer une récolte de glace dans le but d'illustrer un cours d'histoire. Mais quand ils s'étaient rendu compte qu'ils ne trouvaient pas les corps, ils avaient dû faire transporter un petit brise-glace de l'Hudson pour dégager la surface entière.

J'étais dans les bois derrière la glacière le jour où ils les avaient remontés du fond du lac. Les plongeurs avaient porté les cadavres dans la cabane en attendant l'arrivée des membres de la famille devant les identifier. Sans doute leur tâche avait-elle été particulièrement difficile, car ils étaient restés debout sur la rive, fumant des cigarettes et tournant le dos à la glacière. L'un d'eux avait fait ricocher un caillou sur l'eau mais s'était arrêté car il y avait trop de débris de glace. Personne ne m'avait remarquée quand j'étais sortie du bois et que je m'étais avancée jusqu'au seuil.

Mes amis étaient étendus sur l'une des étagères qui

avaient accueilli autrefois les blocs de glace. Au début, j'avais cru qu'on avait seulement retrouvé Matt mais j'avais alors remarqué ses doigts minuscules, glissés dans la chevelure de son frère et, plus bas, dans l'ombre, son visage, pressé contre la poitrine immobile.

Blanchie par le lac, leur chair avait le même aspect de marbre blême. Il était difficile de dire où s'arrêtait chaque corps et où l'autre commençait.

— Je croyais que tu avais dit que ça ne pouvait pas être le bébé de Matt.

La voix de Mitchell surgit au cœur de cette évocation de membres enchevêtrés. J'inspirai profondément l'air tiède et chloré.

— Je peux avoir mal compris, Roy Corey semble avoir une autre opinion.

Lorsque j'avais raconté au policier ce qui s'était passé – du jour où j'étais revenue plus tôt à Heart Lake à celui de la dernière dispute entre Matt et Lucy – il n'avait pas semblé vraiment surpris.

— J'ai bien pensé que quelque chose n'allait pas la nuit où il est parti pour Corinth en auto-stop. Il m'a dit qu'il avait reçu une lettre de Lucy et craignait qu'elle ne se soit mise dans une situation impossible, mais il ne voulait pas révéler ce dont il s'agissait. J'avais peur... enfin ça na pas d'importance. Nous aurons la réponse dans deux semaines.

C'était le délai nécessaire pour effectuer les tests ADN. On avait trouvé une tante de Deirdre qui avait autorisé l'exhumation. Quand à Cliff et Hannah Toller, ils avaient tous deux péri dans un accident de voiture, quatre ans après la mort de leurs enfants. Par ironie du sort, le parent le plus proche de Matt était maintenant son cousin. J'avais demandé à ce dernier s'il m'appellerait quand il aurait les résultats.

— Oh ! vous aurez de mes nouvelles, Jane, avait-il répondu.

— Au moins, il n'a pas exigé que tu restes à Corinth, remarqua Mitchell. C'est bon signe.

— Oui, mais il m'a demandé de ne pas quitter cet hôtel sans le prévenir.

Mitchell opina de la tête.

— Pourquoi ne l'appelles-tu pas pour lui dire que tu t'installes à la maison ?

Je crus avoir mal entendu à cause de l'acoustique étrange de l'Aquadôme, mais lorsque je le regardai, j'eus l'impression qu'il avait les larmes aux yeux. C'était peut être aussi une réaction aux picotements provoqués par le chlore.

— Qu'est-ce que tu disais ?

Il haussa les épaules.

— Je n'ai jamais compris ce qui avait dérapé, Janie. Je n'ai jamais compris pourquoi tu étais partie. Est-ce que c'était si insupportable... de vivre avec moi ? J'avoue que je n'étais pas très disponible.

Je contemplai Olivia qui pataugeait dans l'eau. Avec son maillot rose aux dessins violets et ses bouées orange elle ressemblait à l'une de ces fleurs de papier qu'on pose sur les cocktails exotiques. À dire vrai, je ne comprenais pas non plus vraiment pourquoi j'étais partie.

— Ce n'était pas ta faute.

Certes, il n'avait pas été très disponible, mais n'était-ce pas ce que j'avais recherché – un homme qui ne me prêterait pas trop d'attention, qui ne m'observerait pas de trop près ?

— Il n'est peut-être pas trop tard pour nous deux.

Tendant le bras, il posa une main humide sur mon genou nu.

Je ressentis un curieux mélange d'espoir et de nausée. J'espérais que mon malaise serait dissimulé par la teinte verdâtre qui couvrait toute chose alentour, car il m'était venu à l'esprit qu'il ne fallait pas que je rejette trop vite sa proposition.

— Il faut que j'y réfléchisse.

— Bien sûr, Janie. Prends tout le temps qu'il te faut.

Le temps est un élément dont je dispose abondamment à l'Aquadôme, mais quand j'essaye de réfléchir à la question en suspens, mes pensées s'échappent comme des poissons glissant de la main qui tente de les saisir. Je m'efforce de revenir, en pensée, à l'époque où j'ai rencontré Mitch et décidé de l'épouser. Si j'arrive à me souvenir que je l'aimais, peut-être pourrai-je retrouver un peu de ce sentiment pour, à partir de lui, reconstruire un avenir – comme un cristal-mère transmet aux autres molécules la capacité d'élaborer la glace. Tout ce qu'il me faut, c'est une graine. Je ne me souviens pas avoir jamais décidé quoi que ce soit. Quand j'ai rencontré Mitchell, quelques années après ma sortie du collège, alors que je travaillais en ville, j'étais sur le point de me noyer.

« Prenez le temps de réfléchir à ce que vous voulez vraiment faire », me dit Mme Buehl ce jour-là à la gare, mais je n'eus pas besoin de réfléchir. Ma voie était toute tracée depuis le jour où j'avais entendu Helen Chambers énoncer les plans qu'elle avait concoctés pour Lucy : « Je la vois à Vassar, puis travailler dans le domaine de l'art, l'édition, par exemple. » Ce jour-là, j'avais rejeté les projets plus modestes que ce professeur avait conçus pour moi – l'école normale suivie d'une carrière d'enseignante –, et j'avais décidé de suivre l'avenue qu'elle avait déroulée devant son élève favorite.

À Vassar, je travaillai dur et obtins des notes relativement bonnes. Mon professeur de latin me poussait à entrer en troisième cycle mais j'étais lasse de fouler les allées qui sillonnaient l'agréable campus. Le doctorat ne représenterait-il pas simplement un autre réseau d'allées dans un autre campus ? Éprouvant un peu de l'impatience de Lucy devant les chemins chargés de neige de Heart Lake, je décidai de faire ce que, selon moi, elle aurait fait.

Après avoir obtenu mes diplômes, je déménageai à New York et devins assistante de rédaction dans une maison d'édition. Je partageais un appartement avec deux autres filles – issues de bonnes universités – qui travaillaient au même endroit. Rapidement, j'adoptai leur façon de se vêtir : courtes jupes noires, chemisiers de soie et rang de perles. Mes chemisiers étaient en tissu synthétique et mes perles étaient fausses, mais quelle importance cela pouvait-il avoir ? Je veillais tard pour déchiffrer les manuscrits qu'on nous demandait de lire en dehors de nos heures de travail ; j'emportais mon déjeuner et je me rendais au travail à pied, car j'arrivais tout juste à payer ma part du loyer avec le peu d'argent que je gagnais.

N'ayant pas les moyens de payer le transport, je refusais de sortir le soir pour boire un verre ou aller au restaurant. De toute manière, me disais-je, autant profiter de l'absence de bruit dans l'appartement pour lire les manuscrits. Quelquefois, un garçon – c'étaient encore des garçons à mes yeux, avec leurs chemises mal repassées et leurs étroits pantalons kaki – m'invitait à sortir, mais je déclinais toujours sa proposition. Je pensais qu'il était préférable d'éviter toute relation de ce genre pour l'instant. Ces aimables jeunes gens bien rangés me faisaient tellement penser à Matt, à ce qu'il aurait pu devenir. Chaque fois que je les regardais, je me disais : « Matt aurait leur âge maintenant, vingt-deux ans, vingt-trois, vingt-quatre. »

Un jour, alors que j'avais vingt-cinq ans et que je participais à une réunion éditoriale, je remarquai un jeune homme qui passait toujours devant mon bureau en se rendant à la photocopieuse. Un timide rayon de soleil traversa les vitres poussiéreuses pour allumer, dans sa chevelure châtain clair, des reflets roux. Je sentis un frisson me traverser comme si je venais de nager dans un courant glacé. L'air autour de moi semblait miroiter. Une panique irrépressible m'envahit car j'avais soudain le sentiment que le simple fait d'aspirer allait m'étouffer. En hâte, je quittai la réunion en prétextant à ma patronne un malaise.

« Pas assez dormi ? » s'enquit-elle avec un hochement de tête complice. Pour sa part, je le savais, elle fréquentait les discothèques jusqu'à des heures indues et soignait sa « gueule de bois » à grands renforts de jus de fruits et d'aspirine. L'idée qu'elle pût attribuer ma défaillance à la même cause me répugnait, mais il était plus facile d'opiner du chef et de répondre à son sourire.

Lorsque cela m'arriva de nouveau – cette sensation de froid suivie de la crainte de ne plus pouvoir respirer – au cours d'une réunion avec un auteur et son agent, elle se montra cette fois moins compréhensive. Me voyant sortir des toilettes, tremblant et transpirant encore, elle me demanda si je n'avais rien à lui dire. Que pouvais-je lui révéler ? Que je commençais à avoir peur de me noyer sur la terre sèche ? Que je ne pouvais plus aller au cinéma, au supermarché, dans le métro ou dans tout autre endroit où j'avais déjà eu cette sensation, par peur qu'un tel incident ne se reproduisît ?

Je donnai ma démission et postulai comme secrétaire dans une agence d'intérim. De cette façon, raisonnais-je, si j'ai une crise quelque part, je n'aurai pas à y retourner. Mes colocataires avaient décidé de déménager à Brooklyn, dans un appartement plus grand. Dans la mesure où le métro figurait sur la liste des endroits à éviter, je m'installai dans une pension pour femmes près de Gramercy Park, d'où je pouvais me rendre à pied jusqu'à la plupart des endroits où m'envoyait l'agence. C'est au cours de l'une de ces missions – un remplacement de l'hôtesse d'accueil d'une entreprise de bâtiment –, que je rencontrai Mitchell. Plus âgé que moi, il se dégarnissait déjà et avait une carrure plus imposante que celle des jeunes gens. Lorsqu'il m'invita à déjeuner, j'acceptai, et quand je lui expliquai que je préférais prendre l'escalier au lieu de l'ascenseur pour garder la forme, non seulement il me crut, mais il m'approuva, affirmant qu'il admirait mon allure. J'étais effectivement devenue très mince, essentiellement parce que j'avais peu d'argent pour me nourrir et que je marchais tout le temps.

Il fut impressionné d'apprendre que j'avais étudié dans une institution privée et à Vassar, mais ne se montra pas réellement curieux à ce sujet. Lors de nos rendez-vous, nous parlions essentiellement de son travail et de ses projets d'avenir. Il voulait créer sa propre entreprise de construction de maisons en banlieue. Selon lui, la ville n'était pas un endroit où élever des enfants. Il me paraissait par-dessus tout prudent et poli. Lorsqu'il me proposa de l'épouser, je ne me demandai pas si je l'aimais. Je m'étais dit que les chances d'aimer qui que ce fût s'étaient dissoutes dans l'eau noire de Heart Lake, la nuit où Matt et Lucy avaient sombré sous la glace.

Les premières années de notre mariage furent paisibles. Mitch avait fait construire pour nous une maison au nord de la ville et je l'aidais au bureau.

Visiblement, il fut déçu que je ne tombe pas enceinte tout de suite, mais lorsque cela se produisit, je me dis que tout allait pour le mieux.

Ce que je n'avais pas prévu, c'était à quel point j'allais aimer Olivia. Dès que je la vis, le corps luisant de sang, je fus secouée d'un tremblement violent. La sage-femme m'expliqua que ces convulsions étaient causées par l'incapacité de mon organisme à s'adapter instantanément au changement de masse, mais j'avais le sentiment que quelque chose s'était brisé au fond de moi, libérant un élément qui y était resté gelé toutes ces années. Alors que je demandais à la tenir dans mes bras, Mitch déclara que je tremblais trop pour la prendre.

Dans un moment d'abandon, j'avais parlé à mon mari de mes accès de panique. Au début, il avait semblé ne pas y prêter attention, mais après la naissance d'Olivia, il insista pour me faire consulter un psychiatre, afin de ne pas risquer d'incidents pendant que j'étais seule avec elle. « Tu pourrais la laisser tomber ou la blesser au cours d'une crise. » Il me parlait comme si j'étais épileptique. Le psychiatre prescrivit un anxiolytique qui me donnait la bouche sèche et m'empêchait d'allaiter. Mitchell ne cessait de s'inquiéter : il me fit promettre de ne pas conduire avec notre fille. Notre nouveau pavillon, qui faisait partie d'un lotissement, se trouvait loin de tout. Je passais mes journées à pousser le landau dans des rues sinueuses qui aboutissaient toujours dans un cul-de-sac.

Étant donné son inquiétude visible pour Olivia, je pensais qu'il se hâterait de rentrer à la maison après son travail, mais il prit l'habitude de rester au bureau de plus en plus tard. Une fois la petite baignée, nourrie et mise au lit, j'examinais mes vieux livres rangés dans des cartons au sous-sol. Quand je retrouvai ma grammaire latine, je repris les leçons dès le début, me remémorant les déclinaisons et les conjugaisons.

Un soir, alors que je récitais la troisième déclinaison à Olivia dans sa chaise haute, Mitchell apparut étonnamment tôt.

« Mais qu'est-ce que tu lui apprends, ce galimatias de sorcière qu'on t'a inculqué dans ta jeunesse ? »

J'interrompis mon geste, laissant couler la purée de la cuillère que je tendais à Olivia. Mes journaux intimes – tous les cahiers sauf le quatrième, qui avait disparu –, se trouvaient encore dans le carton où j'avais déniché la grammaire. J'avais laissé le carton ouvert au sous-sol.

Olivia, qui s'impatientait, tapa de son petit poing le plateau de sa chaise. Surprise, je lâchai la cuillère ; elle se mit à pleurer.

Mitchell la souleva de la chaise : « Ce n'est rien, Livvie. Papa va s'occuper de toi. »

Je savais que cinq minutes plus tard, il me la rendrait pour le bain et le coucher, mais à ce moment précis je compris, ainsi qu'il avait voulu me le faire sentir, qu'il avait le pouvoir de me la prendre. Mes journaux comportaient des éléments qui pouvaient me faire passer pour une mère défaillante. Le dossier du psychiatre comportait des éléments qui pouvaient me faire passer pour folle. Je ne savais pas quand Mitchell avait commencé à me détester, mais je suppose que c'était quand il avait découvert que je ne l'avais jamais aimé. En un sens, je ne pouvais pas le blâmer. J'avais pensé qu'il était possible d'épouser quelqu'un qu'on n'aimait pas mais ce que je n'avais pas prévu, c'était l'effet produit par le fait de partager, avec cette personne, quelqu'un qu'on aimait.

Je décidai de prendre une initiative. Les semaines suivantes, alors que je promenais Olivia dans le labyrinthe infini des rues de banlieue, mon esprit revenait incessamment aux mêmes impasses pour trouver une issue. Lorsque j'annonçai à Mitch que je voulais divorcer, il tourna mes propos en dérision. « Pour aller où ? Et tu vivras comment ? Quand je t'ai rencontrée, tu ne pouvais pas garder un poste de secrétaire plus d'une semaine ! »

Là était le cœur du problème. Si je trouvais un emploi en ville, il me faudrait mettre Olivia en garde dix heures par jour. Une grande partie du travail de Mitch se faisait au noir, ce qui signifiait qu'il ne pourrait pas me verser plus de quelques centaines de dollars par mois de pension alimentaire. Je n'avais ni famille ni amis vers lesquels me tourner. En parcourant les annonces de travail à domicile, je compris que je ne gagnerais jamais assez pour ma subsistance, sans parler de celle de ma fille. Je n'avais aucun talent particulier.

« Quand je pense que tu as fait des études de latin ! aimait à me répéter mon mari. Vraiment, quel merveilleux sens pratique ! »

Un jour, cependant, je lus dans le journal que le latin opérait un retour en force. Je savais que Mitch n'accepterait jamais de financer les cours dont j'avais besoin pour obtenir le certificat nécessaire à l'enseignement dans une école publique, mais je pourrais peut-être trouver un poste dans une institution privée. J'avais déjà commencé à rafraîchir mes connaissances. Je m'obligeai alors à apprendre par cœur un extrait de texte tous les soirs, activité qui se révéla étrangement apaisante. Alors que je revenais constamment aux suffixes des déclinaisons, assise devant la table de la cuisine, les mots emmêlés se déroulaient en phrases confondantes de fluidité et de clarté.

Quand j'eus mémorisé une grande partie de l'œuvre de Catulle et d'Ovide, j'appelai Heart Lake et demandai à qui je devais adresser une demande de poste. La secrétaire m'affirma que toutes les décisions d'embauche étaient prises par le proviseur, Celeste Buehl. Je raccrochai et compris aussitôt que je m'étais menti à moi-même. Je ne voulais pas d'un poste dans n'importe quelle école privée, je voulais retourner à Heart Lake. Mais comment pouvais-je solliciter un emploi auprès de Celeste Buehl qui était au courant de tout mon passé ?

Olivia avait trois ans et demi lorsque j'entendis Mitchell lui souffler, en lui lisant une histoire avant de dormir, que si maman agissait d'une façon étrange, il fallait qu'elle lui en parle. Ce fut le déclic suffisant. Je rappelai Heart Lake et demandai à parler à Mme Buehl en donnant à la secrétaire mon nom de jeune fille, Jane Hudson, sans préciser que j'étais une ancienne élève.

— Jane Hudson, promotion de 77 !

Mme Buehl donnait l'impression de saluer une célébrité.

— Oui, madame... madame le proviseur, je veux dire. Je ne savais pas si vous vous souviendriez de moi.

— Mais bien sûr, je me souviens de vous, Jane ! Dites-moi ce que vous devenez.

Lorsque je lui confiai que je cherchais un poste de professeur de latin et qu'un silence accueillit mes paroles, je me raidis en prévision de la déception à venir.

— Vous savez, nous n'avons jamais réussi à remplacer vraiment Helen Chambers.

Mon cœur se mit à battre la chamade. Je n'avais pas pensé qu'en sollicitant un poste d'enseignement du latin, j'essayais de prendre la place de mon professeur. Comment le pourrais-je jamais ?

— Mais, poursuivit-elle, aucune ancienne ne s'est proposée.

Il me fallut un moment avant de comprendre que par « ancienne », c'était moi qu'elle désignait. Je l'entendis vaguement déplorer le manque d'intérêt de ma génération pour l'enseignement. Mon attention se raviva lorsqu'elle déclara que cette place ne pouvait être mieux occupée que par l'une des « filles » d'Helen Chambers.

Lorsque je raccrochai, après avoir pris rendez-vous pour venir voir la nouvelle école maternelle et le cottage où Olivia et moi allions vivre (« C'est celui où j'habitais quand j'enseignais les sciences ; ce n'est pas un palais, mais comme vous vous en rappelez sans doute, il a une jolie vue sur le lac. »), j'avais tellement chaud que je me tâtai le front pour vérifier que je n'étais pas fiévreuse. Cette sensation de chaleur qui, au lieu de s'évanouir au cours des mois suivants – ponctués de pénibles disputes avec Mitchell –, ne me quitta plus, n'était pas seulement due au fait que j'avais trouvé un travail. Mme Buehl m'avait appelée « l'une des "filles" d'Helen Chambers ». Toutes ces années, mon problème avait été celui-là. J'avais oublié qui j'étais. J'avais oublié quelles étaient mes vraies racines.

Maintenant, en rejoignant Olivia dans l'eau tiède de la piscine, je me demande comment j'ai pu éprouver cela. L'une des « filles » d'Helen Chambers. Je suis tombée dans le piège de cette ancienne fascination, de ce jeu qui consistait pour nous – Lucy, Deirdre et moi – à tenter de lui ressembler. Et voilà ce qui est arrivé à mes compagnes. Deirdre et Lucy sont mortes. Et moi ? J'ai pris la place d'Helen Chambers à Heart Lake et l'une de mes élèves est morte de la même manière que ses élèves à elle. Je n'ai rien à offrir à ces adolescentes. Ma place est ici, avec Olivia. Qu'importe que je ne sois pas amoureuse de mon mari ; je suis loin d'être la seule dans ce cas.

Olivia patauge près de moi qui fais quelques brasses. Plongeant comme un dauphin sous ses pieds, je ressurgis à des endroits inattendus, suscitant de petits cris de plaisir qui rebondissent sur la voûte opaque du dôme. Je plonge plus bas encore. Alors que je remonte pour respirer, je distingue, au-delà de l'eau, un visage familier. L'eau verte, qui devient tout à coup épaisse et lourde, me pousse vers le fond de la piscine. Je sens sa pression sur ma bouche ; elle est prête à emplir mes poumons. Même quand je réussis à sortir la tête de l'eau j'ai peur de respirer. Peur que l'aspiration de cet air vibrant me noie.

L'homme qui se tient au bord de la piscine tend la main vers moi et m'aide à monter l'échelle. Ce n'est que Roy Corey. Je respire et suffoque en même temps dans l'atmosphère chlorée. Je suis tellement soulagée que ce soit lui que, pendant une seconde, je ne me demande même pas ce qu'il fait là – à plus de trois cents kilomètres de son poste de police – mais il me le dit.

— Je suis venu parler à mon ancien professeur de médecine légale à John-Jay, explique-t-il. Et maintenant je vais à Cold Spring voir ma mère. Vous étiez sur ma route, alors... tenez, ajoute-t-il en me tendant une serviette, vous avez l'air gelée. Et pâle. Ne me dites pas que vous êtes restée dans cet aquarium pendant deux semaines ?

— Deux semaines déjà ? dis-je en m'essuyant avant d'enrouler la serviette autour de ma taille.

— Oui. Ça file. N'y a-t-il pas une expression latine pour ça ?

— *Tempus fugit*.

— C'est ça. Mattie l'utilisait souvent.

Il me fait signe de m'installer sur l'une des chaises pliantes posées autour d'une table en verre. Tandis qu'il s'assoit à son tour, faisant craquer le plastique peu solide de son siège, j'ai la sensation que ce qu'il va m'apprendre sur les résultats des tests ADN exige que je sois calme.

— C'était le bébé de Matt.

Je prononce la phrase pour qu'il n'ait pas à le faire. Il hoche la tête.

— Oui, c'était bien le sien.

Choisissant de se taire, il me regarde pour observer comment je prends la nouvelle.

— Je pense que je l'ai toujours su.

Il a l'air tellement éprouvé par le fait de me livrer cette information que je ressens le besoin de le rassurer.

— C'est à ce propos qu'ils se sont disputés la nuit de la noyade. Matt n'arrêtait pas de demander à Lucy de qui était le bébé. Il avait dû comprendre que c'était le sien.

Roy Corey gonfle ses joues et souffle lentement ; il me fait penser aux représentations anciennes du vent. J'ajoute :

— Mais c'est après Deirdre qu'il aurait dû être furieux !

L'inspecteur secoue la tête. Voyant la peau autour de sa bouche trembler un peu, je me répète que Matt ne serait jamais devenu comme son cousin.

— Non, Deirdre n'avait rien à voir avec tout ça.

Je sens qu'une grimace plisse ma peau séchée par l'excès de chlore.

— Que voulez-vous dire ?

— Deirdre Hall n'était pas la mère du bébé. C'était l'enfant de Matt et de Lucy.

25

— Mais... comment... ?

Roy Corey lève une main, comme le ferait un agent de la circulation. Ce geste me rappelle qu'il est policier – et j'ai promis à Mitchell de ne pas lui parler sans consulter, au préalable, son avocat.

— Je dois vous prévenir avant que vous disiez quoi que ce soit...

Je pense qu'il va me lire mes droits, mais au lieu de cela, il me dit qu'il a lu mon journal intime.

— Vous avez fait quoi ?

Ma protestation est si bruyante que tout le monde – Olivia dans la piscine, une famille en train de jouer au ballon, les serveurs du restaurant – interrompt ses activités pour nous regarder.

— Je suis désolé, Jane, je ne voulais pas pénétrer dans votre intimité mais il fait partie des pièces du dossier. Nous l'avons retrouvé dans les affaires de Melissa Randall.

— Alors c'est elle qui l'avait.

L'inspecteur opine de la tête.

— Mme Buehl et le Dr Lockhart pensent qu'elle a dû le trouver dans votre ancienne chambre, peut-être sous les lattes du parquet.

Je fais un signe affirmatif pour indiquer que cette hypothèse n'a rien de fantaisiste. Lucy l'a sûrement caché la nuit où elle m'a suivie jusqu'à la glacière. Peut-être craignait-elle qu'il contienne certains éléments révélant que le bébé était le sien. Mais lesquels ? Si je n'avais pas deviné son secret, comment mon journal eût-il pu le dévoiler ? Avais-je écrit quelque chose révélant la vérité bien que ne la connaissant pas ? À l'idée que mon cahier puisse contenir des secrets ignorés de moi-même, le fait qu'il se soit trouvé en possession de l'une de mes élèves m'apparaît encore plus alarmant.

— ... et en concrétisant ses fantasmes de persécution...

Je saisis un lambeau des paroles de Roy Corey essentiellement parce que le langage qu'il utilise n'a plus la même résonance que le mien.

— Le diagnostic du docteur ?

Il hoche la tête en souriant.

— Oui. Globalement, elle pense que Melissa a décidé de reproduire les événements de votre année de terminale tout en cherchant à vous torturer par la même occasion.

— Et la tentative de suicide d'Ellen ?

— Melissa avait une ordonnance pour du Démérol, médicament contre les crampes selon sa mère – vous imaginez ça, laisser votre fille partir à l'école avec un flacon plein de Démérol ? Elle aurait pu l'utiliser pour faire dormir Ellen et lui couper les veines.

Je fais la grimace.

— Alors Athéna disait la vérité ? Elle n'a pas essayé de se tuer ?

— C'était une fausse tentative de suicide – tout comme celle de Lucy.

— Mais pourquoi Melissa s'est-elle tuée ensuite ? Vesta n'aurait-elle pas dû être la cible suivante ?

— Le docteur pense que son sentiment de culpabilité était probablement trop lourd pour elle. Je crois qu'elle avait peur d'être découverte. J'ai vu la culpabilité et la peur venir à bout de caractères plus trempés que celui de cette pauvre gamine.

Il me fixe intensément. J'ai, une fois de plus, le sentiment d'être offerte aux regards, mais je sais que Roy Corey n'inspecte pas mon corps de la même façon que Mitchell. Il se penche vers moi, les mains sur ses cuisses puissantes, faisant craquer la chaise de plastique sous son poids.

— Vous avez porté un sacré fardeau sur les épaules pendant toutes ces années, dit-il.

Sa voix est rauque. Quand je réponds, j'ai la gorge serrée.

— J'aurais sans doute dû parler du bébé à quelqu'un.

— Oui, vous auriez dû. Mais à qui auriez-vous pu vous confier ?

Je trouve son attitude peu conventionnelle pour un policier, pour ce policier-ci, en particulier, qui m'a fait un jour la leçon sur le sentiment de responsabilité. Mais je me souviens tout à coup qu'il a lu mon journal. Il sait combien j'étais seule.

Me ressaisissant, je resserre la serviette autour de mes jambes.

— Suis-je accusée de quelque chose ? Car si c'est le cas...

— Vous allez appeler votre avocat ? De quoi pourrions-nous vous accuser, Jane ? D'avoir écrit un journal intime ? D'avoir aidé votre meilleure amie ? D'avoir cru votre meilleure amie ? Je sais que vous êtes gênée que j'aie lu votre journal, mais au moins il établit votre innocence. Vous n'aviez visiblement pas la moindre idée de ce qui se passait.

Je ris presque de la brutalité de cette dernière remarque mais le son que j'émets tient plutôt du sanglot. Je pense à cette nuit où Matt et Lucy se sont noyés, à ces derniers moments sur la glace, quand il ne cessait de lui demander de qui était le bébé. Il ne voulait pas savoir s'il était de lui, mais s'il était d'elle. Matt et Lucy étaient amants. À côté de combien d'autres choses étais-je passée ? Roy Corey a raison. Je n'avais pas la moindre idée de ce qui se passait.

L'inspecteur bouge sa main, comme s'il allait me

tapoter le genou, mais il se ravise. Il évite si soigneusement tout contact physique entre nous que je me demande s'il a suivi une formation sur les gestes susceptibles d'entraîner des accusations de harcèlement sexuel.

— N'ayez aucun regret, personne ne connaissait le fin mot de l'histoire. Je me doutais qu'il y avait quelque chose d'inhabituel à propos de Matt et Lucy...

— Mais, bon sang, c'était de l'inceste !

De nouveau, il gonfle ses joues et souffle lentement, mais il ressemble maintenant moins à une représentation joviale du vent qu'à un homme d'âge mûr très fatigué.

— En fait, il y a autre chose. Lorsque nous avons eu les résultats des tests ADN, nous avons constaté que ceux de Matt et de Lucy n'avaient aucun point commun...

— Ils n'avaient pas le même père. Tout le monde le savait.

— Oui, tout le monde savait que Clive Toller n'était pas le père de Lucy. Mais ce que tout le monde ignorait, c'était que Hannah Toller n'était pas sa mère. Matt et Lucy n'étaient pas frère et sœur. Apparemment, ils n'avaient aucun lien de parenté.

Le lendemain de la visite de Roy Corey, je décide de retourner à Heart Lake. J'apprends à Mitchell que je dois à Mme Buehl, qui m'a généreusement pardonné toutes mes erreurs de jugement, de terminer l'année. Nous décidons que je viendrai voir Olivia un week-end sur deux et que je passerai les vacances de printemps ici – nous ne précisons pas si ce sera chez lui ou à l'Aquadôme. Bien qu'il prétende être déçu, je crois percevoir en lui un sentiment de soulagement. Je ne suis pas sûre de ce que j'éprouve. J'ai essayé, au cours de ces deux dernières semaines, d'analyser mon mariage en me replongeant dans le passé, mais je vois bien maintenant qu'il va me falloir aller plus loin. Je ne crois pas pouvoir prendre la moindre décision sans connaître la vérité sur ce qui est arrivé autrefois.

Olivia pleure quand je lui dis que je repars. J'insiste sur le fait que je la verrai un week-end sur deux et que je lui téléphonerai tous les soirs, mais elle secoue obstinément la tête.

— Tu ne crois pas que maman viendra te voir ? dis-je.

— Mais qu'est-ce que tu feras si les Wilis t'empêchent de venir ?

— Oh ! ma chérie, aucun Wilis ne peut m'empêcher de venir, je te le promets.

— Mais elles peuvent t'entraîner dans le lac et mettre ta tête sous l'eau jusqu'à ce que ta figure devienne bleue et que les poissons viennent te manger les yeux.

Cette image horrible de réalité ne vient pas d'elle, j'en suis certaine.

— Olivia, le jour où je t'ai retrouvée sur le rocher, tu m'as dit que la reine des Wilis t'y avait emmenée. Est-ce qu'elle t'a dit ce qui allait t'arriver ?

À mon grand soulagement, elle secoue la tête. Mais elle ajoute alors :

— Non, elle a dit que c'était ce qui t'arriverait si je parlais d'elle à quelqu'un.

Sur l'autoroute, j'essaye de faire le tri de toutes ces nouvelles informations. Pendant la première partie du trajet, ma séparation d'avec Olivia occupe mon esprit. Je suis horrifiée par le fait qu'elle ait dû vivre pendant des mois avec, à l'esprit, cette menace. C'est le genre de choses qu'un pédophile pourrait dire pour intimider sa victime. Je me corrige : pas « un », « une » ; les pédophiles peuvent aussi être des femmes. Maintenant, je dois affronter l'idée que quelque chose d'autre a pu arriver à ma fille. Lorsque je lui ai demandé de me décrire la reine des Wilis, elle m'a simplement dit que c'était une « dame blanche », sans pouvoir préciser s'il s'agissait de la couleur de sa peau, des cheveux ou de celle des vêtements. Les cheveux de Melissa Randall étaient décolorés ; elle avait mon journal ; elle a mis en scène le suicide d'Athéna et elle est tombée du canot devant les Trois Sœurs. Puis-je en déduire qu'elle était la reine des Wilis ? Je n'en suis pas sûre, mais je l'espère. Cela signifierait que toute cette histoire est enfin terminée.

Pourtant, quand j'essaie de visualiser mon élève en train de menacer Olivia et de faire avaler des somnifères à Athéna avant de lui tailler les veines, mon imagination se dérobe. Elle n'est tout simplement pas du genre à se livrer à ces actes odieux. Mais me suis-je montrée bon juge jusqu'à présent ? Une autre adolescente blonde s'impose à mon esprit, Lucy Toller, ma meilleure amie. Je repense aux différents épisodes de notre dernière année d'études. L'apparence de Lucy à son retour d'Italie, plus ronde et potelée, mais rayonnante et affichant un air supérieur. Savait-elle qu'elle était enceinte ? De l'enfant de son propre frère ? Savait-elle que Matt n'était pas son frère ? Et cela faisait-il la moindre différence, puisqu'ils avaient été élevés comme frère et sœur ?

Je pense au matin où je suis rentrée d'Albany et où Lucy m'a rejointe devant la porte de la chambre individuelle alors que Deirdre était endormie. Elle improvisa son histoire avec brio. Deirdre ne pouvant rien entendre, elle a pu raconter tout ce qu'elle voulait. Mais comment a-t-elle réussi à convaincre

Deirdre d'accréditer sa version des faits ? Cette dernière, il est vrai, adorait Lucy et faisait tout pour lui plaire ; elle lui était presque aussi dévouée que moi. Je me souviens du nombre incalculable de fois ou je l'ai accusée d'ingratitude. Dire que c'est nous qui avons dû arranger tout ce gâchis. Quelle maîtrise de la part de mon amie ! Et cet aller et retour en bateau ? Elle venait d'accoucher ! Tout ce sang sur le lit, c'était le sien !

L'évocation du lit sanglant me fait presque rater un virage – je serre le volant si fort que mes articulations sont blanches. J'emprunte alors la sortie suivante et je me gare sur le bas-côté de la route. Quand mes doigts se détachent du volant et que je constate qu'ils sont froids et humides, je sens une nausée me soulever l'estomac. J'ouvre en hâte la portière et vomis sur l'accotement herbeux. Tout ce sang ! Je ne sais pas pourquoi le fait qu'il s'agisse de celui de Lucy et non de Deirdre me paraît plus grave. La différence est sans doute la même que lorsqu'on pense au sang de quelqu'un d'autre et au sien propre. Cette hémorragie explique, je m'en rends compte, pourquoi elle était si faible au retour de notre expédition.

Au moment de rentrer à la résidence, il neigeait si fort que nous voyions à peine à cinquante centimètres devant nous. J'ai supplié Lucy de prendre le chemin – quelle importance, maintenant, si nous rencontrions quelqu'un ? – et elle a accepté placidement. À mi-parcours, elle m'a pris le bras et s'est appuyée dessus de tout son poids ; j'ai dû faire un effort pour que nous restions debout sous la tempête de neige. Je me demandais comment j'allais réussir à lui faire monter l'escalier, mais elle s'est cramponnée à la rampe et s'est hissée au long des deux étages.

Quand j'ai ouvert la porte de notre chambre, Deirdre était assise au bord du lit de Lucy, face à la porte.

— Ç'est fait ? a-t-elle demandé.

— Oui, a répondu Lucy.

— Et qu'est-ce qu'on fait de ça ? s'est écriée Deirdre en désignant la chambre individuelle et le lit sanglant.

J'étais stupéfaite par le ton qu'elle utilisait, comme si nous étions ses servantes et que c'était notre problème et non le sien. Mais Lucy est restée imperturbable.

— J'ai mon idée là-dessus.

Elle a rejoint Deirdre et s'est assise près d'elle sur le lit. Toutes deux m'ont regardée. C'est à ce moment que Deirdre a enfin pris conscience du fait que j'étais revenue.

— Elle est au courant ? a-t-elle demandé à Lucy.

Lucy lui a pris la main.

— Elle ne le dira à personne, a-t-elle affirmé.

Puis elle s'est adressée à moi.

— Jane, tes valises sont toujours dans l'entrée, quelqu'un pourrait les voir et monter. Tu ne veux pas aller les chercher ?

Elle était calme et maîtresse d'elle-même. Alors que je me détournais pour sortir, je les ai vues rapprocher leurs têtes en chuchotant.

Je suis descendue. Cinq marches avant d'arriver en bas, je me suis tordu le pied, j'ai dégringolé, et j'ai atterri brutalement sur le coccyx. J'ai agrippé le pilastre, posé le front sur le bois tendre et pleuré en silence pendant je ne sais combien de temps. Je n'arrêtais pas de penser que quelqu'un allait arriver – une femme de service, le gardien, Mme Buehl – et qu'il faudrait alors que je raconte tout. De la mort de ma mère à la chose que nous avions mise dans le lac. Je leur raconterais tout. C'était ridicule, me disais-je, d'avoir obéi à Lucy. Nous ne serions jamais capables d'expliquer la présence d'une telle quantité de sang. Deirdre n'avait qu'à se débrouiller toute seule. Je me moquais de ce qui pouvait lui arriver. Je dirais à tout le monde que j'avais fait l'amour avec Matt et que le bébé ne pouvait donc pas être le sien. Je sacrifierais mon honneur pour lui.

Lorsque je me suis rendue compte que personne n'allait venir, je me suis secouée et j'ai monté mes valises. La chambre était vide et la porte de la chambre de Deirdre était fermée. Après avoir posé mes bagages à côté de mon lit, je me suis dirigée vers l'autre pièce et j'ai posé la main sur la poignée. Elle était tiède. Je l'ai tournée, mais je n'ai pas pu ouvrir. Quelque chose bloquait de l'autre côté.

— Qui est-ce ?

Quand j'ai entendu la voix de Deirdre, j'ai deviné qu'elle était assise par terre.

— C'est Jane. Laissez-moi entrer.

J'ai entendu quelque chose glisser et la porte s'est ouverte comme de sa propre initiative. Deirdre était en effet assise par terre, face au lit couvert de sang. Lucy n'était pas dans la pièce. Tout à coup, j'ai entendu sa voix derrière moi.

— C'est bon, a-t-elle dit en pénétrant dans la chambre – quelque chose d'argenté luisait dans sa main. Je sais ce qu'il faut faire, mais vous allez me promettre toutes les deux de ne pas paniquer. Jane m'emmènera jusqu'à l'infirmerie et Deirdre restera ici pour défaire les draps. Il ne sera pas possible de dire combien il y avait de sang.

J'ai regardé Deirdre pour voir si elle comprenait de quoi il s'agissait, mais pour une fois elle était dans le brouillard, elle aussi.

Nous avons toutes deux levé les yeux juste au moment où Lucy, assise au milieu des draps rougis, portait un rasoir à son poignet et se coupait les veines.

J'arrête de trembler. Je bois un peu d'eau au goulot de la bouteille que j'ai achetée sur la dernière aire de repos. Examinant la route au bord de laquelle je suis garée, j'aperçois un panneau vert et blanc comportant le dessin stylisé d'un étudiant en uniforme. Sans avoir besoin de lire les mots écrits au-dessous, je comprends alors que j'ai emprunté la sortie qui mène à Vassar. Comme il est étrange, me dis-je, que ce panneau utilise une silhouette masculine pour représenter une université féminine. Je pense alors à une autre illustration : la photographie qui figure dans un annuaire de cette même université et qui montre Hannah Toller, Helen Chambers et un homme mystérieux. Au bout d'un an d'études, Hannah Toller était rentrée chez elle avec un bébé. Bien qu'elle eût toujours refusé de dire qui était le père de l'enfant, tout le monde avait présumé qu'elle en était la mère. Mais si ce n'était pas elle, qui était-ce ?

En roulant vers Heart Lake, je pense que la réponse se trouve à l'école, car c'est là-bas que mon histoire a débuté. Mais j'ai tout à coup le sentiment que tout cela a commencé ailleurs.

Je reprends la route, vers le fleuve et Vassar.

Tandis que je passe sous le porche cintré et que je me dirige vers le bâtiment principal, dont le soleil d'hiver embrase les murs et le toit patiné, le campus me paraît encore plus beau que dans mon souvenir. Les pins qui bordent l'allée recouverte d'une fine poussière de neige s'ornent de stalactites scintillants. Il y a, dans cet endroit, une certaine qualité de lumière dont je me souviens instantanément bien que je n'y sois pas revenue depuis la remise de mon diplôme, qui remonte à plus de quinze ans. Ne m'étant fait ici aucune amie, je ne voyais pas l'utilité de me rendre aux réunions d'anciennes étudiantes, car le genre de vie que je menais, pensais-je, ne pouvait, en aucune manière, se traduire aisément en propos mondains appropriés à un banquet.

Lorsque je descends de voiture, je remarque instantanément combien tout est vide et silencieux – les vacances d'hiver ne sont pas terminées. En marchant vers la bibliothèque, bien que je me réjouisse d'avoir peu de chances de rencontrer mes anciens professeurs, je me dis, pour la première fois, qu'il me serait moins difficile aujourd'hui de répondre aux inévitables questions. Même si l'enseignement du latin dans une institution privée ne constitue pas le summum de la réussite, Heart Lake bénéficie encore d'une certaine réputation. Il faudra un certain temps avant que la nouvelle de sa lente dégradation ne se répande.

Passant sous le pin londonien géant qui étend ses branches mouchetées devant la façade néogothique de la bibliothèque, je me souviens du sentiment de paix que j'éprouvais, chaque soir après dîner, en me rendant ainsi dans le bâtiment silencieux pour y travailler. Après le tumulte des années de lycée, celles que j'ai passées derrière ces murs de pierre grise, peinant sur les traductions latines comme un moine du Moyen Âge, m'ont fait l'effet d'un baume frais appliqué sur un front fiévreux.

La jeune fille assise derrière le bureau principal est probablement une étudiante nécessiteuse, travaillant pendant les vacances pour payer ses études. Je l'ai moi-même fait. Je suis sur le point de le lui expliquer, mais le silence de la bibliothèque m'est trop agréable. Quand je lui demande, brièvement, où je peux trouver les anciens annuaires, elle me dirige vers une salle qui contient non seulement ces recueils, mais aussi les archives de l'université.

Une fois que j'ai trouvé l'annuaire de 1963, je

l'ouvre et le feuillette lentement, cherchant le portrait d'Helen Chambers parmi les photos de dernière année. En vain. Comment se peut-il que *Domina* Chambers, qui apprécie tant la tradition et les principes rigoureux, n'ait pas posé sur la photo de sa promotion ? Il me faut parcourir le volume deux fois avant de trouver le cliché de la réception de première année, dans les dernières pages, entre la photo de l'équipe de course à pied et celle, plutôt naïve, du club de bridge. « Helen Liddell Chambers, 63, et Hannah Corey Toller », dit la légende. Il n'y a pas de mention d'année à la suite du nom de Hannah Toller, alors que tous les autres sont accompagnés des deux chiffres, signe d'appartenance à un groupe, signe modeste, mais dont l'absence est comme une marque infamante. La fille qui a abandonné ses études au bout de la première année parce qu'elle a eu un bébé hors mariage : c'est ce que ses camarades de promotion ont sans doute retenu d'elle. Pourtant, ce n'est pas ce qui est arrivé. Elle a été couverte d'opprobre à la place de quelqu'un d'autre.

Je regarde attentivement la photo, me souvenant avoir pensé que le beau garçon blond qui sourit aux deux jeunes filles – pourquoi ai-je été convaincue qu'il souriait seulement à Hannah ? – ressemblait à Lucy. Comme j'ai été aveugle ! C'était la jeune Helen Chambers, aux cheveux clairs brillant comme les ailes d'un cygne, qui lui ressemblait. Telle mère telle fille. Tout comme Lucy a prétendu que Deirdre avait donné naissance à son bébé, Helen Chambers a laissé son amie assumer la honte d'un enfant hors mariage. Cela explique, bien sûr, toute l'attention que le professeur de latin a portée à son élève favorite. Pas étonnant qu'elle fut si horrifiée la nuit où celle-ci se coupa les veines.

Il m'a presque fallu porter Lucy jusqu'à l'infirmerie. Bien que Deirdre ait enveloppé ses poignets dans une épaisse serviette de coton, le sang éclaboussait la neige à nos pieds. Quand je regardais derrière nous, pourtant, les gouttes rouges étaient déjà recouvertes par les flocons qui tombaient dru.

Quand nous sommes arrivées à l'infirmerie, nous avons trouvé la porte fermée et un bristol collé sur la fenêtre : « OUVERTURE PENDANT LES VACANCES : DE 9 HEURES À 16 HEURES. EN CAS D'URGENCE APPELER LES POMPIERS DE CORINTH. »

Lucy s'est affalée contre le mur du bâtiment pendant que je lui lisais le mot. Quand je me suis tue, elle s'est laissée glisser à terre et a entouré ses genoux de ses bras. Son jean était déjà mouillé, mais j'ai eu l'impression qu'une nouvelle tache s'élargissait sur son genou gauche, là où son poignet était posé contre le tissu.

— Il faut faire demi-tour et appeler une ambulance, ai-je dit.

— Je ne peux plus marcher, a-t-elle répondu. Je suis trop fatiguée. Vas-y et appelle-la. Je t'attends.

— Il n'est pas question que je te laisse ici. Tu vas mourir gelée.

Elle n'a pas réagi. En fait, elle avait fermé les yeux et semblait s'être brusquement endormie. Au moins, elle était à peu près à l'abri. Il valait peut-être mieux que je retourne à la résidence pour téléphoner.

Avant de partir, je l'ai couverte de mon manteau. Dès que je suis sortie de l'abri du porche et du faisceau de lumière, j'ai immédiatement plongé au cœur d'une véritable tempête. Je distinguais à peine l'allée qui bifurquait vers la résidence. Je ne pouvais même pas dire si je me déplaçais vraiment sur une allée et encore moins de laquelle il s'agissait. J'ai marché pendant plus de cinq minutes avant de comprendre que je n'avançais pas sur un chemin de terre enneigé, mais sur un rocher couvert de glace. Quand je me suis arrêtée et que j'ai tourné entièrement sur moi-même, j'ai constaté que j'avais complètement perdu le sens de l'orientation. À travers le bruit du vent et de la neige, j'ai tout à coup perçu un autre son – un craquement, comme une porte qui s'ouvrait. Je me suis élancée dans cette direction mais, soudain, mon pied a dérapé.

Quand j'ai cessé de glisser sur la surface bombée du rocher, j'ai vu devant moi un abîme de flocons serrés. Le craquement résonnait maintenant en contrebas, mais assez loin encore. J'ai fixé le tourbillon scintillant. C'était comme si je plongeais mon regard dans les sombres profondeurs du lac et que le soleil transperçait l'eau tout à coup, éclairant la vase mouvante. Je me trouvais sur la Pointe, suspendue au-dessus de la paroi à pic. Le craquement que j'entendais était celui de la glace nouvelle secouée par le vent.

J'ai essayé de reculer, mais le simple fait de me mettre à genoux m'a fait glisser davantage. J'ai retiré mes moufles et tâtonné autour de moi pour m'agripper aux fissures du rocher que je connaissais bien. Lorsque j'ai senti, sous mes doigts, une crevasse suffisamment profonde, j'ai réussi à me retourner. En rampant, je suis remontée jusqu'au sommet du dôme, n'avançant que quand je trouvais une prise solide. En atteignant enfin le sommet du dôme, les ongles cassés et sanglants, je me suis aperçue que j'avais laissé mes moufles en bas. J'ai continué à ramper bien au-delà de la limite de la pierre, et n'ai osé me relever qu'à la lisière du bois.

Je n'avais pas la moindre idée de la direction à prendre pour regagner la résidence, ni du temps qui s'était écoulé depuis que j'avais laissé Lucy. Elle était peut-être vidée de son sang. Même si je retrouvais mon chemin, l'ambulance mettrait trop longtemps pour arriver. Immobile sous l'averse de neige, je me suis dit que j'aurais dû me laisser tomber du haut de la Pointe dans le lac.

C'est alors que j'ai aperçu une lumière à travers les arbres. Au début, croyant que c'était la lampe du porche de l'infirmerie, j'étais stupéfaite de constater le peu de distance que j'avais parcouru, puis je me suis souvenue de la nuit où nous nous étions faufilées jusqu'à la Pointe pour éviter le cottage de Mme Buehl. N'était-ce pas sa maison ? Était-il possible qu'elle fût là ? Je savais qu'elle restait une partie des vacances. Et je savais aussi qu'avant de devenir professeur de sciences elle avait été infirmière. Il lui arrivait de donner un coup de main à l'infirmerie quand il n'y avait pas assez de personnel. Elle saurait quoi faire pour Lucy.

Je me suis dirigée tout droit vers la lumière, que je n'ai pas quittée un instant des yeux, en marchant dans la neige épaisse. J'ai cogné à la porte ; quand elle s'est ouverte, je n'ai pas pu voir qui était devant moi car des taches brûlantes troublaient ma vision.

Quelqu'un m'a attirée à l'intérieur et m'a frotté les mains. On m'a poussée dans un fauteuil et enveloppée dans une couverture. J'ai baissé les paupières pour essayer de me débarrasser des points lumineux qui dansaient devant mes yeux. J'étais sûre que la lumière du porche de Mme Buehl allait rester gravée sur ma rétine pour toujours.

Pourtant, quand j'ai rouvert les yeux, j'ai constaté que je voyais de nouveau parfaitement. Mme Buehl maintenait une serviette autour de mes mains et derrière elle Domina *Chambers apportait une tasse de thé fumante.*

— Buvez-le avant de parler, a dit Mme Buehl en prenant la tasse des mains de sa collègue.

J'ai regardé autour de moi, reconstituant la scène agréable que j'avais interrompue. Un feu dans la che-

minée, un service à thé sur une table basse et de la musique classique à la radio. Les deux collègues, vêtues de solides pantalons de velours et de gros pull-overs.

— Ce n'est pas un temps pour sortir, Jane, a dit Mme Buehl du ton réprobateur qu'elle utilisait quand nous nous amusions avec son bec Bunsen. Mme Chambers a travaillé ici toute la journée sur le nouveau programme, mais elle attend que la tempête s'apaise pour rentrer...

Je l'ai interrompue.

— Lucy...

— Que se passe-t-il avec Lucy ?

Domina *Chambers s'est agenouillée près de moi et le thé brûlant de sa tasse a aspergé mon jean déjà trempé.*

— Elle est à l'infirmerie, en train de saigner.

Pendant un instant, je n'ai pas pu me rappeler de l'histoire que nous avions concoctée. J'étais troublée par l'autre sang que j'avais vu ce jour-là. Le sang d'un accouchement.

— Elle s'est coupé les veines, ai-je dit finalement.

— Lucy ? Impossible, je ne vous crois pas.

Domina *Chambers avait le même regard que lorsque je commettais des erreurs de traduction, mais Mme Buehl m'a prise au mot. Elle enfilait déjà des bottes et un manteau.*

— J'ai la clé de l'infirmerie dans mon sac de livres, Helen. Peux-tu me la donner ?

— Mais c'est absurde, Celeste, s'est écriée Domina *Chambers en se levant. Cette enfant est hystérique.*

— Hystérique ou non, il est clair que quelque chose ne va pas, et si Lucy Toller est dehors par cette tempête – en train de saigner ou non – il vaut mieux la trouver.

Domina *Chambers a ouvert la bouche comme pour protester mais sous le regard insistant de Mme Buehl elle a pincé les lèvres et tourné les talons. Je l'ai enten-*

due farfouiller dans la pièce voisine en marmonnant. Jamais je ne l'avais vue se soumettre à l'avis de quelqu'un.

Je pensais avoir eu mon compte de surprises pour la nuit. C'est alors qu'une petite silhouette est apparue sur le seuil de la pièce où Domina *Chambers s'était rendue.*

— Oh ! Albie, a dit Mme Buehl. Je vous avais complètement oubliée. Vous allez devoir venir avec nous. Habillez-vous le plus chaudement possible.

Elle s'est tournée vers moi.

— La grand-mère d'Albie l'a ramenée un peu avant la fin des vacances, a-t-elle expliqué – puis, elle a baissé la voix. Sans doute s'est-elle emmêlée dans les dates.

J'ai voulu dire à Albie que mon père avait fait la même chose, que nous avions cela en commun, mais elle était déjà retournée dans l'autre pièce, claquant la porte derrière elle.

Avant de partir, je demande à la jeune fille de l'accueil – elle bâille devant un exemplaire du *Purgatoire* de Dante – si la bibliothèque possède une copie de l'annuaire des anciennes étudiantes de Vassar. Elle pose son livre sans prendre la peine d'en marquer la page et se lève avec souplesse. En la suivant, je remarque qu'elle a les mollets nus et porte d'épaisses socquettes blanches, trouées au talon, dans des sandales. Elle aura bien froid en rentrant ce soir. Ce qui me fait penser à mes élèves, particulièrement à Athéna. Je suis, pour la première fois, impatiente de rentrer à Heart Lake.

Elle s'enquiert de l'année qui m'intéresse et lorsque je lui dis qu'il s'agit de 1963, elle pose sur moi un regard scrutateur.

— Vous n'avez pas l'air si vieille, déclare-t-elle.

Je m'esclaffe.

— J'espère bien que non ! Je suis de la promotion de 81.

En affirmant cela, je me rends compte à quel point je suis heureuse de pouvoir citer un chiffre. Au contraire d'Hannah Toller.

— Je cherche une amie, poursuis-je. La mère d'une amie.

— Ah ! dit-elle avec indifférence.

Elle fait claquer ses sandales jusqu'à son bureau, derrière lequel elle se rassied, et rouvre Dante au hasard en bâillant de nouveau.

Je parcours de l'index la liste des patronymes. Une grande partie des noms, en caractères gras, sont suivis d'un autre nom en caractères plus fins. Il s'agit des étudiantes qui se sont mariées, dont le nom de jeune fille a été mis en évidence par rapport au nom d'épouse.

Quand j'arrive à « Chambers », je constate qu'il y a deux noms et que « Chambers » est en caractères gras. Ainsi, elle s'est mariée après avoir quitté Heart Lake. Je suis surprise et soulagée en même temps. Le Dr Lockhart m'a conseillé de ne pas suivre l'exemple de mon professeur de latin. Eh bien, peut-être son destin n'a-t-il pas été si funeste, après tout. Peut-être y a-t-il eu une vie pour elle après Heart Lake.

Je constate alors que les archivistes ont commis une erreur car le nom qui suit, en caractères plus fins, est « Liddell ». Quelqu'un a dû confondre son deuxième prénom avec un nom d'épouse. Mon doigt, qui suit la ligne pour trouver son adresse, bute sur un simple mot : « décédée », suivi d'une date : « 1er mai, 1981 ». Elle est morte quatre ans seulement après avoir quitté Heart Lake. La psychologue avait raison, Helen Chambers avait mal fini.

26

En retournant à ma voiture, je vois la jeune fille de la bibliothèque quitter le bâtiment, vêtue d'une veste légère en jean et portant un lourd sac à dos. Quand je lui propose de la déposer quelque part, elle m'explique qu'elle habite dans la résidence universitaire, de l'autre côté de Raymond Avenue. Me souvenant que les petits immeubles se trouvent à presque deux kilomètres du campus, je renouvelle ma proposition. Elle m'étudie du regard et décide sans doute qu'elle ne risque pas grand-chose – ne suis-je pas Jane Hudson, de la 81 ? Pendant le trajet, toutefois, elle reste silencieuse. Je lui demande pourquoi elle lit Dante et elle nomme un professeur d'histoire médiévale que j'ai eu la première année.

— Quand vous rédigerez votre dossier trimestriel, incluez-y une carte du monde souterrain de Dante et comparez-la avec une carte du monde souterrain de Virgile, lui dis-je. Elle adore ce genre de choses – la géographie de lieux imaginaires. Je crois même qu'il y a un nom pour ça...

— Vraiment ? Merci, je m'en souviendrai.

Elle descend du véhicule et monte en courant les marches du bâtiment détérioré. À l'époque de leur construction, cinq ans avant mon arrivée, ces immeubles étaient considérés comme provisoires. Même à mon époque ils étaient en mauvais état. J'attends qu'elle soit entrée et qu'elle ait allumé la lumière puis je me dirige vers la rue principale et, de là, vers l'autoroute.

Au bout de quelques kilomètres, je regrette de ne pas avoir emprunté la voie rapide, mieux éclairée et plus directe. La route verglacée se révèle particulièrement dangereuse dans les virages. Chaque fois que l'arrière de ma voiture dérape sur le sol glissant, j'ai des spasmes à l'estomac. Je n'arrête pas de penser à la coïncidence stupéfiante entre les choix d'Helen Chambers et de Lucy Toller, qui ont toutes deux prétendu que leur bébé appartenait à quelqu'un d'autre. Est-ce simplement une coïncidence ? Je pense à ces deux destins. Elles étaient toutes deux dotées de la parfaite beauté des princesses de contes de fées. C'était plus que de la beauté : un rayonnement, suggérant l'existence d'un charme secret. Chacune d'elles inspirait, non seulement de l'admiration, mais le désir de lui plaire et de lui ressembler. Je ne saurai jamais ce que Lucy a raconté à Deirdre pour la convaincre de me laisser croire que le bébé était le sien, mais je peux imaginer l'expression de son visage à ce moment. Et j'avoue que si elle m'avait demandé de dire que son enfant était le mien, je l'aurais fait. Il n'y avait pas que Deirdre et moi qui idéalisions notre amie. Il y avait aussi cette fillette, Albie. Je me souviens de sa fureur à mon égard quand nous étions retournées à l'infirmerie et que nous avions retrouvé Lucy à moitié morte sur les marches.

Nous avons trouvé Lucy roulée en boule sur le perron de l'infirmerie, comme un chat coincé dehors. J'avais le cœur brisé à l'idée du temps qu'il m'avait fallu pour trouver du secours. Je lui ai dit :

— Je suis désolée d'avoir été aussi longue.

Mais elle ne s'est pas réveillée.

— Comment as-tu pu la laisser ici ?

La voix qui me parlait à l'oreille, si basse, m'a d'abord fait l'effet d'être celle de ma conscience, mais je me suis rendu compte que c'était celle d'Albie.

J'ai essayé de lui expliquer :

— Il fallait que j'aille chercher de l'aide.

Mais elle a secoué la tête.

— Tu l'as abandonnée à son sort !

Elle s'est approchée de moi pour que Mme Buehl et Domina Chambers ne puissent pas entendre et j'ai senti ses postillons chauds me piquer la joue.

J'ai regardé en silence Domina Chambers soulever Lucy tandis que Mme Buehl ouvrait la porte. Que pouvais-je dire ? Peut-être Albie avait-elle raison. J'aurais dû empêcher mon amie de s'ouvrir les veines. J'aurais dû revenir plus tôt. Je n'aurais jamais dû la laisser.

À l'intérieur de l'infirmerie, Albie a allumé la lumière et a couru chercher les objets que réclamait Mme Buehl. Elle semblait bien connaître les lieux. Tout le monde sauf moi avait quelque chose à faire, alors je me suis assise sur l'autre lit, situé en face de celui où Lucy était installée, et j'ai regardé. Elle se sont mises au travail rapidement : elles ont écarté la serviette de coton de son poignet sanglant, l'ont débarrassée de ses vêtements mouillés et ont pris sa tension.

— Elle ne saigne plus, a annoncé Mme Buehl. Dieu merci, elle n'a pas tranché les artères.

— Mais est-ce qu'il faut des points de suture ? a demandé Domina Chambers.

— Oui, mais je peux les faire. Ne t'inquiète pas, Helen, ce n'est pas la première fois. Ce qui me préoccupe, c'est sa tension très basse. Avez-vous une idée de la quantité de sang qu'elle a perdu, Jane ? Est-ce qu'elle saignait depuis longtemps quand vous l'avez trouvée ? »

J'ai secoué la tête et j'ai pensé au sang sur les draps mais je me suis souvenue que ce n'était pas celui de Lucy.

— Nous l'avons trouvée tout de suite ai-je dit, essayant de me rappeler l'histoire sur laquelle nous nous étions mises d'accord. Elle est allée dans la chambre de Deirdre et nous l'avons entendue pleurer, alors nous sommes entrées.

J'avais bien entendu pleurer, mais quand Lucy avait ouvert la porte, ses yeux étaient secs.

— Nous ? a demandé Mme Buehl.

J'ai repoussé de ma mémoire ce qui s'était vraiment passé et je me suis concentrée sur notre récit.

— Oui, Deirdre Hall et moi.

— Et où se trouve Mlle Hall ? a demandé Domina Chambers.

— Elle est restée au dortoir.

Je me rendais compte que j'étais peu convaincante. Deirdre était restée là-bas pour se débarrasser des draps sanglants, mais qu'avions-nous décidé de dire ?

— Mmm, elle était si bouleversée que son lit soit taché de sang qu'elle est restée pour nettoyer.

Domina Chambers a poussé une exclamation désapprobatrice.

— Penser à une vétille pareille alors que sa camarade se vide de son sang. Cette fille n'a vraiment pas la tête sur les épaules ! Au moins vous avez eu plus de bon sens, Jane.

J'ai souri à ce rare compliment tout en sachant que ce n'était pas loyal envers Deirdre et j'ai surpris Albie en train de me fixer de nouveau avec rancœur. C'était presque comme si elle savait que c'était Lucy qui avait ordonné à Deirdre de rester pour se débarrasser des draps.

— Elle a donc dû saigner beaucoup, a conclu Mme Buehl, qui se penchait sur Lucy, lui soulevant les paupières et lui tâtant le pouls au niveau de la gorge. J'aimerais la faire transporter à l'hôpital pour une transfusion mais je crains que ce ne soit impossible avec cette tempête. Cela fait des heures que les lignes téléphoniques et les routes sont coupées.

— Y a-t-il quelque chose d'autre que nous puissions

faire, Celeste ? demanda Domina *Chambers – j'ai remarqué qu'elle tremblait, à cause du froid sans doute. Pourtant, la pièce était chaude. Est-ce qu'elle va s'en sortir ?*

— Je vais lui faire une perfusion pour la réhydrater, ce qui devrait améliorer sa tension. Pour le reste, il va falloir attendre. Je me sentirais mieux si elle reprenait connaissance, continua Mme Buehl en secouant les épaules de Lucy et en l'appelant par son nom. Vous devriez essayer, Jane, vous êtes sa meilleure amie.

Je me suis levée et j'ai traversé la pièce. J'avais l'impression d'avoir à parcourir une distance infranchissable sur un sol en train de tanguer. Je me suis agenouillée près de Lucy et je l'ai appelée. À ma grande surprise, elle a ouvert les yeux.

— Jane, a-t-elle articulé.

— Ça va aller, Lucy. Nous sommes à l'infirmerie.

— Tu restes ici ? a-t-elle chuchoté. Ne retourne pas au dortoir.

J'étais tellement touchée qu'elle veuille que je reste que mes yeux se sont emplis de larmes et que le décor est devenu trouble. Puis tout est devenu noir.

J'étais émue que Lucy me demande de rester à l'infirmerie mais je comprends maintenant que cette prière visait, en réalité, à m'empêcher de parler avec Deirdre. Elle voulait être certaine que cette dernière affirmerait bien être la mère du bébé.

C'est une chose de prétendre qu'on est la mère d'un bébé mort-né, mais c'en est une autre d'abandonner ses études pour élever le bébé de quelqu'un d'autre. Pendant le trajet de Vassar à Corinth – deux villes situées à des années-lumière l'une de l'autre malgré les six cents kilomètres qui les séparent –, je pense à Hannah Corey Toller, promotion de... Promotion de rien. Pourquoi a-t-elle accepté de retourner dans sa ville natale couverte de honte, en emmenant la fille de Helen pour l'élever comme s'il s'agissait de la sienne ?

Cette question me hante alors que je descends lentement River Street et que je regarde les hautes demeures victoriennes serties dans leurs pelouses enneigées. La plupart d'entre elles ont encore leurs guirlandes lumineuses de Noël, dont les ampoules colorées répandent des reflets de pierres précieuses sur le sol scintillant. Au bout de la rue, je me gare en face de l'ancien pavillon de gardien situé au carrefour de Lake Drive et de River Street, et j'éteins le moteur afin de ne pas trop attirer l'attention. Mais ces précautions sont inutiles ; apparemment il n'y a personne dans l'ancienne maison des Toller. Non seulement elle n'est pas décorée de guirlandes, mais il n'y a pas de lumière du tout. Le bâtiment lui-même a un aspect globalement négligé, l'un des volets, retenu par un seul de ses gonds, pend de travers et l'allée n'a pas été dégagée depuis la dernière chute de neige. Je me souviens avoir pensé autrefois que cette maison ressemblait à celle de Blanche-Neige ; aujourd'hui, je trouve qu'elle évoque davantage la masure de la sorcière dans « Hansel et Gretel ».

Je me demande si quelqu'un y a vécu depuis la mort de Cliff et Hannah Toller. J'étais en dernière année d'université quand j'ai lu le compte rendu de leur accident de voiture dans un journal d'Albany. Ils revenaient de Plattsburgh quand une tempête de neige épouvantable a balayé la région. On a retrouvé leur véhicule au fond d'un énorme ravin. L'article intitulé « Une double tragédie frappe à deux reprises le couple des Adirondacks », commentait longuement le fait que, comme leurs enfants, ils étaient morts ensemble.

Je n'ai pas été surprise par leur destin. Il était plus

difficile de les imaginer tous deux poursuivant leur vie après avoir perdu leur fils et leur fille.

Mais ils n'avaient, en fait, qu'un fils.

Je me demande si, à la fin, ils ont considéré Lucy comme une intruse – comme une fausse enfant qui a entraîné le vrai dans la mort.

Au moment où je vais tourner la clé de contact, je vois une lumière s'allumer dans la demeure et une silhouette passer derrière un rideau. Cette apparition, au moment où je pense à Lucy comme à un monstre diabolique, me frappe comme un reproche – indéniablement, il y a quelque chose dans le profil entraperçu derrière la fenêtre du dernier étage qui me rappelle Lucy. Sentant ressurgir cette vague de froid et cette incapacité à respirer qui caractérisaient les attaques de panique de mes vingt ans, je démarre le moteur et je pousse le chauffage à fond. Malgré cela, le froid persiste sans pour autant m'empêcher de transpirer. Je suis trop effrayée pour conduire dans cet état. Je regarde de nouveau la maison pour m'assurer que la silhouette n'est pas celle de Lucy, mais la fenêtre est redevenue sombre. À la place, un rectangle de lumière apparaît à la porte d'entrée et une femme sort en marchant dans la neige vierge, se dirigeant tout droit vers mon véhicule. Ce n'est que lorsqu'elle tapote la vitre de mon côté que je reconnais le Dr Lockhart.

— Ainsi, vous avez décidé de revenir, dit-elle quand je baisse la vitre. Mieux vaut faire face à ses démons, hein ?

Je me demande de quels démons elle veut parler mais je suis déterminée, pour une fois, à ne pas lui laisser entièrement le contrôle de la conversation.

— Que faites-vous dans la maison des Toller ?

Elle sourit.

— Ce n'est plus la maison des Toller, Jane. C'est la mienne.

— Vous habitez ici ? Mais...

— Où pensiez-vous que je vivais ? Dans l'un de ces petits appartements confortables de l'école ? Sûrement pas. Dans mon métier, il est important de garder une certaine distance. Et j'aime mon indépendance. Ces internats peuvent être de véritables aquariums ; fascinants à étudier en tant que microcosmes naturels, mais très sclérosants quand on y vit vingt-quatre heures par jour. Est-ce que cela ne vous agace pas, de temps en temps, cette sensation d'être tout le temps sous le regard des autres ?

Je ne me considérais pas comme si intéressante à regarder, mais quand je pense aux événements du dernier semestre, je me rends compte que je me suis sentie observée.

— À qui avez-vous acheté la maison ?

J'essaie au moins de faire dévier la conversation. Quand elle se redresse et tourne la tête pour regarder le bâtiment, je vois qu'elle est surprise par ma question.

— À l'État. Elle est restée inhabitée pendant de nombreuses années...

Sa voix s'estompe. Je décide d'insister ne serait-ce que parce que je ne l'ai jamais vue aussi mal à l'aise.

— Depuis la mort des Toller ? Peut-être les gens s'imaginaient-ils que c'était un lieu qui portait malheur ; tous ceux qui y habitaient sont morts maintenant.

— Je ne suis pas superstitieuse, Jane. Les gens bâtissent leur propre destin. Croire que cette maison porte malheur c'est comme... comme croire à la légende des Trois Sœurs. C'est la superstition qui est la cause de tout. Si Melissa n'avait pas lu cette histoire dans votre journal intime, elle serait peut-être encore vivante aujourd'hui.

Sa dernière remarque comporte une note de triomphe. Finalement, elle a réussi à conduire notre entretien où elle le voulait. Maintenant, je ne peux éviter de parler des événements de cette année.

— Je vous ai expliqué, ainsi qu'à Mme Buehl, que quelqu'un avait mon journal. Qu'étais-je supposée faire d'autre ?

— Vous auriez dû nous révéler ce qu'il comportait : rapports sexuels avec des étrangers masqués, rites sacrificiels, bébé mort-né dans une boîte de thé...

— Je vois ce que vous voulez dire, docteur Lockhart. Oui, j'aurais dû en parler à quelqu'un, mais les circonstances étaient un peu particulières. Que penseriez-vous si des morceaux de votre ancien journal apparaissaient sur votre bureau ?

— Je ne peux pas le savoir parce que je n'ai jamais écrit de journal. Si je m'étais livrée à de tels actes à l'adolescence, je n'aurais pas été inconsciente au point d'en laisser des traces écrites.

Je la crois. Elle n'a pas l'air du genre à laisser la situation lui échapper.

— Eh bien, je me montrerai certainement plus prudente à l'avenir. Maintenant, il vaudrait mieux que je retourne à l'école. Je voudrais voir si Athéna et Vesta sont déjà rentrées.

— Si vous parlez d'Ellen et de Sandy, elles sont là toutes les deux. Peut-être devriez-vous envisager de laisser tomber ces noms de déesses. Est-ce que votre ancien professeur de latin n'utilisait pas des prénoms tels que Lucia et Clementia ?

Le fait qu'elle ait choisi mon surnom et celui de Lucy peut-il être un hasard ? Où est-ce également quelque chose qu'elle a glané dans mon journal ?

— Si, mais je ne vois pas ce qu'il y a de mal à ce que les filles conservent leurs surnoms. Est-ce que ce ne serait pas donner encore plus d'importance à tout cela ?

— Madame Hudson, une de vos élèves est morte. Qu'est-ce qui pourrait être plus important ?

— Très bien, je leur suggérerai d'adopter d'autres surnoms. Voulez-vous que je vous dépose à l'école ?

Je veille à parler d'un ton apaisé. Je ne souhaite pas que cette femme devienne mon ennemie.

— Non merci, je vais patiner, me répond-elle – elle se met de profil pour que je voie la paire de patins usagés aux surpiqûres décoratives accrochée à son épaule. Il y a un raccourci qui traverse le bois derrière la maison. Je peux patiner directement jusqu'à l'école.

— Attention, dis-je. Il y a un endroit où la glace est fragile près de l'entrée du Schwanenkill.

— Ne vous inquiétez pas, Jane, répond-elle en souriant. Je sais où se trouvent tous les points faibles.

Ayant emprunté l'allée qui contourne le lac par l'est, j'entraperçois, au-delà des pins bordant la route, l'étendue immaculée, vibrante sous la pleine lune. Le Dr Lockhart a choisi une soirée magnifique pour patiner. Je la crois quand elle affirme qu'elle n'est pas superstitieuse. Comment, sinon, accepterait-elle de se trouver seule, la nuit, sur la glace ? Pour ma part, je ne pourrais pas le supporter.

Après avoir garé la voiture sur le parking, il me faut gravir le chemin qui mène au cottage en portant ma valise, et sans lumière. Je n'avais pas vraiment prévu ce retour ; il y a deux semaines, je n'étais même pas sûre de revenir. Je me dis qu'il vaudrait peut-être mieux aller jusqu'à la maison pour allumer le porche, avant d'entreprendre l'expédition avec la valise.

En fouillant dans ma boîte à gants, j'y trouve une petite lampe électrique, mais les piles sont usées. Je me résigne à l'idée de marcher dans l'obscurité ; avec ce clair de lune, ce ne devrait pas être très difficile. Toutefois, en descendant du véhicule, je vois que le chemin situé à l'autre extrémité du parking, celui qui conduit à la résidence, est pleinement éclairé. Mme Buehl a dû faire installer d'autres réverbères depuis la mort de Melissa, pour rassurer les parents inquiets – bien qu'il soit difficile d'établir un rapport entre un bon éclairage et le désir de s'ôter la vie.

Je décide de me rendre d'abord au dortoir, cela me donnera l'occasion de parler à Athéna et Vesta avant que l'heure ne soit trop tardive. Peut-être que la surveillante aura une lampe électrique à me prêter ? Alors que je longe le chemin bien dégagé (le proviseur a dû faire venir une pelleteuse pour permettre l'installation des lampes), je me rends compte que ma réticence à aller jusqu'à mon cottage dans le noir ne signifie qu'une seule chose : je ne suis pas encore prête à me retrouver seule dans cette maison.

La surveillante dispose d'une vaste réserve de lampes électriques et se montre tout à fait disposée à m'en céder une à condition que je signe un registre. Elle me fait également signer pour mon entrée dans la résidence, et me demande de lui laisser une carte d'identité munie d'une photographie. En montant l'escalier, je remarque des affichettes, sur lesquelles je crois reconnaître l'écriture de Gwen Marsh, exhortant les élèves à se déplacer par deux au moins, ou proposant la création de groupes d'aide psychologique. L'idée que cette pauvre Gwen, affligée du syndrome du canal carpien, a passé ses vacances de Noël à fabriquer des affichettes et à imaginer un moyen d'aider les adolescentes à mieux accepter leur retour après le traumatisme subi, me remplit tout à coup d'un sentiment de culpabilité et d'égoïsme. Mes deux semaines à l'Aquadôme m'apparaissent, en comparaison, comme un séjour luxueux.

Au deuxième étage, je n'entends que le sifflement des radiateurs. L'une des affichettes, annonçant un « Retour en chansons », m'a fait craindre qu'Athéna et Vesta ne se soient rendues à la soirée, mais quand je frappe à la porte de leur chambre je les entends s'affairer et fermer la fenêtre, bruits familiers qui me révèlent à la fois leur présence et le fait qu'elles ne se sont pas arrêtées de fumer pendant les vacances.

Vesta déverrouille et entrouvre légèrement la porte. Quand elle voit que c'est moi, elle fronce les sourcils d'un air soupçonneux et, avec réticence, écarte entièrement le battant.

— Sandy, dis-je, déterminée à éviter les noms classiques selon la suggestion du Dr Lockhart, je suis contente de vous voir. Comment se sont passées vos vacances ?

Elle hausse les épaules et s'assied sur le lit placé sous la fenêtre tandis qu'Athéna se retourne sur sa chaise et me sourit. Je constate tout de suite que l'expression de son visage, aux traits moins tirés qu'auparavant, est, en quelque sorte, plus ouverte. Sans pouvoir dire exactement pourquoi, je la trouve en meilleure santé. Ces deux semaines loin de Heart Lake lui ont fait du bien.

— *Salve Magistra*, lance-t-elle, *quid agis* ?

— *Bene, et tu*, Ellen ?

— Ellen ? Pourquoi ne m'appelez-vous pas Athéna ?

Mal à l'aise, je me balance d'un pied sur l'autre dans la pièce chaude et humide.

— Tenez, reprend-elle en se levant de sa chaise et en s'installant en tailleur sur le sol, enlevez votre manteau et asseyez-vous. On se croirait dans un sauna ici.

Je prends place devant mon ancien bureau. Maintenant qu'Athéna se trouve plus bas que moi, je remarque qu'elle a changé. Elle a laissé repousser ses cheveux sans en colorer les racines, qui révèlent sa couleur naturelle : châtain clair. Jetant un coup d'œil rapide à ses livres, je m'aperçois que je cherche encore un cahier noir et blanc. Au lieu de cela, je ne vois que la grammaire latine et une édition de poche de *Franny et Zooey*.

— J'ai lu ceci quand j'avais votre âge, dis-je.

— Vous n'avez pas répondu à ma question, insiste Vesta. Pourquoi avez-vous laissé tomber nos surnoms latins ?

— Le Dr Lockhart pense que les noms de déesses ne sont probablement pas appropriés...

Elle pousse une exclamation de mépris.

— Les surnoms sont ce qu'il y a de plus agréable. J'ai toujours détesté « Sandy ». Mon vrai prénom est Alexandria, qui est encore pire. Si vous arrêtez de m'appeler Vesta, j'arrête le latin.

— Ouais ! fait Athéna en chœur. J'ai toujours détesté « Ellen ».

— Entendu, Athéna et Vesta. Je ne peux pas me permettre de vous laisser abandonner le latin.

Instantanément, j'observe un changement de comportement chez mes interlocutrices, tout à coup plus sérieuses et vaguement embarrassées.

— Plusieurs élèves sont parties, m'apprend Athéna. Certains parents n'ont pas voulu laisser leurs filles après ce qui est arrivé à Melissa.

— Ouais, il y a eu cette rumeur qui disait qu'on sacrifiait des bébés, entre autres.

Quand Vesta prononce le mot « bébés », elle ne me paraît attacher aucune signification particulière à l'exemple qu'elle a choisi. Mme Buehl affirme que personne ne sait ce qui a été trouvé dans la boîte de thé. Mais si Melissa était en possession de mon journal, elle a peut-être fait part de son contenu à ses camarades de chambre.

— C'est notre faute, continue Athéna. Si nous n'avions pas commencé ce truc avec les Trois Sœurs et fait des offrandes à la déesse du lac, rien ne serait arrivé.

— Qui a pensé à cela ? À aller jusqu'aux rochers pour faire des offrandes et invoquer la déesse ?

Elles échangent un regard et haussent les épaules.

— Je ne sais pas. On pourrait dire que c'est nous toutes. Je pense qu'Aphrodite s'y est beaucoup plus impliquée parce qu'elle était inquiète à propos de Brian.

Je me souviens de la nuit où je les ai observées toutes les trois. Aphrodite avait réclamé la loyauté de son petit ami, et Vesta, de bonnes notes, mais je n'avais pas pu entendre ce qu'avait imploré Athéna. Je m'interroge tout à coup sur son vœu et me demande s'il a été réalisé.

— Avez-vous remarqué si Melissa avait un cahier noir et blanc ?

— Comme celui-ci ?

Athéna ouvre un tiroir près de mes pieds et en sort un gros carnet à couverture marbrée. Je lis le nom écrit sur la couverture : Ellen (Athéna) Craven.

— Oui, quelque chose comme ça.

Elle secoue la tête mais sa compagne me jette un regard étrange.

— Pourquoi voulez-vous le savoir ?

Je me suis enferrée dans mes propres questions. Si elles ignorent que Melissa détenait mon ancien journal (Athéna, au moins, semble innocente), je n'ai certes pas l'intention de le leur révéler.

Avec une feinte désinvolture, je lui réponds :

— Je pensais simplement que si elle tenait un journal nous comprendrions mieux ce qui lui est arrivé.

Vesta ne paraît pas convaincue.

— Vous pensez qu'elle a pu écrire pourquoi elle a fait prendre des somnifères à Athéna et lui a coupé les veines ? – elle désigne les poignets de sa camarade, qui tire sur ses manches déjà démesurément longues ; le tricot est élimé et se défait, comme s'il ne cessait d'être mis à rude épreuve. Bon Dieu, ajoute-t-elle, qui serait assez stupide pour coucher tout ça sur le papier ?

Je trouve un prétexte pour partir avant que Vesta ne puisse me poser d'autres questions à propos du journal. En quittant la pièce, je m'avoue avoir fait une erreur tactique en allant voir les filles avant d'avoir parlé au proviseur pour savoir ce qu'on leur avait dit exactement au sujet de la mort de Melissa. Je me promets d'appeler Mme Buehl dès mon retour à la maison, mais je n'ai pas besoin de le faire : elle se trouve dans le bureau de la surveillante.

— Ah, Jane, j'ai vu votre nom dans le registre d'entrée et j'ai décidé de vous attendre.

La surveillante me rend mon permis de conduire sans me regarder. L'idée me vient qu'elle a peut-être prévenu le proviseur de ma présence dans le dortoir. Avait-elle des consignes ?

— Avez-vous vu le mot que j'ai laissé sur votre porte ? s'enquiert Mme Buehl. Je vous demandais de m'appeler dès votre arrivée.

— Je ne suis pas encore allée à la maison, je suis venue ici pour emprunter une lampe électrique.

Je lève l'objet devant elle pour preuve de ma déclaration.

— Ah, je me souviens que le chemin qui mène au

cottage peut poser des problèmes. Mais j'ai arpenté le domaine si souvent que je pourrais probablement m'y déplacer les yeux fermés. Permettez-moi de vous accompagner ; je vais vous aider à porter vos bagages et nous pourrons parler en même temps.

Outre mes valises, j'ai rapporté quelques cartons de livres de la maison de Westchester. Bien que j'affirme à Mme Buehl qu'ils peuvent attendre jusqu'au lendemain matin, elle en soulève deux avec enthousiasme et s'élance sur le chemin avec une telle célérité que j'arrive à peine à la suivre en n'en portant qu'un seul. Je me souviens des randonnées qu'elle organisait pour nous quand elle était professeur de sciences ; de la façon dont elle parcourait le bois, nous laissant franchir péniblement flaques et rochers derrière elle ; et des efforts désespérés que nous faisions pour essayer de la suivre d'assez près afin d'entendre ce qu'elle nous expliquait. Nous savions que nous serions interrogées sur l'identification de chaque fleur et de chaque pierre et que notre incapacité à maintenir l'allure ne serait pas considérée comme une excuse valable. « C'est le plus rapide qui l'emporte », qui était l'un de ses dictons favoris, illustrait parfaitement ce qu'elle attendait de nous.

Vingt années de plus ne l'ont pas du tout ralentie. Lorsque j'arrive enfin à la rattraper, je dois rester derrière elle car le chemin, balayé avant les vacances, n'a pas été dégagé depuis. Sur la neige fraîche qui recouvre le sol, le crissement de nos bottes couvre ses paroles. Elle me parle par-dessus son épaule comme si je l'avais suivie depuis le début et je comprends qu'une grande partie de sa « mise au courant des développements de l'affaire Melissa Randall » m'a échappé. Elle énonce les résultats de l'autopsie et des tests ADN de la même façon dont elle débitait les noms d'arbres et de fleurs sauvages. J'arrive toutefois à saisir qu'elle n'a rien à m'apprendre que ne m'ait déjà appris Roy Corey. Soudain, l'entendant prononcer « ce journal que vous avez tenu en terminale », je l'interromps pour lui demander combien de personnes sont au courant. « Eh bien, le Dr Lockhart était là quand nous l'avons trouvé. » Nous avons atteint la porte du cottage, ce qui me permet de distinguer clairement : « Mais nous sommes deux seulement à l'avoir lu, ce jeune policier charmant et moi. Bien sûr, j'ai livré quelques éléments de son contenu au Dr Lockhart afin qu'elle puisse évaluer son influence sur Melissa. Cela devrait nourrir un chapitre intéressant du livre qu'elle est en train d'écrire sur le suicide chez les adolescents. »

Quelque peu agacée à l'idée que mon journal figure dans les travaux du Dr Lockhart, je souris néanmoins à Mme Buehl.

— Merci de m'avoir aidée à porter mes affaires. Je vais faire du café, nous allons pouvoir nous asseoir et bavarder...

Je désigne l'antique fauteuil près de la cheminée sur l'accoudoir duquel traîne toujours la tasse de thé que j'ai bue avant mon départ. Elle suit mon geste des yeux et embrasse du regard le petit salon, la causeuse délabrée au vieux tissu fleuri, sous la fenêtre, la table basse encombrée de livres de latin et les piles de cahiers bleus non corrigés. Brusquement, ses traits, que le froid et l'exercice ont rendus fermes et roses, s'affaissent et son teint blêmit. J'attribue ce changement au désordre, avant de me souvenir que cette maison était autrefois la sienne. Non seulement elle a vécu parmi ces meubles, mais ils étaient exactement disposés de cette façon la nuit où j'ai surgi de la tempête de neige. Simplement, ce soir-là il y avait du feu dans la cheminée, de la musique classique à la radio... comme une sorte de brillance aujourd'hui ternie par la poussière et l'usure causée par des locataires négligents.

À ma grande surprise, elle s'éloigne de la porte et prend la direction opposée à celle du manoir.

— Magnifique soirée... dit-elle tandis qu'elle disparaît sur le chemin conduisant à la Pointe. Parlons plutôt dehors.

Je la suis jusqu'au promontoire. Elle a pris position, jambes écartées et mains derrière le dos, tel un général surveillant ses troupes, sur le rocher arrondi surplombant le lac gelé.

— J'ai toujours trouvé que c'était un endroit idéal pour réfléchir, déclare-t-elle.

— Oui. La vue est très belle.

Secouant la tête avec impatience, elle frappe la neige du talon de sa lourde chaussure de randonnée comme un cheval piétinant le sol.

— Il ne s'agit pas de la vue, explique-t-elle avec la patience forcée d'un professeur habitué à entendre de mauvaises réponses, mais du rocher. L'endroit même où nous nous tenons était un glacier de presque deux kilomètres de haut. La roche est si dure que dix mille ans d'érosion l'ont à peine abîmée, mais les marques que le glacier y a laissées sont toujours là. Cela nous permet de relativiser.

— Oui.

Je ne suis pas bien sûre de ce qu'il faut relativiser. Est-ce la souffrance humaine, insignifiante face à la majesté de la nature ? Ou les cicatrices du passé, toujours visibles et à jamais indélébiles ?

— Vous êtes embarrassée, décrète-t-elle – en fait, je suis plutôt perplexe, mais j'opine de la tête. Parce que j'ai lu votre journal.

En soupirant, elle relâche son attitude ce qui me permet tout à coup de remarquer ses épaules légèrement voûtées et l'affaissement général de sa silhouette autrefois si vigoureuse.

— Mais vous n'avez aucune raison d'être gênée, cela m'a beaucoup soulagée.

Je ne peux plus faire semblant de ne pas comprendre.

— Mon journal vous a soulagée ?

Dès que les mots sont sortis de ma bouche, je m'aperçois que je ne peux plus dissimuler ma colère. Non seulement les épanchements de mon jeune cœur insensé ont nourri les égarements d'une adolescente hystérique et constituent aujourd'hui un outil de travail pour une psychologue ambitieuse, mais ils apaisent l'âme de mon ancienne enseignante, devenue ma supérieure.

— Oui, répond-elle, ignorant mes accents outragés – elle baisse les yeux vers le rocher qu'elle a balayé du pied. Durant toutes ces années, j'ai eu le sentiment que ce qui était arrivé à Helen était de ma faute. Je pensais que si j'avais parlé lors du conseil, elle n'aurait peut-être pas été renvoyée et ne se serait pas suicidée.

— Suicidée ? *Domina* Chambers s'est suicidée ?

Je revois mon ancien professeur de latin – son profil fier et hautain, la façon dont elle fronçait le sourcil quand une élève faisait un contresens. C'était la dernière personne que j'aurais imaginée se donnant la mort.

— Oui, répond Mme Buehl en détournant les yeux du rocher comme s'il ne lui était plus possible de relativiser et que les cicatrices de cette lointaine catastrophe se rouvraient. Quatre ans après son départ, qui a été un coup terrible pour elle. Pour moi aussi.

Elle s'interrompt, je la regarde. Ses rides paraissent plus creuses encore dans le clair de lune, comme des failles élargies par un tremblement de terre. Je comprends alors que le frémissement de ses traits est dû à la lutte qu'elle livre contre les larmes.

— J'ai même essayé de lui trouver un poste dans une école catholique du nord, poursuit-elle quand elle a repris le contrôle de sa voix.

Dans le nord ? Cela signifie forcément St-Eustace. Je ne peux blâmer *Domina* Chambers d'avoir refusé.

— Quelques-unes de nos élèves avaient été envoyées là-bas après... après le scandale... et j'avais pensé qu'elle pourrait trouver une consolation dans le fait de les aider à maintenir leur niveau, mais cela n'a pas été le cas. Elle a préféré partir pour Albany et travailler comme remplaçante.

— *Domina* Chambers ? Remplaçante ?

Cette révélation me surprend plus encore que l'idée de son suicide.

— Vous pouvez imaginez ce qu'elle ressentait.

Mme Buehl essaie de sourire mais cet effort l'ébranle de nouveau. Elle abandonne.

Je me souviens de la façon dont nous traitions les remplaçants au collège de Corinth. J'imagine soudain *Domina* Chambers, debout devant le tableau noir (où elle avait été obligée d'écrire au moins son nom), sa robe droite élégante maculée de craie jaune, des mèches de cheveux cendrés s'échappant de son chignon élaboré.

— Quand j'ai appris qu'elle s'était suicidée, j'ai cru que c'était à cause de sa déchéance sociale et je me suis dit que j'aurais peut-être pu éviter cela. En outre, notre relation a plutôt aggravé la situation lors de son audition...

Sa voix devenue rauque, s'éteint. Avec un frisson, elle lève son visage dans le clair de lune, livrant ses émotions avec un tel abandon que je dois me forcer à ne pas détourner les yeux.

— Vous voulez dire que Mme Chambers et vous...

Même à mes propres oreilles cette exclamation paraît puérile et lourde de sous-entendus. Je me souviens des conjectures salaces de Deirdre Hall au sujet de nos deux professeurs et je revois à nouveau la pièce chaleureuse, la nuit de la tempête, le feu, la théière et la musique classique... Qu'avait dit Mme Buehl, déjà ? Qu'elles travaillaient toutes deux sur un nouveau programme scolaire ?

— *Domina* Chambers vivait avec vous au cottage ?

Elle hoche la tête.

— Elle passait toutes les vacances ici. C'étaient les seuls moments où nous pouvions être ensemble, mais quand cette élève est apparue nous avons dû prétendre qu'Helen était venue pour travailler sur le programme. Nous avons dû inventer quelque chose. Savez-vous l'effet que cela nous faisait ? Être obligées d'inventer, comme des élèves faisant le mur et prises sur le fait !

Ayant à l'esprit le nœud de mensonges dans lequel je m'étais empêtrée, j'opine du chef. Oui, je sais l'effet que cela fait. Mais elle ne remarque pas mon geste ; elle est plongée dans le passé.

— Il nous fallait faire semblant même si nous nous doutions que tout le monde était au courant. Nous n'ignorions rien de ce que vous, les élèves, chuchotiez derrière notre dos ni des histoires que nos collègues colportaient. C'est pour cette raison qu'elles se sont montrées si dures au cours de l'enquête et moi, j'avais peur, en prenant sa défense, d'être également renvoyée. J'ai éprouvé une telle honte... toutes ces années... pas à cause de ce que nous étions l'une pour l'autre mais parce que j'ai renié notre relation. Et Helen n'a pas été la seule à être blessée. Les élèves qui avaient dû quitter l'école à cause du scandale... j'éprouvais envers elles un tel sentiment de responsabilité ! C'est la raison pour laquelle j'ai pris le poste de proviseur, même si cela signifiait prendre le commandement d'un bateau en train de couler...

Elle se tait. Je détourne les yeux pendant qu'elle tente d'affermir sa voix. Loin devant nous, une tache noire dessine des cercles sur la glace blanche. Je crois d'abord qu'il s'agit d'un oiseau puis je me rends compte que c'est quelqu'un qui patine : le Dr Lockhart, sans le moindre doute.

— Si vous aviez parlé pendant l'audition, cela n'aurait rien changé.

— Ce n'est pas seulement ça, s'écrie-t-elle avec un geste impatient de la main. Vous voyez, c'est à cause de moi que Lucy a découvert qu'Helen était sa mère, et j'ai toujours pensé que Matt et elle se disputaient à ce sujet quand ils se sont noyés.

Je détache les yeux de la patineuse pour regarder de nouveau Mme Buehl.

— Vous saviez que Lucy était la fille d'Helen ?

Elle me sourit. J'ai finalement donné la bonne réponse.

— Vous avez deviné, vous aussi. Vous vous êtes toujours montrée plus intelligente qu'il n'y paraissait aux yeux de certaines personnes, Jane, me dit-elle – je me demande bien de quelles personnes il s'agit. Bien sûr, Helen me l'a dit. Nous nous disions tout. Et cela expliquait tellement de choses. La raison pour laquelle elle avait été absente pendant le semestre de printemps, en première année, à Vassar... Oh ! j'étais à Smith, explique-t-elle avec hâte quand elle voit mon air perplexe, mais nous nous écrivions souvent. Elle avait prétendu qu'elle avait dû partir soigner une parente malade, ce qui m'avait paru très bizarre à l'époque. J'ai compris ensuite qu'elle avait eu son bébé et l'avait confié à Hannah...

— Pourquoi Hannah Toller a-t-elle accepté ?

Elle me fixe comme si j'interrompais son exposé

sur la division cellulaire pour lui poser une question relative à la thermodynamique.

— Eh bien, Hannah l'adorait depuis la troisième. Elle n'était allée à Vassar que pour être près d'elle...

Je détecte dans sa voix une nuance de jalousie qu'elle secoue comme un chien qui s'ébroue.

Et elle continue :

— Helen disait qu'elle avait prévu de faire adopter le bébé et qu'Hannah avait eu l'idée de prétendre que c'était son enfant. Elle n'était pas vraiment faite pour les études universitaires et il y avait dans sa ville un garçon qui ne demandait qu'à l'épouser. Il semblait tellement plus logique que ce soit Hannah qui abandonne la fac plutôt qu'Helen qui avait de telles possibilités...

— Alors pourquoi est-elle revenue ici ?

Mme Buehl regarde le rocher comme si la réponse se trouvait dans les traces du glacier.

— Sa fille lui manquait, elle voulait être plus près d'elle. Je pensais qu'elle devait dire à Lucy qu'elle était sa mère.

— Quand le lui a-t-elle dit ?

— En février. Une semaine avant sa mort.

Lucy était rentrée de son thé avec *Domina* Chambers et avait écrit à Matt la lettre où elle affirmait avoir appris quelque chose qui changeait tout.

— C'est pourquoi elle a écrit à Matt et lui a demandé de venir, dis-je. Elle allait lui révéler qu'ils n'étaient pas frère et sœur. Mais elle n'en a pas eu l'occasion.

— Je n'avais aucune idée des choses dégoûtantes auxquelles ils se livraient. De vous tous en train de faire des cabrioles partout, comme une bande de chiens sauvages, jusque devant ma porte !

Elle lance sa main en direction du cottage avec une telle vivacité qu'elle manque de me frapper. Je recule et, l'espace d'un instant, je perds l'équilibre sur le rocher couvert de neige. Elle m'attrape par le bras avant que je puisse tomber. Nous sommes assez loin du bord, mais j'éprouve cette sensation nauséeuse de vertige qu'on ressent sur la plage quand la marée descendante aspire le sable sous nos pieds. Mme Buehl doit également avoir conscience de la proximité du vide car elle ne me lâche pas tout de suite ; je sens ses doigts puissants s'enfoncer douloureusement dans mon avant-bras. La tristesse à nu qui se lisait un peu plus tôt sur son visage, où les larmes se sont évanouies, s'est durcie en une autre expression, plus difficile à déchiffrer.

— Mais quand j'ai lu votre journal, Jane, j'ai compris que ce n'était pas entièrement de ma faute. Je suis peut-être responsable du fait que Lucy ait appris qui était sa mère, mais vous avez dû renseigner Matt au sujet du bébé, n'est-ce pas ? C'est ce qui s'est passé là-bas sur la glace ?

Je fais un signe affirmatif, stupéfaite de ce qu'elle a pu tirer de sa lecture du dernier paragraphe de mon journal. J'avais écrit : « Ce soir, je vais aller au lac pour le voir et je lui dirai tout. » En pensant aux mots que j'ai tracés ensuite, je rougis à l'idée qu'elle ait pu les lire.

— Je ne lui ai pas dit que le bébé était le sien et celui de Lucy. Je l'ignorais.

— Mais vous lui en avez dit assez pour qu'il le devine.

— Oui, dis-je faiblement - si elle ne m'agrippait pas le bras, je m'affaisserais sans doute sur la roche froide. C'était ma faute.

Mea culpa, me dis-je intérieurement, *mea culpa*. C'était de cela dont Roy Corey avait parlé. D'assumer ses responsabilités pour les péchés du passé.

— Et c'est pour cette raison qu'ils se disputaient

quand Lucy s'est élancée sur la glace ? reprend Mme Buehl – j'approuve en silence. Pendant l'enquête, vous avez affirmé qu'ils se disputaient à propos d'Helen, mais ce n'était pas le cas ? À moins que Lucy n'ait dit à Matt ce que Helen lui avait révélé, qu'ils n'étaient pas frère et sœur...

— Non, elle n'en a pas eu le temps.

— Ainsi, vous avez menti au cours de l'audition.

Je m'attends à ce qu'elle me secoue, voire qu'elle me repousse violemment, mais au lieu de cela elle desserre l'étreinte de ses doigts et me sourit. Je lui ai dit ce qu'elle voulait entendre. Je l'ai lavée de sa faute. Sous mes yeux, elle se dépouille de la culpabilité et de la honte qui l'écrasaient depuis toutes ces années, comme la pierre, sous le ciseau du sculpteur, se dépouille de ce qui l'empêche de prendre forme. Son visage pâle, maintenant lisse et ferme, luit comme du marbre sous la lumière lunaire.

— Allons, mon petit, ne soyez pas trop dure avec vous-même, articule-t-elle. Il ne vous reste qu'une chose à faire, laisser le passé derrière vous. C'est ce à quoi je vais m'appliquer. Je me suis amendée du mieux que j'ai pu et je vais tourner le dos à tout cela. Pouvez-vous en faire autant ?

Je ris presque. Maintenant qu'elle a transféré le blâme sur moi, elle me conseille de tout oublier. Je hoche la tête pour lui faire comprendre que je vais essayer.

Alors elle pivote sur ses talons et s'éloigne brusquement, disparaissant sous les arbres avant même que j'aie pu comprendre qu'elle avait l'intention de partir.

J'essaie un moment de rassembler mes pensées, mais je n'entends que son dernier conseil. « Oubliez le passé », « oubliez le passé ». Ces mots semblent bloquer toute autre pensée. Puis-je y parvenir ? Puis-je oublier le passé ? En ai-je même envie ?

Mon regard suit les évolutions de la patineuse. Ce doit être le Dr Lockhart, mais il est difficile d'associer la psychologue raide et sévère à cette silhouette aérienne qui danse sur la glace, qui se meut comme un cygne noir sur une eau blanche. Ses mouvement me font penser à ces figurines magnétiques, tournant incessamment autour d'étangs ornementaux, que l'on peut voir dans les vitrines au moment de Noël. Si je pouvais discerner le tracé bien défini que semblent suivre ses patins, quelque mandala élaboré me serait sans doute révélé.

Cela me rappelle un rêve que je fais depuis quelque temps. Je patine sur le lac, aussi magnifiquement et légèrement que le Dr Lockhart à cet instant. Je me sens finalement libérée du passé mais quand je me retourne vers la rive je constate que j'ai tracé un dessin sur la glace : celui de Matt Toller. Alors que je le vois s'enfoncer dans l'eau noire, je peux lire clairement son expression. Je le déçois terriblement. Je ne peux pas entendre les mots que forment ses lèvres mais je sais qu'il me dit : « Tu me tirerais de là, n'est-ce pas, Jane ? »

Je suppose que c'est ce genre de choses que Mme Buehl me conseille d'oublier. Pourtant, s'il est douloureux de voir l'expression de Matt, chaque nuit en rêve, il est encore plus douloureux d'imaginer que je ne puisse plus jamais voir son visage.

27

Au cours des semaines suivantes, je constate qu'il m'est plus facile d'obéir à Mme Buehl, en oubliant le passé, que je ne l'aurais imaginé. Le fait que je doive élaborer mes cours vient, heureusement, à ma rescousse. Dans la mesure où je ne pensais pas revenir à Heart Lake, je n'ai consacré aucun jour de vacances à la préparation du semestre suivant. Cette attitude qui visait, je m'en rends compte maintenant, à conjurer la menace de renvoi qui planait sur ma tête, me fait prendre conscience de la peur que j'éprouvais à l'idée d'être « remerciée » et du sentiment de soulagement que j'éprouve maintenant. Toutefois, Olivia me manque tellement que cela me perturbe physiquement : pour cela aussi, je bénis le fait d'être occupée. Quand je vais la voir, je la sens en forme, satisfaite d'être avec son père, satisfaite de la jeune étudiante qui s'occupe d'elle pendant la semaine, satisfaite de me voir quand je passe un week-end sur deux avec elle. Ce n'est que lorsque le dimanche arrive et que je dois la quitter qu'elle pleure un peu. Dès que je rentre à Heart Lake, je me plonge dans les versions latines pour rattraper le temps perdu.

Car bien que mes élèves soient moins nombreuses, il me faut encore lutter pour préparer leurs exercices. Souvent je ne suis en avance que d'une leçon. Occasionnellement, j'ai recours au déchiffrage, lorsqu'il s'agit de textes peu complexes de Catulle ou d'Ovide, mais je ne peux pas prendre ce risque pour Virgile. D'une part, l'effectif de la classe est maintenant si réduit (à part Athéna et Vesta il n'y a plus qu'Octavia et Flavia, trop anxieuses d'obtenir leur bourse d'études classiques pour quitter le cours) qu'il me faut forcer sur les versions si nous voulons voir Rome fondée avant la fin de l'année ; d'autre part, les textes deviennent de plus en plus difficiles. Alors que nous abordons le livre sixième de l'Énéide, j'appréhende la visite aux enfers. Je me souviens que même *Domina* Chambers trouvait certains passages presque intraduisibles. C'était, nous disait-elle, comme si la syntaxe devenait aussi enchevêtrée que le labyrinthe du Minotaure ornant la porte de la Sibylle que doit franchir Énée.

J'apprends à mes élèves qu'elles ne seront pas interrogées sur les parties les plus ardues.

— Pourquoi a-t-il tellement compliqué les choses ? demande Vesta. Est-ce qu'il ne voulait pas que les gens soient capables de comprendre ce qu'il écrivait ?

Je perçois dans sa voix une nuance d'irritation qui va au-delà de l'agacement suscité par Virgile. J'ai l'impression qu'elle demande pourquoi je lui rends les choses si difficiles et je soupçonne qu'elle ne pense pas seulement au latin. Elle me tient probablement pour responsable, au moins en partie, de ce qui est arrivé à Melissa et du fait que ses camarades et elle sont maintenant obligées de subir toutes ces séances de psychothérapie et de chants collectifs.

J'explique à mes élèves la théorie de *Domina* Chambers sur le labyrinthe du langage.

— Après tout, il est sur le point de nous entraîner aux enfers...

Les filles prêtent l'oreille chaque fois que je mentionne les enfers, comme un petit enfant le ferait en entendant mentionner Disneyland.

— ... ce qui n'est pas supposé être facile. C'est comme une énigme qu'il lui faut préserver et dont il doit dissimuler les clés.

— Avec un genre de code, suggère Athéna.

— Exactement.

Stimulée, j'écris un passage au tableau et je leur demande les unes après les autres de relier les noms et les adjectifs, les noms et les verbes, les propositions relatives avec leurs antécédents. Quand elles ont terminé, l'entrecroisement de lignes forme une sorte de labyrinthe.

— Un labyrinthe sans issue, fait remarquer Vesta. Où se trouvent Ariane et son fil quand on a besoin d'elle ?

— Le fil est la façon dont les mots sont reliés, déclare Athéna en levant la main avec enthousiasme bien que ce type de formalités ne soit plus en usage dans notre petit groupe. Quand tu trouves les mots qui vont ensemble, tu as trouvé la solution du puzzle.

Je la regarde avec stupéfaction. Pas seulement parce qu'elle a deviné, mais aussi parce que, tout à coup, elle est devenue magnifique. La lumière qui pénètre par la fenêtre touche sa chevelure multicolore et, là où le châtain clair apparaît sous la teinture, se forment des reflets roux. Ses yeux verts brillent du plaisir de la découverte. L'espace d'un instant, c'est comme si nous étions seules dans la classe, professeur et élève partageant cette rare illumination qui survient après avoir pataugé dans le brouillard. Mais soudain, elle remarque qu'en levant la main, son pull a glissé le long de son bras, révélant ses cicatrices boursouflées. Voyant Octavia fixer son poignet et murmurer quelque chose à Flavia, elle détourne les yeux et tire sur ses manches jusqu'à recouvrir le bout de ses doigts.

Le lendemain, Octavia est absente. Flavia m'explique, en s'excusant, que sa sœur laisse tomber le cours car chaque fois qu'elle regarde Ellen Craven, elle pense à la légende des suicidées.

— Notre grand-mère prétend que le fantôme d'un meurtrier ne connaît jamais le repos.

Je demande à Flavia si elle partage les superstitions de sa sœur.

— Pfff, non ! De toute façon, elle a des chances d'obtenir une bourse pour le tennis, alors que mon revers est nul.

Impatiente de passer au livre sixième, j'ai oublié comment se terminait le précédent. C'est lorsque Athéna lit à haute voix le passage où le bateau d'Énée approche de l'Italie que je me souviens brusquement qu'à cet endroit, Palinure, l'homme qui dirige la flotte, se noie.

Pendant qu'elle lit, je me dis que ce n'est pas si terrible. Nous ne pouvons pas éviter toute référence à la noyade parce que Melissa a péri ainsi. Il s'agit ici d'un homme qui conduit des vaisseaux, non d'une jeune fille de dix-sept ans. Mais quelque chose, dans la façon dont le dieu du sommeil provoque la chute de Palinure, me met mal à l'aise. Parcourant ma classe des yeux, je constate qu'il en est de même pour tout le monde.

— *Datur hora quieti*, lit Athéna. Le temps du repos est venu ?

Je hoche la tête.

— Oui, vous avez remarqué la forme passive. *Bene.*

— *Pone caput fessosque oculos furare labori*. Baisse ta tête et repose tes yeux ?

— C'est à peu près ça.

— Bonne idée ! s'écrie Flavia qui pose la tête sur la table et ferme les paupières tandis qu'Athéna poursuit la version, d'une voix à peine audible au-dessus du gargouillement des radiateurs.

La respiration de l'adolescente me révèle qu'elle s'est assoupie. Je ne suis pas supposée laisser mes élèves sommeiller en classe, mais je n'ai pas le cœur de la réveiller. Au début du cours, elle m'a avoué qu'elle ne dormait pas bien parce qu'elle fait des cauchemars.

— Je n'arrête pas de penser à Melissa Randall au fond de l'eau. Je sais qu'ils ont retrouvé son corps mais je n'arrête pas de penser qu'elle est encore là-dedans. Octavia dit qu'elle l'entend qui appelle. C'est la glace qui travaille.

Je sais ce qu'elle veut dire, ce bruit m'empêche aussi de dormir.

— *Mene huic confidere monstro* ? lit Athéna. Voudrais-tu que je fasse confiance à un tel démon ?

Le bruit que fait la glace évoque celui d'un monstre piégé sous la couche épaisse et dure.

— *Ecce deus ramum Lethaeo rore madentem vique soporatum Stygia super utraque quassat tempora...* Regarde ! Le dieu a secoué une branche sur Léthé qui dormait.

Elle a complètement estropié la traduction, mais je ne dis rien. Par ses cajoleries, le dieu du sommeil entraîne Palinure vers l'oubli alors que le bruit des radiateurs berce mes élèves jusqu'à l'abrutissement. Oubliez le passé, ordonne Mme Buehl, gorgez-vous de l'eau du Léthé, et oubliez.

Palinure tombe la tête la première (*praecipitem*, de *praecipitare*, mon verbe latin favori) dans la Méditerranée et Énée poursuit sa route vers l'Italie, évitant de peu les écueils des Sirènes, « ... qui, jadis, étaient difficiles à éviter et blanchis par les os de nombreux hommes, traduit Athéna. Au loin, nous entendons le grondement et le rugissement des pierres où la marée de sel vient cogner sans cesse. »

Les quatrièmes, elles aussi, ont remarqué aujourd'hui les grincements du lac. « Ça vient des rochers, ce n'est pas là que l'élève de terminale est tombée ? »

m'a demandé l'une d'elles, au milieu d'une leçon sur la périphrase.

Quand Athéna termine sa version, règne un moment de silence au cours duquel nous écoutons le sifflement des canalisations sur fond de craquements sinistres.

— C'est dégueulasse qu'Énée ait continué sans Palinure, déclare Vesta, qui déteste le héros depuis qu'il a laissé tomber Didon au livre quatrième.

— Ouais, mais qu'est-ce qu'il pouvait faire d'autre ? Arrêter le bateau et rentrer ? Il devait franchir les écueils des Sirènes et trouver l'Italie. N'est-ce pas, *Magistra* ? C'était son devoir. Il fallait qu'il continue coûte que coûte ?

Je suis tellement satisfaite de cette conception de l'Énéide que je dois me retenir pour ne pas serrer Athéna dans mes bras. Nous avons traversé un autre champ de mines, franchi un autre cours de latin. Énée aperçoit le rivage italien. Dehors, le lac s'est calmé. C'est alors que Vesta se fait entendre :

— Ouais, mais la mort de Palinure lui revient dans la gueule !

— Vesta ! crie Athéna si fort qu'elle réveille Flavia.

Elles me regardent pour voir si je vais condamner ce langage inapproprié mais je demande à leur camarade de poursuivre la traduction.

— C'est exact, Palinure rencontre Énée dans les enfers, lui dit la vérité à propos de sa mort et le supplie de lui donner une sépulture décente.

— Ces morts, quels geignards ! décrète Vesta juste avant la sonnerie de la cloche.

Je ne peux pas faire grand-chose d'autre qu'un signe de tête affirmatif, mais je remarque que Flavia pâlit devant un rejet aussi cavalier des exigences des morts envers les vivants. Le lendemain, je ne suis pas étonnée d'apprendre qu'elle a laissé tomber le cours.

Il ne reste plus maintenant qu'Athéna, Vesta et moi. Quand nous nous réunissons dans la classe pleine de courants d'air, j'ai l'impression que nous sommes les dernières survivantes d'une sorte de monstrueuse ère glaciaire. Chaque nuit, la neige tombe, et bien que Mme Buehl ait demandé des fonds supplémentaires au conseil d'administration pour dégager les chemins, ceux-ci se rétrécissent peu à peu entre les murailles de neige de plus en plus hautes qui gardent l'orée du bois.

Un vendredi après-midi, la couche poudreuse est si épaisse que je ne peux pas sortir la voiture et qu'il me faut appeler Olivia pour la prévenir que je serai en retard. Au début, je la sens plutôt indifférente – plongée dans une quelconque émission de télévision qu'elle regarde avec son père –, mais quand je la rappelle le samedi matin pour lui dire que la route est toujours impraticable, elle se met à pleurer. Mitchell me reproche de devoir payer des heures supplémentaires à la baby-sitter pour la soirée, car il avait prévu de sortir. J'essaye de ne pas prêter attention à ce qu'il vient de me dire. Nous n'avons pas reparlé depuis Noël de l'éventualité de reprendre la vie commune et je sens que la proposition qu'il m'avait faite n'est plus d'actualité.

La neige tombe tout le week-end. Chaque fois que je tente de dégager ma voiture à la pelle, l'espace à peine dénudé se couvre de nouveau. J'ai l'impression d'être l'une de ces âmes perdues de l'enfer contraintes d'effectuer incessamment quelque vaine tâche. Constatant que les essuie-glaces sont collés au pare-brise, je pulvérise dessus un dégivrant et tente de les faire fonctionner. Ils tressautent comme de petits animaux essayant de s'échapper. Soudain, ils se mettent en marche et m'envoient en plein visage une giclée de neige fondue mêlée de produit chimique.

J'essaie d'éliminer ce dernier à l'aide de poignées de neige fraîche mais les yeux me brûlent terriblement. Ma vue reste trouble pendant le reste du week-end, ce qui me rendrait incapable de conduire jusqu'à Westchester même si les routes pouvaient être dégagées. Quand je téléphone, Olivia est calme ; elle me dit qu'elle comprend d'une voix si mûre que je suis tout à la fois fière et désolée.

Le dimanche, je reste au lit et je me vois contrainte d'annuler mes cours le lundi. Gwen Marsh passe voir comment je vais et m'apporte un peu de soupe ainsi qu'une pile de devoirs qu'elle a rassemblés auprès de mes élèves. Je suis touchée pour la soupe mais j'aurais souhaité qu'elle s'abstienne pour les devoirs ; mes yeux me font trop mal pour que je puisse effectuer la moindre correction. La neige s'accumule derrière les vitres, déposant des couches d'un sédiment gris et blanc dont la superposition évoque les coupes de montagnes que nous montrait autrefois Mme Buehl ; au-dessus de ces amoncellements, de gros flocons adhèrent aux vitres sous forme de cumulus. Le tout compose un paysage qui se substitue à celui que je ne peux pas distinguer derrière le rideau de neige. Je retrouve la sensation d'enfermement que j'ai éprouvée tout au long du mois de janvier de mon année de terminale, que j'ai passé à l'infirmerie.

Lucy n'avait pas besoin d'insister pour que je reste à l'infirmerie. En fait, j'y suis restée plus longtemps qu'elle. Quand Mme Buehl et Domina *Chambers m'ont ramassée sur le sol après que je me suis évanouie, elles ont découvert que j'étais brûlante de fièvre. Je pense que toutes ces heures passées à parcourir le domaine dans des vêtements humides avaient produit leur effet. Elles m'ont installée dans la même chambre que mon amie car, m'a dit ensuite Mme Buehl, elle avait insisté pour que je sois auprès d'elle.*

— Elle ne voulait pas vous quitter des yeux, m'a-t-elle répété.

Parfois je me réveillais et je voyais Lucy dans son lit, en face de moi, couchée sur le côté et me regardant. J'ai essayé une fois de lui parler de ce qui s'était passé. Je voulais savoir si on avait cru notre histoire, si Deirdre s'était débarrassée des draps sanglants, si on avait découvert quelque chose dans le lac. Mais chaque fois que j'essayais d'aborder ce sujet, elle me faisait taire. Je l'ai entendue dire une fois à l'infirmière qu'il ne fallait pas me harceler de questions.

— Vous devriez la laisser tranquille, a-t-elle déclaré à Mme Buehl. Il ne faut pas oublier que sa mère vient de mourir.

Elle semblait être la seule à se rappeler cet événement. Même mon père, qui n'est venu me voir qu'une fois, ne m'a parlé que de son nouveau travail à l'usine de gants. Son enthousiasme était tel que j'ai eu l'impression d'avoir rêvé de ce qui s'était passé à l'hôpital d'Albany ainsi que du service funèbre. Et si cela n'avait été qu'un produit de mon imagination, j'avais peut-être imaginé aussi tout ce qui avait suivi, le dortoir surchauffé, le bébé dans la boîte de métal...

Mais un jour, en me réveillant, j'ai vu Deirdre debout près du lit de Lucy. Elles semblaient se disputer en échangeant des murmures furieux et j'ai su alors que je n'avais rien imaginé.

Domina *Chambers venait souvent et je l'entendais interroger Lucy pour essayer de comprendre la raison qui l'avait poussée à attenter à sa propre vie.*

— Je ne crois pas que j'avais vraiment l'intention de le faire. Je pense que je savais que Jane me trouverait et me sauverait.

J'ai été touchée de ces paroles, même si je savais que ce n'était qu'un mensonge.

Puis, un jour, je me suis réveillée et j'ai découvert que son lit était vide. Cela m'a tellement affolée que j'ai réussi à me lever et à sortir dans le couloir où j'ai trouvé l'infirmière.

— Où est Lucy ? lui ai-je demandé tandis qu'elle me reconduisait jusqu'à mon lit.

— Elle est sortie, mon petit, et si vous voulez en faire autant, il faut rester couchée.

Lucy m'a rendu visite ce jour-là. Elle m'a apporté mes devoirs de latin. J'étais stupéfaite d'apprendre que les cours avaient recommencé. Dans l'infirmerie aux murs blanchis à la chaux, aux fenêtres couvertes de neige, j'avais le sentiment d'un temps suspendu, comme dans un conte où le monde entier s'endort avec l'héroïne. Mais si héroïne il y avait, c'était Lucy qui avait l'air d'avoir rejoint le monde des vivants. Elle avait les joues roses, les cheveux brillants et était vêtue de l'un des plus beaux ensembles que Domina Chambers lui avait achetés en Italie. Elle n'avait jamais eu l'air aussi bien depuis le mois d'octobre.

— J'essaye de leur donner l'impression que j'ai retrouvé ma santé mentale, m'a-t-elle expliqué quand je l'ai complimentée sur son apparence – puis, en se penchant vers moi, elle a murmuré : si j'avais prévu tous les ennuis que cette histoire de suicide causerait, je crois que je serais allée jusqu'au bout ! Mais je ne crois pas que je déteste ça autant que Deirdre.

— Deirdre ? mais elle n'a pas essayé de se suicider ?

— Non, mais ils ont fait venir cette psychologue d'Albany qui prétend que le suicide est contagieux. Et comme Deirdre est ma compagne de chambre, et qu'elle a agi bizarrement au sujet des draps, ils n'arrêtent pas de la cuisiner. Ils vont probablement te harceler aussi une fois que tu iras mieux.

— C'est bien fait pour elle. Si elle avait au moins dit dès le départ qu'elle était enceinte...

Lucy a froncé les sourcils :

— Elle était sans doute trop effrayée. de toute façon, c'est du passé.

— J'espère qu'elle n'en parlera à personne. Dans ces interrogatoires psychiatriques, je veux dire. On pourrait apprendre que toi et moi on s'est débarrassées de... cette chose.

Lucy a pâli et j'ai immédiatement regretté de lui avoir rappelé ce que nous avions fait.

— Ça vaudrait mieux pour elle ! a dit mon amie. Rétablis-toi vite, Jane. Je vais peut-être avoir besoin de ton aide pour la contenir.

Je ne suis pas sortie avant la semaine suivante. Bien que me sentant encore faible, j'avais convaincu l'infirmière que j'allais bien et lui avais expliqué que je craignais de prendre trop de retard si je manquais plus longtemps la classe. Je suis retournée au dortoir par un jour de beau temps, à moitié éblouie par le reflet du soleil sur le lac gelé. Des filles m'ont dépassée sur le chemin et m'ont saluée. J'avais l'impression qu'elles marchaient tout en accéléré, ce qui m'a fait prendre conscience de la lenteur avec laquelle je me déplaçais. Je me sentais à l'écart en les voyant, chevelure brillante rebondissant sur leur parka, pulls de shetland aux teintes pastel avivées par le soleil. C'étaient les filles que j'avais admirées au drugstore de la ville ; c'étaient elles qui m'avaient donné envie de venir ici, mais je n'étais pas plus proche d'elles – pas plus semblable à elles – que lorsque j'étais une petite citadine. Je ne m'étais fait aucune amie à Heart Lake. Lucy m'avait toujours suffi.

En pénétrant dans le dortoir, je suis tombée sur Deirdre dans le couloir juste devant notre chambre.

— Bon sang ! s'est-elle exclamée en me voyant, peut-

être que les psys peuvent passer un peu de temps à t'explorer le cerveau. J'en ai marre d'expliquer que je ne suis pas suicidaire.

Lucy sortait de la chambre individuelle quand je suis entrée.

— Est-ce que tu as rencontré Deirdre ? J'ai cru vous entendre parler dans le couloir. Qu'est-ce qu'elle t'a dit ?

Je lui ai répété les propos de notre amie, un peu déçue par cet accueil, mais elle était sans doute préoccupée.

— Il vaudrait mieux que les psys ne tombent pas là-dessus, a-t-elle dit en levant devant mes yeux un carnet couvert d'une soie rouge ornée de broderies chinoises.

— C'est son journal ? ai-je demandé, un peu surprise qu'elle se montre indiscrète.

— Si on peut appeler ça un journal. Plutôt un livre des morts. Elle y rassemble des citations qui se rapportent au trépas ! Écoute ça : « Celui qui sauve un homme contre son gré commet un meurtre à son égard. »

— Horace. C'est Domina *Chambers qui nous a donné cette citation, non ?*

— Oui, la moitié des citations viennent d'elle. Si Deirdre se suicidait, ça ne serait pas bon pour Helen. Je vais lui en toucher un mot pendant le dîner. Depuis ma soi-disant tentative de suicide, Helen insiste pour que je dîne avec elle tous les soirs. Franchement, ça me rend dingue. elle n'arrête pas de me poser des questions sur mes « perspectives d'avenir » comme elle dit, et de me donner des poèmes ronéotypés qui sont censés me remonter le moral. Seulement ils sont aussi plutôt morbides. Regarde.

Lucy a posé le journal de Deirdre et pris une feuille de papier pliée imprimée de bleu. Elle a lu à haute voix. C'était le poème de Yeats « L'île au lac d'Innisfree » que nous avions étudié avec Mme Macintosh le trimestre précédent. Les derniers vers m'ont frappée tout à coup : « Allons je vais partir, car nuit et jour j'entends / L'eau du lac clapoter en murmures légers sur la rive... » J'ai terminé le poème à haute voix :

— « Arrêté sur la route ou sur les pavés gris / Je l'entends dans le tréfonds du cœur. » Tu sais, ai-je dit, ces derniers vers me font penser à l'histoire des Trois Sœurs. Au fait que le bruit du ressac sur les rochers est supposé les attirer et les pousser au suicide.

— Tu as tout à fait raison, Jane. Je pensais exactement la même chose.

Lucy a replié la feuille en deux et l'a posée sur son lit à côté du journal de Deirdre.

— Tu ne le remets pas en place ?

— Si, a répondu Lucy en bâillant. Tu ne veux pas le faire pour moi ? Il était dans le tiroir du haut de son bureau. Il faut que j'y aille. Helen déteste quand je suis en retard.

Quand Lucy est sortie, je suis entrée dans la chambre de Deirdre et j'ai remis le journal dans le tiroir du haut de son bureau. Je me sentais nerveuse, mais pas seulement parce que j'avais peur que Deirdre me surprît, son carnet à la main. À cause du lit. J'avais peur de le regarder, peur de poser les yeux dessus et d'y voir le sang. Mais quand je me suis forcée à le fixer, je n'ai vu que des draps froissés – Deirdre ne fait presque jamais son lit – et un couvre-lit indien bleu et or accroché au mur au-dessus du lit. Les danseuses de Bali dansaient toujours sur leur tenture comme si rien d'inhabituel ne s'était passé ici. J'ai cru voir une petite tache rouge sur un sein, mais en m'approchant, j'ai vu que cela pouvait faire partie du dessin.

Je suis retournée dans la chambre que je partageais avec Lucy et j'ai remarqué que ma valise avait été rangée sous mon lit. Je l'ai tirée et ouverte. Elle était vide.

J'ai ouvert les tiroirs de mon bureau et y ai vu mes vêtements pliés avec soin (avec plus de soin que j'en avais mis à les plier le matin de mon départ d'Albany) et rangés. Sous une pile de vêtements, j'ai trouvé mon journal. Je l'ai feuilleté, me demandant si Lucy l'avait lu aussi et ce qu'elle en avait pensé. Il ne comportait rien de négatif à son sujet mais il contenait certaines choses embarrassantes, comme la jalousie que j'avais ressentie devant son amitié envers Deirdre, et le fait que Matt me manquait tellement. En lisant certains passages j'ai été saisie de constater combien de phrases pouvaient prêter à confusion. Il y avait tant de choses que j'avais écrites et qui pouvaient signifier des choses différentes, selon la personne qui les lirait. J'ai relu des paragraphes en imaginant être successivement Lucy, Deirdre, Domina *Chambers et Mme Buehl – ou moi-même mais plus âgée – et pour chaque « lectrice » les phrases changeaient de signification comme si elles avaient subi différentes traductions.*

Je me suis dit qu'il valait mieux que je le remette sous les lattes du parquet. Mais avant cela, j'ai écrit ce qui s'était passé la nuit de mon retour. Le fait de coucher sur le papier le moment affreux où j'avais vu sombrer la boîte de métal dans le lac était risqué, mais il y avait quelque chose au fond de moi qui avait besoin de se libérer, ne fût-ce que dans mon journal. « Tu es le seul à qui je puisse en parler », ai-je écrit. Puis j'ai caché le cahier sous le parquet situé au-dessous de mon bureau.

J'ai essayé de faire une version latine, mais les mots dansaient devant mes yeux et j'ai commencé à voir des taches lumineuses. Au début, ce n'étaient que de petites étincelles, comme des moucherons, puis elles se sont assemblées en un large soleil qui a envahi ma vision comme le trou d'un film en train de brûler. J'ai fermé les yeux et je me suis allongée sur mon lit. Mais je voyais toujours le trou sous mes paupières closes. Même quand je me suis endormie, il était toujours là. J'ai rêvé qu'il s'agissait de la lumière du porche de Mme Buehl et que je traversais les bois pour l'atteindre, mais je me trompais de direction et je me retrouvais à nouveau sur la Pointe. Je glissais sur la roche gelée et je tombais dans le vide noir constellé de petites étincelles blanches. La neige, pensais-je dans mon rêve, mais l'obscurité devenait soudain verte et les étincelles se transformaient en une vase dorée qui tombait au fond du lac. Je levais les yeux vers des échardes blanches formant un dessin sur un fond noir ; j'étais sous la glace brisée qui, pendant que je l'observais, se refermait peu à peu sur moi, m'emprisonnant tout à fait. Une boîte de métal ornée de montagnes dorées et d'un ciel bleu s'enfonçait à mes côtés. Elle sombrait en pivotant sur elle-même, tourbillonnant comme une feuille et, quand elle atteignait le fond, le couvercle s'ouvrait lentement.

C'est le même sentiment – d'être étendue au fond du lac et de lever les yeux sur la surface inférieure de la glace – que j'éprouve, allongée dans ma chambre, en regardant, la vision trouble, la neige qui s'accumule derrière les vitres sous forme de montagnes lointaines. Je pense à Deirdre, à ce qu'elle a dû éprouver en regardant la glace tandis qu'elle sombrait dans l'eau. Dans mes rêves, j'essaye de lui dire que je sais maintenant que le bébé n'était pas le sien, mais quand je tends la main vers elle, elle se détourne, tout comme Didon se détourne d'Énée quand il la rencontre aux enfers. Ces morts, quels geignards, a dit Vesta. Mais elle se trompait ; les morts sont silencieux.

Quand ma vision redevient nette, je me sens bizarrement pleine d'énergie : je décide d'aller patiner.

J'avais craint que l'injonction d'oublier le passé proférée par Mme Buehl n'inclue l'interdiction de me livrer à cette activité, mais j'avais oublié à quel point elle l'aimait également.

— C'est ce qu'il y a de mieux pour les élèves, dit-elle un jour particulièrement clément, de l'exercice en plein air. Et regardez cette glace ! La plus belle que j'aie vue en vingt ans !

— C'est le mois de janvier le plus froid depuis vingt ans, rétorque Simon Ross, le professeur de maths, en glissant sur ses patins de hockey. Jusqu'à aujourd'hui, tout au moins. Encore quelques jours de beau temps et la saison de patinage sera terminée.

— Il va faire encore froid cette nuit, intervient Gwen Marsh, évoluant en arrière près de moi.

— Mais nous aurons d'abord de la neige fondue et des pluies glaciales, déclare Meryl North qui patine avec Tacy Beade. Nous pourrions nous retrouver avec une véritable tempête.

Me tournant pour dire autre chose à Gwen, je constate qu'elle s'est éloignée. Je me demande si je l'ai offensée. Depuis que je suis revenue, elle se montre distante. J'ai pensé, au début de l'année scolaire, que nous aurions pu être amies, mais je me rends compte que j'ai bien peu contribué à faire fructifier la promesse de ce lien. Observant mes collègues qui patinent par deux ou par petits groupes, je vois bien que n'ai pas communiqué avec grand monde à Heart Lake. Je ressens la même chose que ce jour de terminale où je suis sortie de l'infirmerie et où j'ai pris conscience que je ne m'étais donné aucun mal pour me faire des amies car une seule me suffisait. D'une certaine façon, l'influence de Lucy m'avait également empêchée, ensuite, de créer des liens privilégiés avec d'autres filles. Au début, la peur d'être de nouveau blessée m'avait sans doute rendue méfiante, mais plus tard, chaque fois que je devenais proche de quelqu'un, j'entendais une voix froide et mesurée qui donnait son avis : trop grosse ; trop sérieuse ; un peu bruyante ; sans le moindre intérêt.

J'essayais d'ignorer cette voix, mais elle m'écartait des filles que j'aurais pu apprécier. De celles qui auraient pu m'apprécier. Il n'y avait pas eu tant de candidates que cela.

Aujourd'hui, je fais un effort pour parler à tout le monde. Je patine avec Myra Todd et j'écoute une tirade interminable sur la défense des droits des animaux ; je discute avec Mme Buehl de l'organisation d'une récolte de glace à l'ancienne ; je vais à la rencontre de Gwen, qui patine maintenant avec le Dr Lockhart, et je propose mon aide pour le magazine littéraire ; enfin, ayant rejoint Meryl North et Tacy Beade, je demande à cette dernière si elle accepterait de venir faire un exposé sur l'art antique à mes troisièmes. Elle me répond qu'elle est très occupée par les projets de sculpture sur glace qui doivent accompagner la récolte, mais qu'elle sera heureuse de venir plus tard dans l'année.

— Il est temps de faire demi-tour, Tacy, s'écrie Mme North. Tu vois, nous sommes à la Pointe.

— Oh, s'exclame mon ancien professeur de dessin. Oui, bien sûr !

En les voyant faire demi-tour, je me rends compte, tout à coup, que Beady voit très mal. Je me rappelle du soin qu'elle apportait autrefois au rangement de la salle de dessin, veillant à ce que chaque chose retrouvât sa place. Je me demande depuis combien de temps elle perd la vue et combien de temps elle conserverait son poste si le conseil d'administration était au courant. Meryl North a dû s'apercevoir que j'avais compris, car pendant que nous nous dirigeons vers le manoir, elle s'étend avec enthousiasme sur la future récolte de glace. Brusquement, je m'aperçois qu'elle se croît en 1977 et me prend pour l'une de ses élèves. Quand le Dr Lockhart et Gwen Marsh arrivent près de nous, elle dit : « Voici votre petite amie. » Quelle tristesse, me dis-je, que mes deux anciens professeurs aient perdu respectivement les facultés les plus importantes pour leur enseignement, la vue, pour le professeur de dessin ; la notion du temps, pour le professeur d'histoire.

Mes chevilles commencent à me faire mal mais quand j'aperçois Athéna et Vesta, je me dirige vers elles. Vesta arbore un bandeau en peau de mouton qui hérisse ses cheveux rouges et Athéna est affublée d'un pull de l'université de Yale sur un pantalon de pyjama écossais. Sa chevelure marbrée, mi-châtain, mi-noire, lui donne l'aspect d'un chien de berger australien. En les rejoignant, je constate que mon envie de leur parler est plus forte que celle de bavarder avec mes collègues.

Alors que la distance qui nous sépare se réduit, quelqu'un d'autre s'approche d'elles, ce qui me fait ralentir. Alors que j'essaye de freiner en enfonçant la partie crantée de mes patins dans la glace, je trébuche et me précipite la tête la première sur Roy Corey, qui atteint les filles en même temps que moi. Ayant violemment heurté sa poitrine, je suis certaine que nous allons basculer tous les deux, mais je sens son bras s'incurver autour de ma taille tandis que nous tournoyons sur la glace.

— Bravo, *Magistra* !

Mes élèves poussent des cris de joie, comme si je venais d'exécuter un double axel au lieu de manquer m'écraser sur le sol. En fait, je me sens plutôt gracieuse, avec le bras de Roy autour de la taille. Soudain, il le retire et croise les mains derrière le dos. Nous avançons côte à côte, sans nous toucher, le long de la rive ouest du lac. Je suis impressionnée par ses talents de patineur et je me souviens qu'il m'avait dit, autrefois, qu'il passait son temps sur des étangs gelés. Tout comme Matt. Le bout de mon patin accroche la glace. Je manque tomber mais mon compagnon me rattrape juste à temps.

— Oh la ! s'exclame-t-il. Ça va ?

— Désolée, je ne vois pas encore tout à fait bien. J'ai eu un petit accident.

— Oui, Mme Buehl m'a raconté. J'ai appelé la semaine dernière pour vous poser quelques questions.

Il me revient tout à coup à l'esprit qu'il est officier de police et qu'il n'est probablement pas venu que pour se distraire.

— Quelques questions ? À quel sujet ?

Avant de répondre, il jette un coup d'œil rapide alentour. Nous nous sommes arrêtés juste à l'endroit où la Pointe plonge dans le lac, non loin de la troisième Sœur qui se courbe au-dessus de la glace comme le dos d'un dauphin arrêté à mi-plongeon. Les autres patineurs, regroupés sur l'anse ouest, sont trop loin pour nous entendre, mais je vois que mon interlocuteur a l'air tendu.

— N'y avait-il pas une caverne, par ici ? demande-t-il en me faisant face. Celle où vous m'avez emmené, ce fameux matin.

Cette première allusion à la nuit que nous avons passée ensemble me fait rougir. Pourquoi ? Il ne s'est rien passé. De toute manière, il était endormi quand j'ai touché son visage. Mais il s'est empourpré aussi. Peut-être ne dormait-il pas ?

— Il y a un certain nombre de cavernes sur la Pointe, dis-je, mais je pense que celle dont vous parlez se trouve là.

Nous arrivons devant une ouverture assez basse

dans la paroi rocheuse, juste à la limite de la glace et du rivage. Ce n'est pas vraiment une caverne, mais un creux dans la pierre, surmonté par une saillie et bloqué en partie par la deuxième Sœur.

Il se glisse dans l'espace étroit et tapote la pierre. Embarrassée, je me faufile et je m'assieds. Il prend beaucoup plus de place que quand il était adolescent, mais c'est aussi mon cas. Seule la vue n'a pas changé. Autour de l'ombre effilée du rocher voisin, la glace se teinte, sous les rayons du soleil couchant, d'une nuance orangée laiteuse, réfléchie sur les parois calcaires de notre abri.

Roy contemple le paysage, lui aussi. Quand il tourne les yeux vers moi, je me dis que je ne suis pas la seule à me remémorer la dernière fois où nous étions ici.

— Alors, que vouliez-vous me demander ?

N'aurais-je pas dû réclamer la présence d'un avocat ? Le fait d'imaginer ce dernier serré près de nous me fait sourire.

— Qu'est-ce qu'il y a ?

— Rien. Je pensais simplement que nous n'étions pas dans votre salle d'interrogatoire habituelle. J'en déduis donc que ce n'est pas un entretien officiel ?

Il ne confirme ni n'infirme ce que je viens de dire.

— J'essaie simplement d'ordonner certains détails à propos de la mort de Deirdre Hall, explique-t-il.

— Ah !

— J'ai parcouru votre journal...

— Je croyais vous avoir entendu affirmer qu'il n'y avait dedans rien d'incriminant pour moi. Vous avez dit exactement « Vous n'aviez pas la moindre idée de ce qui se passait »

— Eh bien, peut-être ne vous ai-je pas assez écoutée. J'ai lu la partie relative à la mort de votre camarade et je pense que quelque chose vous mettait mal à l'aise. Je voudrais que vous me racontiez ce qui s'est passé cette nuit-là.

— Mais pourquoi ? Dans quel but ? Est-ce que vous menez une enquête sur la mort de Deirdre maintenant ?

Il hausse les épaules.

— Pour me faire plaisir, Jane.

Il m'adresse un large sourire candide comme le faisait Matt quand il voulait que nous prolongions l'étude du latin un quart d'heure de plus. Alors je fais ce qu'il veut. Je lui raconte tout ce dont je me souviens au sujet de cette nuit.

J'étais endormie, faisant cet horrible rêve dans lequel je sombrais sous la glace, la boîte de thé accompagnant ma chute quand leurs voix m'ont réveillée. Elles étaient dans la chambre individuelle, en train de se disputer.

— Je vais tout raconter.

— Tu ne peux pas.

— Je ne vois pas comment tu pourrais m'en empêcher. J'en ai ma claque.

Quelqu'un s'est précipité dans la pièce où je me trouvais. La porte qui donnait sur le couloir s'est ouverte, laissant pénétrer un faisceau de lumière, puis s'est refermée en claquant. Quelqu'un d'autre est sorti de la chambre individuelle et a rouvert la porte. Ayant reconnu Lucy dans la lumière, je l'ai appelée.

Elle a fait volte-face et a refermé la porte. Elle s'est approchée et s'est assise sur le lit près de moi.

— Je ne savais pas que tu étais réveillée, a-t-elle dit – il y avait un peu de lumière provenant de l'autre pièce, mais je ne distinguais pas son visage dans l'ombre. Tu as entendu ?

— J'ai entendu que tu te disputais avec Deirdre. Où est-elle allée ?

— Elle va voir Mme Buehl, pour tout raconter.

— Tout quoi ?

Lucy est restée un instant silencieuse avant de répondre :

— Au sujet du bébé.

— Pourquoi veut-elle dire à Mme Buehl qu'elle a eu un bébé ?

Lucy a soupiré.

— Elle veut se soulager d'un fardeau. Se libérer la conscience et ce genre de conneries.

J'ai pensé à mon journal avec un sentiment de culpabilité, mais lui, au moins, ne causerait d'ennui à personne.

— Mais alors tout le monde saura que nous l'avons aidée à s'en débarrasser !

Lucy a hoché la tête.

— Elle s'en fiche. Elle ne pense qu'à elle.

Je me suis assise sur le lit.

— On ne peut pas l'arrêter ? ai-je demandé.

Lucy m'a pris la main et l'a serrée.

— Ma bonne vieille Jane, c'est une excellente idée. Viens, nous pouvons peut-être la rattraper.

Nous n'avons pas pris la peine de descendre le long de la gouttière. La surveillante était endormie dans son bureau, ce qui nous a permis de passer devant elle sur la pointe des pieds. Une fois dehors, je me suis mise à courir sur le chemin mais Lucy m'a arrêtée.

— Je connais un raccourci à travers le bois. On pourra peut-être la rejoindre avant qu'elle n'arrive chez Mme Buehl.

Nous avons suivi la piste étroite que Lucy avait tracée dans la neige. J'ai remarqué avec surprise que quelqu'un y avait marché récemment, ce qui signifiait qu'elle était passée par là depuis la dernière chute. Cette piste menait directement à la Pointe. Quand j'ai vu où nous nous trouvions, je me suis arrêtée à la lisière du bois, pensant à mon rêve. Je ne voulais pas avancer sur le rocher.

— Je crois que je la vois, s'est écriée Lucy. Recule !

Elle m'a fait rentrer dans l'ombre. Ce n'est que lorsque Deirdre allait passer devant nous que Lucy est sortie dans la lumière pour lui bloquer le chemin. Deirdre a sursauté en la voyant et s'est dirigée vers les arbres, mais elle a dû me voir aussi car elle a pris le chemin opposé, vers la Pointe. Quand elle s'est trouvée sur le rocher, Lucy a commencé à avancer vers elle, mais pas sur la partie bombée située au sommet. Elle a posé le pied sur la saillie du côté est, et s'est approchée de Deirdre avec lenteur et détermination.

— Je crois qu'il faut que nous discutions, Deir, a-t-elle articulé d'une voix calme et raisonnable.

— Je ne veux pas discuter Lucy, éloigne-toi de moi.

J'ai entendu l'intonation effrayée de Deirdre, qui m'a surprise. Lucy était tellement plus petite qu'elle, de quoi pouvait-elle avoir peur ? Cela m'a soudain mise en colère. Je suis sortie du bois et je me suis avancée avec précaution sur le rocher glissant. Cependant, ma colère s'est aussitôt transformée en crainte quand j'ai vu qu'elle s'étaient toutes deux dangereusement approchées du bord.

— Hé ! ai-je crié – ma voix m'a paru faible. Retournons au dortoir pour discuter de tout ça.

Deirdre a eu une exclamation de dédain.

— Oui, Jane, nous allons avoir une longue conversation. Il y a un tas de choses qui devraient t'intéresser.

Lucy s'est tournée vers moi, ce qui lui a fait perdre l'équilibre. Ses bras ont battu l'air comme les ailes d'un grand oiseau emprunté. J'ai essayé de l'attraper, mais elle était trop loin au-dessous de moi, et j'ai trébuché avant d'avoir pu l'atteindre. Juste avant d'atterrir sur la pierre, j'ai vu Deirdre agripper le bras de Lucy et j'ai entendu quelqu'un crier ainsi qu'une sorte de craque-

ment. J'ai levé les yeux et aperçu une silhouette accroupie sur le rocher. J'ai rampé vers elle et constaté que c'était Lucy. Les yeux à ras du bord de la paroi, elle fixait le lac gelé dans lequel un grand trou noir venait de s'ouvrir.

— Vous dites que Lucy se trouvait au-dessous de vous sur la saillie et que quand vous vous êtes avancée, Deirdre a reculé ?

Je hoche la tête. Il semble un instant perdu dans ses pensées.

— Qu'est-ce qu'il y a ? dis-je.

— Rien. Il faut d'abord que j'examine à nouveau la Pointe pour vérifier si mon idée vaut quelque chose. Continuez, racontez-moi ce que vous avez fait après que Deirdre est tombée. Est-ce que vous êtes descendues pour essayer de lui venir en aide ?

— Il n'y avait rien à faire.

Il me regarde en silence. Je me souviens qu'il a lu mon journal.

— Qui a décidé de partir sans essayer de l'aider ?

— Moi, dis-je – quand je vois qu'il scrute mon regard, j'ajoute : eh bien en fait, d'abord Lucy, et moi ensuite.

J'essayais de tirer Lucy vers moi, mais c'était comme si elle était collée à la roche, paralysée par cette longue ouverture sombre dans le lac.

— Il faut descendre pour voir si on peut l'aider, ai-je dit.

Lucy m'a regardée, les yeux écarquillés.

— Je l'ai vue quand elle a percuté la glace. Crois-moi, elle était morte avant de s'enfoncer dans l'eau.

J'ai vu l'horreur dans ses yeux et cela m'a effrayée.

— On ne peut pas la laisser comme ça. Il faut en être sûres.

Lucy a hoché la tête. Elle m'a laissée passer devant. Quand nous avons atteint la plage, je me suis arrêtée mais Lucy a marché sur la glace jusqu'à l'endroit où Deirdre était tombée. Je l'ai rattrapée et lui ai saisi le bras. Elle s'est retournée si brutalement que j'ai presque perdu l'équilibre.

— Tu disais que tu voulais être sûre, a dit Lucy. L'une de nous doit descendre là-dedans. Et il serait normal que ce soit moi, évidemment. C'est de ma faute si elle est tombée.

Elle parlait doucement mais ses mots m'ont glacée. Elle avait l'expression qui lui était particulière quand elle était déterminée à obtenir ce qu'elle voulait. Je n'ai pas douté une seconde que son intention fût de plonger dans l'eau glacée pour trouver le corps de Deirdre. J'avais l'impression qu'elle ne s'arrêterait pas de chercher avant de l'avoir trouvé, même si cela signifiait suivre notre compagne jusqu'au fond du lac. J'ai compris que je pouvais la perdre aussi.

J'ai regardé l'eau noire. Je voyais déjà une fine pellicule de glace se former dessus. Combien s'était-il écoulé de minutes depuis la chute ? Même si elle y avait survécu, Deirdre ne serait-elle pas noyée à présent ? Si elle était déjà morte pourquoi Lucy devait-elle risquer sa vie ?

J'ai posé mon autre main sur le bras de Lucy et l'ai fait pivoter vers moi.

— Je ne veux pas que tu y ailles. C'est déjà affreux que Deirdre soit morte. Je ne veux pas te perdre aussi.

Ses yeux m'ont regardée comme si je me trouvais très loin, comme si la fine couche de glace qui se formait à la surface de l'eau noire nous séparait. Je n'étais même pas sûre qu'elle comprît ce que je disais. Soudain, elle a de nouveau tourné les yeux vers l'eau et j'ai vu sur ses traits une expression de nostalgie si intense que j'ai commencé immédiatement à la tirer vers la rive.

— Mais il faut que nous en parlions à quelqu'un, a-t-elle dit.

— Bien sûr, tu avais raison. Nous allons au cottage de Mme Buehl...

— Mais si elle est sortie ? Non. Il vaut mieux aller au dortoir et réveiller la surveillante.

Lucy est passée devant moi pour emprunter le raccourci. Nous marchions l'une devant l'autre, Lucy avançant si vite que j'arrivais à peine à la suivre. J'étais heureuse qu'elle fût sortie de la transe qui l'avait saisie au bord du lac, mais j'ai été surprise, quand nous avons atteint la résidence, de la voir grimper le long de la gouttière jusqu'aux toilettes du deuxième étage. Quand je l'ai rejointe à l'intérieur, je lui ai demandé ce qu'elle faisait.

— Pourquoi entrer en catimini ? Il faut réveiller la surveillante de toute façon.

— Il faut que je vérifie quelque chose avant. Deirdre écrivait quelque chose dans son journal avant de partir en courant. Et si elle a écrit ce que nous avons fait, Jane ? Tu veux que tout le monde sache que nous avons noyé un bébé dans le lac ?

— Noyé ?

— Pas si fort !

Lucy a posé un doigt sur mes lèvres. Elle avait les mains gelées.

— Le bébé était mort, ai-je insisté.

— Ce sera ta parole contre la leur. Et si Deirdre a écrit qu'il était vivant et que toi et moi nous l'avons tué ? Tu veux que les gens croient cela de toi ? Tu crois que tu obtiendras ta bourse pour Vassar si tout ça se répand ?

J'ai secoué la tête. Lucy a entrebâillé la porte des toilettes, a passé la tête par l'ouverture et m'a fait signe que la voie était libre. Ce n'est que lorsque je l'ai suivie dans le couloir que je me suis demandé comment elle était au courant pour la bourse. Je n'en avais parlé qu'à Mme Buehl et à Mme North, qui devaient m'écrire des lettres de recommandation. Le moment semblant toutefois peu propice pour poser la question, j'ai suivi Lucy en silence.

Elle a ouvert la porte très lentement pour éviter tout grincement. Nous avions agi de cette façon un nombre incalculable de fois, mais toujours avec Deirdre. Je n'arrêtais pas de regarder derrière moi, espérant la voir, puis l'imaginant dans le lac, sous la glace. Je me suis souvenue de mon rêve et j'ai espéré, pour elle, qu'elle s'était vraiment tuée en heurtant le sol.

Lucy s'est dirigée sans hésiter vers la chambre de Deirdre et j'ai entendu un tiroir s'ouvrir. Quand elle est ressortie, elle tenait le journal à la main. Elle s'est assise à son bureau, a allumé la lampe et a ouvert le carnet. Debout derrière elle, j'ai lu par-dessus son épaule. Sous la citation d'Horace, qui était le dernier paragraphe du journal, quand je l'avais examiné l'après-midi, Deirdre avait écrit une autre phrase : « Tout ce qui va se passer maintenant est la conséquence de ce que Lucy a fait à Noël. » Il n'y avait aucune précision sur l'état du bébé à la naissance.

— Qu'est-ce qu'elle veut dire ? ai-je demandé. Elle a l'air de prétendre que c'est de ta faute. C'est injuste !

Lucy a levé les yeux sur moi.

— Elle me reprochait d'avoir caché la vérité. Elle disait qu'il aurait été préférable de tout dire dès le départ.

— Mais tu essayais simplement de l'aider !

Je me mettais en colère contre Deirdre, oubliant qu'elle n'était plus là pour la subir.

Lucy a haussé les épaules :

— Apparemment, ce n'était pas son avis.

— Eh bien, il faut faire disparaître ceci. Nous allons le cacher. Le jeter dans le lac. Je n'en parlerai jamais.

Lucy a souri.

— Tu es vraiment une amie, Jane, mais je crois que ce ne sera pas nécessaire. Écoute – et elle a lu la phrase en l'isolant : « Tout ce qui va se passer maintenant est la conséquence de ce que Lucy a fait à Noël. » C'est parfait ! Tout ce que cette psy d'Albany n'a cessé de répéter, c'est qu'une tentative de suicide en entraîne une autre. Comme si c'était contagieux. Ils s'attendaient à ce que Deirdre se tue. D'autant plus que j'ai été assez mal élevée pour me couper les veines sur son lit. Ils vont probablement se donner de grandes claques dans le dos pour avoir tout deviné.

— Mais elle ne s'est pas suicidée. C'était un accident ! Nous allons juste expliquer...

— Ne sois pas stupide, Jane. Ça ressemble à un suicide. Ça correspond même à la légende des Trois Sœurs parce qu'elle est tombée entre la deuxième et la troisième Sœur. C'est ce qu'ils vont avoir envie de croire. Ils vont avaler ça comme de la crème.

— C'était peut-être un suicide. Je veux dire, imagine comme elle devait se sentir mal vis-à-vis du bébé...

Je pensais que ma théorie plairait à Lucy, mais elle a paru tout à coup distraite. Elle a parcouru la chambre du regard comme si elle avait perdu quelque chose.

— Il ne manque qu'un détail pour que tout soit parfait.

Elle a jailli hors de sa chaise et s'est approchée du lit. J'étais un peu déconcertée par son énergie. Elle a attrapé un morceau de papier blanc posé sur la couverture et l'a secoué au-dessus de sa tête.

— Voilà ![1] a-t-elle dit en se rasseyant devant son bureau : « Ecce testimonium » *– c'était le poème de*

1. En français dans le texte. *(N.d.T.)*

Yeats « L'île au lac d'Innisfree ». Je pense que le dernier vers fera l'affaire.

Elle a découpé soigneusement le dernier vers du poème, puis l'a collé dans le journal de Deirdre en prenant le temps de l'aligner parfaitement.

— Même pour son mot d'adieu, dit Lucy, Deirdre aurait été vachement précise.

— Donc, vous avez toutes les deux transformé l'événement en suicide. Vous avez modifié le journal et vous l'avez porté chez la surveillante.

— Oui. Nous avons affirmé que je m'étais réveillée et que j'avais vu la porte de Deirdre entrebâillée, puis le journal ouvert sur le lit. Je sais que c'est affreux, mais je croyais vraiment qu'elle s'était peut-être donné la mort, qu'elle culpabilisait au sujet du bébé...

— Mais ce n'était pas son bébé.

— En effet.

— Et qu'a dit Deirdre exactement juste avant de tomber ?

— « Oui, Jane, nous allons avoir une longue conversation. Il y a un tas de choses qui devraient t'intéresser. »

Il m'observe, attendant que je franchisse l'étape suivante.

— Elle m'aurait dit que ce n'était pas son bébé, mais celui de Lucy...

— Et vous dites que Lucy a secoué les bras au-dessus de sa tête avant la chute de Deirdre ?

— Oui, elle a perdu l'équilibre...

— Mais elle se trouvait sur la saillie à l'est. On ne peut pas tomber de cet endroit-là car il est séparé de la paroi à pic par un rocher. Cependant, on est assez près du bord pour tendre le bras et pousser quelqu'un...

— Ce n'est pas ce que j'ai vu !

Je lève une main devant ma bouche et je sens la laine de ma moufle s'humidifier sous mon souffle. Roy tend le bras et écarte la main de mon visage.

— Parce que vous essayiez d'atteindre Lucy et que vous êtes tombée. Vous n'auriez rien pu voir.

Je dégage ma main et presse mes deux poings sur mes yeux comme pour effacer l'image que l'inspecteur est en train de dessiner. J'appuie les paumes sur les paupières jusqu'à ce que des mouchetures brillantes saignent sur le fond noir, mouchetures qui se transforment en pierre et glace luisantes, paysage miniature de glaciers duquel je détourne le regard, pour apercevoir, se découpant sur le ciel éclairé par la lune, la petite main pâle de Lucy qui se tend, attrape le pied de Deirdre et le tire vers elle. Geste rapide et sûr dont la force a dû surprendre la victime car je vois sa bouche former un petit « O » avant qu'elle ne bascule en arrière.

Roy écarte de nouveau mes mains de mon visage et, quand j'ouvre les yeux, je lis dans les siens l'espoir d'une révélation.

— Quelle importance cela a-t-il ? dis-je, trop furieuse d'être forcée de revivre cette nuit pour lui avouer qu'il a raison, que j'ai peut-être vu autre chose. Tout cela s'est passé il y a vingt ans. Lucy et Deirdre sont mortes toutes les deux. Ainsi que Melissa Randall. Ce qu'elle a pu lire dans mon journal, ce qu'elle a pu en faire ensuite, c'est fini maintenant.

— Vraiment ? Tout d'abord, il y a une fausse tentative de suicide – comme celle que Lucy avait faite à Noël – ensuite, une élève se noie à l'endroit précis où Deirdre est tombée. Deux des événements qui se sont déroulés au cours de votre année de terminale se sont reproduits. Que va-t-il se passer pour le dernier acte ? Pour ce qui est arrivé à Matt et Lucy ? Nous avons supposé que Melissa Randall était responsable de tout. Mais pourquoi ? Parce que nous avons trouvé votre journal parmi ses affaires. Mais n'est-ce pas aussi ce qui s'est passé il y a vingt ans ? Lucy et vous avez trafiqué le journal de Deirdre pour que tout le monde crût qu'il s'agissait d'un suicide. Et si quelqu'un avait glissé votre journal dans les affaires de Melissa ?

Je le fixe, non plus vraiment avec colère, mais avec horreur. Ce qu'il suggère exprime mes pires craintes, celles que les événements enclenchés il y a vingt ans ne prendraient jamais fin avant de m'avoir emportée, d'avoir fait de moi une victime : la troisième sœur. Et, à vrai dire, pourquoi aurais-je dû être épargnée ?

De nouveau je ferme les yeux et je vois, avec plus de netteté, Lucy tendre la main pour saisir la jambe de Deirdre. Je sais que ce souvenir a toujours été présent. J'ouvre les paupières en hochant la tête.

— La mort de Deirdre n'était pas un accident. Vous avez raison. Le fait d'avoir été jeune à l'époque n'est pas une excuse ; je suis responsable de ce qui s'est passé autrefois. De la mort de Deirdre aussi...

Roy pose ses doigts sur mes moufles. Je remarque le duvet roux qui agrippe la lumière réfléchie par la glace.

— Jane, ce n'est pas ce que je voulais dire...

Je lève les yeux vers lui, vers le regard vert qui paraît si familier et je remarque soudain que la lumière a disparu.

Je me tourne vers l'entrée étroite de la caverne juste à temps pour voir se séparer en deux l'ombre allongée de la Sœur dont une moitié s'éloigne. C'est comme si elle s'était animée pour patiner, mais Roy dissipe l'illusion. Il se relève et sort de notre abri, tandis que je trébuche gauchement derrière lui. Je le rattrape de l'autre côté de la Pointe où, immobile, il observe les patineurs sur l'anse ouest : Mme Buehl, Tacy Beade, Meryl North, Gwendoline Marsh, Simon Ross, Myra Todd, le Dr Lockhart, Athéna, Vesta et une douzaine d'autres professeurs et élèves. Il est absolument impossible de dire lequel d'entre eux était en train d'écouter notre conversation.

28

Cette nuit-là, je rêve encore que je patine, mais cette fois le sol se fissure avec un craquement dans le sillage de mes patins. Je continue pourtant de glisser, en un cercle de plus en plus étroit, comme sous l'effet d'un aimant se déplaçant sous la glace. Au lieu du sentiment de légèreté caractéristique de mes rêves précédents, règne maintenant une pesanteur, qui ralentit mes mouvement. Quand je tourne la tête, je vois la fissure s'élargir en une crevasse : un tunnel vert pâle s'enfonce sous mes pieds. Tout à coup, je ne me trouve plus sur le lac, mais sur le glacier de Mme Buehl. Je plonge les yeux dans la crevasse dont les parois comportent des bulles, comme le verre ancien, mais celles-ci se meuvent. Regardant de plus près j'aperçois, à des kilomètres au-dessous de moi, avec une clarté inimaginable, de petites silhouettes brunes tels des personnages d'une photographie sépia : Matt, Lucy, Deirdre, Aphrodite et même Iris Crèvecœur, revenus à la vie. Tous sont là. De leurs lèvres entrouvertes s'échappent des flots de bulles.

De l'autre côté de la crevasse, se dresse une autre silhouette, mais quand je m'approche pour la voir je tombe dans le tunnel. Au fur et à mesure que je m'enfonce, la glace se referme au-dessus de moi.

Je m'éveille au son d'un craquement près de ma tête. La chambre est inondée d'une sinistre lumière verte, celle, je le comprends très vite, des chiffres luminescents de mon réveil qui indique 3 h 33. Alors que je le fixe avec hébétude, quelque chose craque de nouveau sur le toit, avant de dévaler les murs de la maison. C'est comme si les coutures du bâtiment éclataient. Je me lève, m'attendant à sentir le sol trembler sous mes pieds : secousse sismique, tornade, ère glaciaire, glacier en mouvement, tout me vient à l'esprit. Mais à mon grand soulagement, le sol, bien que d'un froid glacial, reste stable.

J'enfonce mes pieds nus dans des bottes fourrées et enfile ma doudoune par-dessus ma chemise de nuit. Dans le salon, le craquement est plus sonore. On a l'impression qu'une armée de ratons laveurs bivouaquent sur le toit. Des ratons laveurs ? Ce pourrait être aussi des ours. Regrettant de ne pas avoir de fusil, j'ouvre la porte et allume la lumière du porche, espérant qu'elle effraiera le visiteur nocturne suffisamment longtemps pour me permettre d'appeler les services vétérinaires.

Dans le halo de lumière, je découvre un paysage de verre, comme l'intérieur d'un œuf de Pâques en sucre. Chaque arbre est recouvert de glace jusqu'au moindre rameau. En faisant quelques pas devant la maison, je sens tomber une pluie cinglante. Les branches, qui ploient sous leur fardeau, craquent et s'écrasent sur le sol. Je devrais rentrer mais je suis envoûtée. Je n'ai pas vu de tempête telle que celle-ci depuis mon enfance. Je sais à quel point ce phénomène peut être dangereux mais pour le moment je suis ensorcelée par sa force. Par la façon dont chaque brin d'herbe, chaque feuille morte est transformée en objet d'art.

Entre le cottage et la Pointe, se dresse un pin dont

les aiguilles, enveloppées de cristal, frottent les unes contre les autres dans le vent ; leur cliquetis m'évoque des tintements étouffés ou des cloches sonnant sous l'eau. Dans la lumière du porche, elles luisent comme les yeux d'un animal des bois. Brusquement, j'ai l'impression que je distingue un contour familier. J'avance un peu et je constate que quelques aiguilles entortillées dessinent une tête à cornes tenant entre les dents sa proie sanglante. Je les tire vers moi et sens, sous l'enveloppe de glace, du métal. Je tiens trois épingles à cheveux entremêlées : un cornicula.

Le lendemain matin, je me rends jusqu'à la Pointe. Je gratte la glace et secoue les branches, mais je ne trouve pas d'autre épingle à cheveux. Grimpant sur le promontoire, je contemple le lac, embrasé par le soleil levant. La tempête est passée, laissant derrière elle un ciel clair. Les Trois Sœurs, elles aussi, ont reçu pendant la nuit un manteau somptueux ; la troisième ressemble à une opale sertie dans de l'or et la deuxième projette une ombre étendue, tel un doigt crochu désignant la caverne où Roy Corey et moi étions assis hier. Je pense de nouveau à l'ombre que nous avons vue, qui indiquait la direction opposée et qui s'est séparée en deux.

Les trois épingles reposent sur ma paume. Mme Macintosh nous avait dit un jour que, lorsqu'on étudiait un texte, la première question qu'on devait poser à un narrateur était la suivante : « Pourquoi me dites-vous cela maintenant ? »

Je suis revenue à Heart Lake depuis quatre semaines, qui se sont déroulées de façon on ne peut plus calme. Pas de pages de journal déchirées, d'épingles à cheveux symboliques ni de jeunes filles mortes. J'ai supposé que c'était terminé, que ces irruptions du passé avaient cessé parce qu'Aphrodite avait disparu. Mais apparemment je me suis trompée. La personne responsable de ces messages s'est tout simplement tenue tranquille. Alors pourquoi se manifeste-t-elle maintenant ? Ce signe, qui peut paraître innocent à n'importe qui d'autre – comment raconter que quelqu'un me menace avec des épingles à cheveux ? –, se révèle, pour moi, lourd de menaces.

Ce sentiment d'insécurité, je l'éprouve, en fait, depuis le moment où, hier, l'ombre s'est séparée en deux. Quelqu'un a écouté notre conversation et quelque chose, dans nos propos, a réveillé l'esprit de vengeance qui avait semblé s'apaiser. Mais quoi ? J'essaie de me remémorer nos paroles, Lucy bousculant Deirdre dans le lac. Je me trouve maintenant exactement à l'endroit où je me tenais la nuit où notre camarade est tombée. À ma gauche, je vois la saillie où était Lucy. Je m'y installe à mon tour – elle ne se trouve qu'à un mètre au-dessous du sommet du promontoire – et je m'avance vers le bord de la Pointe. Ici, la pierre, plus plate, arrive presque jusqu'au vide, mais elle en est séparée par un affleurement rocheux et un pin chétif. Est-ce pour cela que mon amie s'est placée ici ? Parce qu'elle pouvait s'approcher du vide sans danger ? Elle connaissait parfaitement les lieux depuis que nous nous étions amusées à atteindre la plage par ce chemin. D'où je me tiens, je pourrais toucher la cheville d'une personne debout près de la paroi à pic, ou tendre le bras et la faire trébucher. De nouveau, je revois la scène comme je l'ai vue hier dans la caverne. Je remonte au sommet du rocher bombé et, à quatre pattes, je m'approche du vide aussi près que je le peux avant que le vertige ne me force à reculer.

Inconsciemment, j'ai enfoncé l'extrémité de mes doigts dans les fissures étroites comme si j'étais en train d'escalader un mur. Les marques glaciaires font ressurgir un élément de mon rêve – la crevasse vert pâle qui s'ouvrait dans le glacier.

Au cours de notre entretien dans la caverne, j'ai raconté que Lucy et moi avions déguisé la mort de Deirdre. Roy Corey, lui, a déclaré qu'il ne croyait pas au suicide de Melissa et que, selon lui, la personne qui avait mis en scène la fausse tentative de suicide d'Athéna et tué Melissa ensuite était sans doute encore en vie. S'il a raison, cette personne s'est peut-être sentie provoquée. Et le cornicula est une réponse à ce défi.

Tout au long de mes cours, je suis tellement accaparée par cette question que j'arrive à peine à suivre les textes artificiels d'*Ecce Romani*, notre manuel de latin pour débutants (aujourd'hui nous accompagnons notre famille romaine dans une auberge de la Via Appia) et encore moins la traduction de Virgile des terminales. Nous avons suivi Énée aux enfers, où il rencontre Didon, qu'il a autrefois rejetée. Il tente de s'excuser pour l'avoir abandonnée à Carthage, mais elle se détourne de lui et refuse de lui parler.

Je me souviens alors de mon rêve dans lequel Deirdre se détourne de moi.

— Je suis heureuse que Didon refuse de parler à Énée, déclare Vesta, toujours aussi réticente envers le fondateur de Rome.

— Elle aurait même dû faire plus que se montrer froide à son égard, renchérit Athéna, tirant sur son pull pour cacher ses poignets. Les gens... les gens qui blessent d'autres gens...

Vesta se met à chantonner la chanson de Barbra Streisand : « People, people who need people... »

— La ferme, Vesta ! hurle Athéna qui saisit son

Énéide comme si elle avait l'intention de lancer le livre sur sa compagne de classe.

— *Puellae* ! – je me lève en tapant des mains : *Tacete* ! Qu'est-ce qui vous arrive, les filles ?

Mes deux élèves me regardent, stupéfaites.

— Nous sommes fatiguées et nous avons un gros examen de chimie avec Molty[1] Todd au cours suivant.

Contrevenant gravement au code professionnel, je ne peux m'empêcher de rire en entendant le sobriquet de Myra, ce qui me vaut un sourire de Vesta. Mais Athéna se transforme en statue de la réprobation devant notre gaieté partagée.

— Vesta, voulez-vous sortir un moment dans le couloir ? Je vous donnerai à toutes les deux plus de temps pour étudier ; je veux simplement dire un mot à Athéna.

Cette dernière lève les yeux au ciel, exagérant au maximum la mimique de l'élève obligée de rester un peu après la classe.

— Hé, dis-je quand Vesta est sortie, je croyais que nous étions amies : qu'est-ce qui vous tracasse ?

— Les gens... – se souvenant de la plaisanterie de Vesta, elle se corrige – ... certaines filles de la classe se moquent de moi à cause de ça – elle lève les bras et secoue les poignets pour que les manches larges de son pull retombent jusqu'au coude. Et ce n'est pas juste. Je ne me suis pas taillé les veines depuis l'année dernière. C'est quelqu'un d'autre qui l'a fait !

— Melissa, vous voulez dire ?

Elle hausse les épaules et s'essuie les yeux du dos de la main, exposant plus nettement encore à mon regard sa peau ravagée.

— Eh bien, le Dr Lockhart n'arrête pas de me dire

1. *Molty* : Qui mue, qui perd ses poils. *(N.d.T.)*

que c'est Melissa, mais je n'arrive toujours pas à le croire. Nous étions vraiment amies...

— N'arrête pas de vous dire ? Vous voyez souvent le Dr Lockhart ?

— Deux fois par semaine, ce qui me tape complètement sur les nerfs. Elle n'arrête pas de me demander ce que je ressens depuis « le suicide de ma camarade de chambre ». Qu'est-ce qu'elle attend que je lui dise ? Que je suis ravie ? Je me sens vachement mal – pardon – mais ça ne me donne pas envie de me trucider. Elle fait comme si le suicide était une espèce de virus que j'aurais pu attraper. Et les autres filles font comme si j'étais contagieuse ; j'ai l'impression d'avoir la gale.

— Je sais ce que vous ressentez. Quand l'une de mes compagnes de chambre s'est tuée, mon autre compagne et moi-même avons dû aller voir un psy.

— Est-ce que ça vous ennuyait ?

— Eh bien, je n'en raffolais pas, mais cela rendait mon autre compagne complètement folle.

— C'est sûr ! continue Athéna en m'adressant une ébauche de sourire. Les gens qui croient que vous êtes fou peuvent vous rendre fou.

Le sourire m'encourage à tendre la main pour lui frotter amicalement le bras.

— Eh bien, il ne vous reste plus qu'à leur prouver le contraire.

Cet avis paraît, à mes oreilles, d'un enthousiasme un peu trop artificiel, mais Athéna hoche la tête, se sèche les yeux et ébauche un autre sourire.

— Merci, *Magistra,* dit-elle en rassemblant ses livres, c'est le meilleur argument que j'ai entendu pour me dissuader de passer à travers la glace pour me noyer.

Au cours du déjeuner, je me répète les derniers mots d'Athéna, essayant de me convaincre que la méthode de suicide qu'elle a choisi de citer – celle par laquelle Matt et Lucy ont péri –, n'est qu'une coïncidence. Ce que je ne peux m'empêcher de penser, toutefois, c'est que si quelqu'un poussait les événements d'il y a vingt ans à se reproduire, ce serait la forme que prendrait la mort à venir. Un fort cliquetis me fait sortir de ces pensées moroses. Le Dr Lockhart, debout devant la place inoccupée voisine de la mienne, secoue mécaniquement un trousseau de clés en répondant à une question de Gwen Marsh.

— Non, Gwen, je ne pense pas que nous devrions supprimer les contrôles de mi-trimestre parce que les filles traversent une période difficile, déclare-t-elle.

Quand elle s'assied, elle pose les clés près de son assiette. Non seulement cette femme n'est pas obligée de porter un fourre-tout qui déborde de livres et de papiers, comme nous autres enseignants, mais elle ne ressent même pas le besoin de se munir d'un petite sac ou d'une pochette. Cela perturberait sans doute la ligne de ses tailleurs parfaitement coupés.

Je plonge la main dans la poche de mon cardigan déformé et y trouve un stylo, des morceaux de craie et un mot que j'ai confisqué à l'une de mes élèves de sixième. Je sors le papier roulé en boule et je m'aperçois qu'il s'agit en fait d'un pliage en forme de « salière », très prisé par les préadolescentes, qui s'en servent pour prédire l'avenir. Les plis comportent des pastilles de couleur que l'on choisit pour découvrir ce qui se cache derrière.

Gwen Marsh tend la main et s'en saisit.

— Ooh, j'adorais ça quand j'étais petite ! Je vais vous dire ce que vous réserve l'avenir – elle glisse ses doigts sous les plis. Dites-moi un chiffre.

— Trois.

— Un, deux, trois, récite-t-elle en faisant jouer la « salière ».

Quand elle a terminé, elle me demande de choisir une couleur.

— Le vert.

Je m'apprête à soulever le rabat mais elle m'a précédée.

— « Tu n'es qu'une hypocrite, va te noyer dans le lac. » Oh la la ! À mon époque, nous avions des phrases comme : « Tu épouseras un millionnaire. » Vous voyez, Candace, ce que je veux dire quand j'affirme que c'est difficile pour les filles. Comment leur imposer des contrôles de mi-trimestre...

— Si vous vous montrez complaisante, elles vont profiter de vous, décrète le Dr Lockhart en se levant, bien qu'elle ait à peine touché à son déjeuner.

— Je ne pense pas que mes élèves profitent de moi. Elles représentent tout à mes yeux... cette école... représente tout.

La voix du professeur d'anglais, qui hésite entre les larmes et la colère, suit le Dr Lockhart. Je me demande si celle-ci va se retourner, mais Mme Buehl l'appelle à son tour :

— Candace, vous avez encore oublié vos clés !

Elle ramasse le trousseau et le lui lance. La psychologue l'attrape adroitement d'une main et s'éloigne sans un mot de remerciement pour le proviseur ni d'excuses pour Gwen.

Cette dernière renifle bruyamment :

— Eh bien, j'en parlerai tout de même à l'assemblée générale, ce soir.

— Ce soir ? dis-je.

Myra Todd claque la langue avec réprobation devant mon oubli et ce qu'elle considère sans doute comme ma réticence à assister à la réunion. Elle se trompe. Bien que je déteste habituellement ce genre d'événements, celle-ci me donne une idée. J'ai finalement trouvé ce qui me tracassait à propos de ma conversation avec Athéna ce matin. Ce n'était pas seulement son allusion au fait de traverser la glace. Quand je lui ai dit que ma camarade de chambre s'était tuée, elle n'a pas été surprise : elle ne pouvait être au courant que si elle avait lu mon ancien journal. Je me demande ce qui se passe au cours de ces séances deux fois par semaine avec le Dr Lockhart. Je me souviens d'un dossier vert pâle portant le nom d'Athéna dans le classeur du bureau de la psychologue et je suis quasiment sûre que la clé de ce meuble et celle de la porte de son bureau seront, ce soir, sur la table à côté d'elle.

Je veille à arriver en avance et je traîne devant la porte de la salle de musique, faisant mine de m'intéresser aux notes punaisées sur le panneau d'informations. À côté des publicités habituelles pour le club d'échecs et le groupe d'intervention antisuicide, il y a une nouvelle affichette. Elle comporte la photocopie en noir et blanc d'une gravure ancienne représentant un étang gelé. En plein milieu, un cheval est attelé à un chariot rempli de cubes qui évoquent de gros morceaux de sucre. Au premier plan, à droite, autour d'un trou dans la glace, se tiennent penchées des silhouettes dont l'une, à l'aide d'une perche en forme de lance, pousse un cube sur la glace vers une cabane au toit incliné ressemblant étonnamment à la glacière du Schwanenkill. À l'arrière-plan, patinent de petits personnages.

« Ce soir, lis-je sous l'illustration, réunion récolte de glace 20 heures. Salle de musique. Projection de diapositives et conférence par Maïa Thornbury, agent des eaux et forêts. » Sous les caractères d'imprimerie, quelqu'un a ajouté à la main, à l'aide de lettres supposées évoquer des stalactites, mais qui tiennent plutôt de poignards, une promesse de sorbets maison en guise de rafraîchissements. L'affichette est datée d'hier. C'est tout à fait le genre de manifestation à laquelle j'aurais dû assister pour retrouver les bonnes grâces de Mme Buehl.

— Jane, êtes-vous intéressée par la récolte de glace ?

Je me tourne vers le proviseur.

— Oui, je suis désolée d'avoir manqué cela, je cousais des stolas pour les lupercales.

Ce mensonge m'est venu si facilement que je rougis de honte.

— Eh bien, vous avez de la chance, me révèle Myra Todd qui arrive derrière Mme Buehl. La soirée a été repoussée à ce soir, après l'assemblée générale. J'ai besoin d'aide pour remonter les glaces du sous-sol.

Avant d'avoir pu trouver une excuse – l'obligation de coudre un élément de costume, le linceul de Pénélope, peut-être –, Myra passe devant moi et pénètre dans la salle de musique. Je vois que les chaises se remplissent autour de la table. Si le Dr Lockhart tarde à venir, je ne pourrai pas m'installer près d'elle.

Je l'aperçois, descendant l'escalier principal sans se presser, le trousseau accroché à son index droit. J'essaie de ne pas fixer les clés tandis qu'elle s'approche de l'entrée de la salle.

— Docteur Lockhart ! dis-je gaiement, allez-vous à la réunion de la récolte de glace ce soir ?

Elle me regarde comme si j'avais perdu l'esprit mais, au moins, elle ralentit l'allure suffisamment pour que nous entrions ensemble dans la pièce.

— Je pense que c'est épouvantable décrète-t-elle en s'orientant vers une chaise située non loin de la porte. Le lac sera fichu pour le patinage.

— Mais vous avez raison ! Je n'y avais pas pensé.

Asseyons-nous ensemble pour faire front contre ce projet.

Je lui agrippe le coude avec enthousiasme et je la dirige vers deux chaises disponibles. Bien que son bras se soit rétracté à mon contact, elle s'installe sur le siège près de moi. Au lieu de poser le trousseau sur la table, elle croise les doigts, sur ses genoux, autour des clés. Au déjeuner, elle avait besoin de ses mains pour manger, mais ici, elle peut tout à fait garder cette position pendant toute la réunion.

Mme Buehl ouvre la séance. Je remarque que la plupart de mes collègues ont sorti du papier et un stylo. Je fouille dans mon fourre-tout et trouve un polycopié que j'ai préparé pour les terminales ; c'est un labyrinthe que j'ai tracé, comportant les étapes du chemin suivi par Énée jusqu'aux enfers, dont l'issue ne peut être trouvée qu'en suivant une piste de mots. Il faut relier un adjectif au nom qu'il modifie, puis trouver un verbe qui correspond au nom et ainsi de suite. J'en suis plutôt fière et je l'admire un moment avant de le retourner et d'écrire au dos la date et le titre « Assemblée générale ». Le Dr Lockhart ne se sent apparemment pas obligée de prendre des notes.

La première question à l'ordre du jour est le coût du dégagement des chemins principaux et de l'installation du nouveau système d'éclairage.

Myra Todd, qui sert de secrétaire au conseil d'administration, rapporte que ces dépenses ont été approuvées, mais que le conseil exprime son inquiétude quant aux frais supplémentaires qui pourraient survenir « d'autant plus que le renouvellement du bail de l'école arrive au printemps de cette année ».

Je griffonne « quel bail ? » sur le dos de mon polycopié et glisse la feuille devant le Dr Lockhart. Elle fronce les sourcils et repousse ma question d'un geste de la main droite qui, je le remarque, ne contient plus les clés.

Quand la question financière est réglée, Mme Buehl demande au Dr Lockhart de faire le point sur le programme d'intervention antisuicide.

— Nous n'avons pas perdu d'autres élèves, n'est-ce pas ? déclare Simon Ross d'une voix forte. Alors je pense que ça marche !

La psychologue jette au professeur un regard méprisant et se lève. Ce faisant, elle pose le trousseau sur la table.

— Trois élèves sont venues se plaindre de cauchemars depuis la mort de Melissa Randall. Curieusement, dans tous ces cauchemars, Melissa se trouve toujours dans le lac, sous la glace.

Je pense aux silhouettes piégées dans la crevasse de mon rêve. Tout à coup, j'ai froid. Je me penche pour fouiller dans mon sac à la recherche de mon pull, mais, au lieu de sortir celui-ci, je lève mon sac et le pose bruyamment sur la table. Myra Todd fait la moue et articule un « Chhhut ». Je m'excuse d'un sourire.

— Plusieurs élèves ont également rapporté que les bruits venant du lac les empêchent de dormir. Elles ont l'impression qu'il s'agit des gémissements de leur camarade morte.

Le Dr Lockhart élève la voix pour être entendue au-dessus du remue-ménage que je provoque, mais ne prête aucune attention particulière à mon agitation. En sortant mon pull, je fais tomber deux lourds volumes qui heurtent bruyamment la table et tombent par terre.

— Quelle ignorance ! s'exclame Myra Todd.

Je lève les yeux, pensant qu'elle parle de mon comportement, mais je vois que pour elle, même mon impolitesse au cours d'une assemblée générale ne peut rivaliser avec le fait d'attribuer à un phénomène naturel des croyances superstitieuses.

— Je n'arrête pas d'expliquer, encore et encore, dit-elle en tapant du poing sur la table à chaque « encore », les phénomènes de contraction et de dilatation de la glace, mais elles ne comprennent rien.

— C'est vous qui ne comprenez rien !

Tout le monde fixe Gwen Marsh que je n'ai jamais vue aussi furieuse. Deux taches rouges sont apparues sur ses joues. Je suis tellement surprise que j'oublie un instant mon projet de m'emparer des clés.

— Est-ce que vous ne voyez pas le choc que la mort de Melissa Randall leur a causé ? Elles n'ont pas seulement perdu une amie, elles ont perdu leur foi en Heart Lake. Cette institution est supposée être pour elles un havre, un refuge, un endroit où tout le monde les connaît...

— Tu vas nous faire pleurer ! lance une voix.

— Vous pouvez toujours vous moquer de moi, mais, si nous ne nous montrons pas un peu plus compréhensifs, il y aura une autre mort.

— Si nous jouons le jeu des élèves, articule le Dr Lockhart d'un ton mesuré, nous sombrons dans la démagogie et accréditons leur sentiment d'impuissance.

— Je ne suis pas démagogue ! hurle Gwen d'une voix tellement stridente que je me demande si elle a déjà fait l'objet d'une telle accusation. Quand je tends la main pour toucher son bras, elle pousse un cri perçant.

C'est le bras qui me fait mal, Jane. Vous le savez bien pourtant !

Elle se lève et quitte la pièce. Tout le monde la regarde partir. Sauf moi. J'utilise ce moment-là pour fourrer mes livres, ainsi que les clés du Dr Lockhart, dans mon sac, et je me lève.

—Je vais la voir, dis-je.

Je suis dehors avant que qui que ce soit d'autre ait eu le temps de proposer son aide.

Je grimpe l'escalier principal jusqu'au deuxième étage et me dirige non vers le foyer mais vers le bureau du Dr Lockhart. Devant la porte, je dois fouiller dans mon sac pour y trouver le trousseau, qui glisse entre mes doigts humides de sueur. La première clé que j'essaye ne rentre pas dans la serrure. La deuxième y pénètre, mais refuse de tourner. Dans notre ancien dortoir, il fallait tirer la porte vers soi pour pouvoir faire pivoter la clé. Lorsque je tire sur la poignée, le battant claque si fort sur l'encadrement que le son semble se répercuter dans tout le couloir. Je jette un coup d'œil vers l'escalier mais, tout à coup, la serrure tourne et la porte, poussée par un courant d'air, m'attire dans le bureau sombre.

Elle se referme avec un claquement tout aussi terrifiant. Je n'ose pas allumer la lumière mais, heureusement, la psychologue a laissé les rideaux ouverts et la lune qui se reflète sur le lac inonde la pièce d'une lumière argentée. Le bois verni du bureau, sur lequel ne reposent que quelques presse-papiers de pierre, luit comme une flaque d'eau lisse. Les cailloux ronds projettent des ombres elliptiques sur la surface polie. J'en prends un et je me rends compte immédiatement que j'ai sans doute dérangé une composition particulière dont le Dr Lockhart risque de remarquer aussitôt la modification.

Je remets la pierre à peu près en place et je m'approche de l'armoire métallique. La psychologue avait pris la chemise dans le tiroir du milieu. Sans difficulté, la clé ouvre ce dernier, qui glisse silencieusement sur ses rails de métal. Je promène mes doigts sur les dossiers, dont les étiquettes sont ornées d'une élégante écriture inclinée, et qui sont classés par année, puis par ordre alphabétique. Une fois trouvé celui de « Craven, Ellen », j'en sors la chemise vert clair et je me dirige vers la lumière pour en examiner le contenu.

Les premières pages sont constituées des formulaires habituels. J'apprends que les parents d'Athéna sont divorcés et que la personne à contacter en cas d'urgence est une tante qui vit dans le Connecticut. Le récapitulatif complet de la scolarité de mon élève me révèle qu'elle a commencé à Dalton, a continué dans le Connecticut, puis a atterri dans le sud du Vermont. Ses notes, des A et des B dans les bonnes écoles, se sont transformées en C et D dans les moins réputées. En progressant vers le nord, elle a baissé régulièrement de niveau.

Jusqu'à ce semestre à Heart Lake. Au début, elle n'a eu que des C et un B en latin ; elle a ensuite obtenu un A en latin et un B dans les autres matières. Visiblement, elle essaye de remonter la pente. Alors pourquoi semble-t-elle si perturbée ? Et pourquoi voit-elle le Dr Lockhart deux fois par semaine ?

Je parcours ensuite un paquet de feuilles manuscrites. La date de chaque séance est indiquée d'une belle écriture en haut à droite. Le texte, aux mêmes caractères raffinés, a apparemment été tracé au stylo plume. Je n'ai jamais vu de notes relatives à une séance de psychothérapie, mais je me serais attendue à des rayures, des abréviations, des ajouts dans la marge. Il n'y a rien de tout cela. Le Dr Lockhart rédige régulièrement avec de belles lettres penchées, comme s'il s'agissait d'exercices sortis d'un manuel de calligraphie.

L'histoire que ces notes racontent se déroule sans rupture d'une séance à l'autre. Si les dates ne figuraient pas en haut des pages, je croirais lire un roman. Ce qui ressort de l'ensemble, toutefois, c'est la compassion que le médecin ressent pour sa patiente.

« Ellen a été transférée d'une institution à l'autre sans qu'il soit tenu compte de son intérêt. De tels arrachements expliquent aisément ses tendances à la dépression et au dégoût d'elle-même. Dans la mesure où elle est entourée d'adultes qui s'intéressent très peu à elle, il ne faut pas s'étonner qu'elle s'inflige des souffrances. »

Plus bas, je lis sur la même page : « Ellen affirme s'être fait plusieurs amies à Heart Lake. Il est évident, toutefois, que sa dépendance émotionnelle vis-à-vis de ses camarades prend des proportions malsaines. Elle ferait n'importe quoi pour conserver leur amitié. Elle cherche à compenser, à travers ces liens, le manque d'affection d'une mère défaillante. » Cette interprétation ne m'est jamais venue à l'esprit et je me sens honteuse d'avoir fait preuve d'aussi peu de perspicacité envers mon élève, dont je croyais être proche. L'empathie du Dr Lockhart pour Athéna renforce mon sentiment de culpabilité. En fait, ces notes représentent moins des transcriptions de conversations qu'une projection, sur le papier, de la personnalité de l'adolescente – comme si la psychologue avait accès non seulement à son esprit, mais aussi à son cœur et à son âme.

Je remarque également, en parcourant les notes suivantes, que l'écriture se modifie. Elle ne devient pas exactement plus désordonnée, mais plus contractée, comme si le Dr Lockhart essayait de tasser plus d'informations sur chaque ligne, comme si l'histoire qu'elle recevait d'Athéna risquait de déborder dans les marges. Je dois m'approcher davantage de la fenêtre pour la déchiffrer.

« Bien qu'il soit probablement vrai que la tentative de suicide d'octobre ait été fausse, il est peu probable qu'Ellen n'y ait pas du tout participé. Elle s'y est sans doute pliée pour aider ses amies à persécuter Jane Hudson. Leur tentative visait, de toute évidence, à discréditer leur professeur pour la faire renvoyer. »

Je suis tellement saisie par l'apparition de mon nom que, pendant quelques secondes, les mots se brouillent devant mes yeux. Athéna a-t-elle vraiment révélé un complot destiné à me torturer ? Ou est-ce l'interprétation du Dr Lockhart ? Les notes, d'un manque de clarté exaspérant, sont maintenant presque illisibles. Je m'approche encore un peu plus vers la fenêtre et je saisis, finalement, que je ne vois plus rien parce que le clair de lune a disparu.

Je lève les yeux, m'attendant sans doute à voir une forme rôdant derrière les vitres. Mais c'est ridicule, le bureau se trouve au deuxième étage. Ce n'est qu'un nuage qui fait écran. Tout à coup, la lune réapparaît et sa lumière blanche se déverse sur le sommet bombé de la Pointe, sur lequel une silhouette est dressée presque au bord de la falaise. Elle lève le bras jusqu'à son front, me donnant un moment l'impression absurde qu'elle me fait un signe. Mais j'aperçois alors un éclair et je comprends que je me suis trompée : la personne sur le promontoire – quelle que soit son identité – m'observe à travers des jumelles.

29

Au moment où je m'apprête à poser la chemise sur le bureau, la personne qui m'observe, de façon sinistre, baisse à son tour le bras qui tient les jumelles. Pendant un moment, j'ai l'impression d'être devant un miroir et je me demande ce qui serait le plus inquiétant, que cette présence soit le produit de mon imagination, ou un observateur réel, m'ayant surprise en train de fouiller dans la propriété de l'école. Tout à coup, la silhouette fait volte-face et disparaît dans le bois. Un moment plus tard, elle ressurgit sur le chemin qui conduit au manoir.

« Bon, me dis-je à voix basse, autant faire comme si c'était vrai. »

Je sais que je devrais partir sur-le-champ, mais quelque chose me pousse à lire le dossier d'Athéna jusqu'au bout. Je parcours les pages restantes pour y chercher mon nom ainsi qu'un minimum d'explication sur la raison qui aurait pu pousser mes élèves à me persécuter. Au lieu de cela, je découvre un élément directement exprimé par l'adolescente.

« Quand je l'ai interrogée sur ce qu'elle pensait de ses professeurs, Ellen a répondu : "Mme Hudson se comporte comme si elle s'intéressait vraiment à nous." Je lui ai demandé pourquoi elle utilisait le terme "comme si". Pensait-elle que l'intérêt de Mme Hudson était simulé ? Elle affirme qu'elle a eu un grand nombre de professeurs qui paraissaient s'intéresser à elle, mais qui ne se sont jamais donné de mal pour l'aider. En fait, ils étaient trop accaparés par leurs propres problèmes. "Ce n'est pas comme si j'étais sa fille, pas du tout de cet ordre-là, m'a dit Ellen, elle a sa propre fille." Lorsque je lui ai demandé si elle s'était déjà sentie jalouse de la fille de Mme Hudson, elle a protesté énergiquement, mais... »

À cet endroit, l'écriture devient si serrée que je ne peux plus la déchiffrer. Je passe à la dernière page, datée de ce jour, lis les dernières lignes et arrange en hâte le paquet de feuilles dans la chemise verte. Avant de remettre le dossier dans le tiroir, je jette de nouveau un regard sur le chemin. Comme la Pointe, il est désert.

Après avoir refermé le classeur, je me glisse hors du bureau, veillant à empêcher la porte de claquer. Je me répète les derniers mots des notes du Dr Lockhart en descendant l'escalier.

« Une adolescente qui a été coupée de l'amour pendant toute sa vie peut former avec un professeur ou une élève plus âgée des liens affectifs d'une étroitesse malsaine suscitant parfois une obsession soudaine. Si la personne qui semble enfin s'intéresser à elle la déçoit, le sentiment de trahison qu'elle éprouve peut devenir destructeur et nul ne sait alors jusqu'où il peut conduire. »

Au rez-de-chaussée, je constate que l'assemblée générale a pris fin et que les élèves arrivent pour la projection de diapositives sur la récolte de glace. Elles sont assez nombreuses ; soit elles s'ennuient vraiment, soit l'un des professeurs a promis des points en plus en échange de leur bonne volonté.

Myra Todd, qui installe les chaises pour la séance, fronce les sourcils en me voyant.

— Ah, vous voilà ! Avez-vous trouvé Gwendoline ?

— Non. Je l'ai cherchée dans tout le bâtiment mais elle doit être sortie.

— Magnifique ! Elle était supposée aller chercher

les sorbets et s'occuper de la projection. Je ne vais jamais pouvoir commencer la séance toute seule !

— Où sont Mme Buehl et le Dr Lockhart ?

— Le Dr Lockhart a égaré ses clés et Mme Buehl a accompagné l'agent des Eaux et Forêts jusqu'au lac pour choisir l'endroit où la glace sera découpée.

— Je vois. Bon, eh bien je vais m'occuper des sorbets.

— Savez-vous où se trouve le congélateur au sous-sol ?

— Bien sûr, la cuisinière nous y envoyait tout le temps chercher quelque chose.

— Ce serait déjà ça, dit Myra, mais vous n'allez pas pouvoir les porter tous, mes élèves en ont confectionné pendant une semaine !

— Je vais demander à l'une d'elles.

J'aperçois Athéna et Vesta à côté du projecteur. Octavia et Flavia rôdent au fond de la pièce, embarrassées, je pense, de se trouver en ma présence après avoir laissé tomber les cours. Plusieurs de mes troisièmes sont agglomérées en cercle devant la porte, tête baissée. En m'approchant, je constate que l'une d'entre elles tient une « salière » ; ses doigts ouvrent et ferment les plis si rapidement qu'ils donnent l'impression d'un film sur une fleur qui s'ouvre et se referme en accéléré. Quand elles me voient approcher, elles chuchotent quelque chose à leurs camarades et la fleur blanche disparaît en un éclair dans une poche.

Je change d'avis et me dirige vers Athéna et Vesta.

— L'une d'entre vous voudrait-elle m'aider à aller chercher les sorbets au sous-sol ?

Vesta me regarde d'un air ébahi comme si je parlais une langue étrangère.

— Je viens avec vous, *Magistra*, répond Athéna en levant les yeux au ciel. Mademoiselle Grincheuse est de mauvaise humeur. Elle a raté sa composition de chimie et est obligée de venir ce soir pour obtenir des points en plus.

— Tais-toi Ellen, je n'aurais pas raté l'examen si tu ne m'avais pas empêchée de dormir toute la nuit avec ta lumière allumée. Bébé a peur du noir, ajoute-t-elle railleusement. Elle a peur que le monstre du lac vienne la chercher. Peur que la malédiction des Crèvecœur la pousse à se tuer !

Le teint pâle d'Athéna devient livide.

— Espèce de sale gouine, laisse-t-elle tomber calmement avant de pivoter sur ses talons et de se diriger vers la porte.

Je la rattrape en haut des marches qui conduisent au sous-sol.

— Pourquoi vous disputez-vous toutes les deux ?

— C'est une vraie salope, *Magistra* Hudson. Elle se comporte comme si j'avais vraiment essayé de me tuer en octobre. Elle ne croit pas que ce soit Melissa qui m'ait coupé les veines...

Sa voix se brise et s'éteint. Elle se détourne de moi et pose la tête contre le mur, en bas de l'escalier. L'unique éclairage provient d'une ampoule nue au bout d'un fil électrique. Les parois rocheuses, humides et couvertes de mousse, absorbent la faible lumière et dégagent une odeur de poisson pourri. Les Crèvecœur, qui ont fait tailler le cellier dans la pierre, utilisaient les sources naturelles pour garder leur nourriture au frais. Je frissonne en me demandant pourquoi ils avaient besoin de découper de la glace sur le lac. Cet endroit est froid comme une tombe.

— Il n'y a pas de quoi avoir honte, dis-je.

Je pense aux notes du Dr Lockhart, au fait qu'Athéna aurait été complice de ce faux suicide. Je lui touche le bras et elle se tourne vers moi. Je vois une telle fureur dans ses yeux que je recule instinctivement d'un pas pour m'adosser au froid mur de pierre.

— Vous ne me croyez pas non plus ! s'écrie-t-elle. Je pensais pourtant que vous étiez différente !

Une adolescente qui a été coupée de l'amour pendant toute sa vie peut former avec un professeur des liens affectifs d'une étroitesse malsaine suscitant parfois, brusquement, une obsession.

— Athéna, je veux vous aider mais je ne peux pas le faire si je ne comprends pas ce qui se passe.

Ma voix, qui tremble à cause du froid, donne une impression de nervosité qui sonne faux à mes oreilles. Athéna croise les bras sur sa poitrine et me fixe du regard. L'ampoule nue donne à ses pupilles une lueur fiévreuse et les ombres font paraître sa chevelure multicolore plus hérissée encore que d'habitude.

Si la personne qui semble enfin s'intéresser à elle la déçoit, le sentiment de trahison qu'elle éprouve peut devenir destructeur et nul ne sait alors jusqu'où il peut conduire.

Mon élève a l'air d'une personne qui a été détruite. En fait, elle a l'aspect de la folle du grenier dans *Jane Eyre*. Mais nous sommes dans la cave, pas dans le grenier. Je sens une eau glacée me couler entre les épaules. Je préférerais mille fois un grenier à ce sous-sol.

— Vous savez ce qui se passe, dit-elle – je commence à secouer la tête mais elle ne me regarde plus. C'est la malédiction des Crèvecœur.

— Athéna, ce n'est qu'une légende...

— C'est ce qui a poussé les filles à se noyer dans le lac. Vous devriez le savoir, c'est arrivé à vos amies et maintenant ça nous arrive à nous. C'est parce que vous êtes revenue. Le lac réclame sa troisième victime. C'est ce que signifie la devise : *Cor te reducit*.

Le cœur – ce qui veut dire Heart Lake – t'attire à l'intérieur.

Je suis sur le point de corriger sa traduction, mais je me rends compte qu'elle a raison. Ramener, attirer à l'intérieur, sont des traductions acceptables de *reducit*.

— Comment êtes-vous au courant pour mes amies ?

Haussant les épaules, elle s'essuie les yeux, d'un geste d'enfant fatigué qui me fait penser à Olivia. Je veux le lui dire – qu'elle me fait penser à ma propre fille –, mais je me souviens de ce qu'elle a déclaré au Dr Lockhart. *Ce n'est pas comme si j'étais sa fille, pas du tout de cet ordre.* Je revois mon enfant debout sur le rocher. Athéna l'aurait-elle attirée là ? À cause d'une jalousie morbide ?

Elle constate l'expression soupçonneuse de mon visage.

— Quelqu'un me l'a dit, je ne me souviens pas qui. Je suis sûre que vous vous sentez mal depuis tout ce temps, à cause de la mort de vos amies ?

Comment le nier ? Je hoche la tête.

— On se sent vraiment moche quand on laisse tomber quelqu'un, n'est-ce pas ? poursuit-elle.

Je hoche de nouveau la tête. *Le sentiment de trahison qu'elle éprouve peut devenir destructeur et nul ne sait alors jusqu'où il peut conduire.*

— Ne vous inquiétez pas, dit Athéna presque avec gentillesse. C'est encore bien pire quand vous êtes celui qu'on laisse tomber.

Lorsque nous remontons avec les sorbets, la conférence a commencé. Les chaises vides sont éparpillées au sein de l'assistance. Athéna en choisit une au milieu. Quelques rangs derrière elle, Octavia et Flavia se poussent avec réticence pour me faire un peu de place. Je cherche Vesta du regard, mais je ne la vois pas. La psychologue est assise au premier rang ; s'il est possible à une posture d'exprimer la désapprobation, son dos raide comme un manche à balai crie le mépris qu'elle éprouve pour cette manifestation.

Gwen est revenue et s'occupe de la projection. J'essaye de croiser son regard mais elle fixe résolument l'écran devant elle.

Meryl North fait un court exposé sur l'histoire des récoltes de glace dans le Nord-Est des États-Unis. Elle explique que les blocs géants se conservaient si bien dans la sciure de bois qu'on pouvait les expédier jusqu'aux Indes. Tacy Beade présente ensuite son projet d'utilisation des blocs de la future récolte pour des sculptures. Elle montre quelques diapos d'un ensemble de statues inachevées de Michel-Ange, baptisé *Les Captives*.

— Michel-Ange pensait que les personnages, prisonniers de la pierre attendaient que le sculpteur les délivre, conclut-elle. Qui sait quels personnages nous allons découvrir dans la glace ?

Quelques applaudissements embarrassés retentissent tandis qu'elle retourne s'asseoir.

— Des personnages dans la glace ! chuchote Simon Ross. Où était-elle cette année ? Est-ce qu'elle ne sait pas qu'il y a eu une mort ici ?

Maïa Thornbury prend la parole pour présenter l'histoire des récoltes de glace sur le domaine des Crèvecœur. C'est un petit lutin d'âge mûr aux cheveux gris coiffés à la Jeanne d'Arc. Ses lunettes, qui reflètent les rayons de lumière constellés de poussière du projecteur, accentuent la rondeur de son visage. Il y a vingt ans, nous entendions déjà parler d'elle, mais c'est la première fois que je la vois. Je me souviens que nous étions inquiets à l'idée qu'elle pût nous surprendre en train d'utiliser sa barque et que c'est elle qui a trouvé Matt le 1er mai. Cette femme, que j'avais toujours imaginée comme une sorte de cheftaine scout, mesure à peine un mètre quarante. Esprit des bois plutôt que Walkyrie.

— La famille Crèvecœur descend des huguenots qui ont fui les persécutions religieuses de leur pays natal, la France, au cours du XVIIe siècle, commence-t-elle – j'entends quelques élèves bâiller ; ou bien elles veulent vraiment ces sorbets, ou elles ont besoin de points en plus. Au contraire de la plupart de leurs coreligionnaires qui se sont installés sous forme de communautés plus au sud sur les rives de l'Hudson ou à New York, les Crèvecœur ont opté pour la solitude et l'autarcie.

L'écran devient sombre puis prend des nuances brun et blanc. Des hommes aux visages ornés de favoris et de grandes femmes robustes aux mâchoires carrées se tiennent devant une cabane au toit incliné. Les femmes portent de grands pots à lait en étain.

— À l'instar de la plupart des Français, les Crèvecœur appréciaient tout particulièrement le fromage et le beurre faits maison, mais ils avaient besoin de glace pour les garder au frais pendant les étés chauds et humides des Adirondacks.

Les hommes à favoris et les femmes aux mâchoires carrées disparaissent, aussitôt remplacés par un portrait de famille des Crèvecœur qui posent sur la glace, en tenue de patinage. J'ai déjà vu cette photographie, c'est la même que celle qui se trouve dans la pièce voisine, derrière le mur où l'écran est suspendu. Je reconnais India Crèvecœur, l'imposante matrone au premier plan, dont la tête s'incline de côté sous une cloche de fourrure. Bien qu'il soit difficile d'associer la femme de la photo à la vieille femme desséchée qui m'a accostée le 1er mai de mon année de seconde, je reconnais la lueur d'arrogance qui s'est allumée dans le regard de la visiteuse quand elle s'est rendu compte que la petite-fille de son ancienne bonne fréquentait son école. Ce regard m'a alors donné l'impression d'être faux, et c'est exactement le même sentiment que j'éprouve maintenant.

Les deux amazones blondes de chaque côté d'India sont vraisemblablement ses deux aînées, Rose et Lily. Un peu à l'écart, sur la droite, une petite fille écarte les bras pour garder l'équilibre. Je reconnais le visage sépia de mon rêve de la nuit précédente ; c'est Iris Crèvecœur, morte durant l'épidémie de grippe de 1918. Je me demande si Maïa Thornbury va en parler, ce qui serait une bonne occasion – en précisant qu'une seule personne est morte, et non trois – de détruire la légende. Si l'on compare la fillette maigre au teint pâle à ses vigoureuses sœurs blondes, il est facile de comprendre que ce soit elle qui ait succombé à la maladie. La façon dont la domestique – ma grand-mère – se penche anxieusement vers elle en dit également long sur sa fragilité. Mais Maïa Thornbury ne parle pas du destin des Crèvecœur ; elle doit prêcher pour sa paroisse.

— India Crèvecœur et ses filles adoraient patiner sur le lac, mais leur activité favorite était d'assister à la récolte de glace.

Si le dos du Dr Lockhart pouvait se raidir davantage, il le ferait à cet instant précis. Je me suis toujours demandé pourquoi elle semblait me trouver antipathique, mais je crois que je le sais maintenant. Deux fois par semaine elle entend Athéna parler de moi, affirmer que je fais semblant de m'intéresser à elle. Pas étonnant que je sois transparente à ses yeux.

La diapositive suivante montre la glacière vue du lac. Un long canal étroit qui a été découpé dans la glace conduit aux portes ouvertes. D'un côté du canal, une silhouette emmitouflée se penche avec, à la main, un instrument qui ressemble à une grande scie. Un autre personnage dirige une longue perche vers le photographe. On dirait un Esquimau en colère brandissant sa lance contre un intrus.

— Une fois que la glace avait été raclée pour éliminer la neige qui y adhérait, on utilisait des scies pour découper un canal permettant de transporter les blocs par voie d'eau jusqu'à la glacière. On procédait ensuite au quadrillage de la surface et au découpage. Il ne restait plus qu'à diriger, à l'aide de perches, les blocs le long du canal jusqu'à un tapis roulant situé à l'entrée de la glacière. Quelqu'un pourrait-il rallumer un instant ?

Je ferme les yeux pour ne pas être éblouie. Quand je les rouvre, Maïa Thornbury brandit une perche deux fois plus grande qu'elle, dont l'extrémité est munie d'un fer de lance. Elle la secoue des deux mains. Peut-être l'image de cheftaine que j'avais d'elle n'est-elle pas tout à fait fausse.

— Voici l'une des perches originales utilisées sur le domaine des Crèvecœur pour la récolte de glace. Elle mesure deux mètres cinquante de long.

— Oooh, roucoule quelqu'un, en voilà une grande perche !

Les filles s'esclaffent tandis que les professeurs s'efforcent de les faire taire.

— Est-ce que c'est très pointu ? demande quelqu'un d'autre.

— Oh oui ! répond Maïa Thornbury soulevant l'instrument afin de montrer la pointe de métal de quinze centimètres de long. Il le fallait pour agripper la glace. Voulez-vous toucher ?

Les gloussements redoublent quand une adolescente se lève ; à mon grand étonnement, il s'agit d'Athéna. Je ne me serais pas attendue à tant d'intérêt de sa part envers ce sujet après notre conversation dans la cave. Elle se dirige vers l'agent des Eaux et Forêts qui tient l'objet parallèlement au sol. Tandis qu'elle s'avance, une pensée troublante me vient à l'esprit : les sénateurs romains se tuaient en se jetant sur leur propre épée. Je m'apprête à bondir vers elle mais elle se contente de lever la main et de toucher la pointe du bout de l'index.

— Vous confirmez que c'est pointu ? demande Maïa Thornbury tel un illusionniste prouvant la véracité de l'un de ses tours auprès d'un spectateur volontaire.

Athéna hoche la tête sans quitter la perche des yeux. Puis elle fait volte-face et retourne à sa place. Avant que la lumière ne s'éteigne, je la vois regarder son doigt, dont l'extrémité se tache d'une goutte de sang, et qu'elle met dans sa bouche pour le sucer.

— Afin de célébrer la récolte de glace, les villageois sculptaient des statues décoratives dans les blocs, déclare Maïa Thornbury quand la pièce s'assombrit à nouveau.

Je suis toujours en train de regarder Athéna quand la diapositive suivante apparaît. Au moment où j'entends l'assistance pousser une exclamation, me vient la pensée horrible qu'il est arrivé un accident avec la lance. Mais, en levant les yeux, je constate que c'est le cliché qui a provoqué cette réaction. Il s'agit d'une photographie en couleur. Elle montre une élève, dont la nudité est à peine dissimulée par un léger drapé blanc, étendue sur la deuxième Sœur. La jeune fille et la pierre sont si pâles qu'elles pourraient facilement passer pour une sculpture sur glace assez adroite. Si l'on excepte un détail : l'entaille sanglante en travers de son cou. Je reconnais immédiatement Lucy, mais il me faut quelques instants pour me souvenir d'où provient cette scène. Alors que la lumière se rallume et que Mme Buehl s'efforce de calmer les élèves hystériques, j'essaye en vain d'expliquer que ce que montre la photo n'est pas réel. Ce n'est que Lucy Toller jouant la fille d'Agamemnon dans la représentation effectuée par les terminales de mon époque d'*Iphigénie à la plage*.

Lorsque je rejoins la conférencière pour faire ma déclaration, je constate que mon explication n'arrangera rien. Le Dr Lockhart discute âprement avec Myra Todd de l'opportunité de poursuivre ce projet de récolte de glace étant donné la connotation inévitable que va susciter cette activité chez les élèves. Maïa Thornbury vérifie l'ordre chronologique de ses diapositives pour prouver à Mme Buehl que ce cliché ne faisait pas partie de sa série. La diapositive elle-même étant passée des mains de Maïa Thornbury à celles de Meryl North, de Gwen Marsh, du Dr Lockhart et de Myra Todd pour atterrir finalement dans les mains de Mme Buehl, il est inutile d'espérer y relever des empreintes digitales utiles. J'aurais peut-être pu la donner à Roy Corey en lui demandant d'en faire l'analyse ? Oui, peut-être, mais c'est trop tard. Je me promets toutefois que si tout autre vestige de mon passé ressurgit, je le lui montrerai sur-le-champ. Prenant la diapo à mon tour, je l'examine. Lucy en Iphigénie. Je la regardais de la rive est du lac. Le soleil frappe la paroi du rocher le plus proche du photographe, le cliché a donc été pris du côté opposé.

Quelqu'un m'arrache l'objet des mains.

— Vous ne trouvez pas qu'on dirait une scène de tragédie grecque, madame Hudson ?

Le Dr Lockhart me sourit en glissant la diapositive dans un sac en plastique. Je ne sais pas si elle parle de la photo ou du désordre que celle-ci a causé.

— Je pensais qu'on pourrait faire analyser les empreintes digitales, dis-je bien que j'aie déjà rejeté cette idée.

— Ce qui permettra tout à fait d'expliquer la présence des vôtres, rétorque la psychologue en tendant le sac à Mme Buehl.

— C'est également valable pour vous car vous la teniez il y a un instant, non ?

Je n'avais pas prévu d'insinuer que le Dr Lockhart pourrait être responsable de cet incident, mais en voyant son teint blêmir tout à coup, il m'apparaît que ce pourrait être elle aussi bien que n'importe qui d'autre. Je me demande, toutefois, comment elle aurait bien pu tomber sur cette photographie.

Il est plus de 23 heures quand je rentre à mon cottage. Effectuant le trajet qu'a dû suivre la personne que j'ai vue sur la Pointe, je scrute le sol, à la recherche du moindre indice, mais des dizaines de gens ont marché sur ce chemin depuis la dernière chute de neige. Je fais une pause sur le promontoire, d'où je scrute le manoir. La fenêtre du Dr Lockhart est clairement observable. Bien que le bureau soit éteint, la lumière du couloir s'y infiltre, rendant vaguement visible l'intérieur de la pièce. Une personne debout à l'intérieur ne pourrait apparaître, cependant, que sous forme d'une vague silhouette, ainsi que me le révèlent les taches sombres que constituent le bureau et l'armoire. Tandis que je me dirige vers ma maison, je découvre des traces de pas récentes tout au long du parcours, moins fréquenté pourtant que celui qui mène du manoir à la Pointe.

Quand j'arrive devant chez moi, je constate que l'ampoule du porche est de nouveau grillée. Il me faut un moment pour trouver le trou de la serrure et, quand j'y enfonce la clé, je tremble si fort que je n'arrive pas à la faire tourner. Pourquoi ne serais-je pas effrayée ? Il est clair que quelqu'un m'en veut.

« Alors pourquoi ne pas me donner carrément un

coup sur la tête ? dis-je à haute voix à ma porte. Pour en finir une bonne fois ! Pourquoi tant d'hésitations ? » Ma voix résonne avec fureur plutôt qu'avec crainte. Bien. Je suis fatiguée de ce jeu pervers.

Dès que j'entre dans la maison, je suis sûre que quelqu'un y a pénétré en mon absence. Je n'ai pas peur, toutefois, que cette personne soit encore là ; elle est retournée à la projection, pour ne pas rater le spectacle. Parcourant toutes les pièces, j'allume la lumière et j'examine chaque objet pour voir s'il manque quelque chose ou si quelque chose a été ajouté. Je ne sais pas ce que j'attends. Une inscription sanglante sur un mur ? Pour la première fois, il me vient à l'idée que la personne qui m'envoie ces signes a aussi peur de moi que j'ai peur d'elle. Quelle que soit son identité, elle a gardé le silence jusqu'au moment où j'ai parlé à Roy Corey dans la caverne. Elle m'a alors fait parvenir le cornicula. Ce soir, quand elle m'a aperçue dans le bureau du Dr Lockhart, elle s'est de nouveau manifestée en insérant la diapositive au milieu des autres. C'est comme si nous avions entamé une lutte acharnée au sujet des événements d'autrefois. Tu plonges dans mon passé, semble-t-elle me dire, eh bien je vais te renvoyer le tien à la figure.

« Bon, qu'est-ce que tu m'as réservé ce soir ? », dis-je aux pièces vides. Quand je vois la bosse sous mes couvertures et ce qui en suinte, ma bravade s'évanouit.

« Oh merde ! » Je crie en écartant violemment la couverture qui dissimulait une tête de cerf sanglante. « Merde, merde, merde ! », dis-je une dizaine de fois avant de me rendre compte que ce n'est qu'un masque de cerf en feutre dont le cou est recouvert d'une peinture rouge encore humide.

30

— Est-ce que vous reconnaissez ceci ? dis-je en lançant le masque sur le bureau de Roy Corey.

Je manque de renverser un gobelet de polystyrène à moitié rempli de café grisâtre, mais je m'en moque. Depuis 11 heures hier soir, j'ai envie de lancer cet objet à quelqu'un. Après une nuit blanche, j'ai appelé Mme Buehl pour annuler mes cours.

— J'ai eu une rage de dents toute la nuit, il faut que j'aille en ville pour me soigner, ai-je prétendu.

Elle ne semble ni se douter que je lui mens ni s'intéresser à mon excuse.

— Vos élèves vont aider Maïa Thornbury à organiser la récolte de glace, me répondit-elle.

— Ce projet tient toujours ?

— Je ne laisserai aucun saboteur changer mes plans. Ce serait comme obéir aux exigences de terroristes.

Apparemment, je ne suis pas la seule à être lasse de ce jeu du chat et de la souris.

— Hé, attention !..., dit Roy Corey en levant les yeux vers moi.

Quand il voit mon expression, il interrompt sa protestation. Il regarde de nouveau le masque, le prend, renifle la peinture sèche et inspecte les broderies. J'insiste :

— Ça vous rappelle quelque chose ?

À ma grande surprise, il pâlit.

— Ce n'est pas du vrai sang, dis-je, ma colère se dissipant à la vue de sa réaction.

— Ne voulez-vous pas vous asseoir, Jane ?

— Vous le reconnaissez, n'est-ce pas ?

Il arrache une pellicule de peinture, découvrant ainsi le cœur vert.

— Où l'avez-vous trouvé ?

— Dans mon lit. Une scène digne du *Parrain*. Êtes-vous au courant du petit coup de théâtre de notre projection ?

Le policier hoche la tête.

— Votre proviseur m'a appelé hier soir. Je suis tout de suite allé chercher le panier et la diapo. Nous faisons analyser les empreintes, mais elle a été manipulée par tellement de monde que nous n'en tirerons pas grand-chose. Ceci s'est passé après ?

— Quand je suis rentrée à la maison. Autour de 23 heures.

— Vous avez dû avoir un choc.

Je hausse les épaules.

— Juste une question d'habitude.

Je lui parle du cornicula pendu à l'arbre la nuit de la tempête de glace.

— C'était juste après notre conversation dans la caverne. Quelqu'un nous a entendus et les messages ont réapparu.

Il opine du chef.

— Je pensais bien que ce serait le cas.

— Espèce de saligaud ! Vous saviez qu'on nous écouterait !

— Je ne pouvais pas en être sûr mais, avec toute l'école rassemblée sur le lac, j'ai pensé que le coupable pourrait profiter de la situation.

— Vous vous êtes servi de moi !

Je me lève, regrettant de n'avoir plus rien à lui jeter au visage, mais je m'aperçois tout à coup de l'effet produit par mes paroles. Il réagit comme si je l'avais giflé. Les yeux fixés sur le masque, le doigt grattant machinalement le cœur vert, il me donne l'impression de ne pas pouvoir me regarder dans les yeux.

— Le fait que cette personne se manifeste de nouveau n'était qu'une question de temps. Il s'agit d'un meurtrier, de quelqu'un qui a noyé une adolescente et en a bourré une autre de somnifères avant de lui taillader les poignets.

— À moins que ce ne soit Athéna qui se soit coupé les veines.

— Vous voulez dire qu'elle aurait fait une vraie tentative de suicide ?

— Je veux dire qu'elle a pu simuler son propre « suicide » et tuer Melissa.

Je raconte à Roy la conversation que j'ai eue avec mon élève dans la cave. Sans lui parler du dossier du Dr Lockhart (je ne veux pas révéler que je suis coupable d'effraction), je m'arrange quand même pour insérer quelques-unes des informations obtenues dans mon récit.

— Je me refuse à penser que c'est Athéna, conclus-je. Je l'ai toujours bien aimée et je pensais qu'elle m'aimait bien, mais elle a maintenant l'impression que je l'ai laissée tomber ; en outre, elle s'est mis dans la tête que j'ai ranimé la malédiction des Crèvecœur par ma présence, du fait que mes compagnes de chambre sont mortes noyées.

— Comment est-elle au courant de cela ?

— Je l'ignore. Elle le sait sans doute par mon journal... – je m'interromps, me souvenant de ce que m'a déclaré Athéna au sous-sol. Elle a affirmé savoir que je me sentais coupable. Ce que je vous ai dit moi-même dans la caverne quand j'ai reconnu que la mort de Deirdre n'était pas un accident. C'était peut-être elle qui nous écoutait.

De nouveau, je m'affaisse sur ma chaise, épuisée et découragée. Je ne m'étais pas rendu compte à quel point je voulais croire que ce n'était pas Athéna qui cherchait à me nuire. Je regarde Roy Corey, espérant qu'il va me contredire. Il continue à éliminer la peinture et à lisser l'étoffe.

— A-t-elle dit autre chose ?

— Qu'on se sentait moche quand on laissait tomber quelqu'un, mais que c'était pire quand on était celui qu'on avait laissé tomber.

Il lève les yeux.

— Je n'en suis pas certain. Je pense que c'est pareil. La culpabilité d'avoir fait souffrir quelqu'un à qui l'on tient peut durer longtemps, peut-être même plus longtemps que l'amour lui-même.

Distraitement, il rassemble les débris rouges avec le côté de la main, puis triture le feutre pour en faire une boule.

— Vous voulez parler de Matt, n'est-ce pas ? Vous pensez qu'il serait peut-être encore en vie si vous ne l'aviez pas laissé revenir à Heart Lake cette nuit-là ?

Il hoche la tête. J'essaie de trouver ce que je pourrais lui dire pour alléger son fardeau, mais je sais que mes paroles ne réussiraient qu'à alourdir le mien, ce que je ne me sens pas capable de supporter. Alors je lui lance une miette, une relique de la personne qui nous manque à tous les deux.

— Vous savez, ce masque est celui qu'il portait ce matin-là ; je le reconnais à la couleur du cœur. Il doit l'avoir laissé tomber dans le bois et quelqu'un l'a trouvé.

Roy soupire en me regardant de ses yeux las aux paupières mi-closes. Il se lève et passe derrière moi pour fermer la porte. Quand il revient vers son fauteuil il choisit de s'asseoir sur le coin de son bureau, si près de moi que le tissu raide de son uniforme me frotte la jambe et que je vois, au-dessous de ses manches relevées, le duvet roux de ses bras. La boule de feutre s'est relâchée dans sa main. De son pouce, il retire le dernier morceau de peinture accroché au cœur vert. *Par ce signe, nous reconnaîtrons l'amour de notre vie,* avait dit Deirdre.

— Vous avez raison, Jane, il est tombé dans le bois et quelqu'un a dû le trouver. Mais ce n'est pas celui de Matt.

— Pourtant, j'ai vu ce cœur vert...

Je m'interromps et je lève les yeux vers lui, vers un regard familier.

— C'est le masque que je portais.

Je suis encore étourdie en rentrant à Heart Lake. L'épuisement, me dis-je, la peur, l'exaspération et la frustration. Émotions on ne peut plus naturelles si l'on considère tout ce qui m'est arrivé. Mais je sais que ce n'est pas cela. Depuis le moment où j'ai appris avec qui j'étais ce matin de 1er mai, il y a si longtemps, je sens quelque chose vibrer du fond de moi, émettant des ondes qui se propagent lentement. Quand je touche la poignée de métal de ma voiture, je suis surprise de ne pas provoquer d'étincelles. Je me sens électrique.

« Et alors ? Et alors ? Et alors ? »

Je gare mon véhicule en face de l'ancienne maison des Toller, face au fleuve, et j'attends que cette sensation de vertige disparaisse.

« Bon, c'est avec Roy Corey que j'ai fait l'amour le 1er mai et non avec Matt. Quelle différence réelle cela fait-il ? »

Par ce signe nous reconnaîtrons l'amour de notre vie.

Des conneries. C'était juste une banale superstition inventée par Deirdre. Seulement je l'ai crue et j'ai cru, pendant toutes ces années, que l'amour de ma vie s'était noyé dans le lac, sous la glace.

« Des conneries, me dis-je en entrant dans le parking de Heart Lake. C'est plus stupide encore que de croire à l'histoire des Trois Sœurs et à la malédiction des Crèvecœur. Et cela ne résout rien, ne nous dit pas qui envoie ces messages du passé ou qui a tué Melissa Randall. »

Roy ne pense pas que ce soit Athéna. Peut-être parce que je ne veux pas l'en convaincre dans la mesure où je ne souhaite moi-même pas le croire.

Il pense que ce doit être quelqu'un ayant un rapport avec ce qui est arrivé à Matt, Lucy et Deirdre il y a vingt ans. Qui d'autre pourrait savoir tant de choses à propos de ces événements ? Qui d'autre a pu trouver ce masque, qu'il dit avoir abandonné dans le bois ce fameux matin ? Helen Chambers est morte. Mme Buehl ? Pourquoi chercherait-elle maintenant à attirer le désastre sur sa propre école ? N'a-t-elle pas tout à perdre ? J'ai parlé à Roy de mes soupçons au sujet du Dr Lockhart – « Elle veut à tout prix mettre un terme à la récolte de glace » – mais aucun de nous deux ne voyait comment l'associer aux autres événements. Quel rapport aurait-elle pu avoir avec ce qui s'était déroulé autrefois ?

— Le coupable a de toute évidence des griefs contre vous, Jane. Je ne suis pas sûr que vous soyez en sécurité, seule dans ce cottage isolé.

— Où suggérez-vous que je m'installe, ai-je répondu, à moitié choquée par le ton railleur de ma propre voix. Je n'avais pas eu l'intention de le provoquer, mais j'étais déçue qu'il se contente de hausser les épaules et de me conseiller d'emménager dans le manoir.

— Pourquoi pas dans la résidence ? a-t-il alors suggéré.

J'ai pensé à ce que Dr Lockhart disait de la vie dans un aquarium. Atmosphère surchauffée des chambres, sifflement des radiateurs, élèves dans leur chemise de nuit de flanelle humidifiées par leur chevelure fraîchement lavée, odeur rance du pop-corn brûlé mêlée à celles des crèmes pour le visage...

— Non, ai-je déclaré. Comme le dit Mme Buehl, ce serait comme obéir aux exigences de terroristes. Tout ira bien.

Il m'a regardée en silence quelques secondes, puis s'est penché pour prendre quelque chose dans le tiroir. Une mèche de ses cheveux a balayé son front, accrochant ainsi la lumière provenant de la fenêtre encrassée ; elle s'est brièvement enflammée mais quand il a relevé la tête, elle a repris sa place et la couleur s'est estompée, ne laissant apparaître que les tempes grisonnantes.

— Tenez, a-t-il dit en me tendant quelque chose dans un sac transparent. Je voulais vous le rendre. Nous n'en avons plus besoin.

À travers le plastique épais, j'ai reconnu mon ancien journal.

— Merci, ai-je répondu en essayant de ne pas avoir l'air trop déçue. J'avais espéré qu'il me donnerait son numéro de téléphone.

Je descends de ma voiture et je me dirige vers la maison mais, à mi-chemin, j'entends des cris qui proviennent du lac. Coupant à travers bois, je me dirige vers la Pointe. Quand je vois la grande déchirure dans la glace et les silhouettes munies de perches, je crains le pire : quelqu'un est tombé, que l'on cherche à sauver. Je m'attends à voir un mouvement dans l'eau, mais je n'aperçois qu'un cube bien net qui flotte le long de l'eau sombre jusqu'à la porte de la glacière.

Les participantes ont bien avancé en si peu de temps – ou j'ai été absente plus longtemps que je ne l'imaginais. Je jette un coup d'œil à ma montre et constate qu'il est déjà 16 heures. Je ne me suis pas rendu compte que j'avais passé autant de temps dans le bureau de Roy – ou dans mon véhicule, à contempler le fleuve. Maïa Thornbury et les élèves ont découpé un canal long et étroit, d'à peine plus d'un mètre de large, de la cabane, jusqu'à mi-chemin de la Pointe. Certaines des adolescentes sont chaussées de patins et d'autres, sous la direction de Gwen Marsh, manient les perches et poussent les blocs dans la glacière à l'aide d'une rampe. Cette scène me paraît aussi joyeuse et bucolique que celle de l'affichette que j'ai vue hier soir. En fait, elle comporte beaucoup plus de personnages que je ne l'aurais cru possible. Tout le monde doit être dehors.

En y regardant de plus près, je remarque que quelques-unes des silhouettes rassemblées paraissent différentes des autres. En fait, ce sont des statues. Deux élèves sortent un bloc de la glacière et le posent sur trois ou quatre cubes déjà empilés. Dans les empilements déjà constitués, d'autres pensionnaires sculptent, petit à petit, des formes rudimentaires. Tacy Beade utilise pour cela un pic et un marteau. Même d'ici, j'entends les coups réguliers du métal contre le métal qui témoignent d'une force alarmante de la part de Beady, si l'on considère qu'elle est à moitié aveugle. Les débris de glace jaillissent sous ses doigts comme les étincelles d'une forge laissant déjà deviner, dans les contours grossiers qui se dessinent, l'élan d'une créature qui cherche à se libérer de sa coque.

Une douzaine environ de ces effigies se dressent sur l'étendue blanche. Je vois bien maintenant qu'elles ne sont qu'à moitié formées, mais lorsque les derniers rayons du soleil se posent sur elles, elles semblent s'animer d'une étincelle de vie. Je baisse les yeux vers le pied du promontoire et, l'espace d'un instant, le lac entier semble tourbillonner devant moi. À l'est, sous le ciel noirci de nuages, la glace, éclairée par le soleil bas, brûle d'une vive lumière. Près de chacune des Trois Sœurs, s'élève une statue. La première, la plus proche du rivage, est debout ; la deuxième est agenouillée ; et la troisième, allongée sur le dos, ne laisse voir que la moitié de son corps au-dessus de la surface, telle une nageuse figée, le bras levé et plié. Ce qui me perturbe surtout, c'est l'impression qui se dégage du ciel noir en arrière-plan. On dirait que l'eau sombre s'est élevée, submergeant les trois silhouettes pâles.

Une sorte de mal de mer me saisit. Un vertige à l'envers. Je relève le menton et fixe l'horizon, astuce que nous a indiquée Mme Pike quand elle nous a emmenées faire du canoë. À la lisière des pins, j'aperçois une silhouette. Au début, je pense qu'il s'agit d'une autre statue, puis je reconnais le Dr Lockhart, chaussée de patins, apparemment pétrifiée. Quand elle me voit la regarder, toutefois, elle lève les bras et fléchit les poignets, comme une ballerine qui s'apprête à pirouetter. Elle commence à tourner sur elle-même, sans effort. Ses patins projettent une poussière de glace dans l'air qui s'assombrit, comme un tourbillon parcourant des eaux ténébreuses.

Je rentre à la maison et je dîne seule, me disant que je préfère ne pas me trouver dehors au moment de la tempête. Je sais, cependant, que c'est une fausse excuse. Bien que les nuages à l'est semblent menaçants et que le vent se soit levé depuis le coucher du soleil, les prévisions météorologiques n'annoncent pas de neige. Juste du vent et du froid. À la télévision, à peine suis-je tombée sur le bulletin météo d'Albany indiquant que des tempêtes électriques, rares à cette période de l'année, se produisent au sud des Adirondacks, que le visage de l'animateur se dissout dans un brouillard de parasites. J'allume alors la radio, mais je ne peux même pas capter la station locale.

En fait, je n'ai envie de parler à personne. Je ne

comprends absolument pas pourquoi Mme Buehl a poursuivi son projet de récolte de glace. Et la vieille Beady doit être aussi sénile qu'aveugle pour pousser les filles à exécuter ces statues macabres. Je sais qu'on ne parlera que de cela dans le réfectoire et je ne supporterais pas pour l'instant de devoir répondre à d'innocentes questions sur la légende des Trois Sœurs. Même mon vieux cottage froid – bicoque, ai-je envie de dire ce soir –, me paraît plus attirant.

Alors je pousse le chauffage au maximum et je me fais des œufs sur le plat sur un brûleur qui crache des flammes bleues sous la poêle. Dehors, le vent semble se déplacer en cercles autour de la maison, comme un animal désireux d'entrer. J'enfile des chaussettes de laine et erre sur le vieux tapis de chiffons tressés, fermant les rideaux et vérifiant plusieurs fois que les fenêtres sont solidement fermées. Je m'assure à deux reprises que le téléphone a une tonalité. La troisième fois que je le décroche, je reçois une telle décharge électrique que je laisse tomber le combiné sur mon pied. Tout cela à cause de mes allées et venues en chaussettes, sans doute. Cet incident me détourne de l'appareil pour le reste de la nuit, bien que j'aie eu l'intention d'appeler Olivia pour lui confirmer que je viens ce week-end. Je la verrai demain, de toute manière. Pour être tout à fait honnête, je n'insiste pas parce que j'ai commencé à détecter dans sa voix une distance, une sorte de réserve à l'idée que je pourrais de nouveau annuler ma visite.

Je décide de me coucher tôt. Je parcours mon ancien journal, sans le lire vraiment, et remarque que les feuilles sont lâches à l'intérieur de la couverture, comme une personne qui a perdu du poids, et dont le vieux pantalon est devenu trop grand. Essayant alors de déterminer quelles sont les pages manquantes, je découvre que la toute dernière a disparu, bien qu'elle ne fasse pas partie de celles que l'on m'a fait parvenir.

L'envie me vient de lire l'Énéide. Rien de tel qu'un peu de littérature classique pour calmer les nerfs. Malheureusement, j'en suis au livre septième, à l'endroit où Junon envoie Alecto aiguillonner les Troyens et les Latins vers la guerre. La description de la Furie est si affreuse – un monstre hideux de forme mouvante sur lequel pullulent des couleuvres – que je suis incapable de poursuivre. *Domina* Chambers nous a expliqué que les Furies étaient envoyées pour venger les morts non punies. Des malédictions personnifiées, a-t-elle dit, l'autre face des Trois Grâces, tellement appréciées des peintres de la Renaissance. J'éteins la lumière et m'enfonce sous les lourdes couvertures de laine, couvrant mes oreilles afin de ne pas entendre le vent, ni imaginer trop longtemps quelque monstre vengeur planant au-dessus de Heart Lake, venu pour semer parmi nous méfiance et discorde.

Mais je n'arrive pas à étouffer le tumulte extérieur. Et sous les lamentations suraiguës du vent, je distingue un son plus bas, un gémissement si profond qu'il me donne la chair de poule. Je soulève les couvertures, faisant jaillir une pluie d'étincelles dans l'air chargé d'électricité et je descends du lit, les cheveux déployés au-dessus de mon dos comme un éventail. Quand j'ouvre la porte d'entrée, je vois les arbres fouetter l'air et de fines particules de glace s'élever du sol en spirale comme des tornades miniatures. Derrière les secousses capricieuses de la tempête, j'entends, rauque et régulier, le hurlement qui se poursuit comme un thème sous-jacent sous des variations plus légères.

Je sais que ce doit être le lac, la glace qui se dilate et se contracte, processus naturel que j'ai entendu expliquer des dizaines de fois par Mme Buehl et Myra Todd. Mais je dois le constater par moi-même. Je me dirige vers le bois. Bien que je ne sois vêtue que de ma chemise de nuit et de mes chaussettes épaisses, je sens à peine le froid. C'est comme si toute l'électricité emmagasinée pendant la journée brûlait maintenant au fond de moi, pour me tenir chaud. Le lac pousse des cris perçants, comme une créature tailladée par des scies et fouillée par des perches à pointes de métal. Je sais maintenant qu'il m'appelle et que nul ne peut résister à l'appel d'un être aussi gravement blessé.

Ce n'est que lorsque j'arrive à la Pointe que je perçois le danger. Le vent souffle tout autour de moi, me poussant dans le dos comme une main, tirant par saccades, de ses doigts gelés, sur ma chemise de nuit qu'il soulève ainsi que mes cheveux. Il m'emporte avec légèreté vers le bord du promontoire. Tout à coup, quelque chose m'agrippe, avec solidité et chaleur, et me tire sous les arbres.

— Jane, vous êtes folle ! Que faites-vous dehors par ce temps !

C'est Roy Corey qui me tient par les deux bras, collant mon dos au tronc rugueux d'un pin. La flanelle de ma chemise de nuit frotte contre celle de sa chemise, provoquant de petits chocs électriques qui me font reprendre mes esprits.

— Je pourrais vous en dire autant, dis-je, surprise par le calme de ma voix.

— Je voulais vérifier quelques chose – il me montre la saillie du côté ouest de la Pointe. Je voulais m'assurer que quelqu'un pouvait se cacher ici. Vous ne m'avez pas vu quand vous êtes montée sur le promontoire, n'est-ce pas ?

Je secoue la tête. Sa main tiède est toujours sur

mon bras. Le vent fait claquer l'ourlet de ma chemise de nuit, dénudant mes jambes.

— Mais moi je vous ai vue. Vous vous êtes dirigée vers la Pointe tout comme vous l'avez fait la nuit où Deirdre est morte. Si une personne se cachait sur cette saillie, elle vous aurait vue sortir du bois et vous approcher, elle aurait vu votre camarade reculer et tomber, mais elle n'aurait pas vu Lucy sur l'autre saillie, tendre la main pour agripper la cheville de Deirdre.

— Cela aurait donc eu l'air d'être ma faute.

Soudain je me sens glacée et me mets à frissonner. Il retire sa veste pour m'en envelopper les épaules.

— Alors vous avez décidé de faire vos vérifications en pleine tempête électrique ?

Il lâche mes bras mais ne s'éloigne pas. De toute manière, je ne peux pas reculer à cause de l'arbre.

— Je voulais aussi jeter un œil sur votre maison. Je n'étais pas tranquille pour vous.

Je pose ma paume sur sa poitrine, éprouvant un autre choc mais, sous sa chemise qui me paraît humide et chaude, je sens son cœur battre à tout rompre.

— Alors, il vaudrait mieux que vous entriez.

Il hoche la tête mais aucun de nous deux ne bouge. De nouveau j'entends le gémissement qui, cette fois ne vient pas du lac ; il sort de ma gorge et de la sienne. Je caresse doucement son visage du dos de la main tandis qu'il glisse ses doigts sur mon cou, et je me mets à trembler quand l'air froid frôle mes seins. Il s'avance contre moi. Je suis entre son corps et l'arbre et je sens qu'il tremble aussi. Quand il pose la tête contre ma poitrine, mon dos se cambre et je vois les branches des pins au-dessus de nous, se balançant comme des corps en train de danser. Je le conduis jusqu'à la maison. Nous nous glissons sous les couvertures et, sans un mot, il me fait l'amour, lentement, sans détacher ses yeux des miens. Je comprends. Ce n'est pas un hasard, veut-il me dire. Nous savons qui nous sommes, cette fois.

Quand je retrouve assez de souffle pour parler, je me tourne vers lui.

— Comme tu as dû me détester !

Il touche mon front pour écarter mes cheveux humides de mon visage.

— Non, Jane. C'est moi que j'ai détesté pour ne pas t'avoir dit qui j'étais à ce moment-là.

— Mme Buehl et ses élèves arrivaient en criant et en nous montrant du doigt. Les circonstances n'étaient pas vraiment favorables.

Il se lève sur un coude et fait glisser sa main le long de mon bras. Je sens son souffle frais sur mon cou.

— Mais ce n'est pas pour cette raison que je ne n'ai pas ôté mon masque. Je ne voulais pas voir ta déception quand tu aurais constaté que ce n'était pas Matt.

Je le regarde fixement pour ne pas, en détournant les yeux, admettre la vérité de ses propos. Je voudrais lui dire qu'il a tort, mais je ne le peux pas. J'aurais en effet été déçue – plus que déçue, broyée – d'avoir découvert tout autre visage que celui que je croyais être l'amour de ma vie. Et, l'espace d'un instant, je vois Matt émerger des traits de Roy, comme si le jeune homme de dix-sept ans me regardait à travers les yeux de son cousin. Je le vois si clairement que j'ai l'impression que mon corps se couvre de glace. Et soudain, il n'est plus là. Il a disparu, tout comme, dans mon rêve, il disparaît dans l'eau noire, et je sais que, cette fois, je viens de le voir pour la dernière fois.

Je ne peux pas mentir à Roy, alors je lui avoue ce que je pense.

— Je suis heureuse que ce soit toi. Ici. Maintenant.

31

Quand le téléphone nous réveille, il fait encore nuit ; les chiffres verts du réveil indiquent 5 h 33. Roy décroche l'appareil qui se trouve de son côté et se présente spontanément. Je suis surprise de constater à quel point cela ne me surprend pas, comme si j'étais avec lui depuis des années, sachant par expérience que tout appel qui arrive au milieu de la nuit est destiné au policier de la famille.

Après avoir écouté en silence, il dit : « J'arrive », saute du lit et ramasse ses vêtements sur le sol. Quand il me voit appuyée sur un coude, les yeux fixés sur lui, il se rassied et prend mon visage entre ses mains.

— J'ai bien peur que cette fois ce ne soit plus grave que d'être interrompus par des herboristes.

Il n'a pas à aller très loin. Je le suis sur les marches qui conduisent à la plage, où un petit groupe est rassemblé autour de lampes électriques. Parmi les personnes présentes, je reconnais trois terminales, dont aucune ne fait de latin. La seule dont je connaisse le nom est Mallory Martin, la fille que mes élèves ont baptisée Maléfice. Elle ne paraît pas trop dangereuse à cet instant, car elle pleure et tremble sous une lourde veste de cuir.

— Nous sommes venues pour voir le soleil se lever, explique-t-elle.

J'ai l'impression qu'elle n'a plus besoin d'interlocuteur pour répéter son histoire ; elle va sans doute la raconter le reste de sa vie.

— Nous pensions que ce serait super, avec toutes les sculptures. Des filles en ont parlé hier pendant la récolte de glace. Au début, on pensait que c'était une statue.

Elle pointe un doigt tremblant en direction des rochers. Sur le lac, des officiers de police emmitouflés dans d'épais manteaux se déplacent à pas lents, les bras écartés pour garder l'équilibre. Leur attitude me rappelle la technique que nous a enseignée Mme Pike pour chercher des victimes de noyade : orteils fouillant le fond, bras écartés pour détecter la présence de membres flottants. Cela me ramène au jour où l'on a retrouvé le corps de Melissa Randall.

Je passe devant Mallory Martin et son petit cercle pour suivre Roy sur la glace, mais, au bord du lac, un officier de police lève la main pour m'interdire le passage.

— Désolé, madame, pas de civils par ici.

Roy se retourne et voit l'expression de mon visage.

— Ça va, Lloyd, elle est avec moi.

Oubliant que le sol est glissant, je le rejoins à grandes enjambées. Nous passons devant le premier rocher et la statue qui se dresse à côté. J'examine le visage de l'effigie et suis stupéfaite de voir le soin apporté aux détails. Les contours sont lisses et lumineux comme si le vent les avait polis la nuit dernière.

Au niveau du deuxième rocher, la silhouette agenouillée, érodée par le vent, évoque un monticule, plutôt qu'une sculpture. Je regarde l'endroit où la troisième statue devrait se trouver, mais bien que les premières lueurs de l'aube aient atteint cette partie du lac, je ne vois rien. C'est comme si la nageuse avait coulé sous la glace.

Je me tourne vers Roy pour lui demander ce qui se passe et je vois alors la quatrième statue. Elle est allongée sur le deuxième rocher, silhouette de jeune fille blanche comme le marbre, le dos arqué par une terrible douleur ou par un plaisir intense, tendue vers la lance plantée au milieu de son corps. Ce n'est que lorsque la lumière rampe vers elle et effleure ses cheveux rouges de sirène que je reconnais Vesta.

— Elle a dit qu'elle ne pouvait pas dormir et qu'elle allait patiner sur le lac, nous répète Athéna pour la troisième fois. Elle pensait qu'il serait cool d'évoluer autour des statues. D'autres filles en avaient parlé pendant la récolte de glace. Je lui ai proposé de l'accompagner mais elle m'en voulait toujours pour ma lampe allumée. Elle a dit que si j'y allais, elle pouvait aussi bien en profiter pour rester et éteindre la lumière.

Assise sur une chaise basse devant le bureau de Mme Buehl, l'adolescente lève les yeux, exposant ainsi ses larges cernes noirs. Une mèche de cheveux filandreux et multicolores lui tombe sur l'œil gauche. Quand elle lève la main pour la repousser elle tremble tellement qu'elle baisse aussitôt le bras et croise les doigts sur ses genoux. Du canapé où je suis installée, je distingue ses cuticules, rongées jusqu'au sang. La voyant cligner des paupières dans la lueur aveuglante du soleil matinal réverbérée par la glace, je tourne les yeux vers le lac. Heureusement, la Pointe dissimule l'anse du côté est. Ont-ils enlevé Vesta ou sont-ils encore en train de prendre des photographies du corps ? J'aperçois sur le promontoire deux officiers de police qui baissent les yeux vers la crique. L'un d'eux installe un trépied et prend des clichés en plongée de la scène du crime.

— Et vous, vous n'avez rien entendu, Jane ?

Tressaillant au son de mon nom, je regarde Mme Buehl, mais c'est le Dr Lockhart, debout devant la grande baie vitrée, qui a posé la question. Pendant un instant, je ne comprends pas de quoi elle parle, puis je me souviens des cris et des gémissements qui provenaient du lac hier soir. Aurait-il pu s'agir d'appels au secours de Vesta ?

— Il y avait une tempête. J'ai entendu le vent et la distorsion de la glace.

— La distorsion de la glace ? répète la psychologue.

Le contre-jour dessine autour d'elle un halo éblouissant qui m'oblige à mettre la main en visière et m'empêche, malgré cela, de lire son expression.

— Oui, les craquements, les grincements et...

— Les gémissements ? Les cris ? Ce sont bien des bruits émis par la glace non ? Êtes-vous sortie pour vérifier ?

— En effet. Je suis allée jusqu'à la Pointe, mais je n'ai pas regardé en bas.

Même Athéna fait pivoter sa chaise et me regarde fixement.

— J'ai rencontré M. Corey qui... faisait une ronde à cet endroit.

Au cours du silence qui suit, je me rappelle avec précision ce qui s'est passé après ma rencontre avec Roy. Je fixe mes mains qui ont pris une teinte rose vif et je me dis que je dois avoir le visage de la même couleur, avant de comprendre que c'est un effet du soleil.

— Donc, vous vous êtes tous deux dirigés vers la Pointe pour voir d'où provenaient ces bruits ? demande finalement Mme Buehl.

Je pense que nous sommes surprises que ce ne soit pas le Dr Lockhart qui pose cette question, mais celle-ci s'est de nouveau tournée vers la fenêtre, l'attention attirée par les deux hommes sur le promontoire.

— J'étais sur le point de le faire mais M. Corey m'a

éloignée ; il devait penser que c'était trop dangereux...

Je suis interrompue à temps par quelques coups légers à la porte qui s'ouvre pour laisser entrer Roy. Je suis si heureuse de le voir que j'oublie un instant qu'il est officier de police.

— Que se passe-t-il ? Que fait cette élève ici ?

Il pose la question au proviseur mais c'est le Dr Lockhart qui répond.

— C'est sa camarade de chambre que vous décollez des rochers. Nous pensions qu'elle serait peut-être au courant de quelque chose.

Au mot « décollez » je vois le visage d'Athéna se friper. Elle se tourne vers moi.

— Qu'est-ce que ça veut dire ? Je croyais qu'elle avait été poignardée à mort ?

— Pourquoi pensiez-vous cela, Ellen ?

Le Dr Lockhart s'écarte de la fenêtre et s'assied sur le bord du bureau de Mme Buehl. Elle croise ses longues jambes gainées d'un fin voile gris et attend la réponse de l'adolescente. Je remarque que son collant est filé juste au niveau du genou et je me sens tout à coup absurdement ravie de trouver un petit défaut à sa tenue toujours impeccable. Elle se montre toujours aussi calme et posée. J'aimerais pouvoir en dire autant d'Athéna.

— Qu... quelqu'un me l'a dit.

C'était ce qu'elle m'avait répondu quand je lui avais demandé comment elle était au courant de la mort de mes amies. Je me rends compte que je ne l'avais jamais entendue bafouiller jusqu'ici.

— Il y a bien quelqu'un qui a dit qu'elle avait été poignardée ? Enfin, j'ai pensé, avec toutes ces lances qui traînaient...

— Et auxquelles vous avez prêté un intérêt particulier pendant la projection des diapos...

— Docteur Lockhart, si vous avez une théorie qui pourrait intéresser la police, vous pourriez peut-être m'accompagner au poste...

— Tout à fait, inspecteur Corey. J'aimerais savoir pourquoi un policier se trouvait sur la Pointe la nuit dernière, empêchant l'un de nos professeurs de se pencher pour voir d'où venaient ces sons affreux ?

Roy tourne les yeux vers moi.

— Je n'ai pas dit qu'il m'en a empêchée..., dis-je.

Mais je pense à ce qui s'est passé sur la Pointe hier soir et il me semble, tout à coup, que c'est ce qu'il a effectivement fait. Troublée, je le regarde et il constate mon hésitation.

— Il y avait du vent et la roche était glissante.

C'est à moi qu'il offre l'explication plutôt qu'à la psychologue, mais c'est elle qui lui répond.

— Avez vous regardé en bas de la Pointe pour voir d'où venaient les bruits ?

— J'ai supposé que c'était la glace.

— Alors soit vous êtes plus stupide que le policier moyen, soit vous essayez de couvrir quelque chose que vous avez vu, décrète-t-elle calmement.

Alors qu'un muscle se crispe sur la mâchoire de son interlocuteur, c'est Athéna qui perd son sang-froid. Elle bondit si violemment de sa chaise que celle-ci se renverse frappant le genou de Roy, tout à coup forcé de reculer.

— Pourquoi êtes-vous aussi mauvaise ? hurle-t-elle en fonçant sur le Dr Lockhart. L'impact du choc repousse le bureau d'au moins quinze centimètres ce qui propulse la chaise roulante de Mme Buehl contre la fenêtre située derrière. J'entends un bruit de verre brisé et, l'espace d'un instant, j'imagine le proviseur basculant dans le vide. Je me dirige vers Athéna. Je lance les bras autour d'elle pour l'agripper autour des épaules ainsi que Mme Pike nous a appris à le faire en cours de secourisme, et je la tire en arrière ; elle bat l'air de ses bras comme si elle se noyait. Apparemment, la victime qu'elle est ne veut pas être sauvée, car dès qu'elle a retrouvé son équilibre, elle se baisse, fait un pas de côté et m'envoie son coude dans le plexus. Pliée en deux par la douleur, je la vois sortir en courant de la pièce. Quand j'arrive à lever la tête, je cherche des yeux Mme Buehl, craignant ce que je vais découvrir. Bien que visiblement secouée, elle n'a pas été touchée par la vitre brisée dont chaque centimètre est veiné d'un réseau complexe, figé comme par magie, semblant miraculeusement maintenu en place par le brillant soleil matinal qui s'écoule à travers les fissures.

Roy m'aide à me rasseoir sur le canapé. Mme Buehl s'éloigne gauchement de la fenêtre et s'assied aussi près de moi.

— Comment vous sentez-vous, Jane ? demande-t-elle. Je ne pensais pas que cette fille était capable de se montrer aussi violente !

— Je vais bien. Ce n'était pas sa faute. Elle s'est sentie...

J'hésite, incapable de trouver une explication plausible au comportement de mon élève. Le mot « provoquée » me vient à l'esprit.

— Perturbée, dis-je à la place – ce qui paraît faible au vu des dégâts que sa fuite a provoqués. Il faut que je lui parle.

— Je pense qu'il vaudrait mieux que je m'en occupe, intervient le Dr Lockhart. Je travaille avec elle et je suis au courant de ses problèmes.

— Elle avait l'air d'être très en colère envers vous, objecte Roy.

— Cela fait partie du processus thérapeutique, répond la psychologue en enfilant son manteau.

Je regarde Mme Buehl qui me fait un signe de tête.

— Candace a raison, laissons-la s'en occuper.

Le Dr Lockhart me sourit comme un enfant qui vient d'avoir gain de cause à l'issue d'une dispute arbitrée par des adultes. Quand elle est sortie, le proviseur ajoute :

— Candace éprouve une empathie particulière pour ce type d'adolescentes ; elle a eu le même genre d'éducation. Au fil des années, j'ai vu tellement d'élèves dont les parent ne trouvaient pas le temps de s'occuper et nous confiaient l'entière éducation !

— Qu'ils vous abandonnaient carrément ! intervient Roy.

— Ne soyez pas trop dur, inspecteur. C'est tout ce qu'ils connaissaient, car la plupart ont eux-mêmes été éduqués ainsi. Je suis sûre qu'ils pensent agir au mieux dans l'intérêt de leurs enfants. Peut-être est-ce le maximum de ce qu'ils peuvent faire.

Je pense soudain à Olivia, laissée à Mitch pour sa sécurité. Ma douleur à l'estomac se réveille. Je suis supposée aller la voir ce week-end.

Comme s'il devinait mon intention, Roy se lève et reprend une attitude professionnelle. Il s'adresse au proviseur, mais je sais que le message m'est destiné.

— Vous comprenez bien qu'il s'agit maintenant d'une enquête officielle pour homicide et que personne ne doit quitter le domaine.

Mme Buehl opine du chef et, quand il regarde dans ma direction, j'en fais autant.

Je vois bien que Roy voudrait me suivre quand je quitte le bureau, mais le proviseur, qui doit téléphoner aux parents de Vesta, lui demande de l'assister. Je reste un moment devant le manoir, me demandant où Athéna et le Dr Lockhart sont allées, mais je ne vois aucun signe d'elles. Indécise, j'essaye de penser à la façon dont je vais expliquer à Olivia que je dois encore annuler ma visite. J'y ai déjà renoncé la dernière fois à cause de la neige. Comment puis-je la décevoir de nouveau ?

Coupant à travers bois pour éviter les policiers sur la Pointe, je retourne au cottage pour y prendre mon sac de voyage – nécessaire de toilette, vêtements et copies à corriger – que j'ai préparé hier soir. À ma grande surprise, je découvre, tracée dans la neige, une piste étroite qui mène directement à ma maison, ainsi qu'une autre qui conduit au parking. Quelqu'un qui était fatigué de faire des détours par les chemins officiels a dessiné le sien propre, comme Lucy le faisait.

Ce n'est que lorsque je suis dans la voiture, attendant que le pare-brise dégivre et que mes mains se réchauffent suffisamment pour me permettre de conduire, que je me rends compte de la gravité de mon comportement. Je vais donner l'impression que je fuis la scène du crime. Mais Roy sait bien que je n'ai rien à voir avec la mort de Vesta, puisqu'il était avec moi.

Puis-je affirmer la même chose de lui ? Est-ce que je sais vraiment ce qu'il faisait sur la Pointe ? Je réfléchis à ce qu'il m'a dit. Le coupable a quelque chose à voir avec les événements qui se sont produits il y a vingt ans. Pendant vingt ans, lui-même s'est senti en partie responsable de la mort de son cousin. Et si, tout à coup, il avait trouvé quelqu'un d'autre à blâmer pour cela ? Cette idée est si monstrueuse que je n'ai qu'une envie, quitter Heart Lake. Et bien que je ne puisse encore rien voir par la vitre arrière, je recule et je fonce aussi vite que je le peux vers l'autoroute.

32

Au sud d'Albany, je sors de l'autoroute pour longer la vallée de l'Hudson qui se déroule vers les Catskills. Ce paysage doux et familier distrait un moment mon esprit d'Athéna, de Roy Corey et de Heart Lake. Ma vie s'est essentiellement jouée, je m'en rends compte, le long de ce parcours. Je me rappelle la fois où j'ai pris le train d'Albany à Corinth après la mort de ma mère. Au fait que j'avais l'impression d'avancer vers mon avenir en revenant à l'école. Maintenant, alors que je la fuis aussi vite que je le peux, j'ai l'impression de voyager vers mon passé.

Mon esprit se tourne vers Matt et Lucy. J'ai évité de penser à eux depuis que j'ai appris que le bébé était le leur, mais maintenant je me force à les imaginer ensemble. C'était sans doute le 1er mai, le matin même où je me trouvais avec Roy Corey. Je me souviens de mon amie et du garçon masqué qui se faisaient face sur la plage ; de la façon dont elle était entrée dans le lac, défiant son compagnon de la suivre. J'avais cru alors qu'il s'agissait de Ward Castle et je m'étais demandé s'il oserait braver le liquide glacé ; mais je m'étais aussitôt désintéressée de la scène car je croyais que Matt se tenait au pied des marches, attendant que je m'enfuie pour s'élancer à ma poursuite.

J'imagine maintenant ce qui s'est passé après que je leur ai tourné le dos. Lucy s'est glissée dans la brume et s'est mise à nager vers la glacière. Matt l'a suivie. Sans doute a-t-il été forcé, pour cela, de retirer son masque. Je me les représente, fendant les eaux du lac, les bras se soulevant au-dessus de la surface comme les ailes d'un même oiseau. En arrivant à la cabane, ils avaient froid. Voyant les lèvres bleues et tremblantes de Lucy, Matt l'a enveloppée de ses bras pour la réchauffer. Était-ce la première fois ? Je me remémore leur danse sur les feuilles mortes, le premier jour où nous étions rentrés ensemble, ainsi que la façon dont ils tournaient harmonieusement sur la glace quand nous patinions sur le lac.

Peut-être se sont-ils dit que cela ne se reproduirait jamais ? Mais Lucy a appris des lèvres de Helen Chambers qu'elle n'était pas vraiment apparentée au garçon qu'elle aimait. Elle a pensé que cela changeait complètement la situation. Les gens auraient sans doute jasé – après tout ils avaient été élevés en tant que frère et sœur – mais, outre qu'elle s'en serait moquée, elle arrivait toujours à convaincre Matt de faire ce qu'elle voulait. Cela aurait pu marcher pour eux si je n'avais rien révélé à propos du bébé.

Je pense à la nuit où ils sont morts. Matt a fait de l'auto-stop sur cette même route pour se rendre à Heart Lake après avoir reçu la lettre de Lucy. Il ne savait probablement pas quoi en penser. Moi non plus, lorsque je l'avais lue.

C'était un après-midi de la fin février. Elle venait de rentrer après avoir dîné avec Domina *Chambers. Elle m'a dit qu'elle venait d'apprendre certaines choses qui allaient changer sa vie et qu'elle devait écrire à Matt. Je supposais que notre professeur avait élaboré un plan d'avenir pour elle : le choix de son université et peut-être ce qu'elle ferait ensuite.*

— Je veux aussi qu'il ne se fasse pas de souci sur toutes ces bêtises à propos de ma prétendue tentative de suicide, a-t-elle ajouté. Est-ce que tu veux que je mette un message pour toi ? Comme... je ne sais pas... Viens, mon Matthew, fêter le mai nouveau ?

Je l'ai regardée fixement mais elle continuait à écrire,

la tête résolument penchée sur le papier à lettres bleu clair que lui avait offert Domina *Chambers. Après le 1er mai, j'avais recopié les vers du poème de Robert Herrick dans mon journal en remplaçant le nom de Corinna par Matthew. Avait-elle lu mon cahier ? Peut-être tout simplement avait-elle eu la même idée, car nous avions étudié cette œuvre l'année précédente. Quoi qu'il en soit, j'étais surprise qu'elle fasse allusion à cette journée avec une telle désinvolture.*

Elle a dû se rendre compte que je la fixais, car elle a levé les yeux sur moi.

— Jane, tu rougis. Je vais juste écrire les derniers vers à la fin de la lettre sans mentionner ton nom. Il saura ce que ça veut dire, d'accord ? – elle m'a fait un clin d'œil et s'est penchée de nouveau sur la feuille. C'est comment, déjà ? « Ne péchons plus en restant ici, comme nous l'avons fait, mais, mon Matthew, allons fêter le mai nouveau. »

— Ces vers ne sont pas les derniers.

— Aucune importance, a-t-elle dit en pliant joyeusement la feuille et en la mettant dans une enveloppe. Autre chose, est-ce qu'il te reste des épingles à cheveux ?

Sur mon bureau, se trouvait la tasse ébréchée dans laquelle je conservais des trombones et des épingles. Je la lui ai tendue. Elle a pris deux épingles et une pince. Je l'ai regardée confectionner un cornicula qu'elle a déposé à l'intérieur de la lettre, en le glissant avec soin à l'intérieur des plis.

— Pourquoi lui envoies-tu ça ?

— Pour qu'il me retrouve à la glacière.

— Mais il est dans son école à une centaine de kilomètres d'ici ! Comment pourrait-il venir te retrouver ?

Lucy a souri.

— J'ai la nette impression que quand il va lire cette lettre il trouvera un moyen de venir.

En passant devant un panneau indiquant Beacon, je me rends compte que je ne suis pas loin de l'école militaire où étudiait Matt. Il s'est écoulé plus de deux heures depuis que j'ai quitté Heart Lake. Combien de temps lui a-t-il fallu pour parcourir cette distance ? Il a dû partir dès qu'il a reçu la lettre. Ce n'est que quelques jours après qu'elle l'eut écrite que je suis rentrée dans la chambre et que j'ai trouvé, punaisé sur la porte, un cornicula.

Lucy dînait avec Domina *Chambers, et la seule autre personne qui était au courant pour le cornicula était Deirdre. J'ai frissonné un moment, pensant que c'était un signe d'elle, puis je me suis reproché de céder ainsi au mélodrame. De toute évidence, l'objet venait de Matt. Il devait s'être faufilé jusqu'ici pour laisser un message à Lucy. Elle serait tellement contente de le trouver !*

Laissant le cornicula sur la porte, je suis entrée dans la chambre. Tout d'abord, j'ai essayé de commencer ma version latine pour le lendemain, mais je n'arrivais pas à me concentrer. Je me sentais encore plus isolée de travailler seule – j'avais toujours étudié en groupe, d'abord avec Matt et Lucy, ensuite avec mes camarades de chambre. Je me suis souvenue de ce jour, en troisième, où j'étais rentrée avec mes amis, chantant à tue-tête les déclinaisons, et où Matt m'avait appris à quoi elles servaient en me tendant une feuille d'érable rouge. La feuille se trouvait toujours entre les pages de mes Contes de ballets. *J'ai pris le livre sur l'étagère au-dessus de mon bureau et j'ai retrouvé l'endroit où elle reposait : au milieu de l'histoire de Giselle.*

Tout à coup, une pensée m'est venue. Et si le signe n'était pas pour Lucy, mais pour moi ? Après tout, Lucy avait écrit ce vers à propos du mai nouveau. Matt avait forcément compris qu'il venait de moi.

Je me suis levée pour ouvrir la fenêtre et une rafale d'air humide a soufflé dans la chambre. Elle n'était ni froide ni chaude, mais elle apportait un parfum de printemps – l'odeur de la fonte de la neige, peut-être. J'ai mis la tête dehors et j'ai respiré profondément. Une fine brume blanche s'élevait du sol, comme si la neige qui était tombée pendant l'hiver s'élevait pour retourner au ciel. J'entendais des gouttes tomber du rebord de la fenêtre et, plus loin, le bruit de l'eau dans le lac, aux endroits où la glace avait fondu.

Tout à coup, j'ai eu l'impression que quelque chose se brisait en moi. Quand j'ai refermé la fenêtre, je ne tenais plus en place. J'ai pris mon journal et j'ai écrit : « Ce soir, je vais me rendre au lac pour le retrouver et tout lui dire », avant même d'avoir compris que c'était ce que je voulais faire. J'ai poursuivi : « Je sais que je ne devrais pas y aller, mais je ne peux pas m'en empêcher. » Était-ce vrai ? Aurais-je pu m'en empêcher ? Voulais-je même essayer ? « C'est comme si le lac m'appelait », ai-je ajouté. C'était cela, oui, ce bruit incessant de l'eau qui remuait dans la nuit, clapotait dans le lac, coulait de la neige et s'égouttait des branches d'arbres, ce monde entièrement liquide, c'était cela qui m'appelait au-dehors. « Parfois, je me demande si ce qu'on raconte à propos des Trois Sœurs est vrai. Je me sens attirée malgré moi. » J'étais arrivée à la fin de la page et je me suis rendu compte que c'était l'avant-dernière. J'ai ajouté quelques mots en haut de la page suivante et j'ai refermé le cahier.

Voilà à quel point j'avais envie de voir Matt ; j'attribuais ma décision à la légende des Trois Sœurs. Je trouve cela presque comique, pourtant, je ne ris pas. Je pleure si fort qu'il m'est difficile de voir la route. En outre, le ciel s'est assombri et un vent violent déporte la voiture. Je prend un virage un peu trop tard et je sens que les pneus dérapent sur le gravier du bas-côté de la route. Secouée, je me gare à un endroit où la vue est dégagée et je regarde les nuages lourds de pluie s'amasser au-dessus des Catskills en attendant la fin de ma crise de larmes.

Qu'avait pensé Matt de l'allusion au 1er mai dans la lettre ? Se doutait-il que Lucy était enceinte ? Était-ce pour cela qu'il s'était précipité à Heart Lake ? Je secoue la tête. Comment le saurai-je jamais ? Matt est mort. Lucy est morte. Tous ceux qui auraient pu me le dire ont disparu.

Je scrute les plis harmonieux de la vallée de l'Hudson comme si le paysage pouvait répondre à mes questions, mais même cette perspective familière me trahit quand les nuages en provenance de l'ouest, traversant la vallée, assombrissent la terre. Je me trompe. Tous les gens de cette époque-là ne sont pas morts. Roy est vivant. Son cousin séjournait chez lui quand il a reçu la lettre de Lucy. Roy n'avait-il pas dit, quand il est venu me voir à l'Aquadôme, qu'il venait de rendre visite à sa mère à Cold Spring ? (« Notre tante Doris de Cold Spring », comme disait Lucy.)

Je m'essuie les yeux et je regarde ma montre. Il n'est qu'une heure de l'après-midi ; Olivia sera encore à l'école à mon arrivée. J'ai le temps, je pense, de faire un petite détour.

En reprenant la route, je sais que j'agis de façon inconsidérée. Que puis-je espérer auprès de la mère de Roy ? Si Matt n'a pas dit à son cousin le motif de son voyage à Heart Lake, il ne l'a sans doute pas confié non plus à sa tante. Mais tout en m'énumérant toutes les raisons pour lesquelles je ne devrais pas suivre mon impulsion, j'emprunte la sortie de Cold Spring et guette l'apparition d'une station service pour y chercher l'adresse dans l'annuaire. Si je ne la trouve pas, je considérerai que c'est un signe de l'inutilité de ma démarche ; il ne me restera plus qu'à repartir directement chez Mitchell.

Non seulement Doris Corey est dans l'annuaire, mais elle habite sur la rue principale qui descend en pente raide jusqu'au fleuve. J'aperçois, sur un petit promontoire surplombant le cours d'eau, un long bâtiment sombre pourvu de tours crénelées. L'académie militaire. L'ancienne école de Matt. Je détourne les yeux et me concentre sur ma recherche. C'est pratiquement la dernière maison de la rue, petit bâtiment jaune de style victorien qui se dresse juste avant la voie ferrée, à un jet de pierre de l'Hudson.

La femme qui ouvre la porte ressemble tellement à Hannah Toller que pendant une seconde je pense qu'on a commis une erreur en m'affirmant que celle-ci était morte dans un accident de voiture. Quand elle me sourit, toutefois, à moi, une étrangère qui se tient sur le pas de sa porte, trempée par la pluie battante, je vois bien qu'elle est beaucoup plus douce que ne l'a jamais été la mère de Matt. Hannah, toujours méfiante et tendue, se sentait sans doute écrasée par tous les secrets qui pesaient sur elle.

Doris Corey me fait entrer dans sa maison avant même que j'aie le temps de lui expliquer que je viens de Corinth et que je connais son fils.

— C'est Roy ? demande-t-elle, les mains soudain figées alors qu'elle s'apprête à m'aider à enlever ma parka. Êtes-vous de la police, mon petit ? Êtes-vous venue me dire qu'il est arrivé quelque chose à mon fils ?

Malgré la panique de son regard, elle reste un modèle de politesse. Si je devais lui apprendre qu'il est arrivé quelque chose à Roy, elle recevrait la nouvelle avec dignité et me considérerait comme la messagère involontaire de la mauvaise nouvelle. Je pense à toute la tristesse qu'elle a vécue. Ses neveu et nièce noyés dans un lac, sa sœur et son beau-frère tués dans un accident de voiture. Elle a l'attitude d'une personne trempée contre la tragédie.

— Oh non, madame Corey, Roy va bien ! Vous voyez...

Je me demande comment lui expliquer pourquoi je suis ici et je ne trouve rien de mieux que de lui dire mon nom.

— Jane Hudson ? – la main qui tenait mon manteau humide vient se poser sur mon avant-bras et le serre un instant. N'étiez-vous pas la petite amie de Mattie ?

Je pousse une exclamation étouffée. *La petite amie de Mattie*. Ce que j'ai toujours voulu être. Mais je ne peux pas mentir à cette femme.

— J'étais une amie de Lucy et de Matt, mais c'est tout.

Elle fait un geste de protestation.

— Oh, il parlait de vous tout le temps, mon petit. Il m'a raconté que quand Lucy est tombée à travers la glace vous l'avez sortie de là. Il disait que vous étiez la personne la plus courageuse qu'il connaissait.

Tu me sortirais de là, n'est-ce pas, Jane ?

Avant que j'aie pu faire quoi que ce soit pour essayer de les contenir, mes larmes coulent de nouveau, mêlées à l'eau de pluie qui dégouline de mes cheveux. Mme Corey laisse échapper un son doux, entre un Ttta ! et un ahh !, et me fait asseoir à côté d'elle sur le canapé. Prenant un châle aux couleurs vives sur le dossier, elle l'enroule autour de mes épaules.

— Je sais, je sais, ne cesse-t-elle de répéter. Cela m'arrive encore parfois, quand je pense à ce qui leur est arrivé. J'avoue que c'est à Mattie que je pense le plus souvent. C'est sans doute parce que nous le considérions un peu comme notre enfant, après tous ces week-ends passés avec nous. Lucy... bon, elle a toujours été peu démonstrative, elle ne se laissait pas approcher. Même quand elle était bébé, elle se débattait dans nos bras...

— Saviez-vous que ce n'était pas la fille d'Hannah ?

Mme Corey soupire et lisse le châle sur mes épaules.

— Hannah était ma jeune sœur, explique-t-elle. Quand elle est revenue à la maison avec le bébé, tout le monde l'a crue quand elle a dit que c'était le sien, mais moi, je savais. Elle ne l'allaitait pas – alors qu'elle a donné le sein à Mattie, quand il est né ensuite. Ce n'est pas qu'elle ne traitait pas bien Lucy, elle se donnait du mal pour elle. Elle semblait... comment dire... presque fascinée. Et la petite ne ressemblait à aucun d'entre nous...

— Lui avez-vous dit que vous n'étiez pas dupe ?

— Une seule fois, quand elle a accepté que Matt et Lucy commencent l'école ensemble. Je lui ai laissé entendre que le fait de les encourager à être aussi proches n'était peut-être pas une bonne idée. Elle m'a répondu qu'elle ne voyait pas ce que je voulais dire, puisqu'ils étaient frère et sœur. Comme je n'ai pas réagi, elle a détourné les yeux et m'a dit de m'occuper de mes affaires. Nous n'en avons jamais reparlé mais quand elle m'a demandé de garder Mattie ici... eh bien... elle m'a dit qu'elle regrettait de ne pas m'avoir écoutée.

Elle se cale dans le canapé et joint les mains sur ses genoux, puis tourne les yeux vers la cheminée. Je suis son regard et je vois la photo de Matt, posant devant un drapeau. C'est la photo scolaire de son année de terminale. Ses cheveux sont plus sombres que dans mon souvenir et sa coupe, typique des années 70, me paraît désuète. Je me tourne de nouveau vers Mme Corey pour savoir ce que Matt a dit d'autre à mon propos ; ce qu'il a dit d'autre pour donner l'impression que j'étais sa petite amie. Tout à coup, je me rends compte à quel point cela a peu d'importance. Je demande plutôt :

— Saviez-vous qui était la vraie mère de Lucy ?

— J'ai deviné que c'était cette amie, Helen Chambers. L'enfant lui ressemblait et, après la mort de ma sœur et de mon beau-frère, j'ai découvert que c'était à elle qu'appartenait la maison de River Street. Elle l'avait laissée à Cliff et Hannah quand elle... quand elle est décédée.

Elle ramasse distraitement les peluches du siège, se refusant à dire « s'est suicidée ». Je regarde le motif fleuri du tissu râpé qui recouvre le canapé et je m'aperçois que je le connais déjà.

— Puis vous avez vous-même hérité de la maison.

— Il ne restait plus que moi, mais je n'ai pas pu rester là-bas plus de cinq minutes. Roy m'a aidée à déménager une partie des meubles – ceux d'Hannah étaient plus beaux que ceux que nous pouvions nous offrir. Nous n'avons pas pu nous résoudre à vider les pièces du grenier. Nous nous disions que les personnes qui achèteraient la maison s'en occuperaient, mais nous ne réussissions pas à la vendre. Les gens devaient penser qu'elle portait malheur.

Je me souviens avoir suggéré cela au Dr Lockhart, mais au fait, comment était-elle venu vivre là-bas ?

— Et vous avez enfin réussi à la vendre.

— L'année dernière seulement. Avant, je la louais l'été, et puis j'ai reçu cette lettre d'une personne de Heart Lake...

— D'une personne de Heart Lake ?

Doris Corey plisse le front.

— Je ne me souviens pas. Attendez, je crois que je

l'ai encore. Il y avait quelque chose de gentil à propos de Lucy, alors je l'ai gardée.

Elle se dirige vers un bureau dont elle relève le plateau – le même bureau, je m'en souviens, qui se trouvait dans l'entrée des Toller. Je regarde autour de moi et je reconnais d'autre meubles : une haute commode en marqueterie, une bergère, une grande horloge. Ces reliques du passé sont groupées autour du canapé comme les héros morts, aux enfers, vociféraient autour d'Énée.

— Quelque chose de gentil au sujet de Lucy ? Mais comment...

Elle revient vers le canapé et me tend une lettre écrite sur du papier gris pâle, à l'encre bleu turquoise. « Chère madame Corey, lis-je. Pourriez-vous me donner les informations relatives à l'acquisition de la maison de River Street ? Je sais qu'elle est inoccupée depuis de nombreuses années et je comprends que vous hésitiez à vous séparer de l'ancienne demeure de votre sœur. »

La mère de Roy me désigne le premier paragraphe.

— J'ai pensé que cette femme était soit très naïve, soit très riche, ou les deux. Imaginer qu'on puisse garder une propriété uniquement pour des raisons sentimentales !

Je poursuis ma lecture.

« Je tiens à vous assurer que la maison serait en de très bonnes mains. Voyez-vous, j'ai également des raisons d'ordre sentimental pour désirer y vivre. J'ai fréquenté Heart Lake pendant trois ans à la fin des années 70 (en raison de circonstances indépendantes de ma volonté, j'ai dû partir ensuite) et c'est ainsi que j'ai connu votre nièce, Lucy. Bien qu'elle se fût trouvée plusieurs classes au-dessus de moi, elle a été assez bonne pour s'intéresser à la petite fille que j'étais. J'ai eu une enfance très solitaire, et je n'ai jamais oublié sa gentillesse à mon égard, presque celle d'une grande sœur. Quand elle est morte, j'ai eu le sentiment de perdre un membre de ma famille, voire une partie de moi-même. Maintenant que je suis revenue à Heart Lake (je pense souvent que ma décision de travailler avec des adolescentes perturbées est une façon de rembourser la dette que j'ai envers Lucy), je serais particulièrement heureuse de pouvoir habiter dans son ancienne maison. »

Suit une offre généreuse de paiement comptant.

— Puis-je utiliser votre téléphone ? dis-je en rendant la lettre à Doris Corey.

J'appelle le bureau de Mme Buehl. Elle décroche à la première sonnerie et, entendant ma voix, me hurle presque aux oreilles.

— Bon sang, Jane ! Nous vous avons cherchée partout ! Où êtes-vous ? Athéna et le Dr Lockhart sont-elles avec vous ?

Mme Corey doit remarquer ma pâleur car elle resserre le châle autour de mes épaules.

— Non. Depuis combien de temps ont-elles disparu ?

— Depuis qu'Athéna est sortie comme une furie de mon bureau ce matin. Nous avons peur qu'elle ait fait quelque chose au Dr Lockhart...

Je l'interromps.

— Madame Buehl, est-ce que le Dr Lockhart est une ancienne élève de Heart Lake ?

— Eh bien, oui. Elle est restée quelques années, mais elle ne voulait pas que cela se sache, car elle s'est fait renvoyer. Mais vous savez tout cela, Jane, je vous l'ai dit...

Je me revois à la gare, observant de l'autre côté des voies la petite fille qui se tient avec raideur à côté de ses bagages, le regard fixe et le visage figé, tandis que le professeur de sciences m'apprend qu'elle a été renvoyée pour avoir brisé l'imposte au-dessus de l'entrée principale du manoir.

— C'est Albie. Vous avez engagé Albie, n'est-ce pas ? Vous étiez désolée pour elle et vous l'avez embauchée.

— Ou...oui. Cette pauvre fille avait subi tellement d'épreuves ! Tout ce qu'elle voulait, c'était revenir à Heart Lake. Mais je n'ai pas menti, ce n'était pas un ancienne, car elle n'a pas eu ses diplômes ici...

— Vous auriez dû me le dire.

— Mais Jane, je croyais que vous le saviez. C'est bien ce que son nom signifie en latin : blanc. C'est pour cela qu'elle a été baptisée Albie.

Candace. Qui signifie « blanc comme le feu ». Je ressens maintenant un mélange de feu et de glace qui me picote les veines et m'incite à me lever. Le châle de Doris Corey tombe sur le sol comme un tas de feuilles brillamment colorées.

— Écoutez, dis-je à Mme Buehl, expliquez tout cela à Roy Corey. Dites-lui que le Dr Lockhart est Albie et que je reviens à l'école.

Avant de reprendre la route, je m'arrête à une cabine téléphonique pour passer un autre coup de fil. J'aurais pu utiliser l'appareil de Mme Corey mais j'aurais eu honte de passer cet appel devant elle. À court de monnaie, j'appelle en PCV.

Mitch accepte la communication et, sans un mot, tend l'écouteur à Olivia.

— Maman ? Tu es bientôt arrivée ? Je ne me suis pas couchée pour que tu me lises une histoire !

— Mon trésor, dis-je – je m'interromps pour poser le front sur la paroi de métal crasseuse et froide de la cabine. Je vais être un peu en retard mais j'essaierai d'être là quand tu vas te lever, demain matin.

Au bout du fil, le silence se prolonge si longtemps

que j'ai l'impression que la ligne est coupée. Soudain j'entends une petite voix qui, à travers le grésillement, semble résonner dans de l'eau. —— Tu m'avais promis !

Il n'y a vraiment rien à répondre à cela. Je lui affirme que je suis désolée et que je m'arrangerai pour compenser ce contretemps. Avant qu'elle puisse me demander ce que j'entends par là, je raccroche. Je remonte en voiture et repars vers le nord, m'efforçant de ne pas penser à ma fille, mais à une autre enfant : Albie.

J'essaie de me rappeler ce que Lucy et Deirdre m'ont dit à son sujet, mais il est vrai que cela ne m'a jamais passionnée. C'était une enfant simple et solitaire qui nous suivait partout. Lucy semblait accepter son adulation comme un dû et Deirdre la plaignait car, comme elle, la fillette avait été renvoyée d'école en école, rejetée. Même *Domina* Chambers s'est intéressée à elle. J'ai essayé de lui parler une fois ou deux, mais elle semblait ne pas m'aimer. Peut-être me voyait-elle comme une rivale par rapport à Lucy ?

Au fur et à mesure que je progresse vers le nord, la pluie se transforme en neige fondue, faisant déraper la voiture chaque fois que j'accélère. Je fonce néanmoins, essuyant le pare-brise embué de la paume de la main.

N'était-ce pas le contraire ? N'est-ce pas moi qui ai considéré Albie comme une rivale ? Après tout, à combien de fillettes maigres et « abandonnées » Lucy pouvait-elle s'intéresser ? Je pense à toutes les fois où je l'ai vue nous espionner dans les bois. À quelles occasions nous a-t-elle observées sans que je m'en aperçoive ? Je me souviens de la silhouette que j'ai cru voir sur la Pointe quand Lucy et moi avons regardé s'enfoncer la boîte de métal dans le lac, et de l'impression que j'ai eue d'être observée la nuit où

Deirdre est morte. Qu'a dit Roy, déjà ? Si une personne se cachait sur la saillie ouest, elle aurait eu l'impression que c'était moi qui avait fait tomber ma camarade de chambre pour la tuer.

Quand j'atteins l'autoroute, je pénètre dans le brouillard. La neige fondue s'est muée en pluie insistante. Restant sur la file de droite, la plupart des voitures rampent lentement à travers l'épais linceul. Je passe sur la file de gauche et roule à cent vingt kilomètres à l'heure.

Et la dernière nuit... la nuit où je suis allée à la glacière pour voir Matt ? J'ai eu aussi l'impression d'être suivie. Qu'aurait pu penser Albie de ce qui s'est passé sur la glace ? Je ferme les yeux pour repousser cette évocation, ce qui manque de me projeter dans le rail de sécurité. Elle m'aurait rendue responsable de la mort de Lucy. Ai-je même eu l'idée, vingt ans plus tôt, d'aller la voir après la disparition de notre amie, pour la consoler ? Non, j'étais trop accaparée par mon propre chagrin. La seule autre chose que je savais d'elle, c'était qu'elle avait été renvoyée pour avoir cassé l'imposte de l'entrée, celle qui portait la devise de l'école. Je me souviens du jour où Lucy lui a expliqué ce que signifiait la devise. « Cela veut dire qu'il y aura toujours une place pour toi ici. Et que je serai toujours là pour toi... »

Folle de rage contre ces mots qui illustraient une promesse brisée, Albie, a lancé des pierres sur le vitrail. Puis elle a été envoyée à St-Eustace. Là où l'on vous expédiait quand plus personne ne voulait de vous.

J'aperçois la sortie de Corinth juste à temps pour couper deux files de véhicules au ralenti et emprunter la bretelle. Maintenant que j'ai quitté l'autoroute, le brouillard est plus dense encore. Distinguant à peine le bas-côté, je baisse la vitre et me fie aux plots réfléchissants de la ligne médiane pour suivre la route à deux voies qui grimpe jusqu'à Corinth. À mi-hauteur, je me retrouve derrière un camion chargé de bois qui gravit péniblement la côte. Puisqu'il n'y a aucun moyen de le doubler, je rétrograde et le suis de si près que je perçois l'odeur douceâtre du pin fraîchement coupé.

C'est la teinte jaune du brouillard au niveau de la fabrique et l'exhalaison familière de la pulpe qui me révèlent que j'ai atteint la ville. J'avais coutume de penser, quand j'étais petite, que les nuages de fumée qui s'élevaient de l'usine étaient les fantômes des arbres, et que le papier blanc qui en sortait représentait leur dépouille, les os blanchis des forêts du nord.

Enfin, le camion tourne et, pouvant accélérer, je traverse le village et franchis le pont si vite que je sens vibrer mes dents. Remontant River Road, je passe devant les vieilles bâtisses victoriennes qui surgissent dans le brouillard comme des monstres préhistoriques. Au bout de la rue, juste avant la bifurcation pour Heart Lake, se dresse la petite maison qui m'a toujours paru sortir d'un conte de fées, mais dont l'unique habitante me considère comme la méchante sorcière. J'ai fait tomber Deirdre de la Pointe ; j'ai laissé Lucy se noyer sous la glace ; j'ai menti durant l'enquête, provoquant ainsi le renvoi de *Domina* Chambers ; je l'ai envoyée, elle aussi, vers un exil sibérien.

En coupant le moteur, je regrette de n'avoir pas pensé à me garer un peu plus loin ou au moins à éteindre les phares, ce que je fais maintenant. Le bâtiment n'est pas complètement sombre ; comme la première fois où j'ai trouvé ici le Dr Lockhart, il y a de la lumière dans le grenier.

Ce que je devrais faire, c'est trouver un téléphone et appeler la police, voir si Roy est joignable. Ce que je fais, c'est plonger la main dans mon sac jusqu'à ce que mes doigts rencontrent le métal froid des clés de la psychologue. Les utiliser semble l'initiative la plus logique. J'ouvre la boîte à gants à la recherche d'un objet qui pourrait servir à me défendre. Il y a bien la lampe électrique, mais elle est constituée de plastique peu solide. Je ne vois que la bombe de dégivrant, que je peux utiliser pour frapper et que je glisse dans ma poche avant de sortir de la voiture aussi silencieusement que je le peux et de m'avancer, sur le sol mou, jusqu'à la porte d'entrée. Mon jean est déjà trempé jusqu'aux genoux et je transpire sous ma parka. La neige boueuse fume, dégageant un brouillard blanc et épais telle une vapeur pestilentielle.

Il n'y a que trois clés sur l'anneau et je sais déjà que deux d'entre elles sont respectivement celle du bureau du Dr Lockhart et celle de l'armoire en métal. Dès que j'insère la troisième dans la serrure, elle pivote aisément ; la porte s'ouvre sur un espace obscur qui paraît fumeux, comme si le brouillard s'était infiltré à l'intérieur et avait viré au noir. Je regarde autour de moi, essayant de distinguer les meubles, mais après quelques secondes je constate qu'au rez-de-chaussée les pièces sont entièrement vides.

La lumière que j'ai vue provient du grenier. Au fur et à mesure que je gravis les marches, l'obscurité pâlit et se teinte de rose. Quand j'arrive sur le palier, je comprends pourquoi : une veilleuse, en forme de caniche, est branchée dans une prise de courant. La seule autre source d'éclairage provient de la chambre de gauche, la chambre de Matt dans laquelle je pénètre. Près de la fenêtre, sur l'un des bureaux, se dresse une lampe munie d'un abat-jour vert.

Le bureau de Lucy. Il n'y a pas d'autre mot pour le qualifier. En traversant la pièce pour m'en approcher, je sais qu'il est resté exactement tel qu'il était lors de ma dernière visite il y a vingt ans, comportant les stylos à plume bleu vif enfoncés dans le pot grumeleux fabriqué par Matt, ainsi que le calendrier perpétuel de cuivre en forme de globe. Celui-ci est resté figé à la date du 28 février 1977. Sur le dossier de la chaise posée devant, repose un cardigan de shetland bleu qui, quand je le soulève, garde la forme du dossier imprimée au niveau des épaules. L'étiquette, à moitié effacée indique qu'il vient de chez Harrod's. C'est le pull que j'avais emprunté à mon amie et laissé dans le bois.

Dès que je remets le cardigan sur la chaise, une mite s'échappe de ses plis et se jette sur la lampe. Je tourne lentement sur moi-même examinant la pièce entière. Une crosse de hockey est appuyée contre la bibliothèque où le manuel de latin jouxte le *Guide des oiseaux* de Peterson. Sur les deux étagères du haut, s'alignent des séries de livres de jeunesse. Un fanion de l'université de Dartmouth est accroché au-dessus du lit ; j'avais oublié que Matt désirait y étudier, aimant l'idée qu'elle avait été fondée par un Indien.

De nouveau, je regarde le bureau et j'y vois quelques feuilles de papier à lettres à en-tête d'Exeter – celui, probablement, utilisé pour les lettres envoyées à Melissa ; à côté, une réserve d'épingles à cheveux ; et, sous un caillou gris-vert, une feuille arrachée à un cahier. C'est une page de mon journal. Elle ne comporte qu'une ligne, que j'ai écrite juste avant d'aller jusqu'au lac pour y retrouver Matt. *Je ne laisserai jamais personne se dresser sur mon chemin. Pas même Lucy.*

Alors que je remets la pierre en place j'entends un bruit à l'arrière de la maison. À cet étage, toutes les ouvertures donnent sur le devant. Je dévale l'escalier obscur, heureuse qu'aucun meuble ne me barre la route et je déverrouille la porte de derrière. Le brouillard m'empêchant de voir à plus de quelques mètres devant moi, je tends l'oreille, mais je ne perçois que le son d'une eau courante, quelque part dans le bois. Le Schwanenkill, probablement. Devant moi, part un sillon étroit, tracé dans la neige, sur lequel brille un objet. Je me penche et je le ramasse ; c'est une petite boucle d'oreille en forme de crâne, bijou macabre que je reconnais comme appartenant à Athéna. Il m'est impossible, dans cette brume épaisse, de voir où se dirige cette piste, mais je m'y suis déjà résolument engagée.

33

Au début, la piste longe le Schwanenkill – je le sais, non parce que je vois le ruisseau, mais parce que j'entends le faible chuchotement liquide, tel celui d'un compagnon invisible se déplaçant à côté de moi –, puis elle bifurque brusquement à gauche et plonge dans le brouillard opaque.

C'est comme si je pénétrais dans un tunnel cotonneux. De chaque côté, la neige se dresse en une paroi abrupte et là où elle disparaît, la brume dense s'élève, comme un rideau montant du sol pour dissimuler... dissimuler quoi ? Cela me rappelle une diapositive que nous a projetée Tacy Beade lors d'un cours sur l'art antique ; elle représentait deux servantes élevant un tissu drapé pour protéger des regards la déesse au bain. Le visage que je vois derrière le rideau est aujourd'hui celui d'une enfant perdue, la petite fille gauche appelée Albie qui avait coutume de nous suivre dans les bois. L'enfant qui a inversé les règles du jeu pour s'en assurer la maîtrise.

Le chemin, qui passe entre les troncs d'arbres, suit un tracé sinueux. Quand j'arrive au premier embranchement, ne sachant quelle direction prendre, je scrute la vapeur blanche avec anxiété. Soudain, dans le silence de la forêt, j'entends un faible tintement. Au début, je crois l'avoir imaginé – la petite cloche pourrait être la pulsation de mon sang résonnant dans mes oreilles –, mais quand je me dirige vers ce son étrange, en partant vers la gauche, je perçois un cliquetis léger qui émane d'une branche voisine. Trois épingles à cheveux en forme d'animal à cornes se balancent parmi les épines de pin. Je suis ces indices cherchant, à chaque fourche, le cornicula qui m'indique la route. Bientôt, j'ai perdu le sens de l'orientation et du temps. Les circonvolutions de la piste, de plus en plus serrées et fantaisistes, illustrent, je le comprends, le mode de pensée tortueux d'un cerveau perturbé. Mais lequel ? Car même si je suis la voie choisie par Albie, je voyage dans mon propre passé ; j'emprunte le chemin que j'ai pris cette nuit-là, il y a vingt ans, pour aller retrouver Matt à la glacière.

En quittant la chambre, j'ai attrapé une veste en remarquant confusément qu'il s'agissait de la parka bleue de Lucy et non de la mienne. J'étais déjà dans l'escalier quand je me suis souvenue que j'avais laissé le cornicula sur la porte. Devais-je remonter pour le retirer ? Si je le laissais en place, Lucy viendrait sans le moindre doute nous rejoindre et je ne serais plus seule avec Matt. J'ai envisagé de faire demi-tour, mais j'étais trop impatiente, trop anxieuse d'être dehors, de respirer l'air doux et humide. J'avais déjà franchi le bureau de la surveillante (je lui avais dit que j'avais laissé un livre dans le réfectoire) ; j'étais déjà sur le chemin longeant la rive ouest du lac.

La nuit était encore plus exquise qu'elle promettait de l'être. Le vent soufflait dans les arbres, pulvérisant des gouttes imprégnées d'essence de pin sur mon visage. Le lac était encore recouvert d'une fine couche de glace terne et j'entendais le bruit de l'eau qui s'agitait sous la surface comme si elle voulait se libérer. Le chemin comportait encore des plaques glissantes, grumeleuses et opaques ; quand je marchais dessus, des bulles d'air pâles se précipitaient sous mes pieds. Tout autour de moi, la neige en train de fondre se muait en une brume d'un blanc pur, évoquant un voile de magicien qui s'écarte brusquement pour révéler quelque transformation magique : des fleurs en papier, un frémissement d'ailes. Je scrutais le bois, m'attendant à voir apparaître quelque chose derrière les pans de brume, car j'entendais périodiquement le craquement d'une branche ou un soupir liquide, mais je ne voyais personne et j'attribuais l'impression que j'avais d'être suivie à mon imagination. Matt attendait à la glacière. La pensée d'être bientôt près de lui soufflait doucement en moi comme le vent dans les arbres.

Elle devait m'avoir observée cette nuit-là tout comme elle m'observe maintenant. Quand j'aurai parcouru assez de détours pour être épuisée, bondira-t-elle sur moi par derrière ? Ou me laissera-t-elle mourir de froid dans la forêt pendant qu'elle file avec Athéna ? La pensée de mon élève me stimule l'esprit. Quelles sont les intentions d'Albie à son égard ? D'Albie qui me déteste, parce qu'elle croit que j'ai tué ses deux meilleures amies, entraîné le professeur qu'elle préférait vers sa perte et causé, indirectement, son renvoi vers une institution rigide et froide ? Se sentant exilée, l'enfant a dû terriblement idéaliser Heart Lake, ainsi que le souvenir de Lucy et de *Domina* Chambers. Le fait de me voir revenir ici pour prendre la place de cette dernière n'a pu que la rendre furieuse. *Pensez à Helen Chambers quand vous êtes face à vos élèves*, m'a-t-elle dit au cours de notre premier entretien. Et à partir de ce moment, elle a provoqué la répétition des événements qu'avait subis le professeur de latin. Tel est le châtiment qu'elle a conçu pour moi.

Je m'immobilise un instant sur le chemin et je scrute à nouveau le brouillard impénétrable. Le murmure de l'eau dans le vent, ajouté à la brume, me ramène de nouveau à la nuit où je me suis rendue à la glacière pour voir Matt. Je me remémore cette dernière rencontre, essayant de la voir se dérouler avec les yeux de la petite fille.

Alors que je contournais l'extrémité du lac, j'ai vu qu'une lumière venait de la glacière. J'ai traversé le Schwanenkill sans prendre de précaution et brisé la glace fine au milieu. Il a dû m'entendre, car tandis que je gravissais la rive avec peine je l'ai vu au-dessus de moi, tendant la main pour m'aider à grimper. J'ai retiré ma moufle pour sentir aussitôt la chaleur de sa peau.

— Je savais que tu viendrais, a-t-il dit en me tirant vers lui – sa voix paraissait plus grave et plus rauque que dans mon souvenir. Il a repoussé la capuche de la parka et touché ma joue. Jane ! s'est-il écrié – je ne savais pas si son exclamation exprimait la surprise ou l'excitation ; puis j'ai vu sur son visage une expression de déception telle, que j'ai compris. Où est Lucy ? a-t-il demandé. Pourquoi n'est-elle pas venue ?

Je l'ai fixé, luttant contre les larmes. Après tout, le fait qu'il attende sa sœur ne signifiait pas qu'il n'avait pas aussi envie de me voir.

— Elle était avec Domina *Chambers alors je suis venue avant. J'ai laissé le cornicula sur la porte, elle ne va pas tarder – j'étais heureuse de l'avoir laissé en*

place. Je pensais... eh bien je pensais que tu aurais envie de me voir aussi.

Matthew a soupiré et m'a entouré les épaules de son bras.

— Bien sûr j'avais envie de te voir, ma vieille ! C'est juste que je m'inquiète pour Lucy. J'ai entendu parler de ce qui s'est passé à Noël et de ce qui est arrivé ensuite à la pauvre Deirdre. Lucy m'a envoyé une lettre très bizarre...

— Elle t'a raconté ce qui s'est passé à Noël ?

— Eh bien, mes parents m'ont dit qu'elle avait fait une tentative de suicide. Au début, je n'arrivais pas à le croire, puis j'ai compris pourquoi...

— Mais est-ce qu'elle ne t'a pas écrit pour t'expliquer qu'elle n'avait pas l'intention de se suicider ?

— Si, mais après une tentative ratée, tout le monde dit ça. Elle s'est bien coupé les veines, non ? Je ne supporte pas l'idée qu'elle ait pu se faire du mal, d'autant plus que c'est probablement de ma faute.

J'ai vu l'expression de douleur sur son visage et je me suis dit que j'avais au moins le pouvoir de faire quelque chose pour lui.

— Elle n'a pas essayé de se tuer, Mattie, ce n'était qu'une comédie.

— Une comédie ?

— Oui, c'était pour couvrir Deirdre, qui n'a d'ailleurs pas vraiment apprécié, mais il ne faut pas dire du mal des morts.

— De quoi parles-tu, Jane ?

— Écoute, entrons dans la glacière, je vais tout t'expliquer.

Le chemin descend le long d'une pente. À un endroit, l'inclinaison devient si forte que je dois m'agripper aux branches pour ne pas glisser jusqu'en bas. J'entends alors un faible gémissement qui me fait tendre l'oreille. S'agit-il d'Athéna ? C'est moi que tu veux, dis-je intérieurement. Et je crie : « Albie ! C'est moi que tu veux pour avoir laissé mourir Lucy, pas Athéna ! »

Mes propres mots me reviennent en écho comme s'ils avaient rebondi sur un mur de pierre. Soudain, je comprends pourquoi. Je me trouve sur la rive du lac, non loin de la glacière, juste en face du promontoire de la Pointe. J'aurais pu arriver ici en quinze minutes si j'avais suivi le Schwanenkill au lieu d'obéir aux signes de piste d'Albie. Celle-ci a réussi à me faire perdre mes forces et à me conduire exactement où elle le désirait, tout en gagnant du temps.

De nouveau, j'entends un tintement, plus sonore que celui du cornicula. Je lève les yeux et je découvre, suspendues au-dessus de ma tête comme l'épée de Damoclès, deux fines lames argentées. M'écartant un peu, je vois qu'il s'agit de patins accrochés à une branche par les lacets. Un bristol enfilé dans l'un des liens porte une inscription en caractères enfantins : « Patins de Lucy. » Le nom de Lucy, rayé, est suivi du mien, rayé lui aussi, auquel succède le nom de Deirdre. Sous celui de Deirdre, figure, de nouveau, le mien. Les patins de Jane. Soit. Je les dégage et, ainsi que je suis censée le faire, je les enfile.

Ils me serrent un peu mais ne me font pas trop souffrir. Je remarque, en faisant quelques pas sur la glace, qu'ils ont été récemment affûtés. Si fatiguée que je sois, je glisse sans effort ; je fais même une petite pirouette et me retrouve face aux portes de la glacière, laissées ouvertes depuis la récolte, grinçant dans le clapotis du canal. Est-ce à cet endroit qu'Albie s'est cachée cette nuit-là ? Derrière la porte ? Si c'est le cas, elle a entendu tout ce que j'ai dit à Matt.

Il avait laissé sa lampe électrique dans la cabane : c'était la lumière que j'avais aperçue. Nous nous sommes assis dans la barque et appuyés contre la poupe, l'un à côté de l'autre, pour contempler le lac. Je me souvenais de la dernière fois où j'avais ainsi regardé l'eau : quand Lucy et moi avions remis le bateau en place, alors que la tempête de neige commençait et que les flocons denses nous dissimulaient la vue. Ce soir, l'air était blanc de cette même neige qui s'évaporait vers le ciel. J'aimais cette idée de la neige retournant au ciel ; comme un passé réécrit, dont on aurait gommé toutes les fautes.

Tandis que je parlais, Matt gardait la tête inclinée, ce qui m'empêchait de voir son visage. Je lui ai raconté tout ce qui s'était passé à mon retour d'Albany, du moment où j'avais pénétré dans la chambre à celui où la boîte de métal avait disparu dans l'eau noire. Quand je me suis tue, il m'a posé une seule question.

— De qui était ce bébé ?

— Lucy pense qu'il était de Ward, puisque Deirdre était avec lui le 1er mai.

Il a relevé la tête mais ne m'a pas regardée. Ses yeux fixaient le lac, comme attirés par un aimant.

— Pourquoi pense-t-elle que le bébé a été conçu au 1er mai ?

— Parce que Deirdre n'est sortie avec... personne pendant plusieurs semaines avant ce jour-là, à cause de la pluie. Tu te souviens ? Et la fois d'avant, eh bien, ça remontait à trop loin. Lucy disait que le bébé était petit... ça collait avec le 1er mai.

Je commençais à comprendre ce qu'il craignait.

— Tu l'as vu ?

J'ai hoché la tête en remarquant qu'il ne me regardait toujours pas. J'ai alors décidé de dire non, mais il a dû voir mon signe affirmatif du coin de l'œil.

— À qui ressemblait-il ?

— Oh ! il ne ressemblait pas vraiment à quelqu'un, il était minuscule.

Je revoyais la peau luisant comme une opale et les cheveux roux pâle comme le feu.

Se tournant vers moi, il m'a prise par les épaules.

— Est-ce qu'il me ressemblait, Jane ? Dis-moi la vérité !

— Matt ! ai-je crié, surprise de la violence avec laquelle il m'agrippait. Ce ne pouvait pas être le tien puisque tu n'étais pas avec Deirdre le 1er mai !

— Tais-toi, Jane !

Ces mots, qui venaient de derrière nous, m'ont surprise plus encore que la réaction de Matt. Il s'est levé. Le bateau a tangué si fort que j'ai glissé et heurté la poupe de la tête. Il est descendu de la barque et, quand je suis descendue à mon tour, il faisait face à Lucy, les poings serrés. Jamais je ne l'avais vu aussi furieux. En fait, je ne me souvenais pas l'avoir déjà vu en colère.

— De qui était ce bébé ?

— C'était celui de Deirdre, Mattie. N'est-ce pas ce que Jane t'a dit ? – quand Lucy s'est tournée vers moi, la froideur de son regard m'a saisie. Elle avait promis de n'en parler à personne mais cela n'a plus d'importance maintenant. Tu ne la crois pas ? Tu sais bien que Janie ne ment jamais !

— Je sais aussi qu'elle est prête à croire tout ce que tu lui dis !

Matt a contourné l'embarcation et s'est dirigé vers moi. Il semblait tellement hors de lui que j'ai fait un pas en arrière, mais il m'a pris la main avec douceur.

— Tu l'as vu, Jane. Dis-moi de quelle couleur étaient ses cheveux ?

— Les bébés n'ont pas de cheveux, s'est écriée Lucy dont la voix trahissait un sentiment de panique inhabituel – elle a contourné l'autre côté de la barque et s'est placée à côté de moi. Nous nous trouvions tous les

trois devant la porte qui donnait sur le lac. Est-ce qu'il avait des cheveux, Jane ?

J'ai regardé Matt, puis Lucy. Elle a secoué la tête et, voyant son mouvement, Matt m'a lâché la main et s'est mis devant elle.

— Étaient-ils roux comme les miens, Lucy ?

Il a fait un pas vers elle et elle a reculé jusqu'au seuil.

— Ton cousin a aussi les cheveux roux, Matt, ai-je crié par-dessus son épaule. Peut-être Deirdre était-elle avec Roy ce jour-là ?

Matt m'a regardée et s'est mis à rire.

— Oh ! Janie... a-t-il commencé.

Avant qu'il ait pu finir sa phrase, il a été interrompu par un bruit qui m'a glacé le corps entier. Un gémissement suraigu, qui ne ressemblait à aucun son émis par un être humain, mais qui tenait pourtant un peu de l'émotion humaine. Nous nous sommes tournés tous les deux vers le lac et avons vu que Lucy s'était précipitée sur la glace. Le gémissement venait de la croûte fragilisée qui bougeait sous son poids.

Elle avait couru en ligne droite jusqu'au milieu du lac, faisant gémir et frissonner la glace à chaque pas, laissant des taches d'eau sombre dans son sillage. Le chemin qu'elle avait pris était celui tracé aujourd'hui par le canal. Quand Matt a essayé de la suivre, il s'est vu forcé de longer la rive est du lac. C'est ce que je fais maintenant, progressant lentement vers l'anse et les Trois Sœurs ; j'inspecte le sol pour y repérer des traces de patins, mais le brouillard est si dense que je ne vois même pas mes pieds. J'éprouve le sentiment étrange d'être à moitié invisible.

Soudain, j'aperçois une silhouette immobile à travers le brouillard. Je m'élance vers elle, m'appliquant à effectuer de longues glissades afin de rester le plus silencieuse possible. Elle ne réagit pas. J'appréhende que ce ne soit Athéna morte et gelée, mais quand je l'atteins je vois que ce n'est que l'une des statues de la récolte de glace qui se dressent toutes autour de moi, comme des sentinelles autour d'un tombeau. Je patine de l'une à l'autre, cherchant un indice du passage d'Albie et d'Athéna, scrutant les visages impassibles, comme s'ils pouvaient me dire ce qu'ils ont vu. Étrangement, ils ont l'air sur le point de s'animer : leurs traits grossièrement taillés se sont adoucis, leurs orbites, approfondies, et leurs lèvres rudes, légèrement écartées. Je me demande comment ces sculptures hâtives ont pu devenir si vivantes, avant de comprendre tout à coup ce qui ce passe : elles sont en train de fondre.

Mon trajet de retour s'est effectué sous la pluie, ce qui signifie que la température s'est élevée régulièrement depuis la tempête électrique de la nuit dernière. Voilà pourquoi il y a tellement de brouillard. Combien de temps reste-t-il avant que la glace du lac ne se rompe ? J'écoute le long gémissement qui, brusquement ne me paraît plus provenir du lac, mais des Sœurs. Les rochers, je le vois maintenant, se trouvent juste devant ; je me dirige vers eux, refoulant au fond de moi l'impression horrible qu'ils m'appellent. Ce n'est qu'une illusion auditive, me dis-je. Constatant que cet argument ne me calme pas, je me récite un peu de latin.

« *Tum rauca adsiduo longe sale saxa sonabat.* » Je murmure cet extrait du passage de Virgile qu'Athéna a traduit en classe, la semaine dernière, et qui décrit la façon dont le bateau d'Énée contourne les écueils des Sirènes, en faisant voile vers le rivage italien et la caverne de la Sibylle.

J'atteins la deuxième Sœur, d'où semble émaner ce son terriblement humain. Mais le cri surgit, en fait, de la paroi rocheuse de la Pointe. Quelqu'un se trouve dans la caverne. J'avance avec de plus en plus d'hésitation, certaine que le Dr Lockhart va surgir et m'empaler avec l'une de ces horribles perches. Je sors ma bombe de dégivrant et pose l'index sur le propulseur. Mais quand je plonge les yeux dans la sombre anfractuosité, je ne vois qu'Athéna à genoux, bâillonnée et attachée, sur la saillie étroite qui surplombe le lac.

Je commence par retirer le bâillon.

— Le Dr Lockhart, balbutie-t-elle, à bout de souffle. Elle est folle.

Hochant la tête, je mets un doigt sur ma bouche pour la faire taire.

— *Tace*, dis-je. Je sais. Je vais vous détacher et vous sortir de là.

Les cordes autour des poignets et des chevilles d'Athéna sont nouées de façon si serrée qu'il est impossible de la libérer ; plus je triture les nœuds humides et gelés, plus ils se resserrent. Son tremblement rend les choses encore plus difficiles.

— Il faut que je les coupe, lui dis-je comme si elle pouvait aller dans la classe d'à côté pour emprunter une paire de ciseaux.

— Ne me laissez pas ! s'écrie-t-elle, inclinant la tête vers moi – ses cheveux hérissés me frottent la joue. Le regard terrorisé, le visage barbouillé de larmes, elle ajoute : elle veut me tuer. D'abord elle m'a appelée Deirdre, puis Lucy, puis Jane. Elle ne semble pas capable de se souvenir de qui je suis.

Elle éclate en sanglots convulsifs tandis que je lui tapote l'épaule avec maladresse. Je lui dis que je ne vais pas l'abandonner, mais qu'elle doit m'aider à trouver un moyen de la débarrasser de ces cordes. M'asseyant sur les talons pour réfléchir à notre problème, je sens tout à coup l'extrémité des lames de mes patins.

Je déchausse mon pied gauche avant de me rendre compte que cela risque d'aggraver ma situation si le Dr Lockhart apparaît maintenant. De toute manière, quelle différence cela fait-il, puisque je ne partirai pas d'ici sans Athéna. Prenant le patin par le bout de la chaussure, je place la lame sur les liens au niveau des chevilles de l'adolescente, et je commence à scier. Bien que mon parcours sur la glace ait légèrement émoussé le métal, il reste coupant. Au bout d'un temps qui me paraît cependant énorme, la corde s'effiloche, et cède enfin.

Lorsque j'entreprends de libérer les poignets de mon élève, la lame dérape à deux reprises et lui entaille la peau. Elle ne crie ni ne se plaint. Une fois tous ses liens tombés, je l'aide à se mettre debout, mais c'est elle qui me soutient quand je me relève, les jambes engourdies. En me rechaussant, j'ai l'impression de glisser dans un étau de fer, mon pied couvert d'ampoules, à peine protégé par un collant troué. Je serre les lacets, essayant d'oublier la sensation de brûlure lancinante.

— Bon, dis-je en me redressant, essayons de traverser le lac jusqu'au manoir.

Nous sortons de l'obscurité et l'espace d'un instant, je suis aveuglée par l'éclat du brouillard éclairé par la lune. Je distingue à peine la masse de la deuxième Sœur qui monte la garde à l'entrée de la caverne. La forme menaçante semble tressaillir devant moi et se scinder en deux parties distinctes, dont l'une s'orne d'une corne effrayante.

Candace Lockhart, le dos courbé, dirige vers nous une perche de deux mètres cinquante dont la pointe métallique tremble à quelques centimètres de notre gorge.

— Courez jusqu'à la rive ! je chuchote sans regarder en direction d'Athéna. Elle va me suivre.

— Mais *Magistra* !...
— Faites ce que je vous dis !
Mon intonation de professeur qui a cessé de plaisanter non seulement impose silence à mon élève, mais paraît déconcerter le Dr Lockhart dont le regard s'est tout à coup rétréci. Je sais ce qui a motivé cette réaction ; je viens de me comporter comme *Domina* Chambers.
J'essaie de profiter de son apparente confusion.
— Alba, dis-je sévèrement en patinant à reculons vers le lac, qu'est-ce que vous êtes en train de faire avec cet objet ?
Du coin de l'œil, je vois Athéna avancer tant bien que mal sur la glace et atteindre la rive, où elle disparaît dans le brouillard. Le Dr Lockhart ne paraît rien remarquer. Elle me fixe. Puis elle cligne des paupières et s'esclaffe.
— Comme si tu aurais jamais pu prendre sa place !
— C'est pourtant ce que j'ai fait.
Je mets quelques dizaines de centimètres de plus entre nous. Patiner à reculons n'a jamais été mon fort, mais je me souviens des conseils de Matt. *Intérieur, extérieur, trace des petits huit avec tes pieds, tout est dans l'intérieur des cuisses*. L'intérieur de mes cuisses me donne l'impression d'être de la neige fondue, et je ne sens même pas mes pieds. J'augmente néanmoins la distance qui nous sépare tout en gardant mon regard rivé sur le sien. Je crains, quand elle comprendra ma tactique, qu'elle ne me lance la perche ou ne se jette sur moi ; au lieu de cela, elle commence à patiner vers moi, lentement, comme si elle voulait simplement poursuivre notre conversation.
— C'est ce que tu as cherché à faire avec Lucy, s'écrie-t-elle. Tu voulais prendre sa place. D'abord tu lui as volé la bourse Iris, et puis tu as voulu Matt.

Je hausse les épaules dans un geste que je veux désinvolte mais que je sens plutôt gauche.

— C'est Lucy qui voulait que je concoure pour la bourse.

Elle s'esclaffe. Je suis surprise par la note suraiguë qui trahit sa nervosité, celle d'un enfant surpris en train de chaparder. Quelque chose dans mes propos touche une zone sensible, écarte un voile soigneusement préservé qu'elle a réussi jusqu'ici à maintenir en place. Je dois continuer à l'occuper – à la distraire, au sens propre – ou elle va se lasser et, comme Vesta, je vais me retrouver empalée.

J'ai eu tort de penser à Vesta, car elle lit la peur dans mes yeux. Toutefois, au lieu de m'attaquer sur-le-champ avec la perche, elle choisit de me poignarder autrement.

— Pauvre stupide Jane, dit-elle d'une voix qui n'est tout à coup plus la sienne. Tu croyais qu'on était en compétition pour la bourse Iris, comme si j'avais désiré l'obtenir ! Comme si j'avais voulu être séparée de Mattie ! Nous avons tout de suite vu en toi la future lauréate qui nous permettrait de rester ensemble ! Mais nous ne savions pas à quel point tu étais inculte ! Tu ne savais même pas ce qu'était une déclinaison ! Mattie trouvait ça hilarant !

L'imitation est si réussie que je m'immobilise presque sur la glace. Bien sûr, c'est ce qu'elle cherche. Je me remets à patiner. Intérieur, extérieur, petits huit avec les pieds. Mon effort pour garder les cuisses parallèles me fait venir les larmes aux yeux.

— Bon sang, quelle idiote tu étais, Janie ! Tu pensais vraiment que nous patinions, ces nuit où nous allions à la glacière ! – la voix qui résonne est maintenant celle de Deirdre. Mais nous t'avons vue ramper sur le lac pour venir nous espionner ! C'est pour ça que tu voulais te débarrasser de moi, hein ? Pour avoir Mattie pour toi toute seule !

— Je ne voulais pas me débarrasser de Deirdre, c'était Lucy...

— Qui l'a conduite jusqu'à la Pointe ? Tu étais contente de la voir crever ! Pourquoi n'es-tu pas descendue pour la tirer de là ? Tu l'as laissée mourir en bas, agrippée à la glace !

— Ça ne s'est pas passé de cette façon, dis-je bien que je sache qu'il ne sert à rien de discuter avec une folle ; tout ce que je peux espérer, c'est que tant que nous parlons, elle ne lancera pas cette perche. Nous sommes descendues vers le trou où elle était tombée. Elle n'était plus là. Elle n'était pas agrippée à la glace.

Le Dr Lockhart secoue la tête :

— J'ai tout vu – sa voix est devenue celle d'un petit enfant effrayé. J'étais cachée derrière les Sœurs et je l'ai regardée jusqu'à ce qu'elle ne puisse plus tenir. Elle n'arrêtait pas de crier ton nom : « Jane, Jane, tu m'avais promis ! »

Cette fois l'imitation me fige. Car ce n'est plus la voix de Deirdre qui retentit, c'est celle de Lucy.

— Tu parles de Lucy. Tu as vu Lucy agrippée à la glace.

Elle aussi s'est immobilisée. Étrangement, elle tente de s'essuyer les yeux du dos de la main qui tient toujours la perche. Je vois la pointe de l'instrument basculer vers le ciel et je comprends, une seconde trop tard, que je viens de manquer l'occasion de lui sauter dessus pour la faire tomber. Devinant mon intention, elle baisse de nouveau son arme. Je recule, au moment où la pointe de métal déchire ma doudoune.

— Tu l'as tuée ! hurle-t-elle en avançant. Tu l'as laissée mourir alors que tu avais promis que tu reviendrais la sauver !

Matt a suivi Lucy sur le lac, alors je l'ai suivi aussi. Je voyais des fissures rayonner dans toutes les directions sous ses pas, la glace criant comme si ses déchirures étaient celles d'une chair humaine. L'eau noire surgissait au-dessus des crevasses, mais Matt avançait comme s'il ne remarquait pas le sol qui se détruisait autour de lui. Chaque fois qu'il faisait un pas en avant, Lucy faisait un pas en arrière. Ils paraissaient danser le long d'une corde invisible, sur la partie même du lac que Lucy et moi avions dû briser pour faire avancer la barque. Là où la source souterraine se jetait dans le Schwanenkill, où la couche de glace était toujours la plus fine.

Je les appelais mais ils ne me prêtaient aucune attention.

— Matt, ai-je crié, désirant désespérément qu'il m'écoute. Je vais te le dire ! J'ai vu le bébé et ses cheveux étaient roux.

Il a pivoté vers moi et, à cet instant précis, une fissure s'est ouverte juste derrière Lucy. Elle a titubé un moment, battant l'air de ses bras. J'ai eu l'impression qu'elle avait retrouvé son équilibre quand Matt s'est retourné vers elle. Il était si près qu'il lui suffisait de tendre la main et de l'attraper pour qu'elle soit en sécurité. Mais dès qu'il l'a regardée, quelque chose a changé sur le visage de Lucy. C'était la première fois, je crois, que je la voyais vraiment effrayée. Elle a fait un pas en arrière et a basculé dans l'eau sombre.

— C'est parce que tu le lui as dit ! – le Dr Lockhart chuchote si faiblement en s'avançant vers moi avec assurance que j'entends à peine ses paroles au-dessus du crissement de ses patins. Tu aurais dû voir l'expression de son visage quand il a su que c'était son bébé. C'est ça qui l'a tuée !

— Mais comment as-tu pu... ?

Et je comprends. Elle n'était pas cachée derrière la porte de la glacière, mais derrière la Sœur. La seule partie de la discussion qu'elle a entendue cette nuit-là est celle où j'ai révélé à Matt que le bébé était de lui.

— Mais docteur Lockhart, Albie, j'ai essayé de la sauver. Je l'aimais aussi !

Brusquement, elle baisse son arme. J'ai l'impression fugitive d'avoir gagné un peu de terrain, mais elle lève un genou et, retroussant les lèvres comme un chat en train de grogner, casse nettement la perche en deux. Le craquement se répercute sur la surface du lac.

— Menteuse ! siffle-t-elle. J'ai tout vu !

Elle se débarrasse du morceau le plus long et, tenant l'autre comme une crosse de hockey, se précipite vers moi.

À peine ai-je le temps de faire demi-tour, que je sens le métal froid m'érafler le cou. Puis je bascule, la tête la première. Dès que je m'étale sur le sol glissant, elle se jette sur moi, le genou appuyé sur le creux de mon dos et, m'empoignant les cheveux, me relève la tête en arrière. La partie crantée de ses lames me broient la jambe.

— Tu l'as laissée mourir ! poursuit-elle. Tu avais promis de la sauver et tu l'as laissée mourir !

Elle tord ma chevelure d'une main et me cogne le visage sur le sol. J'entends un craquement sonore, certaine qu'il s'agit de mon crâne. Devant mes yeux l'obscurité se répand, comme une couverture glauque prête à m'envelopper. Bon, me dis-je, bon. Quelque part, loin au-dessus de moi, j'entends un enfant pleurer.

— Elle a dit qu'elle ne m'abandonnerait jamais. Elle avait promis, elle avait promis !

Chaque fois qu'elle prononce le mot « promis », ma

tête cogne contre la glace et l'obscurité s'étale, comme une flaque de sang. C'est une flaque de sang, de mon sang, qui s'infiltre entre les fissures et coule dans l'eau noire. À travers les ténèbres sanglantes, j'aperçois le visage de Lucy. Ses lèvres forment un mot mais je ne peux pas l'entendre, car tout autour de nous la glace est en train de se disloquer.

Quand il l'a vue tomber dans l'eau, Matt s'est figé au lieu de s'élancer vers elle. En passant près de lui, j'ai senti son bras qui tremblait et j'ai aussitôt compris pourquoi : la glace qui les séparait venait de se briser en trois gros morceaux. Elle s'était agrippée à l'un d'eux, qui flottait librement, mais quand elle a essayé de poser le coude dessus, il a basculé. Je me suis mise à genoux et j'ai appuyé sur l'autre côté pour le maintenir horizontal.

— Si tu le tiens, ai-je dit à Matt, je peux peut-être l'aider à sortir.

J'ai jeté un coup d'œil par-dessus mon épaule pour voir s'il m'avait entendue, mais ses yeux étaient fixés sur le visage de Lucy, qui lui rendait son regard. C'était comme si je n'avais pas été là.

J'ai tiré sur la jambe de son pantalon et je l'ai fait tomber à genoux.

— Tiens simplement ça, ai-je crié.

Il n'a pas détourné les yeux, mais il m'a obéi. Je me suis glissée à plat-ventre sur le morceau branlant, qui tanguait fortement, et j'ai rampé vers mon amie. Quand je suis arrivée devant elle, j'ai vu que des débris de glace collaient à ses cheveux et que ses lèvres étaient bleues. Elle essayait de dire quelque chose mais elle claquait des dents trop violemment pour que je puisse la comprendre. J'ai essayé de m'approcher davantage. Au moment précis où j'ai touché sa main, ses yeux se sont écarquillés de peur alors que le morceau de glace sur lequel je me trouvais se mettait de nouveau à flotter librement. J'ai regardé par-dessus mon épaule. Matt était accroupi, les mains jointes, comme dans une attitude de prière.

Il n'a détaché les yeux de Lucy que quand il a baissé le menton, juste avant de plonger dans l'eau, sans un bruit, dans un style parfait.

— Jane, a dit Lucy, Jane !

Je voyais qu'elle s'efforçait de contrôler son tremblement pour pouvoir parler. Tu dois le sauver !

— Je ne peux pas. Il a disparu. Laisse-moi t'aider.

Au même instant, il a refait surface à un mètre de nous environ et a posé un bras sur la glace, sans faire le moindre effort pour se soulever. Lorsqu'il a regardé autour de lui et nous a vues – ou a vu Lucy, devrais-je dire, car j'aurais aussi bien pu être transparente – il a secoué la tête.

J'ai pris la main de mon amie pour essayer de la tirer vers moi, mais elle s'est dégagée.

— Non, a-t-elle dit. Je ne viendrai pas tant qu'il ne sera pas sauf. Va l'aider d'abord, et reviens ensuite. Promets-moi, Jane. Promets-moi que tu le sauveras d'abord !

Je voyais bien qu'il ne servait à rien de discuter. Je me suis retournée sur le morceau de glace et j'ai ramé vers Matt avec les bras. Chaque fois que je m'arrêtais, Lucy insistait.

— Jane, ne cessait-elle de répéter, tu m'as promis !

C'est ainsi que je me suis de plus en plus éloignée.

Quand je suis arrivée à quelques centimètres de Matt, il m'a enfin aperçue. Il a souri, comme un petit garçon qui joue à ne pas se laisser attraper, puis a pris une profonde inspiration et a plongé en arrière. J'ai vu son visage, telle une étoile vert pâle sous l'eau noire, devenir de plus en plus petit et disparaître. Je me suis retournée vers Lucy, dont les lèvres effleuraient la sur-

face du liquide. Elle était en train de couler. N'ayant pas le temps de la rejoindre, je me suis étirée au maximum et j'ai réussi à lui agripper les doigts. Mais je les ai sentis se dégager, et elle s'est enfoncée dans les ténèbres.

La glace est fraîche contre ma joue maintenant que le Dr Lockhart a cessé de cogner ma tête contre elle. À un certain moment, « Elle avait promis ! » est devenu « Tu avais promis ! ». Je l'imagine – j'imagine Albie – cachée derrière la Sœur et entendant Lucy crier tandis que je m'éloignais d'elle. Je ne peux pas lui en vouloir d'avoir pensé que je l'avais abandonnée. Même si je pouvais expliquer que la promesse que j'avais faite était celle de sauver Matt, la vérité resterait la même. Je m'étais laissée convaincre. Sachant ce que j'éprouvais pour Matt, Lucy était certaine que je me précipiterais vers lui. Et quand j'avais enfin saisi sa main, Albie n'avait pas vu ses doigts se retirer des miens ; elle avait vu les miens s'écarter, envoyant notre amie vers la mort.

— Tu avais promis, tu avais promis ! chuchote-t-elle d'une voix d'enfant.

Elle ne fait pas que répéter les derniers mots de Lucy. Je me demande combien de temps elle est restée cette nuit-là, cachée sur le rocher, sachant que personne ne viendrait la chercher. J'imagine que quand elle est rentrée à la résidence, elle s'est faufilée dans notre chambre où elle a trouvé mon journal et découvert la dernière phrase qui y figurait. *Je ne laisserai personne se dresser sur mon chemin. Pas même Lucy.*

Quand ils ont cassé la glace pour retrouver les corps, Albie a cassé l'imposte de l'entrée principale. Elle a détruit le cœur et les mots de la promesse trahie. J'imagine le verre fissuré, telle la vitre du bureau de Mme Buehl, mais ce n'est pas de la lumière qui s'infiltre dans les fentes, c'est de l'eau sombre, dont l'obscurité m'aspire, bloquant mes pensées.

« Tu avais promis ». Il y a quelque chose à propos de ce refrain enfantin dont je sais que je devrais me souvenir.

Alors que le poids se soulève de mon dos, quelque chose de métallique et d'acéré me taillade le côté. Je me souviens qui a dit cela récemment. Olivia. « Mais tu avais promis ! » s'est-elle écriée au téléphone.

La lame qui me blesse est celle du patin du Dr Lockhart. Elle me donne de violents coups de pied pour me faire rouler comme une bûche. En basculant, je sens tout à coup un objet contre ma hanche ; c'est la bombe de dégivrant dans la poche de mon manteau. J'ouvre les yeux et je vois, à travers un voile de sang, que nous nous trouvons à quelques centimètres du canal.

Je ne verrai pas Olivia demain. Elle ne va pas cesser de m'attendre, pensant qu'elle ne compte pas assez pour moi. Après tout, ne l'ai-je pas déjà abandonnée une fois ?

J'attends que le métal coupant me frappe encore et, quand la douleur déchirante se diffuse, j'enroule les doigts autour de la cheville d'Albie et je la fais basculer. Dès que son visage est assez proche du mien, je sors le dégivrant et pulvérise le produit directement dans ses yeux. En hurlant, elle trébuche, presque avec grâce, et aurait sans doute retrouvé l'équilibre si elle avait atterri sur la glace. Mais elle chancelle un moment, puis glisse dans l'eau noire.

Je reste allongée un moment, essayant de percevoir au-dessus du sifflement de ma respiration haletante le bruit de quelqu'un qui se débat dans le liquide. Je n'entends rien ; elle est tombée aussi silencieusement qu'une pierre. Avec effort, je me retourne sur le ventre et je rampe vers le canal. En m'approchant, je remarque ses ongles sur le bord. Instinctivement, j'essaye de reculer mais, entendant mon mouvement, elle agrippe soudain mes cheveux et tire dessus pour se soulever. Ses yeux bleus, tels des yeux peints sur une statue de marbre, sont fixés sur les miens. Le produit chimique l'a aveuglée.

Je lui parle doucement.

— Tout va bien, Albie. C'est Lucy. Je suis venue te chercher. Laisse-moi t'aider.

Je glisse le bras vers elle ; elle voudrait lâcher le bord pour le saisir, mais n'y arrive pas. Alors j'avance de quelques centimètres et je dégage chacun de ses doigts jusqu'à ce que je puisse la tenir solidement. Jamais je n'avais remarqué à quel point ses mains étaient petites et fines, comme celles de Lucy.

Et, comme Lucy, elle a une poigne de fer. Coulant ses doigts autour de mon poignet, elle cherche à m'attirer. Je glisse en avant et je tomberais dans l'eau si je ne sentais pas une traction inverse. Quelqu'un me tire les pieds. Elle refuse de me lâcher, mais ne cherche pas à remonter sur la glace. Soudain, une poignée de cheveux lui reste dans la main ; elle bascule de côté, m'enserrant toujours le poignet.

— Lâche-la ! crie quelqu'un derrière moi – c'est Roy. Tu ne peux pas la sauver, la glace se brise.

Je tourne légèrement la tête et je vois des fissures sombres, comme des veines dans le marbre, rayonner autour de moi.

— Elle me tient, dis-je si faiblement que je suis sûre qu'il ne m'a pas entendue. Je me trompe. Il rampe à côté de moi, prenant la précaution de me retenir d'un bras. Bien qu'il voie les veines sombres s'élargir sous son poids, il continue à avancer jusqu'à ce que son visage arrive au niveau du mien. Le visage de Candace Lockhart se trouve à quelques centimètres des nôtres, sous la surface de l'eau. Roy tend la main vers les doigts qui m'agrippent et tente de les écarter.

— Non, dis-je dans un souffle.

— C'est fini, Jane. Regarde-la.

Je lui obéis. Elle a les paupières levées et les lèvres légèrement écartées, mais aucune bulle ne sort de sa bouche. Pourtant, je sens une volonté qui s'élève vers moi, à travers le filtre de l'eau verte et froide, et soudain je la vois. Tout comme j'ai vu les traits de Matt se dégager de ceux de Roy, je vois Lucy me fixer avec les yeux d'Albie.

Je tends mon autre main mais ses doigts se soulèvent alors un par un de mon poignet. Son bras glisse sous l'eau dans un mouvement harmonieux. Elle s'enfonce lentement, ses cheveux blancs s'étalant autour de son visage, ses yeux bleus brûlant comme des étoiles jumelles dont l'éclat s'évanouit au cœur des ténèbres.

34

— Qu'est-ce qui leur a pris de choisir le 1er mai pour le pique-nique ? se lamente Hespéra, l'élève de quatrième dont je fixe la stola. Il fait trop froid pour batifoler à moitié nue autour d'un mât enrubanné !

J'essaie de sourire, les lèvres serrées sur des épingles à cheveux.

Athéna répond pour moi :

— C'est l'anniversaire de la fondatrice, ou à peu près.

Opinant du chef, je libère ma bouche.

— Exact. India Crèvecœur est née le 4 mai 1886. Elle aurait cent dix ans cette année et a fondé cette institution il y a soixante-dix ans. Je l'ai rencontrée une fois.

— C'est vrai, *Magistra* ? Vous ne pouvez pas être si vieille que ça ! s'écrie, les yeux écarquillés, Octavia, qui coud un ourlet sur la stola de Flavia.

Cette dernière lève les yeux au ciel. Quand les deux sœurs sont revenues au cours de latin, elles ont insisté pour créer un club. « Afin de ressusciter l'esprit des classiques », ont-elles expliqué. Depuis, elles ne cessent de se chamailler, prétendant chacune avoir l'esprit le plus classique et rivalisant de gentillesse envers le professeur qui a vaillamment sauvé la vie d'une de leurs camarades. Elles ont eu l'idée d'organiser une procession des floralies pour la journée de la fondatrice.

— *Primo*, je suis si vieille que ça et *secundo*, elle était très âgée. Quatre-vingt-dix ans, je crois. C'était ma première année ici et le cinquantième anniversaire de la fondation de l'école.

— Ouaou ! Est-ce qu'elle était complètement sénile ?

Mallory Martin, quoique n'étudiant pas le latin, a manifesté le désir de participer à la procession. Essentiellement, affirme Athéna, parce qu'elle trouve que le drapé lui va bien.

— Non, en fait, elle était particulièrement vive. Elle m'a reconnue comme étant la petite fille de la bonne qui avait travaillé pour elle cinquante ans auparavant.

— Votre grand-mère a été domestique ici ?

Athéna écarte de ses yeux une mèche de sa chevelure récemment teinte en vert. J'étais impatiente de la voir retrouver sa couleur naturelle, mais elle est allée en ville le week-end dernier et a cédé « à la pression de ses pairs » dans un salon de coiffure branché. J'ai mis un certain temps à m'habituer, mais je dois reconnaître qu'avec la couleur de ses yeux et son teint clair l'effet est plutôt réussi. Aujourd'hui, en particulier. Pour son rôle de déesse du lac, elle est enveloppée d'un drap de satin vert, fourni – qui l'eût cru – par Gwen Marsh. Des draps de satin, Gwen ? ai-je susurré pour la taquiner. Ce n'est que l'une des choses surprenantes que j'ai apprises à propos de ma collègue, depuis que je m'efforce de la connaître mieux. Une autre est que ses bandages dissimulent de vieilles cicatrices.

— Mmm, dis-je d'un air absent en remarquant l'heure. Nous allons être en retard pour notre réunion ; ne feriez-vous pas bien de vous changer ?

Mon élève hausse les épaules et enfile une veste en jean par-dessus sa stola verte.

— Pourquoi ? Il faut être correctement habillé ?

— Je n'en sais rien. Mme Buehl a dit que cela concernait Heart Lake et qu'elle nous attendait toutes les deux dans la salle de musique.

— Ils vont sûrement vous donner une médaille pour avoir sauvé la vie d'Athéna, déclare Octavia.

— Et pour avoir vaincu ce monstre de Dr Lockhart, renchérit Flavia.

Je pourrais répéter, pour la centième fois, que j'ai essayé de sauver la psychologue et que j'ai échoué, mais je commence à être fatiguée de m'entendre rabâcher.

— Eh bien, si c'est ça, dit Athéna, je pense que je dois y aller en tant que déesse du lac.

Elle prend la pose, un doigt sur la tempe gauche, la main droite serrée en l'air comme si elle tenait un sceptre : tout à fait l'effigie d'une déesse grecque que j'ai vue sur un vase attique. Ce n'est pas la première fois que je trouve à son attitude quelque chose de royal ; sans doute est-ce pour cela que son surnom lui va si bien.

— Très bien. *Deo parere libertas est* – avant qu'Octavia ne se précipite sur son livre de citations latines, j'ajoute : Sénèque. « Obéir à un Dieu – ou, dans ce cas, à une déesse – est la liberté. » Octavia et Flavia, je vous confie l'organisation de la procession. Vous avez les couronnes et les guirlandes ?

— Vous pouvez vérifier.

— Athéna et moi vous rejoindrons devant l'école à 13 heure. *Bona fortuna puellae*.

Sur le chemin, nous nous arrêtons à deux reprises pour refermer la stola de ma compagne que le vent défait. La plupart des filles ont choisi de rester habillées sous leur costume, mais Athéna, puriste jusqu'au bout des ongles, n'a même pas de sous-vêtements. Heureusement, j'ai une bonne réserve d'épingles à nourrice. Je me souviens que *Domina* Chambers en avait toujours à sa disposition pour ce genre de manifestations. Lorsque nous arrivons devant les marches du perron, l'adolescente s'immobilise un instant puis se dirige vers le lac. J'imagine aussitôt qu'elle a encore un problème avec son costume, mais quand je la rejoins je constate qu'elle s'est mise à pleurer. Je m'assieds donc sur un rocher et tapote la pierre pour qu'elle vienne s'installer à côté de moi.

— Nous sommes déjà en retard, dit-elle en rassemblant les plis du tissu autour de ses genoux.

Notre siège est agréablement chauffé par le soleil. Même si Hespéra a raison de dire qu'il fait trop froid pour batifoler à demi nue autour d'un mât enrubanné, c'est une journée magnifique. Sous le ciel bleu immaculé, le lac est si lumineux qu'il est difficile de le contempler.

— Ils attendront. Après tout, comment pourraient-ils commencer sans la déesse du lac ?

— Ce n'était peut-être pas une bonne idée, si on pense...

Sa voix s'estompe tandis qu'elle fixe les reflets aveuglants. Nous savons toutes deux ce que cette vue fait naître chez l'autre. Je me demande si elle pourra un jour regarder cette étendue d'eau sans penser aux deux amies qu'elle y a perdues. En ce qui me concerne, j'en suis incapable.

— Ce n'est pas de votre faute.

J'ai l'impression de réciter ce que je ne cesse de me répéter depuis deux mois, sans arriver, toutefois, à m'en convaincre. Nous continuons tous à nous sentir responsables. Roy et moi avons maintes fois retourné la situation dans tous les sens.

Mme Buehl, seule personne à savoir que le Dr Lockhart était Albie, se sent coupable de l'avoir engagée.

— Je me suis sentie tellement mal quand elle a été renvoyée. Je lui ai dit qu'elle serait toujours chez elle à Heart Lake et elle m'a prise au mot. Comment aurais-je pu la repousser de nouveau ? Elle m'a demandé ensuite de ne dire à personne qu'elle avait étudié ici et en avait été renvoyée. Vous voyez, ce n'était pas vraiment une ancienne.

— Elle a profité de vous – je tente de la rassurer. Vous ne pouviez pas savoir qu'elle était folle. Peut-être tout se serait-il déroulé normalement si je n'étais pas apparue ?

— Vous n'y êtes absolument pour rien.

Et voilà, nous nous absolvons l'une l'autre de nos péchés. Quelquefois, je me demande s'il est possible de mettre un terme à cette spirale qui a même aspiré Athéna.

— Mais sans moi, elle n'aurait pas pu faire tout ça, dit maintenant cette dernière. Je lui ai dit que nous nous servions de la barque de la glacière...

— Vous ne vous doutiez pas qu'elle s'en servirait pour transporter Olivia jusqu'au rocher ce jour-là.

J'essaie de réprimer le tremblement de ma voix. La pensée de ma fille et du Dr Lockhart dans cette barque m'est toujours insupportable. Comme celle de la psychologue rôdant autour de la maternelle, semant ici et là des corniculums sur le sol.

— Je lui ai raconté que vous laissiez votre dossier de copies sur votre bureau.

Je vois bien qu'elle est déterminée à se confesser jusqu'au bout. Peut-être a-t-elle besoin de se soulager entièrement.

Je hoche la tête.

— C'est là qu'elle a placé le premier extrait de mon journal, mais elle aurait trouvé un autre moyen.

— Je lui ai dit que Melissa était amoureuse de Brian et elle lui a envoyé ces horribles lettres d'Exeter en prétendant être une fille qui le fréquentait.

— Oui. Elle l'a sans doute attirée jusqu'au lac en se faisant passer pour sa correspondante.

Grâce à son talent inné pour transformer sa voix.

— Et je lui ai dit que j'étais furieuse après Vesta parce qu'elle avait prévu d'aller patiner seule cette nuit-là. Elle l'a attendue et l'a tuée.

— Athéna, vous pensiez avoir affaire à une psychologue. Vous étiez supposée vous confier à elle. Vous ne pouviez pas savoir ce qu'elle ferait de ces informations. Elle s'est servie de vous mais c'était pour m'atteindre ; elle voulait me faire revivre toute cette année épouvantable pour que, cette fois, je n'y survive pas.

— Mais ce qui s'est passé il y a vingt ans n'était pas de votre faute.

— Elle était convaincue du contraire.

Peut-être n'avait-elle pas tort. Une partie de moi avait souhaité évincer Deirdre, pour accaparer l'amitié de Lucy, et cette même partie avait désiré sauver Matt au risque de perdre mon amie. Je n'avais pas voulu être mise à l'écart. Albie et moi avions beaucoup de points communs.

— Pourquoi ne m'a-t-elle pas tuée aussi ? demande Athéna en mettant sa main en visière pour voir mes yeux quand je vais répondre.

Je glisse une mèche de cheveux verts derrière son oreille.

— Je pense que vous lui rappeliez l'enfant qu'elle avait été. Dans les notes qu'elle prenait au cours de vos séances, elle ne parlait plus de vous, elle racontait sa propre histoire. Celle d'une fillette transférée d'une école à l'autre... – la voyant détourner le regard, je me demande si je dois poursuivre... Dont les parents ne semblaient pas vraiment s'occuper...

Je m'interromps. Tant d'élèves, sans doute, abritent au fond d'elles-mêmes une petite Albie.

Je frissonne à cette pensée mais Athéna, comme si elle lisait en moi, me ramène à la réalité.

— Ce n'est pas mon cas, affirme-t-elle. Ni le vôtre.

Tout le monde nous attend dans la salle de musique. D'un côté de la longue table, tournant le dos aux grandes baies qui donnent sur le lac, sont alignés Mme Buehl, Meryl North, Tacy Beade, Myra Todd, Gwendoline Marsh et un homme en costume sombre que je ne connais pas. Roy leur fait face, assis près de deux chaises vides. Le long plateau d'acajou ne comporte qu'une carafe d'eau, quelques verres et un classeur, posé devant l'inconnu. À notre entrée, celui-ci se lève et nous apprend qu'il est le notaire en charge de la succession des Crèvecœur. Lorsque nous nous sommes serré la main, je m'assieds à côté de Roy. Athéna reste debout.

— Vous devez être miss Craven. Je connais votre tante. Elle voulait être présente aujourd'hui...

— Mais elle a quelque chose de prévu ailleurs, je sais...

L'adolescente, ignorant la main tendue du visiteur, se laisse tomber sur la chaise à côté de moi. Deux des épingles qui retiennent sa stola ont sauté mais, à mon grand soulagement, les plis du drap de satin de Gwen restent en place. Myra Todd fixe le costume avec une moue annonciatrice d'un commentaire cinglant ; toutefois, avant qu'elle ait pu prononcer un mot, le notaire frappe de la main son dossier.

— Bien. Puisque les personnes principalement concernées sont présentes, nous pouvons commencer, déclare-t-il.

— Je ne vois pas pourquoi Jane Hudson est présente, intervient Myra. Elle ne fait pas partie du conseil d'administration et n'a pas voix au chapitre.

— À quel chapitre ? je demande, plus perplexe que vexée. Quelqu'un pourrait-il m'expliquer de quoi il s'agit ?

— De l'héritage d'India Crèvecœur, répond Mme North, l'historienne. Lorsqu'elle a offert le domaine pour en faire une école son entourage était furieux. Elle a alors consenti à laisser à sa famille une chance de récupérer son bien.

— Mais pas avant le soixante-dixième anniversaire de la fondation, précise Tacy Beade.

— Sachant que la plupart des mécontents auraient disparu depuis longtemps, conclut Mme Buehl. C'était sa façon de leur jouer un bon tour.

Nous tournons tous instinctivement les yeux vers le portrait de famille accroché au fond de la salle. India Crèvecœur, aussi sévère que la reine Victoria, nous toise.

— Pourtant, elle n'a pas l'air d'avoir un très grand sens de l'humour, remarque Roy.

Sur le point de renchérir, je me remémore, en regardant Tacy Beade, ce matin de 1er mai au cours duquel, après avoir échappé à sa surveillance et à celle de Mme Mackintosh, la vieille fondatrice avait pénétré dans le manoir.

— Ainsi, l'institution pourrait retourner entre les mains de particuliers ?

En face de moi, sept têtes font un signe affirmatif.

La sensation de dépouillement que je ressens à cette idée me surprend. Après la mort du Dr Lockhart, j'ai confié à Mme Buehl que je voulais bien rester jusqu'à la fin du trimestre, en réservant ma décision pour la suite. Elle m'a répondu qu'elle comprenait que cet endroit fût, pour moi, plein de mauvais souvenirs et m'a promis de me donner de bonnes références. Aujourd'hui, la perspective de fermeture définitive de l'école me remplit de rage.

— Quelle salope ! – la véhémence de mon exclamation choque même Athéna. Comment a-t-elle pu faire ça ! Et toutes les filles qui étudient ici ? Où sont-elles supposées aller ?

Je nous visualise tous – professeurs et élèves – nous dirigeant en procession vers St-Eustace. Cet établissement existe-t-il encore ? Ou bien Heart Lake est-elle devenue, à son tour, le dernier recours ? Et si tel est le cas, que vont devenir les pensionnaires ?

— Jane, continue Mme Buehl, je sais ce que vous éprouvez. Mais l'école ne fermera pas si les descendants de la famille Crèvecœur ne le souhaitent pas.

Ses yeux se posent sur Roy et Athéna. Roy remue nerveusement sur sa chaise et Athéna se ratatine en mordillant une cuticule.

— Oui, ma tante m'a appris que nous étions apparentés à ces gens. C'est pour ça qu'elle m'a envoyée ici. Parce qu'elle a eu une remise sur les frais de scolarité ou quelque chose comme ça. Ben, si ça ne dépend que de moi, alors là, c'est sûr, il faut que l'école reste ouverte.

— Attendez, dis-je. Athéna vient juste d'avoir dix-huit ans. Est-ce qu'elle ne devrait pas être assistée d'un avocat ? Elle n'a pas à prendre de décision tout de suite, n'est-ce pas ?

— Vous vous inquiétez maintenant des droits de Mlle Craven, alors qu'il y a une minute à peine, vous étiez paniquée de voir l'école fermer ? s'écrie Myra Todd.

— Cela n'a aucune importance, intervient Roy. Je suis le seul autre descendant, non ?

Sous mon regard incrédule, il hausse les épaules. Je me souviens alors de la vieille Mme Crèvecœur apprenant à Lucy que les Corey étaient apparentés à sa famille si l'on remontait assez loin dans la généalogie. Tout à coup, je remarque ce que tout bon professeur de latin aurait dû remarquer longtemps auparavant. Craven et Corey. Ces deux noms dérivent chacun d'une moitié du nom Crèvecœur.

Myra Todd se tortille sur sa chaise, dégageant un relent de moisi dans la pièce.

— Eh bien c'est réglé. La cession devient permanente et la gestion de tous les biens revient au conseil d'administration...

— Où M. Corey et Mlle Craven siégeront en tant que membres à vie, recevant, pour cela des honoraires...

Mme Buehl se lève, imitée par toutes les femmes assises à côté d'elle. Le notaire interrompt leur mouvement.

— Ce serait le cas, s'il n'y avait pas le codicille.

— Le codicille ? répète le proviseur en se laissant retomber sur sa chaise.

Une par une, ses compagnes l'imitent, comme les voiles d'une régate apaisées par une accalmie du vent.

— Oui, India Crèvecœur a ajouté un codicille à son testament le 4 mai 1976. Ce geste, d'après ce que je sais, a été inspiré par sa visite à l'école lors du cinquantième anniversaire de la fondation. Si vous voulez bien faire preuve de patience, je vais maintenant vous donner lecture de cet acte.

Il nous regarde successivement pour voir si l'un d'entre nous fait une objection et, devant notre silence, sort de son dossier une feuille épaisse de papier couleur crème. Récitant tout d'abord d'un ton monocorde les formules légales, il ralentit le débit lorsqu'il approche de la substance même du texte.

« À la mort de ma fille cadette, Iris, il était de mon intention de transformer un lieu de tristesse en une communauté de travail et de progrès pour les jeunes filles. Toutefois, j'avais quelques scrupules à l'idée de pourvoir aux besoins d'étrangères, en risquant de dépouiller, pour cela, les enfants de mes enfants. Il me faut confesser ici que j'entretenais également quelques doutes quant au succès d'une entreprise fondée sur le chagrin. J'ai donc décidé de faire ce legs sous certaines conditions, afin de donner à mes descendants la possibilité de récupérer leur héritage.

» Toutefois, dans l'état de détresse qui m'égarait, j'ai oublié une chose importante. Je voulais que l'école honore la mémoire de la fille que j'avais perdue et, pour cela, j'aurais dû mentionner tout spécialement ses descendants au lieu des miens. »

Myra Todd fait claquer sa langue :

— Elle devait être sénile. La fillette est morte à douze ans. Comment aurait-elle pu avoir des descendants qui n'étaient pas ceux de sa mère ?

Le notaire lui jette un regard sévère et reprend sa lecture. « Iris a été adoptée. » Il s'interrompt un moment pour nous laisser le temps de digérer cette information. Nous nous tournons tous de nouveau vers le portrait. La frêle petite fille se tient à l'écart d'un côté, plus près de sa nurse que du reste de la famille.

« Elle était l'enfant naturelle d'une malheureuse qui travaillait dans notre usine. Je voulais depuis longtemps une troisième fille, mais le Bon Dieu avait décidé de ne pas m'accorder cette bénédiction. Un jour, apprenant la situation de cette femme, je lui ai proposé un bon foyer pour son bébé innocent, et une situation au sein de ma maison. Quand notre petite Iris nous a quittés, sa mère naturelle a choisi de nous quitter aussi. Je comprenais sa réticence à rester sur le lieu d'une telle tragédie. J'ai essayé de lui offrir toutes les compensations que je pouvais, mais malheureusement la douleur causée par la mort de son enfant s'était muée en fiel dans son cœur. Elle a même accusé Rose et Lily d'être responsables de la mort de la petite. »

Sur le portrait, les deux filles aînées de la fondatrice sourient d'un air suffisant à l'appareil photographique. Qu'avait représenté pour elles cette étrange et brune intruse ? On racontait que les deux adolescentes avaient emmené en barque leur jeune sœur qui était tombée à l'eau. Elle avait été sauvée mais fragilisée par un rhume : elle avait attrapé la grippe qui ravageait le pays. Lorsque je détourne les yeux de la photo, je constate que Mme Buehl et Roy me fixent tous les deux.

« Ayant appris récemment que mon ancienne domestique, la mère d'Iris, s'était ensuite mariée et avait eu une autre enfant qui, à son tour avait eu une fille, j'ai compris que j'avais enfin une chance de payer ma dette. Mieux vaut tard que jamais, ainsi que me l'a dit cette fillette. »

C'est cette phrase, incongrue au sein de la prose d'India Crèvecœur, qui me réveille soudain. Je me souviens clairement de la façon dont la vieille femme m'avait regardée quand je l'avais prononcée. Je pensais alors qu'elle était stupéfiée par mon audace. Stupéfiée de constater que la petite-fille de sa servante avait eu accès à son école.

Alors que le notaire poursuit sa lecture, je me lève et me dirige vers la photographie. Je contemple non la pauvre Iris aux jambes grêles, mais ma grand-mère, qui se penche pour arranger le nœud de la fillette. Tout au moins, c'est ce que j'avais toujours supposé. Maintenant que j'y regarde de plus près, je vois qu'elle pousse gentiment l'enfant, tentant de la rapprocher de ses sœurs, de l'intégrer au groupe familial. Pourquoi ne me suis-je jamais interrogée sur la raison pour laquelle la domestique se trouvait sur ce portrait de famille ? Iris ne supportait peut-être pas d'être éloignée d'elle. Je scrute le visage de la servante, au front plissé d'inquiétude. Au-delà de son anxiété, née du sentiment que sa fille ne ferait jamais réellement partie de sa famille d'adoption, je lis, dans les yeux sombres qui me sont aussi familiers que les miens, quelque chose comme de l'amour.

— Ainsi, madame Hudson, prononce le notaire, tandis que je me retourne vers la table, face à tous les regards, Mme Crèvecœur a laissé le vote décisif entre vos mains, celles de la petite-fille de la mère d'Iris.

— Eh bien, je pense qu'il faut transformer la cession provisoire en cession permanente.

— Ainsi que vous l'avez suggéré pour Mlle Craven,

vous n'avez pas à vous décider maintenant. Vous devez réfléchir en considérant le montant de la fortune à laquelle vous renonceriez en prenant cette décision.

Soudain, Mme Buehl croise les mains sur sa poitrine et se met à pleurer doucement comme si elle ne pouvait plus retenir ce flot d'émotion inattendu. Un rire nerveux saisit alors Athéna qui tente de le réprimer en se mordant le pouce. Roy, qui s'est levé, m'entoure les épaules de son bras.

— Tu es sûre ? demande-t-il.

— Pourquoi ? M'apprécierais-tu davantage si j'étais une héritière ?

Le sourire qu'il m'adresse naît lentement mais plonge en moi jusqu'à un endroit profondément enfoui, un endroit qui n'a jamais été touché jusqu'à présent, comme le fond glacial du lac que le soleil n'a jamais pu atteindre.

— Tu oublies, dit-il, que tu es l'amour de ma vie.

— Chic.

Les autres nous entourent, parlant en même temps, mais c'est Athéna que j'entends.

— Vous allez être en retard, *Magistra*.

— Fichtre, vous avez raison ! dis-je en regardant ma montre.

— La procession ? demande Roy.

— Non, quelque chose d'autre, dis-je en plantant un baiser rapide et ferme sur ses lèvres. Une surprise.

Je dévale le perron de l'école. Mes élèves sont rassemblées, la chevelure ornée de fleurs qui tremblent dans la brise. Avec un signe de la main, je leur crie qu'Athéna va conduire la procession et que je les rejoindrai au pied du mât. Derrière elles, j'aperçois la voiture garée au bord du lac. Alors que je quitte le chemin, la portière s'ouvre et je la vois descendre. Pendant un court instant, elle n'est qu'une silhouette sombre qui se détache sur l'eau incandescente ; une petite fille qui se dresse seule, au milieu d'un immense tourbillon d'atomes. Puis elle m'aperçoit et se met à courir, les bras grands ouverts.

Photocomposition Nord Compo
(59653 Villeneuve-D'Ascq)

Achevé d'imprimer par N.I.I.A.G.
en septembre 2005
pour le compte de France Loisirs, Paris

N° d'éditeur : 43347
Dépôt légal : Mai 2005
Imprimé en Italie